VICIOSO

Título original:
Vicious

Publicado por acordo assinado com a autora, através de Baror International Inc.,
Armonk, New York, USA

Autora:
V. E. Schwab

Tradução:
Dinis Pires

Revisão:
Sílvia Galvão Dias

Capa de Almedina sobre *design* de Will Staehle

ISBN 978-989-9124-92-9

Depósito legal n.º 514111/23

Paginação: João Jegundo

Impressão e acabamento:
Publito Artes Gráficas - Braga
para
Minotauro
Abril de 2023

MINOTAURO, uma chancela de Edições Almedina, S.A.
Avenida Emídio Navarro, 81, 3D
3000-151 Coimbra / Portugal

VICIOSO

V.E. SCHWAB

MINOTAURO

Para Miriam e Holly, por tantas vezes provarem que são ExtraOrdinárias

A vida, tal como ela é, não é uma batalha
entre o bem e o mal, mas entre o mau e o pior
— Joseph Brodsky

1

ÁGUA, SANGUE E COISAS MAIS DENSAS

I

NOITE ANTERIOR

CEMITÉRIO DE MERIT

VICTOR reajustou as pás no ombro e passou cautelosamente por cima de uma velha sepultura meio submersa. O seu impermeável esvoaçava ligeiramente, escovando o topo das lápides, enquanto atravessava o Cemitério de Merit, cantarolando. O som era levado como vento na escuridão. Tal fez Sydney tremer dentro do seu casaco demasiado grande e das *leggings* arco-íris e das suas botas de inverno, enquanto caminhava atrás dele. Pareciam dois fantasmas a atravessar o cemitério, ambos suficientemente loiros e brancos para passarem por irmãos, ou talvez por pai e filha. Não eram nada disso, mas a semelhança dava certamente jeito, uma vez que Victor não podia propriamente dizer às pessoas que, alguns dias antes, havia ido buscar a rapariga à berma de uma estrada encharcada pela chuva. Ele acabara de fugir da prisão. Ela acabara de ser alvejada. Um cruzamento de destinos, ou assim parecia. Na verdade, Sydney era a única razão pela qual Victor começava a acreditar no Destino.

Ele parou de cantarolar, descansou levemente o sapato sobre uma lápide e perscrutou a escuridão. Não tanto com os olhos, mas com a pele, ou melhor, com o que se movia lentamente por baixo dela, confundindo-se com a pulsação. Podia ter parado de cantarolar, mas a sensação nunca cessara, mantendo-se um ligeiro zumbido elétrico, que só ele conseguia ouvir, sentir e ler. Um zumbido que lhe dizia quando alguém estava por perto.

Sydney observou-o a franzir ligeiramente a testa.

— Estamos sozinhos? — perguntou.

Victor pestanejou, e o franzimento desapareceu, substituído pela calma regular que sempre exibia. O seu sapato deslizou da lápide.

— Só nós e os mortos.

Entraram no coração do cemitério, as pás batendo suavemente no ombro de Victor à medida que iam avançando. Sydney chutou uma pedra solta, que se tinha partido de uma das sepulturas mais antigas. Podia ver que havia letras, partes de palavras, gravadas de um lado. Quis saber o que diziam, mas a pedra já tinha caído nas ervas, e Victor continuava a mover-se bruscamente entre as sepulturas. Ela correu para o apanhar, quase tropeçando várias vezes no solo congelado, antes de o alcançar. Ele parara e olhava para uma sepultura. Era recente, a terra estava revirada e havia um marcador temporário, introduzido no solo até se poder inserir um de pedra.

Sydney fez um barulho, um pequeno gemido de desconforto, que nada tinha que ver com o frio cortante. Victor olhou para trás e ofereceu-lhe o esboço de um sorriso.

— Anima-te, Syd — disse, descontraidamente. — Vai ser divertido.

Verdade seja dita, Victor também não gostava de cemitérios. Não gostava de mortos, sobretudo por não ter efeito sobre eles. Sydney, pelo contrário, não gostava de mortos por ter um efeito tão marcado sobre eles. Manteve os braços bem cruzados sobre o peito, esfregando com um polegar enluvado o local do antebraço onde tinha sido alvejada. Começava a tornar-se um tique.

Victor virou-se e afundou uma das pás na terra. Atirou então a outra a Sydney, que desdobrou os braços mesmo a tempo de a apanhar. A pá era quase tão alta como ela. A poucos dias do seu décimo terceiro aniversário, e mesmo para doze ou onze anos, Sydney Clarke era pequena. Fora sempre baixinha, mas certamente não ajudava mal ter crescido um centímetro desde o dia da sua morte.

Agora, tomava o peso da pá, fazendo uma careta.

— Deves estar a gozar comigo — disse ela.

— Quanto mais depressa escavarmos, mais depressa voltaremos para casa.

A casa não era uma casa, mas um quarto de hotel, abastecido apenas com as roupas roubadas de Sydney, o leite com chocolate de Mitch e os ficheiros de Victor; porém, não era essa a questão. Neste momento, casa seria qualquer lugar que *não fosse* o Cemitério de Merit. Sydney olhou para a campa, apertando os dedos no cabo de madeira. Victor já tinha começado a cavar.

— E se... — disse ela, engolindo em seco. — E se as outras pessoas acordarem por acidente?

— Não acordarão — arrulhou Victor. — Concentra-te apenas *nesta* campa. Além disso... — levantou o olhar do seu trabalho — desde quando tens medo de mortos?

— Não tenho — retorquiu ela, demasiado depressa e com toda a força de alguém habituado a ser a irmã mais nova. Que ela era. Só que não *de Victor*.

— Pensa assim — zombou ele, atirando um monte de terra para a relva. — Se os acordares, eles não podem ir para lado nenhum. Agora toca a cavar.

Sydney inclinou-se para a frente, o seu curto cabelo loiro caindo-lhe nos olhos, e começou a escavar. Os dois trabalharam no escuro, apenas o cantarolar ocasional de Victor e o baque das pás enchiam o ar.

Baque.

Baque.

Baque.

II

DEZ ANOS ANTES

UNIVERSIDADE DE LOCKLAND

VICTOR traçou uma linha preta, direita e firme por cima da palavra *maravilha*.

O papel em que tinham imprimido o texto era suficientemente grosso para evitar que a tinta se infiltrasse por inteiro, desde que Victor não o pressionasse demasiado. Parou para reler a página alterada e assustou-se quando um dos floreados de metal da cerca de ferro forjado da Universidade de Lockland se espetou nas suas costas. A escola orgulhava-se do seu ambiente de clube-de-campo-cruzado-com-gótico, mas o gradeamento ornamentado que rodeava Lockland, embora se *esforçasse* por evocar tanto a natureza exclusiva da universidade como a sua estética do Velho Mundo, só conseguia ser pretensioso e sufocante. Recordava-lhe uma jaula elegante.

Victor deslocou o seu peso e reposicionou o livro no joelho, questionando-se sobre o seu tamanho ao rodar o marcador entre os nós dos dedos. Era um livro de autoajuda, o mais recente de uma série de cinco, da autoria dos mundialmente conhecidos Drs. Vales. Os mesmos Vales que se encontravam atualmente numa digressão internacional. Os mesmos Vales que tinham reservado tempo suficiente nas suas agendas atarefadas — mesmo antes de serem «gurus do empoderamento» campeões de vendas — para gerar Victor.

Voltou a folhear as páginas até encontrar o início do seu mais recente empreendimento e começou a ler. Pela primeira vez, não estava a obliterar palavras e frases de um livro dos Vales simplesmente por prazer. Não, isto era uma questão de honra. Victor não podia deixar de sorrir. Tinha um orgulho enorme em desvalorizar os trabalhos dos seus pais, reduzindo os extensos capítulos sobre empoderamento a mensagens simples e perturbadoramente eficazes. Há mais de uma década que os riscava, desde os seus dez anos de idade, um assunto penoso, mas satisfatório, embora até à semana passada nunca o pudera utilizar em algo tão útil quanto o mérito escolar. Na semana passada, quando deixara acidentalmente o seu último projeto nos estúdios de arte durante o almoço — a Universidade de Lockland tinha créditos artísticos obrigatórios, mesmo para médicos e cientistas em início de carreira — e voltara para encontrar o seu professor a lê-lo atentamente. Esperava uma reprimenda, algum sermão sobre o custo cultural de desfigurar literatura, ou talvez o custo material do papel. Em vez disso, o professor tomara a destruição literária como arte. Tinha praticamente fornecido a explicação, preenchendo quaisquer espaços em branco usando termos como *expressão*, *identidade*, *ready-made*, *remodelação*.

Victor tinha apenas acenado com a cabeça e oferecido uma palavra perfeita para o fim da lista do professor — *reescrita* — e, num ápice, a sua tese sobre arte fora determinada.

O marcador chiou, enquanto traçava outra linha, apagando várias frases no meio da página. O seu joelho estava a ficar dormente devido ao peso daquele livro grosso. Se *ele* precisasse de autoajuda, procuraria um livro fino e simples, cuja forma correspondesse à sua promessa. Mas talvez algumas pessoas precisassem de mais. Talvez algumas pessoas vasculhassem as estantes em busca do mais volumoso, presumindo que mais páginas significavam mais ajuda emocional ou psicológica. Passou os olhos pelas palavras e sorriu ao encontrar outra secção para riscar.

Quando a primeira campainha tocou, sinalizando o fim da opção artística de Victor, ele tinha transformado as lições dos seus pais sobre como começar o dia em:

Fique perdido. Desista. renda-se. no final seria melhor render-se antes de começar. fique perdido. Fique perdido E então não se importará se alguma vez for encontrado.

Tinha tido de cortar parágrafos inteiros para tornar a frase perfeita, depois de ter acidentalmente traçado *sempre* e de continuar até encontrar outro exemplar da expressão. Mas valera a pena. As páginas de preto que se estendiam entre *se for* e *sempre* e *encontrado* deram às palavras o sentido certo de abandono.

Victor ouviu alguém chegar, mas não olhou para cima. Passou para a parte de trás do livro, na qual tinha estado a trabalhar num exercício à parte. O marcador cortou outro parágrafo, linha por linha, o som tão lento e constante como a respiração. Por uma vez, tinha-se maravilhado com o livro dos seus pais ser verdadeiramente de autoajuda, simplesmente não da forma que eles pretendiam. Victor considerava a destruição deles incrivelmente calmante, uma espécie de meditação.

— Outra vez a vandalizar propriedade escolar?

Victor olhou para cima para encontrar Eli, de pé, debruçado sobre ele. A capa de plástico da biblioteca enrugou-se debaixo da ponta dos seus dedos, enquanto ele inclinava o livro para cima para mostrar a Eli a lombada, onde VALE estava impresso em letras maiúsculas em negrito. Não ia pagar 25,99 dólares quando a biblioteca de Lockland tinha uma coleção tão suspeitosamente extensa de livros de autoajuda da doutrina Vale. Eli tirou-lhe o livro da mão e folheou-o.

— Talvez... seja... do... nosso... melhor... melhor interesse... rendermo-nos... desistirmos... em vez de desperdiçarmos... palavras.

Victor encolheu os ombros. Ainda não estava pronto.

— Tens um *melhor* a mais antes de *interesse* — disse Eli, atirando o livro de volta. Victor apanhou-o e franziu a testa, passando o dedo pela frase improvisada até encontrar o erro, borratando eficazmente a palavra. — Tens demasiado tempo, Vic.

— Devemos arranjar tempo para o que importa — recitou —, para o que nos define: a nossa paixão, o nosso progresso, a nossa caneta. Aceite-o e escreva a sua própria história.

Eli olhou para ele, de sobrolho franzido, durante um longo momento.

— Isso é terrível.

— É da introdução — disse Victor. — Não te preocupes, já apaguei — voltou a folhear as páginas, uma teia de letras finas e linhas pretas gordas, até chegar à frente. — Eles assassinaram o Emerson.

Eli encolheu os ombros.

— Tudo o que sei é que esse livro é sonho para farejador — disse ele. Tinha razão, os quatro marcadores que Victor usara para transformar o livro em arte deram-lhe um odor incrivelmente forte, um odor que Victor considerava ao mesmo tempo arrebatador e repugnante. Já tinha tido bastante excitação com a destruição em si, mas supunha que o cheiro era um acréscimo inesperado à complexidade do projeto, ou assim o contaria ao professor de Arte. Eli encostou-se ao gradeamento. O seu forte cabelo castanho apanhou o sol, demasiado brilhante, revelando vermelhos e até fios de ouro. O cabelo de Victor era de um loiro claro. Quando a luz do Sol o atingiu, não lhe deu qualquer cor, apenas acentuou a *falta* de cor, fazendo-o parecer mais uma fotografia antiga do que um estudante de carne e osso.

Eli ainda olhava para o livro nas mãos de Victor.

— O marcador não destrói o que quer que esteja do outro lado?

— Também achava que sim — disse Victor. — Mas eles usam este papel extremamente pesado. Como se quisessem que o peso do que dizem penetrasse.

O riso de Eli foi abafado pelo segundo sino, tocando pelo pátio que esvaziava. Os sinos não eram campainhas, claro — Lockland era demasiado civilizada —, mas *eram* barulhentos e quase ameaçadores, um único sino de igreja do centro espiritual que estava no meio do *campus*. Eli praguejou e ajudou Victor a pôr-se de pé, já virado para o amontoado de edifícios científicos, com fachadas de tijolo vermelho para os fazer parecer menos estéreis. Victor tomou o seu tempo. Ainda tinham um minuto, antes de tocar o último sino, e, mesmo que se atrasassem, os professores nunca lhes marcariam falta. Tudo o que Eli tinha de fazer era sorrir. Tudo o que Victor tinha de fazer era mentir. Ambos provaram ser tremendamente eficazes.

VICTOR sentou-se atrás, no seu Seminário de Ciências Generalistas — uma cadeira criada para reintegrar estudantes de variadas disciplinas científicas para as suas teses —, a aprender sobre métodos de pesquisa. Ou pelo menos a ser *ensinado* sobre métodos de pesquisa. Perturbado por a turma recorrer a computadores portáteis, e dado que cortar palavras num ecrã dificilmente lhe dava a mesma satisfação, Victor começou a observar os outros alunos a dormir, a rabiscar, a stressar, a ouvir e a passar apontamentos digitais. Sem surpresas, não conseguiram manter o seu interesse por muito tempo, e logo o seu olhar vagueou para lá deles, das janelas, do relvado. De tudo.

A sua atenção foi finalmente desviada de novo para a aula quando Eli levantou a mão. Victor não tinha percebido a pergunta, mas viu o seu companheiro de quarto esboçar o seu perfeito sorriso de candidato político norte-americano, antes de responder. Eliot — Eli — Cardale tinha começado como um problema. Victor não tinha ficado muito contente por encontrar o rapaz esguio e de cabelo castanho à porta da sua residência um mês após o início do segundo ano. O seu primeiro companheiro de quarto tinha sofrido uma mudança de opinião na primeira semana (sem culpa de Victor, claro) e desistira prontamente. Devido à falta de estudantes, ou talvez a um erro de registo, tornado possível pela propensão do colega Max Hall para qualquer desafio de pirataria específico de Lockland, o estudante não tinha sido substituído. O tremendamente pequeno quarto duplo de Victor fora convertido num quarto individual muito mais adequado. Até ao início de outubro, quando Eliot Cardale — que, Victor logo concluíra, sorria de mais — aparecera com uma mala lá fora, no corredor.

Victor tinha inicialmente pensado no que seria necessário para recuperar o seu quarto pela segunda vez num semestre, mas, antes de pôr em marcha quaisquer planos, aconteceu uma coisa estranha. Eli começou a... cativá-lo. Era astuto e assustadoramente encantador, o tipo de indivíduo que se safava com tudo, graças a bons genes e perspicácia. Nascera para as equipas desportivas e para os clubes, mas surpreendera toda a gente, especialmente Victor, ao não mostrar inclinação para se integrar em nenhum desses grupos. Este pequeno desafio à norma social valera-lhe vários pontos na estima de Victor e tornara-o logo mais interessante.

Mas o que *mais* fascinava Victor era que algo a respeito de Eli estava claramente *errado*. Ele era como uma daquelas imagens cheias de pequenos erros, do tipo que só se podia identificar percorrendo a imagem de todos os ângulos, e, mesmo assim, alguns escapavam sempre. À superfície, Eli parecia perfeitamente normal, mas de vez em quando Victor apanhava uma falha, um olhar de lado, um momento em que o rosto do seu colega de quarto e as suas palavras, o seu olhar e a sua intenção não se alinhavam. Esses momentos fugazes fascinavam Victor. Era como observar duas pessoas, uma escondida na pele da outra. E essa pele estava sempre demasiado seca, à beira de gretar e mostrar a cor do que havia por baixo.

— Muito sagaz, Sr. Cardale.

Victor tinha perdido a pergunta *e* a resposta. Olhou para cima, quando o professor Lyne virou a sua atenção para o resto dos seus colegas e bateu palmas uma vez, com perentoriedade.

— Muito bem. Está na hora de anunciarem as teses.

A turma, composta na sua maioria por estudantes de Medicina, um punhado de aspirantes a físicos e até mesmo um engenheiro — porém, não Angie, a quem tinha sido atribuída uma secção diferente —, emitiu um gemido coletivo, por princípio.

— Vá — disse o professor, interrompendo o protesto. — Sabiam no que se estavam a meter quando se inscreveram.

— Não sabíamos — observou Max. — É uma cadeira obrigatória.

A observação valeu-lhe uma vaga de encorajamento por parte da turma.

— Então as minhas sinceras desculpas. Mas, agora que estão cá, não é tarde nem é cedo...

— Seria melhor na próxima semana — afirmou Toby Powell, um surfista de ombros largos, estudante de Medicina e filho de um governador qualquer. Max só tinha merecido um murmúrio, mas desta vez os outros estudantes riram-se a um nível proporcional à popularidade de Toby.

— Basta — disse o professor Lyne. A turma ficou em silêncio. — Ora, Lockland encoraja um certo nível de... diligência no que toca às teses e oferece uma proporcional quantidade de liberdade, mas deixo um aviso. Há sete anos que dou este seminário. Não farão um favor a si próprios fazendo uma escolha segura e passando despercebidos; *no entanto*, uma tese ambiciosa não ganhará pontos apenas por motivos de ambição. A classificação está dependente da execução. Encontrem um tema suficientemente próximo da sua área de interesse para serem produtivos, sem escolherem um em que já se considerem especialistas — esboçou um sorriso de desprezo para Toby. — Comecemos por si, Sr. Powell.

Toby passou os dedos pelo cabelo, empatando. A ressalva do professor tinha abalado claramente a sua confiança no tema que tinha estado prestes a declarar. Fez alguns sons hesitantes, enquanto percorria as suas notas.

— Hum... linfócitos T auxiliares de tipo 17 e imunologia — teve o cuidado de não deixar a voz vaguear no final para uma pergunta. O professor Lyne deixou-o pendurado por um momento, e todos esperaram para ver se ele lançaria «o olhar» a Toby — a ligeira elevação do queixo e a inclinação da cabeça pelas quais tinha ficado famoso; um olhar que dizia *talvez gostasse de tentar novamente* —, mas finalmente honrou-o com um pequeno aceno de cabeça.

Ele olhou em redor.

— Sr. Hall?

Max abriu a boca quando Lyne interrompeu:

— Nada de tecnologia. Ciência sim, tecnologia não. Escolha bem — Max fechou a boca por um momento, enquanto ponderava.

— Eficiência elétrica em energias sustentáveis — disse, após uma pausa.

— *Hardware* em vez de *software*. Uma escolha admirável, Sr. Hall.

O professor Lyne prosseguiu pela sala.

Padrões de herança, equilíbrios e radiação foram todos aprovados, enquanto os efeitos do álcool/cigarros/substâncias ilegais, as propriedades químicas das metanfetaminas, bem como a resposta do corpo ao sexo receberam «o olhar». Um a um, os temas foram aceites ou alterados.

— Próximo — ordenou o professor Lyne, o seu sentido de humor em declínio.

— Pirotecnia química.

Uma longa pausa. O tema viera de Janine Ellis, cujas pestanas não tinham recuperado por inteiro da sua última vaga de pesquisa. O professor Lyne soltou um suspiro, acompanhado pel' «o olhar», mas Janine apenas sorriu, e não havia grande coisa que Lyne pudesse dizer. Ellis era uma das estudantes mais jovens da sala e tinha, no seu ano de caloira, descoberto uma nova e vibrante tonalidade de azul, que as empresas de fogo de artifício em todo o mundo utilizavam agora. Se ela estava disposta a arriscar as suas pestanas, isso era da sua conta.

— E o Sr. Vale?

Victor olhou para o professor, reduzindo as suas opções. Nunca tinha sido bom em Física e, embora a Química fosse divertida, a sua verdadeira paixão residia na Biologia — Anatomia e Neurociência. Gostaria de um tema com potencial para experimentação, mas também de manter as suas pestanas ilesas. E, embora quisesse manter a sua posição no departamento, ofertas de escolas de Medicina, programas de pós-graduação e laboratórios de investigação chegavam pelo correio havia semanas (e por baixo da mesa havia meses). Victor e Eli tinham estado a decorar o seu átrio de entrada com as cartas. Não as ofertas, não, mas as cartas que as precederam, cheias de elogios e encantos, piscares de olhos e pós-escritos redigidos à mão. Nenhum deles precisava de mover mundos com os seus artigos. Victor olhou de relance para Eli, perguntando-se o que iria escolher.

O professor Lyne aclarou a voz.

— Indutores adrenais — disse Victor, por capricho.

— Sr. Vale, já rejeitei uma proposta que incluía relações sexuais...

— Não — disse Victor, abanando a cabeça. — A adrenalina e os seus indutores físicos e emocionais e as suas consequências. Marcadores bioquímicos. Lutar ou fugir. Esse tipo de coisa.

Olhou para a cara do professor Lyne, à espera de um sinal, e Lyne acabou por anuir com a cabeça.

— Não me faça arrepender — disse ele.

Em seguida, virou-se para Eli, a última pessoa a responder.

— Sr. Cardale.

Eli esboçou um sorriso tranquilo.

— Pessoas ExtraOrdinárias.

Toda a turma, que caíra cada vez mais num burburinho à medida que os alunos declaravam os seus temas, parava agora. A tagarelice de fundo e o som da dactilografia e a agitação nas cadeiras pararam, enquanto o professor Lyne avaliava Eli com um novo olhar, que pairava entre a surpresa e a confusão, temperado apenas pelo entendimento de que Eliot Cardale era consistentemente o melhor da turma, o melhor de todo o departamento de Medicina, empatando, quer dizer, alternando com Victor entre o primeiro e o segundo lugar.

Quinze pares de olhos passaram entre Eli e o professor Lyne, enquanto o momento de silêncio durou e se tornou desconfortável. Eli não era o tipo de estudante que propunha algo por uma piada ou teste. Mas não podia estar a falar a sério.

— Lamento, mas vai ter de desenvolver — disse Lyne, devagar.

O sorriso de Eli não esmoreceu.

— Um argumento para a viabilidade teórica da existência de pessoas ExtraOrdinárias, derivado das leis da Biologia, da Química e da Psicologia.

O professor Lyne inclinou a cabeça e o queixo, mas, quando abriu a boca, tudo o que disse foi:

— Tenha cuidado, Sr. Cardale. Como avisei, não haverá pontos só pela ambição. Confio em si para não ridiculizar a minha cadeira.

— Isso é um sim? — perguntou Eli.

Tocou o primeiro sino.

A cadeira de um aluno recuou um pouco, mas ninguém se levantou.

— Está bem — disse o professor Lyne.

O sorriso de Eli era agora de orelha a orelha.

Está bem?, pensou Victor. E, lendo os olhares de todos os outros estudantes na sala, podia ver tudo, de curiosidade a surpresa, a inveja ecoada nos seus rostos. Era uma piada. Tinha de ser. Mas o professor Lyne apenas se endireitou e retomou a sua compostura habitual.

— Mãos à obra — disse ele. — Criem a mudança.

A sala irrompeu em movimento. Cadeiras arrastadas, mesas viradas, malas içadas, e a sala esvaziou-se numa onda para o corredor, levando Victor consigo. Procurou por Eli no corredor e viu que ele ainda estava na sala, falando tranquilamente, animado, com o professor Lyne. Por um momento, a calma constante desaparecera e os seus olhos estavam radiantes de energia, brilhantes de fome. Mas, quando se afastou e se juntou a Victor no corredor, aquele olhar já tinha desaparecido, escondido atrás de um sorriso casual.

— Mas que raio foi aquilo? — indagou Victor. — Sei que a tese não importa muito nesta altura, mas, ainda assim... aquilo foi algum género de piada?

Eli encolheu os ombros e, antes que se insistisse no assunto, ouviu-se o toque *electro-rock* do telemóvel de Eli no bolso. Victor encostou-se à parede, enquanto Eli tirava o telemóvel do bolso.

— Olá, Angie. Sim, estamos a caminho — desligou a chamada, mesmo sem esperar pela resposta.

— Fomos chamados — Eli pôs o braço sobre os ombros de Victor. — A minha bela donzela tem fome. Não me atrevo a fazê-la esperar.

III

NOITE ANTERIOR

CEMITÉRIO DE MERIT

OS BRAÇOS de Sydney começavam a doer-lhe de levantar a pá, mas, pela primeira vez num ano, não tinha frio. Ardiam-lhe as bochechas e estava a suar por baixo do casaco e sentia-se viva.

No que lhe dizia respeito, essa era a única coisa *boa* de desenterrar um cadáver.

— Não poderíamos fazer outra coisa? — perguntou, apoiando-se na pá.

Sabia a resposta de Victor, conseguia sentir a sua paciência a esmorecer, mas, mesmo assim, tinha de perguntar, porque perguntar era falar, e falar era a única coisa que a distraía de estar em pé sobre um corpo e a cavar o seu caminho na direção dele, em vez de se afastar.

— A mensagem tem de ser enviada — disse Victor. Não parava de cavar.

— Muito bem, talvez possamos enviar uma mensagem *diferente* — disse ela, baixinho.

— Tem de ser feito, Syd — disse ele, levantando finalmente a cabeça. — Portanto, tenta pensar em algo agradável.

Ela suspirou e começou a cavar de novo. Volvidas algumas pazadas de terra, parou. Quase tinha medo de perguntar.

— Estás a pensar em quê, Victor?

Ele esboçou um pequeno e audaz sorriso.

— Estou a pensar no quanto esta noite está agradável.

Ambos sabiam que era mentira, mas Sydney concluiu que preferia não saber a verdade.

VICTOR não estava a pensar no tempo.

Mal sentia o frio através do seu casaco. Estava demasiado ocupado a tentar imaginar como seria a expressão de Eli quando recebesse a sua mensagem. Tentava imaginar o choque, a raiva, e, entrelaçado nisso tudo, o medo. Medo, porque só podia significar uma coisa.

Victor estava fora. Victor estava livre.

E Victor ia atrás de Eli, tal como prometera.

Enfiou a pá na terra fria com um satisfatório baque.

IV

DEZ ANOS ANTES

UNIVERSIDADE DE LOCKLAND

— DE CERTEZA de que não me vais contar o que foi aquilo? — perguntou Victor, enquanto seguia Eli por entre as enormes portas duplas e para o refeitório Lockland International Dining Suite, mais comummente conhecido por LIDS.

Eli não deu resposta e sondou o refeitório à procura de Angie.

Todo o lugar parecia um parque temático, na opinião de Victor, todos os adereços mundanos de uma cafetaria escondidos debaixo de fachadas de plástico e gesso, que estavam fora de escala e fora de lugar, ao lado umas das outras. Circundando uma área de mesas retangulares, onze opções de restaurante, cada um ostentando ementas diferentes, em diferentes tipos de letra, com decorações diferentes. Junto às portas havia um pequeno restaurante, completado com um portão baixo, erguido para uma fila de espera. Ao seu lado tocava música italiana, vários fornos de piza abriam-se atrás do balcão. Do outro lado, encontravam-se os restaurantes tailandês, chinês e de sushi, em cores de papel-lanterna, brilhantes e primários e convidativos. A estes juntavam-se uma hamburgueria, uma churrasqueira, um restaurante de comida caseira, um bufê de saladas, uma loja de *smoothies* e um café básico.

Angie Knight estava sentada perto do restaurante italiano, com a massa a rodar no seu garfo, os seus caracóis acobreados a vaguear pelos seus olhos, enquanto lia um livro, preso debaixo do seu tabuleiro. Um pequeno calafrio passou por Victor quando a viu, a emoção voyeurística de ver alguém antes de nos verem, de poder simplesmente observar. Mas o momento terminou quando Eli também a viu e cruzaram olhares. Eram como ímanes, pensou Victor, cada um com o seu próprio polo. Mostravam-no todos os dias nas aulas e em redor do *campus*, as pessoas sempre à deriva na *sua* direção. Até Victor sentiu a atração. E depois, quando se aproximavam o suficiente um do outro... bem. Os braços de Angie estavam à volta do pescoço de Eli num instante, os seus lábios perfeitos contra os dele.

Victor desviou o olhar, dando-lhes um momento de privacidade, o que era absurdo, considerando que a demonstração pública de afeto era muito... pública. Uma professora levantou o olhar de um papel dobrado, a várias mesas de distância, uma sobrancelha a tremer, antes de virar a página com um som estridente. Eli e Angie acabaram por conseguir separar-se, e ela saudou Victor com um abraço, um gesto simples, mas genuíno, todo o carinho, mas nada de calor.

E não havia problema. Ele não estava apaixonado por Angie Knight. Ela não lhe pertencia. Apesar de a ter conhecido primeiro, apesar de em tempos *ter sido* um íman para ela, e de ela ter vagueado em direção a ele no LIDS, naquela primeira semana do primeiro ano, e de terem bebido *smoothies*, porque ainda estava muito calor para setembro, e de o rosto dela estar vermelho de correr, e o dele, por causa dela. *Embora* ela nem sequer tivesse *conhecido* Eli até ao segundo ano, quando *Victor* levara o seu novo colega de quarto para jantar com ele, porque parecia ser um bom carma.

Raio do carma, pensou ele, quando Angie se afastou e se dirigiu ao seu lugar.

Eli foi buscar sopa, e Victor comprou comida chinesa, e os três sentaram-se no barulho crescente do refeitório e comeram e fizeram conversa sem sentido, apesar de Victor querer desesperadamente descobrir o que raio estava Eli a pensar ao escolher *pessoas EO* como tese. Mas Victor sabia bem que não o deveria interrogar em frente a Angie. Angie Knight era uma *força*. Uma força com pernas longas, e o caso mais severo de curiosidade que Victor já tinha encontrado. Só tinha vinte anos, tinha sido cobiçada pelas melhores escolas desde que pudera conduzir, recebera uma dúzia de cartões de visita, seguidos de uma dúzia de ofertas e do mesmo número de entrevistas, subornos subtis e não tão subtis, e aqui estava ela em Lockland. Aceitara recentemente uma oferta de uma empresa de engenharia e depois de se formar seria a mais nova — e, apostava Victor, a mais brilhante — funcionária da empresa. Ela ainda nem sequer podia beber.

Além disso, a julgar pelos olhares que os outros estudantes tinham dirigido a Eli, quando fizera a escolha da sua tese, a notícia chegaria a Angie em breve.

Finalmente, após um almoço pontilhado por pausas e ocasionais olhares de aviso de Eli, o sino tocou e Angie partiu para a sua próxima aula. Nem sequer deveria *ter* uma próxima aula, mas havia-se inscrito numa cadeira facultativa adicional. Eli e Victor sentaram-se a observar a sua nuvem de cabelo ruivo a esvoaçar com toda a alegria de alguém prestes a comer bolo, não a explorar a química forense ou a eficácia mecânica ou o que quer que ela tivesse escolhido como projeto de estimação desta vez.

Ou melhor, Eli viu-a partir, e Victor viu Eli observá-la, com algo a torcer-se-lhe no estômago. Não era apenas o facto de Eli ter roubado Angie a Victor — o que já era mau —, mas de alguma forma Angie também lhe ter roubado Eli. O Eli mais interessante, pelo menos. Não aquele com dentes perfeitos e riso fácil, mas aquele por baixo, que era brilhante e afiado, como vidro partido. Era nesses pedaços recortados que Victor via algo que reconhecia. Algo perigoso e faminto. Mas, quando Eli estava com Angie, tal nunca aparecia. Era um namorado-modelo, atencioso, carinhoso e *enfadonho*, e Victor viu-se a estudar o seu amigo na esteira de Angie, à procura de sinais de vida.

Passaram-se vários minutos tranquilos, enquanto o refeitório se esvaziava, e depois Victor perdeu a paciência e pontapeou Eli debaixo da mesa de madeira. Os seus olhos levantaram-se preguiçosamente da comida.

— Sim?

— Porquê pessoas EO?

O rosto de Eli começou a abrir-se lentamente, vagarosamente, e Victor sentiu o seu peito soltar-se de alívio à medida que o ser sombrio de Eli começava a espreitar.

— Acreditas nelas? — perguntou Eli, desenhando padrões no que restava da sopa.

Victor hesitou, mastigando um pedaço de frango ao limão. *EO. ExtraOrdinárias*. Tinha ouvido falar delas, da maneira como as pessoas ouvem falar de qualquer fenómeno, de locais de crentes e da ocasional revelação noturna em que «especialistas» analisam imagens granuladas de um homem a levantar um carro ou de uma mulher engolida pelo fogo sem se queimar. Ouvir falar *de* pessoas EO e acreditar *em* pessoas EO eram coisas muito diferentes, e não conseguia perceber pelo tom de Eli de que lado ele se encontrava. Também não sabia dizer em que lado Eli queria que *ele* se encontrasse, o que tornava a resposta infinitamente mais difícil.

— Bem — disse logo Eli. — Tu acreditas?

— Não sei — disse Victor, com franqueza — se é uma questão de acreditar...

— Tudo começa com crença — retorquiu Eli. — Com fé.

Víctor recuou. Era uma reviravolta na sua compreensão de Eli, a confiança deste último na religião. Victor fez o seu melhor para o ignorar, mas aquilo era um obstáculo constante nos seus diálogos. Eli deve ter sentido que o estava a perder.

— Com querer saber, então — corrigiu. — Nunca questionas?

Victor perguntava-se muitas coisas. Perguntava-se sobre si (se era imperfeito, ou especial, ou melhor, ou pior) e sobre outras pessoas (se eram todas realmente tão estúpidas como aparentavam). Perguntava-se sobre Angie — o que aconteceria se lhe contasse o que sentia, como seria se ela o escolhesse. Perguntava-se sobre a vida, sobre pessoas, sobre ciência, e magia, e Deus, e se acreditava nalguma coisa dessas.

— Sim — disse ele, devagar.

— Bem, quando questionas alguma coisa — disse Eli —, isso não quer dizer que parte de ti *deseja* acreditar nisso? Acho que, na vida, queremos provar coisas mais do que refutá-las. *Queremos* acreditar.

— E tu queres acreditar em super-heróis — a voz de Victor estava cuidadosamente desprovida de julgamento, mas ele não conseguia sufocar o sorriso que se lhe assomava à boca. Esperava que Eli não se ofendesse, apenas o encarasse como bom humor — leviandade, não zombaria —, mas não o fez. A sua expressão fechou-se.

— Está bem, sim, é estúpido, não é? Apanhaste-me. Estou-me a cagar para a tese. Só queria ver se o Lyne me deixava escapar com aquilo — disse ele, com um sorriso um pouco oco e levantando-se da mesa. — É tudo.

— Espera — disse Victor. — Não é tudo.

— É *tudo*.

Eli virou-se, arrumou o tabuleiro e saiu, antes que Victor pudesse dizer mais alguma coisa.

VICTOR tinha sempre um marcador no bolso de trás.

Enquanto vagueava pelos corredores da biblioteca, à procura de livros para dar início à sua própria tese, os seus dedos ansiavam tirá-lo para fora. A conversa falhada com Eli tinha-o levado ao limite e ansiava por encontrar a sua calma, a sua paz, o seu *zen* pessoal, na lenta obliteração das palavras de outra pessoa. Conseguiu chegar à secção médica sem incidentes, acrescentando um livro sobre o sistema nervoso humano a um livro que já tinha tirado sobre Psicologia. Depois de encontrar alguns textos mais pequenos sobre glândulas suprarrenais e impulso humano, tratou do empréstimo, tendo o cuidado de manter as pontas dos dedos — permanentemente manchadas dos seus projetos artísticos — escondidas nos bolsos ou debaixo do rebordo do balcão, enquanto o bibliotecário confirmava os livros. Tinha havido algumas queixas, durante o seu tempo em Lockland, sobre livros serem «vandalizados», senão mesmo «arruinados». O bibliotecário olhou para ele por cima da pilha, como se os seus crimes estivessem escritos no seu rosto em vez de nos seus dedos, antes de finalmente registar os livros e os devolver.

De volta ao apartamento universitário que partilhava com Eli, Victor desfez a mala. Ajoelhou-se no seu quarto e deslizou o livro de autoajuda marcado para uma prateleira baixa, ao lado de outros dois que tinha requisitado e alterado, silenciosamente satisfeito por ainda não terem sido feitos pedidos de devolução para nenhum deles. Os livros sobre adrenalina que deixara na sua secretária. Ouviu a porta da frente abrir-se e fechar-se e vagueou até à sala de estar alguns minutos mais tarde para encontrar Eli a cair no sofá. Tinha colocado uma pilha de livros e de impressões agrafadas na mesa de centro de madeira da universidade, mas, quando viu Victor entrar, procurou em vez disso uma revista e começou a folheá-la, fingindo aborrecimento. Os livros sobre a mesa eram sobre tudo, do funcionamento do cérebro sob *stress* à vontade humana, anatomia, respostas psicossomáticas... mas as impressões eram diferentes. Victor pegou numa delas e afundou-se numa cadeira para a ler. Eli franziu o sobrolho, mas não o impediu. As impressões foram captadas de *sites*, quadros de mensagens, fóruns. Nunca seriam vistas como fontes fidedignas.

— Diz-me a verdade — disse Victor, atirando as páginas de volta à mesa entre eles.

— Sobre o quê? — perguntou Eli, como que distraído. Victor olhou-o fixamente, sem piscar os seus olhos azuis, até que Eli finalmente pôs a revista de lado, sentou-se e virou-se, assentando os seus pés firmemente no chão para que pudesse espelhar a posição de Victor. — Porque acho que podem ser reais — disse ele. — *Podem* — realçou. — Mas estou disposto a considerar a possibilidade.

Victor estava surpreendido com a sinceridade na voz do amigo.

— Continua — disse ele, oferecendo a sua melhor expressão de *confia em mim.*

Eli percorreu a pilha de livros com os dedos.

— Tenta ver as coisas desta forma. Na banda desenhada há duas maneiras de se fazer um herói. Natureza e educação. Temos o Super-Homem, que nasceu como era, e o Homem-Aranha, que foi feito daquela forma. Estás a acompanhar?

— Sim.

— Se fizeres uma pesquisa básica sobre pessoas EO — disse, apontando para as impressões —, encontras a mesma divisão. Gente que afirma que as EO nascem extraordinárias, e outros que sugerem tudo, de matéria radioativa e insetos venenosos a algo aleatório. Digamos que consegues encontrar uma EO, tens então a prova de que, *de facto*, existem. A questão é como. Nascem assim? Ou *tornam-se*?

Victor observou a forma como os olhos de Eli assumiam um brilho, quando falava de pessoas EO, e a mudança no seu tom — mais grave, mais urgente — combinava com os músculos que se mexiam nervosamente no seu rosto, enquanto tentava esconder a sua excitação. O zelo espreitava pelos cantos da sua boca, o fascínio à volta dos seus olhos, a energia no seu maxilar. Victor observava o seu amigo, hipnotizado com a transformação. Ele próprio conseguia imitar a maioria das emoções e transmiti-las como suas, mas a imitação não passava daí, e sabia que nunca poderia igualar este... *fervor*. Nem sequer tentou. Em vez disso, manteve-se calmo, escutou, os olhos atentos e reverentes para que Eli não desanimasse, não recuasse.

A última coisa que Victor queria que ele fizesse era que se retirasse. Tinham sido necessários quase dois anos de amizade para quebrar aquela carapaça encantadora e doce e encontrar aquilo que Victor sempre soube que espreitava por dentro. E agora, ali, sem fazer nada à volta de uma mesa de centro com uma pilha de capturas de ecrã de baixa resolução de *sites* geridos por homens adultos nas caves dos seus pais, era como se Eliot Cardale tivesse encontrado Deus. Melhor ainda, como se tivesse encontrado Deus e quisesse mantê-lo em segredo, mas sem o conseguir. Brilhava através da sua pele como luz.

— Portanto — disse Victor, devagar —, admitamos que as EO realmente existem. Vais descobrir *como*.

Eli esboçou-lhe o género de sorriso que o líder de uma seita cobiçaria.

— É essa a ideia.

V

NOITE ANTERIOR

CEMITÉRIO DE MERIT

BAQUE.

Baque.

Baque.

— Quanto tempo estiveste na prisão? — perguntou Sydney, tentando preencher o silêncio. O som de escavar, quando combinado com o murmúrio distraído de Victor, não estava a ajudar aos seus nervos.

— Demasiado tempo — respondeu Victor.

Baque.

Baque.

Doíam-lhe os dedos, entorpecidos de agarrar a pá com firmeza.

— E foi aí que conheceste o Mitch?

Mitch — Mitchell Turner — era o homem enorme que os esperava no quarto do hotel. Não porque não gostasse de cemitérios, dissera-lhes com veemência. Não, era apenas porque *alguém* tinha de ficar para trás com Dol e, além disso, havia trabalho a fazer. Muito trabalho. Não tinha nada que ver com os corpos.

Sydney sorriu quando pensou nele a arranjar desculpas. Fê-la sentir-se um pouco melhor pensar em Mitch, que tinha aproximadamente o tamanho do carro — e que provavelmente conseguia levantar um com facilidade —, a ser impressionável em relação à morte.

— Éramos companheiros de cela — disse ele. — Há muitas pessoas más na prisão, Syd, e apenas algumas decentes. O Mitch era uma destas.

Baque.

Baque.

— És uma das más? — perguntou Sydney. Os seus olhos azuis, lacrimosos, olhavam diretamente para ele, sem piscar. Não tinha a certeza de se a resposta era realmente importante, mas sentiu que devia saber.

— Haverá quem diga que sim — disse ele.

Baque.

Sydney continuou a olhar.

— Não acho que sejas má pessoa, Victor.

Victor continuou a cavar.

— É tudo uma questão de perspetiva.

Baque.

— Quanto à prisão. Eles... deixaram-te sair? — perguntou ela, baixinho.

Baque.

Victor deixou a pá enfiada na terra e levantou o olhar para Sydney. Em seguida, sorriu, o que, dera ela conta, ele parecia fazer muito, antes de mentir, e disse:

— Claro.

VI

UMA SEMANA ANTES

PRISÃO DE WRIGHTON

A PRISÃO era menos importante do que aquilo que proporcionava a Victor. Nomeadamente, tempo.

Cinco anos de isolamento deram-lhe tempo para pensar.

Quatro anos de integração (graças a cortes orçamentais e à falta de provas de que Vale fosse de alguma maneira psicopata) deram-lhe tempo para praticar. E 463 reclusos com quem praticar.

E os últimos sete meses haviam-lhe dado tempo para planear este momento.

— Sabias — disse Victor, folheando um livro sobre anatomia, da biblioteca da prisão (ele considerava particularmente imbecil dotar os reclusos com um sentido pormenorizado das posições dos órgãos vitais, mas, enfim) — que quando se retira a uma pessoa o medo da dor, retira-se-lhe o medo da morte? Tornamo-las, aos seus próprios olhos, imortais. Que, claro, não são, mas como é o ditado? Somos todos imortais até prova em contrário?

— Algo do género — disse Mitch, que estava um pouco preocupado.

Mitch era o companheiro de cela de Victor na Prisão Federal de Wrighton. Victor gostava dele, em parte porque Mitch não estava preocupado com a política prisional, e em parte porque era *esperto*. As pessoas não pareciam dar-se conta por causa do tamanho do homem, mas Victor vira o talento e dera-lhe bom uso. Por exemplo, Mitch estava presentemente a tentar provocar um curto-circuito a uma câmara de segurança com um invólucro de pastilha elástica, um cigarro e um pequeno pedaço de arame, que Victor lhe tinha assegurado três dias antes.

— Já consegui — disse Mitch, volvido um momento, enquanto Victor consultava o capítulo sobre o sistema nervoso. Pôs o livro de lado e fletiu os dedos quando o guarda passou pelo corredor.

— Vamos a isto? — perguntou, enquanto o ar começava a zumbir.

Mitch olhou em redor da cela e assentiu com a cabeça.

— Tu primeiro.

VII

DOIS DIAS ANTES

NA ESTRADA

A CHUVA atingia o carro em vagas. Era tanta, que as escovas do limpa-para-brisas nada faziam para a remover, apenas conseguiam desviá-la para as janelas, mas nem Mitch nem Victor se queixavam. Afinal de contas, o carro tinha sido roubado. E obviamente *bem* roubado; tinham-no conduzido sem incidentes durante quase uma semana, desde que o roubaram numa área de serviço a poucos quilómetros da prisão.

O carro passou por um sinal que dizia MERIT — 37 km.

Mitch conduzia, e Victor olhava fixamente para o mundo a passar. Parecia tão rápido. Tudo parecia rápido, depois de ter estado numa cela durante dez anos. Tudo parecia livre. Durante os primeiros dias conduziram sem rumo, a necessidade de se deslocarem superando a necessidade de um destino. Victor não sabia para onde conduziam. Ele ainda não havia decidido onde começar a busca. Dez anos eram tempo suficiente para planear a fuga ao pormenor. Numa hora tinha roupa nova, num dia, dinheiro, mas volvida uma semana e ainda não tinha um lugar para começar a procurar Eli.

Até àquela amanhã.

Pegara no *The National Mark*, um jornal nacional, numa bomba de gasolina, folheando-o de forma distraída, e o destino sorrira-lhe. Ou, pelo menos, *alguém* sorrira. Sorrira diretamente de uma fotografia impressa à direita de um artigo intitulado:

HERÓI CIVIL SALVA BANCO

O banco localizava-se em Merit, uma metrópole crescente, a meio caminho entre os muros de arame farpado de Wrighton e as vedações de ferro forjado de Lockland. Victor e Mitch tinham ido para lá por nenhuma outra razão que não fosse o ser um lugar para se ir. Uma cidade cheia de gente que Victor podia questionar, persuadir, coagir. E uma cidade que já estava a mostrar promessa, pensou ele, levantando o papel dobrado.

Ele tinha comprado o exemplar do *National Mark*, mas levara apenas aquela página, introduzindo-a na sua pasta quase reverentemente. Era um começo.

Agora Victor fechava os olhos, encostando a cabeça ao assento, enquanto Mitch conduzia.

Onde estás, Eli?, perguntava-se.

Onde estás onde estás onde estás onde estás?

A perguntava ecoava-lhe na mente. Havia um decénio que se perguntava o mesmo. Alguns dias de forma distraída, e outros com uma necessidade tão intensa de saber, que até doía. Na verdade, *doía*, e para Victor isso era qualquer coisa. O seu corpo instalou-se de novo no assento, enquanto o mundo acelerava. Não tinham tomado a autoestrada — a maioria dos fugitivos sabia que não o deveria fazer —, mas o limite de velocidade na via rápida de duas faixas era mais do que satisfatório. Qualquer coisa era melhor do que ficar parado, pensou ele, enquanto os seus olhos desfocavam.

Algum tempo mais tarde, o carro bateu num pequeno buraco, e o solavanco arrancou Victor do seu devaneio. Pestanejou e virou a cabeça para observar as árvores, que bordejavam na estrada, a passar. Baixou a janela até meio para sentir essa velocidade, ignorando os protestos de Mitch sobre os salpicos de chuva dentro do carro. Ele não se importava com a água ou com os assentos. Precisava de *sentir*. Era crepúsculo e, naqueles últimos momentos do dia, Victor viu uma forma a deslocar-se pela berma da estrada. Era pequena, com a cabeça curvada e agarrada a si mesma, enquanto descia pela estreita berma da via rápida. O carro de Victor passou por ela, antes de ele franzir o sobrolho e falar.

— Mitch, volta para trás.

— Para quê?

Victor virou a sua atenção para o homem enorme ao volante.

— Não me faças pedir de novo.

Mitch não o fez. Pôs o carro em marcha-atrás, os pneus a deslizar no piso molhado. Voltaram a passar pela figura, mas desta feita a recuar. Mitch pôs de novo o carro em primeira e foi pela estrada acima ao lado daquela figura. Victor baixou a janela por completo, a chuva a enfiar-se dentro do carro.

— Estás bem? — perguntou, por entre a chuva.

A figura não deu resposta. Victor sentiu algo a aguilhoar-lhe os extremos dos sentidos, zumbindo. Dor. Não era dele.

— Para o carro — disse ele, e desta vez Mitch encostou prontamente — demasiado *prontamente* — o carro à berma. Victor saiu, fechou o casaco até ao pescoço e começou a andar ao lado da figura desconhecida. Ele seria cerca de dois palmos mais alto do que ela.

— Estás ferida — disse para aquele monte de roupa molhada. Não foram os braços cruzados firmemente sobre o peito da figura a revelá-lo, ou a mancha escura numa manga, mais escura até do que a chuva, ou a maneira como a figura recuou de repente quando ele estendeu a mão. Victor cheirava a dor da mesma forma que um lobo cheirava o sangue. Sintonizado com ela.

— Para — disse ele, e desta feita os passos daquela pessoa abrandaram até parar. A chuva caía, firme e fria, em redor deles. — Entra no carro.

A figura olhou para ele então, e o capuz molhado do casaco caiu de novo sobre um par de ombros estreitos. Olhos azuis cristalinos, ferozes, atrás de um *eyeliner* preto, borratado, olharam para ele de um rosto jovem. Victor conhecia a dor demasiado bem para se deixar enganar pelo olhar desafiador, o maxilar fixo à volta do qual o cabelo loiro molhado se enrolava e ficava preso. Ela não teria mais de doze anos, talvez treze.

— Anda lá — insistiu ele, gesticulando para o carro que havia parado ao lado deles. A rapariga apenas o olhava fixamente. — Que te vai acontecer? — perguntou. — Não podes ficar pior do que já estás.

Como ela não fez qualquer movimento na direção do carro, ele suspirou e apontou para o braço dela.

— Deixa-me ver isso — estendeu o braço, deixando os seus dedos roçarem no casaco dela. O ar à volta da sua mão crepitou como sempre, e a rapariga deixou sair um sopro de alívio que mal se ouviu. Ela esfregou a sua manga.

— Ei, para com isso — avisou ele, afastando a mão dela da ferida. — Ainda não tratei disso.

Os olhos dela dançaram entre a mão dele e a sua manga, para a frente e para trás.

— Tenho frio — disse ela.

— Sou o Victor — disse ele, e ela esboçou-lhe um pequeno e exausto sorriso. — E, agora, que achas de sairmos da chuva?

VIII

NOITE ANTERIOR

CEMITÉRIO DE MERIT

— NÃO ÉS má pessoa — repetiu Sydney, atirando terra para a relva iluminada pela Lua. — Mas o Eli é.

— Sim. O Eli é.

— Mas não foi para a prisão.

— Não.

— Achas que ele vai perceber a mensagem? — perguntou ela, apontando para a campa.

— Tenho quase a certeza — disse Victor. — E, se o Eli não a perceber, a tua irmã sim.

Sydney sentiu o estômago às voltas ao pensar em Serena. Na sua mente, a irmã mais velha era duas pessoas diferentes, duas imagens que se sobrepunham de uma forma que a fazia sentir-se tonta, doente.

Havia a Serena de antes do lago. A Serena que se tinha ajoelhado no chão à sua frente, no dia em que partira para a faculdade — ambas sabiam que estava a abandonar Sydney naquela casa tóxica e vazia —, e que usara o seu polegar para limpar as lágrimas da face de Sydney, dizendo vezes sem conta: *Não vou desaparecer, não vou desaparecer.*

E depois havia a Serena ulterior ao lago. A Serena cujos olhos eram frios e cujo sorriso era oco e que fazia as coisas acontecerem apenas com palavras. Aquela que atraiu Sydney para um campo com um corpo, murmurando-lhe para mostrar o seu truque, depois parecendo triste quando o fez. Aquela que lhe virou as costas quando o namorado levantou a sua arma.

— Não quero ver a Serena — disse Sydney.

— Eu sei — disse Victor. — Mas eu quero ver o Eli.

— Porquê? — perguntou ela. — Não o podes matar.

— Pode ser — enrolou os dedos à volta da pá. — Mas tentar já é divertido.

IX

DEZ ANOS ANTES

UNIVERSIDADE DE LOCKLAND

QUANDO Eli fora buscar Victor ao aeroporto, alguns dias antes do início do segundo semestre, pusera o tipo de sorriso que deixava Victor nervoso. Eli tinha tantos sorrisos diferentes como as gelatarias tinham sabores, e este dizia possuir um segredo. Victor não se queria importar, mas importou-se. E uma vez que não conseguia parecer não se importar, estava determinado a, pelo menos, não o mostrar.

Eli passara as férias todas no *campus* a fazer pesquisa para a sua tese. Angie tinha-se queixado, porque ele deveria ir-se embora com ela; Angie, como Victor previra, não era fã da tese de Eli, nem do assunto, nem da percentagem de tempo que ocupava. Eli alegou que o período de pesquisa das férias era um gesto para apaziguar o professor Lyne, para provar que estava a levar a tese a sério, mas Victor não gostou, porque isso significava que Eli tinha um avanço. Victor não gostou, porque, como é óbvio, tinha pedido que ficasse também durante as férias, tendo-lhe sido negadas as mesmas isenções. Fora necessário todo o seu controlo para esconder a raiva, o desejo de riscar a vida de Eli e de a reescrever na sua. De alguma forma, ele conseguiu apenas um encolhimento de ombros e um sorriso, e Eli prometeu mantê-lo informado, se fizesse algum progresso na área de interesse deles — Eli havia dito *deles*, não *dele*, e isso tinha ajudado a acalmá-lo. Victor não ouvira absolutamente nada durante as férias; então, alguns dias antes de estar programado voltar ao *campus*,

Eli ligou para dizer que tinha encontrado algo, mas recusou-se a dizer ao seu amigo o que era até os dois estarem de volta ao *campus*.

Victor quisera reservar um voo mais cedo (mal podia esperar para escapar à companhia dos seus pais, que tinham insistido primeiro num Natal juntos, e depois em lembrá-lo diariamente do sacrifício que estavam a fazer, uma vez que as férias eram os seus mais populares períodos para digressões), mas não queria parecer muito ansioso, por isso esperou os dias, trabalhando furiosamente na sua própria pesquisa suprarrenal, que parecia terapêutica por comparação, uma simples questão de causa e efeito, com demasiados dados documentados para representar um grande desafio. Era regurgitação. Competentemente organizada e elegantemente redigida, sim, mas pontilhada por hipóteses que pareciam, para Victor, desinspiradas, aborrecidas. Lyne tinha considerado o esboço sólido, havia dito que Victor tinha uma vantagem inicial. Mas Victor não queria correr, enquanto Eli estava ocupado a tentar voar.

E, assim, quando subiu ao banco do passageiro do carro de Eli, os seus dedos tamborilavam nos joelhos por causa da excitação. Esticou-se num esforço para os acalmar, mas assim que lhe voltaram a bater nas pernas, retomaram o seu movimento inquieto. Tinha passado a maior parte do voo a acumular indiferença para que, quando visse Eli, as primeiras palavras da sua boca não fossem *conta-me*, mas, agora que estavam juntos, a sua compostura estava a falhar.

— Então? — perguntou, tentando, sem êxito, soar aborrecido. — Que descobriste?

Eli apertou o seu punho no volante, enquanto conduzia em direção a Lockland.

— Trauma.

— Que tem?

— Foi o único ponto comum que consegui encontrar em todos os casos de EO que estão perto de estar bem documentados. De qualquer modo, os corpos reagem de formas estranhas sob *stress*. A adrenalina e tudo isso, *como sabes*. Percebi que o trauma pode provocar alterações químicas no corpo — começou a falar mais depressa. — Mas o problema é que trauma é uma palavra tão vaga, certo? É um cobertor inteiro, na verdade, e eu precisava de isolar um fio. Milhões de pessoas são traumatizadas diariamente. Emocionalmente, fisicamente, coisas do género.

Se apenas uma fração delas se tornasse ExtraOrdinária, ainda assim comporiam uma percentagem mensurável da população humana. E se fosse esse o caso, as pessoas EO seriam mais do que uma coisa entre aspas, mais do que uma hipótese; seriam uma realidade. Eu sabia que tinha de haver algo mais específico.

— Um género de trauma? Como acidentes de carro? — perguntou Victor.

— Sim, exatamente, só que não encontrei indicadores de trauma comum. Nenhuma fórmula óbvia. Nenhum parâmetro. Pelo menos de início.

Eli deixou as suas palavras a pairar no carro. Victor desligou o rádio. Eli praticamente saltava no seu assento.

— Mas? — perguntou logo Victor, constrangendo-se com o seu próprio interesse evidente.

— Mas comecei a escavar — disse Eli —, e os poucos casos de estudo que desenterrei — casos não oficiais, claro, e esta merda foi difícil de encontrar —, bem, essas pessoas não eram só traumatizadas, Vic. Elas *morreram*. Não o percebi de início, porque nove em cada dez vezes, quando uma pessoa não permanece morta, nem sequer é registada como uma EQM. Porra, metade das vezes as pessoas nem percebem que *tiveram* uma EQM.

— EQM?

Eli olhou para Victor.

— Experiência de quase-morte. E se uma pessoa EO não é um produto de um trauma qualquer? E se os seus corpos estiverem a reagir ao maior trauma físico e psicológico possível? Morte. Pensa nisso, o tipo de transformação de que estamos a falar não seria possível apenas com uma reação fisiológica, ou apenas com uma reação psicológica. Seria necessário um enorme influxo de adrenalina, de medo, de consciência. Falamos do poder da vontade, falamos da mente sobre a matéria, mas não é uma sobre a outra, são as duas coisas ao mesmo tempo. Tanto a mente como o corpo respondem à morte iminente, e, nos casos em que ambos são suficientemente fortes — e ambos *teriam* de ser fortes, estou a falar de predisposição genética e vontade de sobreviver —, penso que se pode ter uma receita para uma pessoa EO.

A mente de Victor andou à roda, enquanto escutava a teoria de Eli. Fletiu os dedos contra as pernas das suas calças.

Fazia sentido.

Fazia sentido e era simples e elegante e Victor detestava isso, sobretudo porque o devia ter visto primeiro, devia ter sido capaz de formular hipóteses. A adrenalina era o *seu* tema de investigação. A única diferença era que ele tinha estado a estudar o fluxo temporário, e Eli chegara a sugerir uma mudança permanente. A raiva irrompeu dele, mas a raiva era improdutiva, pelo que a transformou em pragmatismo, enquanto procurava uma falha.

— Diz alguma coisa, Vic.

Victor franziu o sobrolho e manteve a sua voz cuidadosamente desprovida do entusiasmo de Eli.

— Tens dois casos conhecidos, Eli, mas não fazes ideia de quantos desconhecidos. Mesmo que se possa dizer definitivamente que uma EQM e uma forte vontade de sobreviver são componentes necessárias, pensa em quantos outros fatores poderão existir. Raios, o sujeito pode precisar de uma dúzia de outros itens na sua lista de verificação de pessoas EO. E as duas componentes que tens são demasiado vagas. O termo *predisposição genética* por si só compreende centenas de traços, alguns ou todos eles podem ser cruciais. O sujeito necessita de níveis químicos naturalmente elevados, ou glândulas voláteis? O seu estado físico atual é importante, ou apenas as reações inatas do seu corpo à mudança? Quanto ao estado mental, Eli, como poderias calcular os fatores psicológicos? Que constitui uma vontade forte? É uma caixa de Pandora filosófica. E depois há todo o elemento do acaso.

— Não estou a descontar nada disso — disse Eli, desanimando um pouco, enquanto conduzia o carro para o parque de estacionamento. — É uma teoria aditiva, não dedutiva. Não podemos celebrar o facto de eu ter potencialmente feito uma descoberta crucial? As pessoas EO precisam de EQM. Diria que isso é fantástico.

— Mas não é suficiente — disse Victor.

— Não é? — passou-se Eli. — É um começo. Isso é algo. Qualquer teoria precisa de um sítio para começar, Vic. A hipótese da EQM — esta mistura de reações físicas e mentais ao trauma — tem validade.

Algo mesquinho e perigoso estava a tomar forma em Victor, enquanto Eli falava. Uma ideia. Uma maneira de transformar a descoberta de Eli em *sua*, ou pelo menos *deles*.

— E é uma *tese* — continuou Eli. — Estou a tentar encontrar explicação científica para o fenómeno das pessoas EO. Não é que esteja a tentar *criar* uma.

Victor torceu a boca, esboçando um sorriso.

— Porque não?

— PORQUE é suicídio — disse Eli, enquanto mastigava a sua sanduíche.

Estavam sentados no LIDS, que ainda estava bastante vazio, antes do início do segundo semestre. Apenas o restaurante italiano, o de comida caseira e o café estavam abertos.

— Bem, sim, forçosamente — disse Victor, sorvendo o seu café. — Mas, se funcionasse...

— Não posso acreditar que estás a sugerir uma coisa dessas — atirou Eli. No entanto, havia algo na sua voz, entrelaçado na surpresa. Curiosidade. Energia. Aquele fervor que Victor tinha sentido antes.

— Digamos que tens razão — insistiu Victor — e é uma equação simples: uma experiência de quase-morte, com ênfase no quase, além de um certo nível de resistência física e uma vontade forte...

— Mas foste tu que disseste que *não* é simples, que tem de haver mais fatores.

— Ah, tenho a certeza de que há — disse Victor. Mas tinha a atenção de Eli. Gostava de ter a sua atenção. — Quem sabe quantos mais fatores? Mas estou disposto a admitir que o corpo é capaz de coisas incríveis em situações de perigo de vida. É sobre isso que tem sido a *minha* tese, lembras-te? E talvez tenhas razão. Talvez o corpo seja até capaz de uma alteração química fundamental. A adrenalina já deu às pessoas semelhantes capacidades sobre-humanas em momentos de extrema necessidade. Lampejos de poder. Talvez haja uma maneira de tornar a mudança permanente.

— Isto é de loucos...

— Não acreditas nisso. Não inteiramente. Afinal de contas, é a tua tese — disse Victor. Torceu a boca, enquanto olhava para o seu café. — Terias nota máxima por causa disso.

Eli estreitou os olhos.

— A minha tese deveria ser teórica...

— Ai sim? — disse Victor, com um sorriso de gozo. — Que aconteceu ao acreditar?

Eli franziu a testa. Abriu a boca para responder, mas foi interrompido por um par de braços esguios à volta do seu pescoço.

— Porque estão os meus meninos com um ar tão sério? — Victor levantou a cabeça para ver os caracóis cor de ferrugem, as sardas e o sorriso de Angie. — Tristes por as férias terem acabado?

— Quase — disse Victor.

— Olá, Angie — disse Eli, e Victor viu o brilho dos olhos do amigo esmorecer, mesmo quando a puxava para um daqueles beijos de estrela de cinema. Victor praguejou interiormente. Havia trabalhado tanto para o revelar, e Angie estava a desfazer toda a concentração de Eli com um beijo. Levantou-se da mesa, irritado.

— Aonde vais? — perguntou Angie.

— Longo dia — disse ele. — Acabei de chegar, ainda tenho de desfazer as malas...

Falhou-lhe a voz. Angie já não estava a prestar atenção. Tinha os dedos entrelaçados no cabelo de Eli, os lábios contra os dele. De repente, já os tinha perdido a ambos.

Victor virou-se e partiu.

X

DOIS DIAS ANTES

HOTEL ESQUIRE

VICTOR manteve a porta do hotel aberta, enquanto Mitch levava Sydney — ferida e encharcada — para dentro. Mitch era enorme, de cabeça rapada, com quase todos os poros da sua pele ocupados com tatuagens e quase tão largo como a rapariga era alta. Ela podia ter andado, mas Mitch decidira que carregá-la seria mais fácil do que tentar levantar-lhe o braço para os seus ombros. Também carregara duas malas, que pousara junto à porta.

— Isto serve, acho eu — disse ele, olhando alegremente em redor daquela luxuosa suíte.

Victor pousou outra mala, muito mais pequena, despiu o seu casaco molhado e pendurou-o, arregaçando as mangas, enquanto instruía Mitch para levar a rapariga para a casa de banho. Sydney esticou a cabeça, enquanto era transportada pelo quarto. O hotel Esquire, localizado no centro da cidade de Merit, era despojado de uma forma que a fazia pensar se tinham deitado fora peças de mobiliário, e deu por si a olhar para baixo para ver se existiam reentrâncias onde pernas de cadeiras ou pés de sofás já teriam estado. Mas o chão era de madeira, ou de algo fabricado para se parecer com madeira, e a casa de banho era de pedra e azulejos. Mitch pô-la no chuveiro — um grande espaço de mármore sem portas — e desapareceu.

Ela tremia, sentindo apenas um frio incómodo e penetrante, e Victor apareceu vários minutos depois, carregando uma braçada de roupa diversa.

— Algo disto te deve servir — disse ele, deixando cair a roupa na bancada junto ao lavatório. Ficou do lado de fora da porta da casa de banho, enquanto Sydney despia a sua roupa molhada e examinava a pilha de roupa, perguntando-se de onde teria vindo. Parecia que tinham assaltado o conteúdo de uma lavandaria, mas as coisas estavam secas e quentes, e por isso não se queixou.

— Sydney — disse, finalmente, a voz abafada pela camisa a meio caminho entre a sua cabeça e a porta entre eles. — É esse o meu nome.

— Prazer — disse Victor, do corredor.

— Como fizeste isso? — perguntou, enquanto vasculhava as camisas.

— O quê? — perguntou ele.

— Fazer parar a dor.

— É um... dom.

— Um dom — murmurou ela, com amargura.

— Alguma vez conheceste alguém com um dom? — perguntou ele, do outro lado da porta.

Sydney deixou a pergunta pendurada, o silêncio que se seguiu pontuado apenas pelo som de roupa a ser amarfanhada, puxada e descartada. Quando finalmente voltou a falar, tudo o que disse foi:

— Já podes entrar.

Victor fê-lo e encontrou-a com calças de treino demasiado grandes e um *top* com alcinhas, que era demasiado comprido, mas ambos serviriam por agora. Disse-lhe para se sentar muito quieta na bancada, enquanto lhe examinava o braço. Quando limpou os últimos vestígios de sangue, franziu o sobrolho.

— Que se passa? — perguntou ela.

— Foste alvejada — disse ele.

— Evidentemente.

— Estavas a brincar com uma pistola ou algo assim?

— Não.

— Quando é que isto aconteceu? — perguntou, com os dedos pressionados no punho dela.

— Ontem.

Ele manteve o olhar sobre o braço dela.

— Vais contar-me o que se passa?

— Como assim? — perguntou ela, sem emoção.

— Bom, Sydney, tens uma bala no braço, a pulsação é demasiado lenta para alguém da tua idade, e a tua temperatura parece cerca de cinco graus mais fria.

Sydney ficou tensa, mas não disse nada.

— Estás ferida em mais algum sítio? — perguntou ele.

Sydney encolheu os ombros.

— Não sei.

— Vou dar-te a dor de volta, um pouco — disse ele. — Para ver se tens mais ferimentos.

Ela assentiu firmemente com a cabeça. Victor apertou-lhe um pouco mais o braço, e o frio penetrante aqueceu e transformou-se em dor, magoando-a em diferentes pontos do corpo. Ela arfou para respirar, mas aguentou, enquanto lhe dizia os locais onde a dor era pior. Observava-o, enquanto ele trabalhava, o seu toque era tremendamente leve, como se tivesse medo de a partir. Tudo nele era leve — a sua pele, o seu cabelo, os seus olhos, as suas mãos, enquanto dançavam no ar acima da pele dela, tocando-a apenas quando absolutamente necessário.

— Bem — disse Victor, depois de lhe pôr ligaduras e de retirar o que restava da dor. — Além do ferimento de bala e de uma entorse no tornozelo, pareces estar em forma.

— Além disso — disse Sydney, friamente.

— É tudo relativo — disse Victor. — Estás viva.

— Estou.

— Vais dizer-me o que te aconteceu? — perguntou ele.

— És médico? — retorquiu ela.

— Deveria tê-lo sido. Há muito tempo.

—Que aconteceu?

Victor suspirou e encostou-se ao toalheiro.

— Fazemos uma troca. Uma resposta por outra resposta.

Ela hesitou, mas acabou por assentir com a cabeça.

— Quantos anos tens? — perguntou ele.

— Treze — mentiu, porque odiava ter doze. — Quantos anos tens tu?

— Trinta e dois. Que te aconteceu?

— Alguém tentou matar-me.

— Dá para ver. Mas por que razão haveria alguém de tentar uma coisa dessas?

Ela abanou a cabeça.

— Não é a tua vez. Porque não pudeste tornar-te médico?

— Fui para a prisão — disse ele. — Por que razão haveria alguém de tentar matar-te?

Ela coçou a canela com o calcanhar, o que significava que estava prestes a mentir, mas Victor ainda não a conhecia suficientemente bem para o saber.

— Não faço ideia.

Sydney quase perguntou sobre a prisão, mas mudou de ideias no último momento.

— Porque é que me foram buscar à berma da estrada?

— Tenho uma fraqueza por vadios — disse ele. Em seguida, Victor surpreendeu-a perguntando: — Tens um dom, Sydney?

Após um longo momento, ela abanou a cabeça.

Victor olhou para baixo, e ela viu algo passar-lhe pelo rosto, como uma sombra, e, pela primeira vez, desde que o carro parara ao seu lado, sentiu medo. Não um medo arrebatador, mas um pânico fraco e constante, que se espalhava sobre a sua pele.

Mas então Victor levantou a cabeça, e a sombra tinha desaparecido.

— Devias descansar, Sydney — disse ele. — Podes ficar com o quarto ao fundo do corredor.

Ele virou-se e ausentou-se, antes que ela pudesse agradecer.

VICTOR entrou na cozinha da suíte, separada do resto do quarto principal apenas por uma bancada de mármore, e serviu uma bebida do carregamento de bebidas que ele e Mitch tinham estado a reunir desde que saíram de Wrighton, e que Mitch trouxera do carro. A rapariga estava a mentir, e ele sabia-o, mas resistiu ao impulso de recorrer aos seus métodos habituais. Ela era uma criança e claramente assustada. E já tinha sido suficientemente ferida.

Victor deixou Mitch ficar com o outro quarto. O homem nunca caberia no sofá, e Victor não dormia muito de qualquer forma. Se por acaso ficasse cansado, certamente não se importaria com o sofá de pelúcia. Essa tinha sido a sua coisa menos favorita na prisão. Não as pessoas, ou a comida, ou mesmo o ser uma *prisão*.

Era o raio da cama de lona.

Victor pegou na sua bebida e vagueou pelo chão laminado de madeira da suíte do hotel. Era notavelmente realista, mas não rangia, e ele conseguia sentir o betão por baixo. As suas pernas tinham passado tempo suficiente de pé sobre betão para o saber.

Uma parede inteira da sala de estar era feita de janelas, do chão ao teto, um conjunto de portas de varanda embutidas no centro. Abriu-as e saiu para uma varanda rasa, sete andares acima. O ar estava fresco, e ele apreciou-o ao descansar os cotovelos sobre o parapeito de metal congelado, segurando a sua bebida, embora o gelo tornasse o copo suficientemente frio para lhe magoar os dedos. Não que o sentisse.

Victor olhou para Merit. Mesmo a esta hora, a cidade estava viva, um lugar vibrante, murmurante, cheio de pessoas que conseguia sentir sem sequer se esticar. Mas, naquele momento, rodeado pelo ar frio e metálico da cidade e pelos milhões de corpos vivos e *sensíveis*, não pensava em nenhum deles. Os seus olhos pairavam sobre os edifícios, mas a sua mente perambulava para lá de tudo aquilo.

XI

DEZ ANOS ANTES

UNIVERSIDADE DE LOCKLAND

— ENTÃO? — perguntou Victor mais tarde naquela noite. Tinha bebido. Um par de copos. Tinham cerveja armazenada, numa prateleira da cozinha, para as reuniões, e um fornecimento de bebidas brancas na gaveta debaixo do lavatório da casa de banho para os dias muito maus ou muito bons.

— Não há maneira — disse Eli. Viu o copo na mão de Victor e dirigiu-se para a casa de banho para se servir também a si próprio.

— Isso não é inteiramente verdade — disse Victor.

— Não há maneira de criar controlo suficiente — clarificou Eli, dando um longo gole. — Não há maneira de garantir a sobrevivência, muito menos algumas capacidades. As experiências de quase-morte não deixam de ser quase *morte*. É um risco demasiado grande.

— Mas se funcionasse...

— Mas se não...

— Podíamos criar controlo, Eli.

— Não o suficiente.

— Perguntaste-me se alguma vez quis acreditar em algo. Acredito. Quero acreditar nisto. Quero acreditar que há *mais* — Victor passou um pouco de *whiskey* sobre a borda do seu copo. — Que nós podemos *ser* mais. Porra, podíamos ser heróis.

— Podíamos morrer — disse Eli.

— É um risco que todos corremos só de vivermos.

Eli passou os dedos pelo cabelo. Estava agitado, inseguro. Victor gostava de o ver assim.

— É só uma *teoria.*

— Nada do que fazes, Eli, tem a intenção de ser teórico. Vejo isso em ti — Victor estava muito orgulhoso de ter verbalizado a observação numa só tentativa, tendo em conta o seu grau de ebriedade. Apesar disso, precisava de parar de falar. Não gostava que as pessoas soubessem quanto as observava, comparava e imitava. — Vejo isso — terminou, baixinho.

— Acho que já bebeste o suficiente.

Victor baixou o olhar para o líquido âmbar.

Os momentos que definem as vidas nem sempre são evidentes. Nem sempre gritam *CUIDADO*, e nove em cada dez vezes não há corda de segurança, nenhuma linha para atravessar, nenhum pacto de sangue, nenhuma carta oficial em papel extravagante. Nem sempre são prolongados, cheios de significado. Entre um gole e outro, Victor cometeu o maior erro da sua vida, e foi feito de nada mais do que uma frase. Três pequenas palavras.

— Eu vou primeiro.

Pensara nisso no carro no regresso do aeroporto, quando perguntara *porque não*? Pensara nisso enquanto almoçavam, e depois enquanto caminhava pelo *campus*, terminando o seu café, pensara nisso durante todo o caminho de volta aos corredores da residência e aos apartamentos dos veteranos do outro lado. Algures entre o terceiro e o quarto copo, o ponto de interrogação tinha-se tornado um ponto final. Não havia escolha. Nem por isso. Esta era a única forma de ser mais do que um espectador das grandes proezas de Eli. Ser um participante. Um contribuinte.

— Que tens contigo? — perguntou.

— Como assim?

Victor franziu o sobrolho, descontente. Eli não consumia drogas, mas tinha-as sempre consigo, uma forma rápida de, no *campus* de Lockland — e, apostava Victor, em qualquer *campus* —, fazer dinheiro, ou alguns novos amigos. Eli pareceu perceber, então, a intenção de Vic.

— Não.

Victor já tinha desaparecido para a casa de banho, saindo com uma garrafa de *whiskey*, que ainda estava bastante cheia.

— Que tens? — voltou a perguntar.

— Não.

Victor suspirou, avançou para a mesa de centro e pegou num pedaço de papel de rascunho, rabiscando uma nota. *Vê os livros da prateleira de baixo.*

— Toma — disse, entregando a nota a Eli, que franziu a testa. Vic encolheu os ombros, deu mais um gole. — Trabalhei muito nesses livros — explicou, sentando-se no braço do sofá. — São poesia. E são uma muito melhor carta de suicídio do que qualquer outra coisa que fosse capaz de inventar agora.

— Não — voltou a dizer Eli. Mas a palavra era distante e monótona, e a luz nos seus olhos intensificava-se. — Isto não vai funcionar — enquanto o dizia, já se dirigia ao seu quarto, rumo à mesinha de cabeceira onde, sabia Victor, guardava os comprimidos.

Victor levantou-se do sofá e seguiu-o.

VOLVIDA meia hora, deitado na cama com uma garrafa de *whiskey* vazia e um frasco de analgésicos lado a lado, na mesinha de cabeceira mais próxima, Victor começou a perguntar-se se teria cometido um erro.

O seu coração batia como um martelo pneumático, forçando o sangue a passar demasiado depressa pelas veias. A sua visão dançava, e fechou os olhos. Um erro. Sentou-se de repente, certo de que vomitaria, mas umas mãos empurraram-no de volta para a cama e seguraram-no ali.

— Não podes — disse Eli, aliviando o aperto apenas quando Victor engoliu em seco e se concentrou nos azulejos do teto. — Não te esqueças do que falámos — dizia Eli. Dizia algo sobre resistir. Sobre a vontade.

Victor não estava a ouvir, pouco conseguia ouvir por cima da sua pulsação, e como podia o seu coração bater com mais força? Já não se perguntava se tinha cometido um erro. Tinha a certeza. A certeza de que, em vinte e dois anos de vida, este tinha sido o pior plano que alguma vez havia engendrado. Este era o *método* errado, dizia a parte racional de Victor que desvanecia, a parte que tinha estudado a adrenalina, a dor e o medo. Não devia ter tomado as anfetaminas com *whiskey*, não devia ter feito *nada* para entorpecer os nervos e os sentidos, para facilitar o processo, mas tinha estado nervoso... amedrontado. Agora estava a ficar dormente, e isso assustava-o mais do que a dor, porque significava que podia simplesmente... desvanecer.

Desvanecer até à morte, sem sequer dar conta.

Isto era um erro, um erro, um erro... mas aquela voz afastava-se pouco a pouco, substituída por uma dispersa e desanimada...

Podia funcionar.

Forçou o pensamento por entre aquele pânico entorpecedor. Podia funcionar e, *se* funcionasse, queria a oportunidade de manter o poder, a evidência, a prova. Queria ser *a* prova. Sem ela, este era o monstro de Eli, e ele era apenas a muralha de onde Eli fazia ressaltar as suas ideias. Com ela, *era* o monstro, essencial, indissociável das teorias de Eli. Tentou contar azulejos, mas perdia-lhes a conta. Embora o seu coração estivesse sob tensão, os pensamentos infiltravam-se como xarope, novos pensamentos a jorrar, antes de os velhos terem partido. Os números começavam a sobrepor-se, a desfocar. Tudo começava a desfocar. Sentia as pontas dos dedos entorpecidas de uma forma preocupante. Não exatamente frias, mas como se o seu corpo começasse a sugar a sua energia, para desligar, começando pelas partes mais pequenas. As náuseas também se desvaneceram, ao menos. Só o pulso apressado o avisava de que o seu corpo estava a falhar.

— Como te estás a sentir? — perguntou Eli, inclinando-se para a frente na cadeira que tinha puxado para a cama. Não tinha bebido nada, mas os seus olhos brilhavam, dançavam com a luz. Não parecia preocupado. Não parecia ter medo. Mas também não era ele que estava prestes a morrer.

Algo estava errado com a boca de Victor. Tinha de se concentrar de mais para formar as palavras.

— Não muito bem — conseguiu dizer.

Tinham-se contentado com uma boa e velha *overdose* por várias razões. Se falhasse, seria o mais fácil de explicar. Além disso, Eli podia esperar para pedir ajuda, até que tivessem entrado numa zona de crise. Chegar demasiado cedo ao hospital significava que não seria uma experiência de quase-morte, apenas uma experiência muito desagradável.

A dormência abria o seu caminho pelo corpo de Victor. Subia-lhe pelos membros, pela cabeça. Sentia o coração aos saltos.

Eli estava novamente a falar, baixinho e com urgência.

Cada vez que Victor pestanejava, era mais difícil voltar a abrir os olhos. E depois, por um momento, o medo crepitou-lhe pelo corpo. Medo de morrer. Medo de Eli. Medo de tudo o que poderia acontecer. Medo de nada acontecer. Foi tão repentino e tão forte.

O entorpecimento não demorou a fazer isso desaparecer também.

O coração saltou novamente, e havia um espaço onde a dor deveria ter estado, mas tinha bebido de mais para a sentir. Fechou os olhos para se concentrar em resistir, mas tudo o que a escuridão fez foi devorá-lo. Podia ouvir Eli a falar, e devia ser importante, porque ele estava a levantar a voz de uma forma como nunca levantara, mas Victor estava a afundar-se, diretamente na sua pele, na cama e no chão, até ficar tudo escuro.

XII

DOIS DIAS ANTES

HOTEL ESQUIRE

VICTOR ouviu algo a partir-se e baixou o olhar para descobrir que tinha apertado demasiado o seu copo, partindo o vidro. Estava a agarrar cacos, fitas de vermelho a escorrer-lhe pelos dedos. Abriu a mão, e o vidro partido caiu sobre o corrimão, rumo aos arbustos do restaurante do hotel, sete andares abaixo. Olhou para os fragmentos ainda enterrados na palma da mão.

Não os sentia.

Victor entrou e dirigiu-se ao lavatório, extraindo os maiores cacos de vidro da pele, observando os fragmentos a brilhar no lavatório de aço inoxidável. Sentiu-se desajeitado, dormente, incapaz de tirar os pedaços mais pequenos, por isso fechou os olhos, respirou fundo e começou a deixar a dor voltar a entrar. Logo a sua mão ardia, a palma pintada com uma dor entorpecedora, que o ajudava a identificar o local onde o vidro permanecia enterrado. Acabou por remover os pedaços e ficou a olhar para a sua palma ensanguentada, ondas rasas de dor ondulando-lhe no pulso.

ExtraOrdinário.

A palavra que iniciara — arruinara, mudara — tudo.

Franziu o sobrolho, aumentando os seus nervos como se aumentasse o volume de uma aparelhagem. A dor acentuou-se, espalhou-se num formigueiro que lhe irradiava da palma da mão, dedos abaixo e pulso acima. Voltou a aumentar a intensidade e encolheu-se à medida que o formigueiro se transformava num cobertor de dor em todo o seu corpo, não entorpecedor, mas afiado como facas. As mãos de Victor começaram a tremer, mas continuou, virando o botão na sua mente até ficar a arder, em rutura, esgotado.

Os seus joelhos cederam, e ele apoiou-se na bancada com uma mão ensanguentada. A dor apagou-se como um rastilho queimado, deixando Victor às escuras. Ele estabilizou-se. Ainda estava a sangrar e sabia que devia ir buscar o *kit* médico que tinham trazido do carro para Sydney; não era a primeira vez que Victor desejava poder trocar as suas capacidades com Eli.

Mas primeiro limpou o sangue da bancada, servindo-se de mais uma bebida.

XIII

DEZ ANOS ANTES

CENTRO DE SAÚDE DE LOCKLAND

DO nada veio a dor.

Não a dor que Victor aprenderia mais tarde a conhecer, segurar e usar, mas a dor simples e demasiado humana de uma *overdose* malsucedida.

Dor e escuridão, que se tornaram dor e cor, e depois dor e luzes de hospital brilhantes.

Eli estava sentado numa cadeira junto à cama de Victor, tal como tinha estado no apartamento. Só que agora não havia garrafas, nem comprimidos. Apenas máquinas que apitam e lençóis finos e a pior dor de cabeça que Victor Vale já tinha experimentado, incluindo a do verão em que decidiu fazer uma rusga às coleções especiais dos seus pais, enquanto eles estavam numa digressão europeia. A cabeça de Eli estava abaixada, os seus dedos entrelaçados frouxamente como quando rezava. Victor perguntou-se se era isso que estava a fazer agora, a rezar, e desejou que parasse.

— Não esperaste tempo suficiente — sussurrou, quando teve a certeza de que Eli não estava ocupado com Deus.

Eli levantou a cabeça.

— Paraste de respirar. Quase morreste.

— Mas não morri.

— Lamento — disse Eli, esfregando os olhos. — Não consegui...

Victor voltou a deixar-se cair na cama. Ele supunha que devia estar grato. Errar demasiado cedo era melhor do que errar demasiado tarde.

Ainda assim. Enfiou a unha debaixo de um dos sensores no peito. Se *tivesse* funcionado, sentir-se-ia diferente? Será que as máquinas ficariam loucas? Será que as luzes fluorescentes se estilhaçariam? A cama pegaria fogo?

— Como te sentes? — perguntou Eli.

— Um caco, Cardale — passou-se Victor, e Eli retraiu-se, mais pelo uso do apelido do que pelo tom. Três bebidas, pedrados na onda da descoberta, antes de os comprimidos começarem a fazer efeito, tinham decidido que, quando acabassem, Eli seria tratado por Ever em vez de Cardale, porque soava mais fixe, e na banda desenhada os heróis tinham nomes importantes, muitas vezes aliterativos. E daí, se nenhum deles tinha sido capaz de pensar em exemplos? Naquele momento, parecia importar. Por uma vez Victor tinha a vantagem natural, e, embora fosse o tipo de coisa mais pequena e inconsequente, a forma como um nome caía da língua, gostava de ter algo que Eli não tinha. Algo que Eli queria. E talvez Eli não se importasse *realmente*, talvez estivesse apenas a tentar manter Victor consciente, mas mesmo assim parecia picado, quando Victor lhe chamara *Cardale*, e neste momento isso era suficiente.

— Tenho estado a pensar — começou Eli, inclinando-se para a frente. Havia uma energia mal contida nos seus membros. Torceu as suas mãos. As suas pernas saltavam um pouco na cadeira. Victor tentou concentrar-se no que Eli dizia com a boca, não com o corpo. — Da próxima vez, acho que...

Parou quando à soleira da porta uma mulher aclarou a voz. Não era uma médica — não tinha bata —, mas um pequeno crachá sobre o peito identificava-a como algo pior.

— Victor? O meu nome é Melanie Pierce. Sou psicóloga residente aqui no Centro de Saúde de Lockland.

Eli estava de costas para ela e estreitou os olhos para Victor, em jeito de aviso. Acenou para Eli com indiferença, tanto para lhe dizer para sair como para confirmar que não diria nada. Tinham chegado até aqui. Eli levantou-se e murmurou algo sobre ir telefonar a Angie. Fechou a porta atrás dele.

— Victor — a Sra. Pierce disse o nome de maneira lenta e arrulhante, passando a mão pelo seu cabeço acastanhado. Era grande, naquele jeito de senhora sulista de meia-idade. O seu sotaque não era identificável, mas o tom era claramente paternalista. — O pessoal disse-me que não conseguiram falar com os seus contactos de emergência.

O que ele pensou foi *graças a Deus*. O que disse foi:

— Os meus pais, certo? Estão em digressão.

— Bom, nestas circunstâncias, é importante que saiba que...

— Não me tentei matar — mentira parcial.

Uma contorção indulgente dos lábios dela.

— Apenas festejei de mais — mentira total.

Uma inclinação da cabeça dela. O seu cabelo nunca se mexia.

— Ando muito stressado com os estudos em Lockland. Precisei de uma pausa — verdade.

A Sra. Pierce suspirou.

— Acredito em si — disse ela. Mentira. — Mas, quando lhe dermos alta...

— Quando é quando?

Ela contraiu os lábios.

— Somos obrigados a mantê-lo aqui durante setenta e duas horas.

— Tenho aulas.

— Precisa de tempo.

— Tenho de ir às aulas.

— Não está para discussão.

— Não estava a tentar matar-me.

A voz dela tornou-se algo menos amigável, mais honesto, impaciente, normal.

— Então, conte-me o que estava a fazer.

— A cometer um erro — disse Victor.

— Todos cometemos erros — disse ela, e ele sentiu-se maldisposto. Não sabia se era um efeito secundário da *overdose* ou se daquela terapia pré-embalada. Deixou cair a cabeça na almofada. Fechou os olhos, mas ela continuou a falar. — *Quando* lhe dermos alta, vou recomendar que se encontre com o psicólogo de Lockland.

Victor suspirou. O psicólogo Peter Mark. Um homem com dois primeiros nomes, sem sentido de humor e um problema com as glândulas sudoríparas.

— Não é mesmo necessário — balbuciou. Com os pais, já tivera tido terapia involuntária suficiente para várias vidas.

A expressão paternalista da Sra. Pierce voltou a instalar-se.

— Considero que é.

— Se eu concordar, libertam-me já?

— Se não concordar, Lockland não o receberá de volta. Ficará aqui setenta e duas horas, e durante esse tempo encontrar-se-á comigo.

Ele passou as horas seguintes a planear como matar outra pessoa — a Sra. Pierce, especificamente — em vez de a si próprio. Quiçá, se ele lhe contasse, ela visse isso como progresso, mas tinha dúvidas.

XIV

DOIS DIAS ANTES

HOTEL ESQUIRE

A BEBIDA baloiçava perigosamente na mão de Victor, recentemente ligada, enquanto ele andava de um lado para o outro. Não importava quantas vezes ia de uma parede do quarto do hotel à outra e vice-versa, a inquietação recusava-se a diminuir. Em vez disso, parecia recarregá--lo, uma estática mental a crepitar-lhe na cabeça, enquanto se movia. O impulso de gritar ou de atirar a sua nova bebida contra a parede surgiu subitamente, e ele fechou os olhos, forçando as pernas a fazer a única coisa que não queriam fazer: parar.

Victor ficou completamente parado, tentando engolir a energia e o caos e a eletricidade e encontrar, no seu lugar, *tranquilidade*.

Na prisão, tivera momentos como este, o mesmo tom de pânico a atingir um pico como uma onda, antes de cair sobre ele. *Acaba com isto*, a escuridão tinha zumbido, tentado. Quantos dias tinha resistido ao impulso de alcançar, não com as mãos, mas com esta *coisa* dentro dele, e de arruinar tudo? Todos?

Mas não podia dar-se ao luxo de o fazer. Nem na altura, nem agora. A única forma de conseguir sair do isolamento fora convencendo o pessoal, sem sombra de dúvida, de que ele era normal, impotente, não uma ameaça, ou pelo menos não mais ameaça do que os outros 463 reclusos. No entanto, naqueles momentos de escuridão, o desejo de destruir todos à sua volta tornava-se paralisante. Destruí-los a todos e simplesmente ir embora.

Agora, tal como naquela altura, retraiu-se, fazendo o seu melhor para esquecer que até tinha um poder para exercer contra os outros, um capricho tão afiado como o vidro. Agora, tal como então, ordenou que o seu corpo e a sua mente ficassem quietos, para se acalmar. E agora, tal como então, quando fechou os olhos e procurou o silêncio, uma palavra levantou-se para o encontrar, um lembrete do porquê de não se poder dar ao luxo de destruir, um desafio, um nome.

Eli.

XV

DEZ ANOS ANTES

CENTRO DE SAÚDE DE LOCKLAND

ELI afundou-se na cadeira do hospital ao lado da cama de Victor, deixando cair uma mochila para o chão laminado ao seu lado. O próprio Victor acabara de terminar a sua última sessão com a psicóloga residente, a Sra. Pierce, na que tinham explorado a sua relação com os seus pais, dos quais a Sra. Pierce era — sem surpresas — uma fã. Pierce deixou a sessão com a promessa de um livro assinado e a sensação de que tinham feito sérios progressos. Victor deixou a sessão com uma dor de cabeça e uma nota para se encontrar com o psicólogo de Lockland no mínimo por três vezes. Tinha negociado a sua pena de setenta e duas horas para quarenta, em troca daquele livro assinado. Agora estava a travar uma batalha contra a pulseira do hospital, incapaz de a arrancar. Eli inclinou-se para a frente, tirou um canivete e cortou o estranho material híbrido de papel e plástico. Victor esfregou o pulso, pôs-se de pé e depois estremeceu. Quase morrer, afinal, não tinha sido agradável. Tudo doía de uma forma entorpecedora e constante.

— Pronto para sair daqui? — disse Eli, pondo a mochila aos ombros.

— Se estou — disse Victor.— Que tens na mala?

Eli sorriu.

— Tenho estado a pensar — disse ele, enquanto serpenteavam pelos estéreis corredores — sobre a minha vez.

Victor sentiu um aperto no peito.

— Hum?

— Foi, de facto, uma experiência de aprendizagem — disse Eli. Victor murmurou algo desagradável, mas Eli continuou. — O álcool foi má ideia. Tal como os analgésicos. A dor e o medo são indissociáveis do pânico e ajudam na produção de adrenalina e de outros químicos em reações de lutar ou fugir. Como deves saber.

Victor franziu o sobrolho. Sim, como ele sabia. Não que o seu eu embriagado se tivesse preocupado.

— Existem apenas algumas situações — prosseguiu Eli, enquanto passavam por um par de portas de vidro automáticas, rumo ao dia frio — em que tanto podemos introduzir pânico suficiente como controlo suficiente. Os dois são, na maioria dos casos, mutuamente exclusivos. Ou, pelo menos, não têm muitas sobreposições. Quanto mais controlo, menos necessidade de pânico, etc., etc.

— Que tens na mala?

Chegaram ao carro, e Eli atirou o item em questão para o banco de trás.

— Tudo o que precisamos — Eli esboçou um largo sorriso. — Bom, tudo menos o gelo.

NA verdade, «tudo o que precisamos» equivalia a uma dúzia de canetas autoinjectáveis de epinefrina, mais vulgarmente conhecidas como EpiPens, e o dobro de almofadas de aquecimento elétricas de um só uso, do tipo que os caçadores mantêm nas suas botas e os fãs de futebol nas suas luvas durante os jogos de inverno. Eli pegou em três das canetas e alinhou-as na mesa da cozinha, ao lado das almofadas, e depois recuou, fazendo um movimento abrangente sobre a mesa como se oferecesse um banquete a Victor. Meia dúzia de sacos de gelo encostados ao lava-loiça, pequenos rios de condensação fria a molhar o chão. Tinham parado para os comprar no caminho de regresso a casa.

— Roubaste isto? — perguntou Victor, erguendo uma caneta.

— Trouxe emprestado em nome da ciência — retorquiu Eli, pegando num aquecedor de mãos e virando-o para examinar o revestimento de plástico removível na parte de trás, que servia como mecanismo de ativação. — Tenho colaborado no centro de saúde desde o ano de caloiro. Eles nem sequer hesitaram.

A cabeça de Victor estava de novo a latejar.

— Esta noite? — perguntou, não pela primeira vez desde que Eli explicara o seu plano.

— Esta noite — confirmou Eli, arrancando a caneta da mão de Victor. — Considerei dissolver a epinefrina diretamente em soro fisiológico e que a administrasses por via intravenosa, já que isso daria uma distribuição mais fiável, mas é mais lenta do que as EpiPens e dependente de uma melhor circulação. Além disso, dada a natureza da configuração, pensei que estaríamos melhor com uma opção mais fácil de usar.

Victor observou os materiais. A caneta seria a parte fácil, as compressões, mais difíceis e mais prejudiciais. Victor tinha treino em reanimação cardiopulmonar e uma compreensão intuitiva do corpo, mas continuava a ser um risco. Nem as aulas de Medicina nem as capacidades inatas poderiam realmente preparar um estudante para o que estava a tentar fazer. Matar algo era fácil. Dar-lhe vida de novo exigia mais do que medições e medicamentos. Era como cozinha, não pastelaria. Pastelaria requeria um sentido de ordem. Cozinha requeria talento, um pouco de arte, um pouco de sorte. Este tipo de cozinha exigia *muita* sorte.

Eli pegou em mais duas EpiPens e dispôs as três na palma da mão. O olhar de Victor vagueou das canetas para os aquecedores e para o gelo. Ferramentas tão simples. Poderia ser assim tão fácil?

Eli disse alguma coisa. Victor virou a sua atenção para ele.

— Que foi? — perguntou.

— Está a fazer-se tarde — voltou a dizer Eli, gesticulando para lá dos sacos de gelo, para a janela atrás do lavatório, onde a luz desaparecia rapidamente do céu. — É melhor prepararmo-nos.

VICTOR passou os dedos pela água gelada e recuou. Ao seu lado, Eli cortou o último saco, vendo-o romper-se e derramar gelo na banheira. Com os primeiros sacos, o gelo tinha rachado e quebrado, meio dissolvido, mas logo a água da banheira ficou fria o suficiente para evitar que os cubos derretessem. Victor retirou-se para o lavatório e encostou-se a ele, as três EpiPens roçando a sua mão.

Já tinham falado várias vezes sobre a ordem das operações. Os dedos de Victor tremiam levemente. Agarrou-se à ponta da bancada para os acalmar, enquanto Eli despia as suas calças de ganga, a camisola e, finalmente, a camisa, expondo uma série de cicatrizes desbotadas que lhe cobriam as costas. Eram velhas, reduzidas a pouco mais do que sombras, e Victor já as tinha visto antes, mas nunca tinha perguntado. Agora, ao enfrentar a possibilidade muito real de esta ser a última conversa que teria com o seu amigo, a curiosidade levou a melhor sobre ele. Tentou formular a pergunta, mas não foi necessário, porque Eli respondeu sem ser incitado.

— Foi o meu pai, era eu uma criança — disse, com calma. Victor susteve a respiração. Em mais de dois anos, Eli nunca tinha mencionado os pais. — Ele era pastor — havia uma qualidade distante na sua voz, e Victor não pôde deixar de reparar no *era*. Pretérito imperfeito. — Acho que nunca te tinha contado isto.

Victor não sabia o que dizer, por isso disse a palavra mais inútil do mundo.

— Lamento.

Eli virou-se e encolheu os ombros, deformando com esse gesto as cicatrizes das costas.

— Tudo se resolveu.

Subiu para a banheira, os seus joelhos descansando contra a frente de porcelana, enquanto olhava para a superfície cintilante. Victor viu-o a observar a banheira e sentiu uma estranha mistura de interesse e preocupação.

— Estás assustado? — perguntou.

— Apavorado — disse Eli. — Tu não estavas?

Victor podia lembrar-se vagamente de uma cintilação de medo, equivalente a um fósforo, tremulando, antes de ser arrasado pelos efeitos dos comprimidos e do *whiskey*. Encolheu os ombros.

— Queres uma bebida? — perguntou. Eli abanou a cabeça.

— O álcool aquece o sangue, Vale — disse ele, com os olhos ainda retidos na água gelada. — Não é bem isso o que procuro aqui.

Victor perguntou-se se Eli seria realmente capaz de o fazer, ou se o frio quebraria a sua máscara de à-vontade e encanto, estilhaçando-a para revelar o rapaz normal por baixo. A banheira tinha pegas, algures por baixo da superfície gelada, e eles tinham feito um ensaio antes do jantar — nenhum deles tivera muita fome —, Eli subindo para a banheira, então seca, enrolando os dedos das mãos à volta das pegas, encolhendo os dedos dos pés debaixo de uma borda ao fundo da banheira. Victor tinha sugerido corda, algo para amarrar Eli à banheira, mas este recusara. Victor não tinha a certeza de se por bravata ou se por preocupação com o estado do corpo, caso isto falhasse.

— Quando quiseres — disse Victor, tentando quebrar o gelo, passe a expressão. Como Eli não se mexeu, nem lhe esboçou o mais leve sorriso, Victor alcançou a sanita, onde o seu portátil descansava sobre a tampa. Abriu um programa de música e carregou no *play*, inundando a pequena casa de banho com o peso de uma música *rock*.

— É melhor desligares essa merda quando estiveres à procura de pulsação — disse Eli.

E depois fechou os olhos. Os seus lábios moviam-se levemente, e, mesmo com as mãos a pender ao seu lado, Victor sabia que ele estava a rezar. Deixou-o perplexo, como alguém prestes a fazer de Deus podia rezar a Ele, mas isso claramente não incomodava o seu amigo.

Quando Eli abriu os olhos, Victor perguntou:

— Que Lhe disseste?

Eli levantou um pé descalço até à borda da banheira, olhando para a água.

— Ponho a minha vida nas Suas mãos.

— Bom — disse Victor, com seriedade —, esperemos que Ele a devolva.

Eli assentiu com a cabeça e respirou fundo — Victor imaginou que conseguia ouvir a mais ténue hesitação nisto —, antes de subir para a banheira.

VICTOR empoleirou-se na banheira, segurando uma bebida, enquanto olhava fixamente para o cadáver de Eliot Cardale.

Eli não tinha gritado. A dor havia sido escrita em cada um dos quarenta e três músculos que, aprendera Victor nas aulas de Anatomia, cobriam o rosto humano, mas o pior que Eli tinha feito era deixar escapar um pequeno gemido entre dentes cerrados quando o seu corpo quebrou pela primeira vez a superfície da água gelada. Victor tinha apenas roçado os seus dedos, e o frio tinha sido suficiente para lhe provocar uma faísca de dor em todo o braço. Queria odiar Eli pela sua compostura, quase desejara — *quase desejara* — que fosse demasiado para ele suportar. Que cedesse, desistisse, e Victor o ajudasse a sair da banheira e lhe preparasse uma bebida, e os dois se sentassem a conversar sobre as experiências falhadas e, mais tarde, quando estivessem a uma distância segura, se rissem de como tinham sofrido por causa da ciência.

Victor deu mais um gole da sua bebida. Eli era de uma tonalidade muito pouco saudável de azul-esbranquiçado.

Não tinha demorado o tempo que ele esperava. Eli estava calado há vários minutos. Victor tinha desligado a música, o ritmo pesado a ecoar na sua cabeça até perceber que era o seu coração. Quando se aventurou a descer uma mão na banheira de gelo para procurar a pulsação de Eli — reprimindo um suspiro contra o frio cortante —, percebeu que já não a sentia. No entanto, optou por esperar mais alguns minutos, e foi por isso que serviu a bebida. Se Eli conseguisse voltar disto, não poderia acusar Victor de se apressar.

Quando se tornou evidente que o corpo na banheira não iria de alguma forma reanimar-se por si só, Victor pôs de lado a bebida e começou a trabalhar. Arrastar Eli da banheira foi a parte mais difícil, uma vez que ele era vários centímetros mais alto do que Victor, rígido e submerso numa banheira de água gelada. Após várias tentativas e uma boa dose de palavrões silenciosos (Victor era naturalmente silencioso, mas ainda mais sob pressão, o que dava aos seus pares a impressão distinta de que ele sabia o que estava a fazer, mesmo quando não sabia), ele caiu de costas nos mosaicos, o corpo de Eli a bater no chão ao seu lado com o baque repugnante do peso morto. Victor estremeceu. Contornou as EpiPens, rumo à pilha de cobertores e aquecedores, lembrando-se das instruções de Eli, e secou-lhe o corpo rapidamente com toalhas. Depois ativou os aquecedores e pô-los nos pontos vitais: cabeça, parte de trás do pescoço, pulsos, virilha. Esta era a parte do plano que exigia sorte e arte. Victor tinha de decidir em que momento o corpo estava quente o suficiente para iniciar as compressões. Demasiado cedo significava demasiado frio e demasiado frio significava que a epinefrina iria provocar demasiada tensão no coração e nos órgãos. Demasiado tarde significava demasiado tempo e demasiado tempo significava uma hipótese muito maior de Eli estar demasiado morto para remediar.

Victor ligou o aquecimento da casa de banho, apesar de estar a suar, e pegou nas três canetas da bancada — três era o limite, e sabia que se não houvesse resposta cardíaca à terceira caneta seria demasiado tarde — e pousou-as nos mosaicos ao seu lado. Reordenou-as, devolveu-as às suas linhas retas, o pequeno comportamento dando-lhe uma sensação de controlo, enquanto esperava. De quando em vez, verificou a temperatura de Eli, não com um termómetro, mas com a própria pele. Eles tinham percebido, durante o ensaio, que não possuíam um termómetro, e Eli, numa rara demonstração de impaciência, insistira que Victor recorresse ao seu juízo. Poderia ter sido uma sentença de morte, mas a fé de Eli em Victor girava em torno de todos em Lockland acreditarem que ele tinha afinidade pela Medicina, uma compreensão quase sobrenatural e sem esforço do corpo humano (na verdade, estava longe de ser sem esforço, mas Victor tinha um talento para adivinhar). O corpo era uma máquina, apenas peças necessárias, cada componente, de muscular e óssea até à química e celular, operando em ação e reação. Para Victor *fazia todo o sentido*.

Quando Eli começou a ficar suficientemente quente, Victor iniciou as compressões. A carne por baixo das suas mãos estava a subir de temperatura, fazendo o corpo sentir-se menos como um picolé e mais como um cadáver. Encolheu-se, enquanto as costelas rachavam sob as suas mãos entrelaçadas, mas não parou. Sabia que se as costelas não se separassem do esterno não estava a empurrar com força suficiente para atingir o coração. Depois de várias tentativas, fez uma pausa para agarrar a primeira caneta e espetou-a na perna de Eli.

Um, dois, três. Nenhuma resposta.

Começou a bombear novamente, tentando não pensar nas costelas partidas e no facto de Eli ainda parecer completa e inegavelmente morto. Os braços de Victor ardiam, e ele resistiu ao impulso de lançar olhares de soslaio para o seu telemóvel, que lhe tinha caído do bolso no esforço de tirar Eli da banheira. Fechou os olhos, continuou a contar e a pressionar os seus punhos entrelaçados para cima e para baixo, para cima e para baixo, para cima e para baixo sobre o coração de Eli.

Não estava a funcionar.

Victor pegou na segunda caneta e espetou-a na coxa de Eli.

Um, dois, três. Ainda nada.

Pela primeira vez, o pânico encheu a boca de Victor como bílis. Engoliu em seco e retomou as compressões. Os únicos sons na casa de banho eram a sua contagem sussurrada e a sua pulsação — a sua, não a de Eli — e o som estranho das suas mãos a tentarem desesperadamente reanimar o coração do melhor amigo.

A tentarem, mas a não conseguirem.

Victor começou a perder a esperança. Estava a ficar sem hipóteses, sem canetas. Só restava uma. A sua mão escorregou do peito de Eli, tremendo, enquanto os seus dedos se enrolavam à sua volta. Ele levantou a caneta e parou. Por baixo dele, espalhado sobre os mosaicos, estava o corpo sem vida de Eli Cardale. Eli, que aparecera no corredor no segundo ano com uma mala e um sorriso. Eli, que acreditava em Deus e tinha um monstro dentro de si, tal como Victor, mas que sabia melhor como o esconder. Eli, que se safava de tudo, que tinha entrado na sua vida e roubado a rapariga e a posição de melhor da turma e a estúpida bolsa de investigação. Eli, que, apesar de tudo, significava algo para Victor.

Engoliu em seco e espetou a caneta no peito do amigo morto.

Um, dois, três. Nada.

E depois, algures entre desistir e alcançar o telemóvel, Eli arquejou.

XVI

DOIS DIAS ANTES

HOTEL ESQUIRE

VICTOR ouviu a passada de pés descalços atrás dele quando Mitch entrou na sala. Viu a figura robusta no brilho refletor do vidro da janela, sentiu-o da forma como sentia todos, como se estivessem todos debaixo de água, inclusive ele próprio, e cada movimento fizesse ondulações.

— Estás a divagar — disse Mitch, cruzando olhares com Victor no vidro.

Era uma frase pequena e familiar, que Mitch usava frequentemente, quando encontrava Victor a olhar para lá das grades, estreitando ligeiramente os olhos, como se estivesse a tentar ver algo a distância através das paredes. Alguma coisa importante.

Agora Victor pestanejara, os olhos deslizando da janela e do reflexo fantasmagórico de Mitch para o chão de madeira falsa. Ouviu os passos de Mitch a recuar para a cozinha, o som suave da abertura do frigorífico, um pacote a ser retirado. Leite com chocolate. Era tudo o que Mitch queria beber agora que estava fora, uma vez que não tinham nada disso em Wrighton. Victor franziu o sobrolho, mas deixou que o homem tivesse os seus caprichos. A prisão deixa em nós uma fome, uma ânsia. A natureza exata do desejo depende da pessoa.

Victor também queria algo.

Queria ver Eli sangrar.

Mitch apoiou os cotovelos na bancada e bebeu o seu leite em silêncio. Victor pensou que o seu companheiro de cela, depois de sair, poderia ter um plano próprio, pessoas que gostaria de ver, mas apenas olhara para Victor por cima do capô do carro roubado e perguntara:

— Para onde agora?

Se Mitch tinha mesmo um passado, ainda estava claramente a fugir dele, e, entretanto, Victor estava mais do que disposto a dar-lhe algo *para onde* correr. Gostava de tornar as pessoas úteis.

O seu olhar acabou por vaguear para lá do reflexo de Mitch, rumo à noite de Merit, o gelo na sua bebida quase vazia a tilintar à medida que o copo se deslocava no seu aperto. Os dois tinham estado na companhia um do outro durante muito tempo. Sabiam quando o outro queria falar e quando queria pensar. O único problema era que, na maioria das vezes, Victor queria pensar e, na maioria das vezes, Mitch queria falar. Victor podia sentir que Mitch começava a sentir-se nervoso sob o peso do silêncio.

— Que vista tranquila — disse ele, inclinando o copo em direção às janelas.

— Sim — disse Mitch. — Já lá ia algum tempo desde que vira uma vista tão grandiosa. Espero que o nosso próximo destino tenha janelas como estas.

Victor assentiu com a cabeça, distraidamente, e encostou a testa ao vidro frio. Não podia dar-se ao luxo de pensar em *a seguir* ou *depois*. Passara demasiado tempo a pensar no *agora*. À espera do *agora*. Os únicos *a seguires* no seu mundo eram aqueles curtos e céleres entre ele e Eli. E estavam a desaparecer tão depressa.

Mitch bocejou.

— De certeza de que estás bem, Vic? — perguntou, voltando a pôr o pacote de leite no frigorífico.

— Ótimo. Boa noite.

— Boa noite — disse Mitch, regressando ao seu quarto.

Victor viu Mitch partir pelo vidro, antes de duas manchas pálidas — os seus próprios olhos, fantasmas contra os edifícios escurecidos — o trazerem de volta. Afastou-se da parede de janelas e terminou a sua bebida. Numa mesinha lateral ao lado do sofá de pele, encontrava-se uma pasta, um punhado de papéis a escapar do interior. Um rosto olhava fixamente de uma fotografia, a face e o olho direitos tapados pela capa da pasta, e Victor pôs o copo vazio sobre a mesa e abriu a pasta para revelar o resto do rosto. Era a página do exemplar do *The National Mark*, que comprara naquela manhã.

HERÓI CIVIL SALVA BANCO

Em baixo estava o artigo sobre o homem jovem e astuto que tinha estado no lugar certo na altura certa e que arriscara a sua vida para deter um assaltante armado numa filial local.

> O banco Smith & Lauder, um marco no sector financeiro norte de Merit, foi o cenário de um roubo frustrado ontem, quando um herói civil se pôs entre um assaltante mascarado e o dinheiro. O civil, que deseja permanecer sem nome, disse às autoridades que notou que o homem se comportava de forma suspeita a vários quarteirões do banco, e que um mau pressentimento foi tudo o que o levou a segui-lo. Antes de chegar ao banco, o homem pôs uma máscara, e, quando o civil se aproximou, o assaltante já tinha entrado. Numa atitude destemida, o civil foi atrás dele. De acordo com os clientes e empregados presos no interior, o ladrão apareceu inicialmente desarmado, mas depois avançou para disparar uma arma indeterminada contra o teto com vitrais, estilhaçando-o e fazendo chover estilhaços sobre a população cativa. Apontou então para o cofre do banco, mas foi frustrado pela chegada do civil. O gerente do banco relata que o assaltante fez pontaria ao civil, quando este tentou interceder, e depois irrompeu o caos. Foram disparados tiros e, na confusão, os clientes e os funcionários conseguiram fugir do edifício. Quando a polícia chegou ao local, já estava tudo acabado. O ladrão, mais tarde identificado como um homem perturbado, chamado Barry Lynch, foi morto no tumulto, mas o civil saiu ileso. Foi um dia mau com um final feliz, uma notável demonstração de coragem por parte de um cidadão de Merit, e não há dúvida de que a cidade está grata por ter um herói assim nas suas ruas.

Victor tinha apagado a maior parte do artigo ao seu jeito habitual. Eis o que restou:

Um

cenário

um civil

um

herói

sem nome,

um mau pressentimento

destemida

desarmado

na confusão

ileso. Foi

uma notável demonstração

Tinha acalmado algo em Victor, apagar aquelas palavras, mas o estado revisto do artigo não alterou o facto de várias coisas sobre ele serem claramente estranhas. Primeiro, o próprio ladrão. Barry Lynch. Victor tinha mandado Mitch investigar e, pelo pouco que conseguiram desenterrar, Barry tinha vários sinais EO. Não só tinha sofrido uma EQM, como também tinha acumulado uma série de detenções nos meses seguintes, cada uma delas por roubo com uma arma não identificada. A polícia nunca a encontrou na sua pessoa, pelo que foi libertado; Victor teve de se perguntar se Barry *era* a arma.

Ainda mais preocupante — e mais intrigante — do que um potencial sinal EO era a fotografia do herói civil. Ele tinha pedido que permanecesse sem nome, mas sem nome e anónimo não são a mesma coisa, especialmente no que diz respeito aos jornais, e, ali, por baixo do artigo, estava uma fotografia. Uma fotografia granulada de um jovem que se afastava da cena e das câmaras, mas não antes de lançar um último olhar, quase arrogante, para a imprensa.

O sorriso no rosto do homem era inconfundível, jovem e orgulhoso, o mesmo sorriso que costumava lançar a Victor. O mesmo *exato* sorriso.

Porque Eliot Cardale não tinha envelhecido um dia.

XVII

DEZ ANOS ANTES

UNIVERSIDADE DE LOCKLAND

ELI respirou várias vezes, embalando o seu peito. Os seus olhos esforçaram-se por abrir, por se concentrarem. Absorveu o espaço à sua volta, a vista do chão coberto, antes de nivelar o olhar instável em Victor.

— Olá — disse ele, tremulamente.

— Olá — disse Victor, ainda com o rosto marcado de medo e pânico. — Como te sentes?

Eli fechou os olhos, rolou a cabeça de um lado para o outro.

— Eu... não sei... estou bem... acho eu.

Bem? Victor tinha-lhe partido as costelas, pelo menos metade, e Eli sentia-se *bem*? Victor sentira-se como se estivesse morto. Pior ainda. Como se cada fibra do seu ser tivesse sido arrancada, torcida ou apertada. Pensando bem, Victor não havia *morrido*, certo? Não como Eli, tinha a certeza. Victor tinha ficado sentado a observar, a garantir que Eliot Cardale não era nada mais do que um corpo conservado em criogenia, à espera de ser reanimado. Talvez estivesse em choque. Ou sob o efeito das três doses de epinefrina. No entanto, mesmo com o choque e uma dose nada saudável de adrenalina... *bem*?

— Bem? — perguntou, em voz alta.

Eli encolheu os ombros.

— Podes... — Victor não tinha a certeza de como terminar a pergunta. Se a sua absurda teoria funcionara, e Eli, de alguma maneira, adquirira uma capacidade simplesmente morrendo e voltando, sabê-lo-ia? Eli parecia saber o final da pergunta.

— É assim, não vou começar incêndios com a força da mente ou terremotos ou seja o que for. Mas não estou morto — havia, pôde Victor ouvir, um leve indício de alívio na sua voz.

Enquanto os dois se sentavam numa pilha de cobertores húmidos no salpicado chão da casa de banho, toda a experiência parecia *idiota*. Como poderiam ter arriscado tanto? Eli respirou fundo e levantou-se. Victor apressou-se a apanhar o seu braço, mas Eli afastou-o.

— Já disse que estou bem — saiu da casa de banho, os olhos evitando a banheira, e desapareceu para o seu quarto à procura de roupa. Victor mergulhou a mão na água gelada uma última vez e puxou a tampa do ralo. Depois de ter limpado tudo, Eli já tinha reaparecido no corredor, completamente vestido. Victor encontrou-o a examinar-se a si próprio num espelho de parede, franzindo o sobrolho.

Eli perdeu o equilíbrio, pondo uma mão na parede para se equilibrar.

— Acho que preciso... — começou. Victor presumiu que a frase terminasse com «de um médico», mas, em vez disso, cruzaram olhares ao espelho, e Eli sorriu — não o seu melhor sorriso — e disse: — de uma bebida.

Victor também conseguiu esboçar uma espécie de sorriso.

— Isso posso fazer.

ELI insistiu em saírem.

Victor pensou que podiam muito bem apanhar uma piela no conforto do seu apartamento, mas, uma vez que Eli tinha experimentado o mais recente dos seus dois traumas e parecia bastante determinado a estar em público, talvez querendo divertir-se, Victor fez-lhe a vontade. Agora os dois estavam longe de estar bêbados — pelo menos Victor estava; Eli parecia notavelmente lúcido, considerando a enorme quantidade de álcool que tinha consumido — balançando e passeando pela estrada, que corria tão convenientemente do bar local ao seu edifício de apartamentos, eliminando a necessidade de um veículo.

Apesar de um ar festivo, ambos tinham feito o seu melhor para evitar o assunto do que tinha acontecido e da sorte que Eli — na verdade ambos — tinha tido. Nenhum deles parecia ansioso por falar sobre o assunto, e, na ausência de sintomas ExtraOrdinários — além de se sentirem extraordinariamente *sortudos* —, nenhum tinha motivos para se regozijar tanto como por agradecer às suas estrelas. O que fizeram livremente, inclinando óculos imaginários, mas brilhantes, para o céu, enquanto cambaleavam para casa. Derramaram bebidas invisíveis sobre o betão, como um presente à Terra ou a Deus ou ao Destino ou a qualquer que fosse a força que os tinha deixado divertir-se e viver para saber que não tinha sido mais do que isso.

Victor sentia-se quente, apesar das ondas de neve, vivo, e até saudou os últimos restos de dor da sua própria desagradável proximidade com a morte. Eli olhou atordoado para o céu noturno e depois saiu do passeio. Ou tentou fazê-lo. Mas o seu calcanhar atingiu o lancil e tropeçou, aterrando de mãos e joelhos entre uma mancha de neve suja e de marcas de pneus e de vidros partidos. Ele berrou, encolheu-se, e Victor viu sangue, uma mancha de vermelho na rua suja e coberta de neve. Eli sentou-se no lancil do passeio, inclinando a palma da mão em direção ao poste de luz mais próximo para ver melhor o corte, brilhando com os restos da garrafa de cerveja abandonada de alguém.

— Ui — disse Victor, curvando-se para examinar o corte e quase perdendo o equilíbrio. Agarrou-se ao poste, enquanto Eli praguejava suavemente e puxava o maior pedaço de vidro para fora.

— Achas que vou precisar de pontos?

Levantou a mão para Victor examinar, como se a visão e o julgamento deste último fossem melhores do que os seus neste momento. Victor piscou os olhos e estava prestes a responder com toda a autoridade que podia reunir, quando algo aconteceu.

O corte na palma da mão de Eli começou a *fechar*.

O mundo, que tinha balançado na visão de Victor, chegou a uma paragem abrupta. Havia flocos de neve à solta no ar, e a respiração deles pairava em nuvens sobre os seus lábios. Não havia qualquer movimento, exceto o da carne de Eli a sarar.

E Eli deve tê-lo sentido, porque baixou a mão para o colo, e os dois olharam para baixo, enquanto o corte que tinha corrido do dedo mindinho para o polegar se juntava de novo. Em momentos, a hemorragia tinha parado — o sangue já perdido agora a secar na sua pele — e a ferida não era mais do que uma ruga, uma cicatriz ténue, e depois nem sequer isso.

O corte tinha simplesmente... desaparecido.

As horas passaram num instante, enquanto os dois assimilavam o que tinha acontecido, o que isso significava, o que tinham feito. Era extraordinário.

Era ExtraOrdinário.

Eli esfregou o polegar sobre a pele fresca da sua palma, mas Victor foi o primeiro a falar e, quando o fez, foi com uma eloquência e compostura perfeitamente condizentes com a situação.

— Foda-se.

VICTOR olhou fixamente para o local onde o rebordo do telhado do seu edifício de apartamentos se encontrava com a noite nublada. Sempre que fechava os olhos, sentia que estava a cair, aproximando-se cada vez mais do tijolo, por isso tentava mantê-los abertos, concentrando-se naquela estranha junção por cima.

— Vens? — perguntou Eli.

Segurava a porta, praticamente saltando na sua ânsia de entrar e encontrar outra coisa que o pudesse ferir fisicamente. O zelo ardia-lhe nos olhos. E embora Victor não o culpasse propriamente, não tinha nenhum desejo de se sentar a ver Eli esfaquear-se toda a noite. Havia-o observado a tentar até casa, deixando um rasto vermelho, salpicado na neve do sangue que escapava, antes que as feridas pudessem sarar. Tinha visto a capacidade. Eli era uma pessoa EO, em carne (regeneradora) e osso. Victor tinha sentido algo quando Eli regressara à vida aparentemente livre de capacidades ExtraOrdinárias: alívio. Com as novas capacidades de Eli a entrarem na sua linha de visão vacilante até casa, o alívio de Victor dissolvera-se numa onda de pânico. Seria relegado para segundo plano, aquele que toma notas, um muro de tijolo onde ricochetear ideias.

Não.

— Vic, vens ou não?

Curiosidade e ciúmes consumiam Victor em partes iguais, e a única forma que conhecia de asfixiar ambos, de sufocar a vontade de ele próprio ferir Eli — ou pelo menos de tentar –, era ir-se embora.

Abanou a cabeça, depois parou abruptamente quando o mundo continuou a balançar-se de um lado para o outro.

— Vai tu — disse ele, esboçando um sorriso que não lhe chegava nem perto dos olhos. — Vai brincar com objetos afiados. Preciso de dar uma volta — desceu a escada e quase caiu duas vezes em três degraus.

— Estás bem para andar, Vale?

Victor fez-lhe um gesto para entrar.

— Não vou conduzir. Apenas vou apanhar ar.

Com isto, partiu para a escuridão com dois objetivos em mente.

O primeiro era simples: distanciar-se o mais possível de Eli, antes de fazer alguma coisa de que se arrependesse.

O segundo era mais complicado, e doía-lhe o corpo só de pensar, mas não havia escolha.

Tinha de planear a sua próxima tentativa de morrer.

XVIII

DOIS DIAS ANTES

HOTEL ESQUIRE

QUERO acreditar que há mais. Que nós podemos ser mais. Porra, podíamos ser heróis.

Victor sentiu um aperto no peito quando olhou para o rosto inalterado de Eli na fotografia do jornal. Era desconcertante; tudo o que tinha de Eli era uma imagem mental, com uma década de idade, e mesmo assim alinhava-se perfeitamente, como diapositivos duplicados, com a que estava na página. Era a mesma cara em todos os aspetos técnicos... e, no entanto, não era. Os anos tinham desgastado Victor de formas mais óbvias, endurecendo-o, mas não tinham deixado Eli intocado. Não parecia um dia mais velho, mas o sorriso arrogante que muitas vezes exibira na faculdade tinha dado lugar a algo mais cruel. Como se aquela máscara que usara durante tanto tempo tivesse finalmente caído, e era isto que se escondia por detrás dela.

E Victor, que era tão bom a separar as coisas, a compreender como funcionavam, como *ele* funcionava, olhou para a fotografia e sentiu-se... em conflito. O ódio era uma palavra demasiado simples. Victor e Eli estavam *ligados*, pelo sangue, pela morte e pela ciência. Eram parecidos, agora mais do que nunca. E tinha sentido falta de Eli. Queria vê-lo. E queria vê-lo *sofrer*. Queria ver a expressão nos olhos de Eli quando ele os iluminasse com dor. Queria a sua atenção.

Eli era como um espinho sob a pele de Victor, e doía. Ele podia desligar todos os nervos do seu corpo, mas Victor não conseguia fazer nada em relação à pontada que sentia quando pensava em Cardale. A pior parte de ficar dormente era que lhe tirava tudo menos isto, a necessidade asfixiante de magoar, de quebrar, de matar, derramando-se sobre ele como um grosso cobertor de melaço, até ele entrar em pânico e trazer de volta as sensações físicas.

Agora que ele estava tão perto, o espinho parecia cravar-se mais fundo. Que estava Eli a fazer aqui em Merit? Dez anos era muito tempo. Um decénio podia moldar um homem, mudar tudo sobre ele. Mudara Victor. E Eli? Em quem é que *ele* se tinha tornado?

Inquietou-se sob o impulso repentino de queimar a foto, de a rasgar, como se danificar o papel pudesse de alguma forma causar danos também a Eli, o que, claro, não poderia. Nada poderia. Então sentou-se e pôs a página de lado, além do alcance do braço para não se sentir tentado a estragá-la.

O jornal chamava a Eli um *herói*.

A palavra fez Victor rir-se. Não só por ser absurda, mas porque acarretava uma questão. Se Eli era realmente um herói, e Victor queria travá-lo, isso fazia *dele* um vilão?

Deu um longo gole da sua bebida, encostou a cabeça ao sofá e concluiu que podia viver com isso.

XIX

DEZ ANOS ANTES

UNIVERSIDADE DE LOCKLAND

QUANDO Victor chegou a casa, vindo dos seus laboratórios, no dia seguinte, encontrou Eli sentado à mesa da cozinha, fazendo cortes na sua pele. Estava vestido com as calças de treino e a camisola que Victor tinha encontrado na noite anterior, quando finalmente regressara a casa do seu passeio, vários graus mais perto de estar sóbrio e com o início de um plano. Agora Victor agarrava numa barra de chocolate e pendurava a sua mala nas costas de uma cadeira de cozinha de madeira, antes de se afundar nela. Retirou o invólucro e tentou ignorar a forma como o seu apetite efervescia, enquanto via Eli trabalhar.

— Hoje não devias estar a trabalhar no hospital? — perguntou Victor.

— Nem sequer é um processo consciente — murmurou Eli reverentemente, enquanto arrastava a lâmina pelo braço acima, as feridas a sarar no seu encalço, um vermelho que aparecia e desaparecia, como um truque de magia doentio. — Não consigo impedir a reparação dos tecidos.

— Pobrezinho — troçou Victor, calmamente. — Agora se não te importares... — mostrou a barra de chocolate.

Eli parou a meio de um corte.

— Impressionado?

Victor encolheu os ombros.

— Apenas facilmente distraído — disse ele. — Estás com péssimo aspeto. Dormiste? Comeste?

Eli pestanejou e pôs a faca de lado.

— Tenho estado a pensar.

— O corpo não sobrevive de pensamentos.

— Tenho estado a pensar nesta capacidade. Regeneração — os seus olhos brilhavam, enquanto falava. — Por que razão, de todos os poderes potenciais, acabei por ficar com este. Talvez não seja aleatório. Talvez haja alguma correlação entre o carácter de uma pessoa e a sua capacidade resultante. Talvez seja um reflexo da sua psique. Estou a tentar compreender como é que isto — levantou uma mão ilesa, mas manchada de sangue — é um reflexo de mim. Porque é que Ele me daria...

— *Ele*? — perguntou Victor, incrédulo. Não estava com disposição para Deus. Não esta manhã. — De acordo com a tua tese — disse ele —, um influxo de adrenalina e um desejo de sobreviver deram-te esse talento. Não Deus. Isto não é divindade, Eli. É ciência e acaso.

— Até certo ponto, talvez, mas, quando entrei naquela água, pus-me nas mãos Dele...

— Não — passou-se Victor. — Puseste-te nas *minhas*.

Eli caiu em silêncio, mas começou a bater com os dedos na mesa. Após vários momentos, disse:

— Do que eu preciso é de uma arma.

Victor tinha dado mais uma dentada no chocolate e quase se engasgou.

— E porquê?

— Para testar realmente a velocidade de regeneração. Obviamente.

— Obviamente — Victor terminou o seu chocolate, enquanto Eli se levantava da mesa para se servir de água. — Olha, também tenho estado a pensar.

— Sobre o quê? — perguntou Eli, encostando-se à bancada.

— Sobre a minha vez.

Eli franziu a testa.

— Já a tiveste.

— Sobre a minha *próxima* vez — disse Victor. — Quero tentar novamente esta noite.

Eli olhou atentamente para Victor de cabeça em riste.

— Não creio que seja boa ideia.

— Porquê?

Eli hesitou.

— Ainda consigo ver a marca da tua pulseira do hospital — disse, finalmente. — Pelo menos espera até te sentires melhor.

— Na verdade, sinto-me bem. Ainda melhor. Sinto-me maravilhosamente bem. Sinto-me como rosas e raios de Sol e brilho.

Victor Vale não se sentia maravilhosamente bem. Doíam-lhe os músculos, as veias ainda pareciam sedentas de oxigénio, e não conseguia fazer desaparecer a dor de cabeça que o perseguia desde que abrira os olhos sob o branco fluorescente das luzes hospitalares.

— Dá-te tempo para recuperares, sim? — disse Eli. — E depois falamos sobre uma nova tentativa.

Não havia nada de abertamente errado com as palavras, mas Victor não gostou da forma como Eli as disse, o mesmo tom calmo e cauteloso que as pessoas usam quando querem desiludir alguém lentamente, suavizando um «não» com um «não agora». Alguma coisa estava errada. E a atenção de Eli já estava a desviar-se de volta para as suas facas. Para longe de Victor.

Ele cerrou os dentes contra o palavrão na ponta da língua. Em seguida, encolheu cuidadosamente os ombros.

— Está bem — disse, voltando a pôr a mochila ao ombro. — Talvez tenhas razão — acrescentou, com um bocejo e um sorriso preguiçoso. Eli sorriu de volta, e Victor virou-se para o corredor e o seu quarto.

Pelo caminho, rapinou uma caneta de epinefrina e fechou a porta atrás de si.

Victor odiava música alta quase tanto como odiava multidões de bêbados. A festa tinha ambos e foi tornada mais insuportável pela própria sobriedade de Victor. Nada de álcool. Desta vez, não. Ele queria — precisava — que tudo fosse nítido, especialmente se o fosse fazer sozinho. Eli ainda estava, presumivelmente, no apartamento, a fazer cortes na sua pele, enquanto supunha que Victor estava no seu quarto, amuado ou a estudar ou ambos. O que Victor tinha realmente estado a fazer era a sair de casa pela janela do quarto.

Sentira-se novamente com quinze anos, um miúdo a esgueirar-se para uma festa numa noite de escola, enquanto os seus pais se sentavam na sala de estar e riam de algo sem sentido na televisão. Ou pelo menos Victor imaginava que teria sido assim, se tivesse precisado de se esgueirar. Se alguém alguma vez tivesse estado em casa para o apanhar.

Victor passou pela festa em grande parte despercebido, mas não indesejado. Ganhou alguns segundos olhares, mas esses foram sobretudo porque raramente comparecia a este tipo de festa. Era um estranho por opção, um mimo suficientemente bom para encantar os círculos sociais quando queria, mas na maioria das vezes preferia manter-se à parte e assistir, e a maior parte da escola parecia contente por o deixar.

Mas aqui estava ele, a serpentear-se entre corpos e música e chãos pegajosos, a caneta de epinefrina enfiada no bolso interior do seu casaco, um pequeno *post-it* afixado nela, em que se lia *Usa-me*. Agora, ao encontrar-se rodeado de luzes, barulho e corpos, Victor sentiu-se como se tivesse vagueado por outro mundo. Era isto que os veteranos normais faziam? Bebiam e dançavam com os corpos entrelaçados como peças de *puzzle* e a música alta o suficiente para abafar os pensamentos? Angie tinha-o levado a algumas festas no ano de caloiro, mas essas haviam sido diferentes. Não se lembrava de nada sobre a música ou a cerveja, apenas dela. Victor afastou a memória. O suor revestia-lhe as palmas das mãos, enquanto pegava num copo de plástico, atirando o conteúdo para uma planta de interior murcha. Segurar alguma coisa ajudava.

A certa altura encontrou-se na varanda, a olhar para o lago congelado que corria atrás das fraternidades. A visão fê-lo tremer. Sabia que para obter os melhores resultados deveria imitar Eli, recriar o cenário bem-sucedido, mas Victor não podia fazê-lo — não o faria. Tinha de encontrar o seu próprio método.

Afastou-se da varanda, retirando-se para dentro de casa. Ao avançar pelas divisões, olhava em redor, apreciando. Estava espantado com a miríade de opções para um suicídio, e, no entanto, eram tão limitadas as opções para alguém sem certeza de sobrevivência.

Mas Victor estava certo de uma coisa: não sairia daqui sem a sua vez. Não voltaria ao apartamento para ver Eli serrar alegremente a sua pele, maravilhar-se com esta estranha nova imortalidade, que nem sequer havia tentado *assim* tanto encontrar. Victor não ficaria ali parado a admirá-lo e a tomar notas por ele.

Victor Vale não era um maldito ajudante.

Na sua terceira volta pela casa, já tinha obtido o que considerava ser cocaína suficiente para induzir uma paragem cardíaca (não tinha a certeza, pois nunca se havia implicado nesse tipo de atividade). Tivera de a comprar a três estudantes diferentes, uma vez que cada um deles só possuía um pouco.

Na sua quarta volta à casa, enquanto ganhava coragem para usar a cocaína, ouviu-a. A porta da frente abriu-se — não conseguia ouvi-la por cima da música, mas, do seu lugar na escada, sentiu o súbito sopro de frio — e depois uma rapariga guinchou e disse:

— Eli! Vieste!

Victor praguejou suavemente e retirou-se escada acima. Ouviu o seu próprio nome, enquanto se serpenteava pelos corpos. Furou e chegou ao segundo andar, depois encontrou um quarto desocupado, com a sua própria casa de banho ao fundo. A meio do quarto, parou. Uma estante revestia uma parede e, lá no centro, o seu próprio apelido saltou para ele em letras maiúsculas.

Tirou o enorme livro de autoajuda da parede e abriu a janela. O sexto livro de uma série de nove sobre ação e reação emocionais atingiu a camada fina de neve lá em baixo com um baque satisfatório. Victor fechou a janela e continuou para a casa de banho.

Ordenou as suas coisas no lavatório.

Primeiro, o telefone. Escreveu uma mensagem para Eli, mas não a enviou, e pôs o aparelho de lado. Em segundo, a dose de adrenalina. Estaria bastante quente, por isso oxalá uma única injeção direta fosse suficiente. Seria um inferno para o corpo, mas também o seria tudo o resto que estava prestes a fazer. Pôs a seringa ao lado do telefone. Em terceiro lugar, a cocaína. Fez um montinho e começou a separá-lo em riscos com um cartão de hotel que encontrou no bolso de trás, uma relíquia da viagem de inverno para a qual os seus pais o tinham arrastado. Apesar de uma educação que teria levado a maioria das crianças às drogas, Victor nunca se sentiu muito inclinado a consumi-las, mas tinha uma boa ideia dos passos, graças a uma dieta saudável de dramas policiais. Quando a cocaína ficou dividida em linhas — sete — tirou um dólar da carteira e enrolou-o numa palhinha estreita. Como se via na televisão.

Olhou para o espelho.

— Tu queres viver — disse ao seu reflexo.

O seu reflexo não parecia muito convencido.

— Tens de passar por isto — disse ele. — Tem de ser.

Em seguida, respirou fundo e inclinou-se para dar o primeiro risco.

O braço veio do nada, enrolando-se à volta do seu pescoço, e atirou-o para a parede à frente do toucador. Victor equilibrou-se e endireitou-se a tempo de ver Eli passar a mão por várias centenas de dólares de cocaína, escovando-a toda para dentro do lavatório.

— Mas que raio? — Victor rosnou, precipitando-se para a cocaína. Não foi suficientemente rápido. A palma da mão de Eli, cheia de pó de cocaína, empurrou-o novamente para trás, prendeu-o à parede, deixando uma impressão branca na frente da sua camisa preta.

— Mas que raio? — papagueou Eli, com uma calma chocante. — Mas que *raio*?

— Não deverias estar aqui.

— *Tu* vens a uma festa, e as pessoas dão conta. O Ellis enviou--me uma mensagem quando tu apareceste. E depois o Max escreveu-me que andavas a comprar coca. Não sou um idiota. Que te passou pela cabeça? — a sua mão livre pegou no telemóvel, que estava no lavatório. Fez um barulho, como um riso, mas os seus dedos apertaram-se em torno do colarinho de Victor, enquanto a outra mão atirava o telefone para o chuveiro, onde se partiu em várias peças com o impacto.

— E se eu não tivesse ouvido o telefone? — largou-o. — Como seria?

— Estaria morto — disse Victor, com uma calma fingida. Os seus olhos vaguearam para a caneta de epinefrina. Eli também virou a sua atenção para lá. Antes que Victor pudesse mover-se, Eli pegou na caneta e espetou-a na própria perna. Escapou-lhe um pequeno arquejo, à medida que o conteúdo inundava o seu sistema, sacudindo-lhe os pulmões e o coração, mas logo recuperou.

— Estou apenas a tentar proteger-te — disse Eli, pondo de parte o cartucho usado.

— Meu herói — rosnou Victor, baixinho. — Agora põe-te a andar.

Eli observou-o.

— Não te vou deixar aqui sozinho.

Victor olhou para o lavatório, a borda ainda polvilhada de cocaína.

— Encontramo-nos lá em baixo — disse ele, abrangendo a sua camisa, o lavatório e o telemóvel com um gesto. — Tenho de arrumar isto tudo.

Eli não arredou pé.

Os olhos calmos de Victor foram ao encontro dos seus.

— Não tenho mais nada comigo — e depois um indício de sorriso. — Revista-me, se quiseres.

Eli deu uma gargalhada, mas depois o seu rosto ficou sério.

— Não é assim que se faz, Vic.

— Como sabes? Só porque o gelo funcionou não significa que mais nada funcionará...

— Não estou a falar do método. Eu estou a dizer *sozinho* — levou a sua mão livre de cocaína a descansar no ombro de Victor. — Não podes fazer isto sozinho. Por isso promete-me que não o vais fazer.

Victor olhava-o fixamente.

— Prometo.

Eli passou por Victor, rumo ao quarto.

— Cinco minutos — disse, enquanto partia.

Victor ouviu o barulho da festa, quando Eli abriu a porta, depois deixou de o ouvir quando a fechou. Victor aproximou-se do lavatório e deslizou a sua mão ao longo da superfície. Ficou branca. Os seus dedos enrolaram-se num punho e bateram no espelho. Rachou — uma longa e perfeita linha pelo meio —, mas não se estilhaçou. Os nós dos dedos de Victor latejavam, e ele abriu a torneira, alcançando cegamente uma toalha, enquanto limpava o pó. Os seus dedos depararam com algo, e um súbito choque de dor subiu-lhe pela mão. Recuou e virou-se para ver uma tomada na parede, um *post-it* desajeitado, colado ao seu lado, dizia: *Tomada estragada, não tocar*.

Victor franziu o sobrolho, sentindo um formigueiro nos dedos, devido ao pequeno abanão.

E depois o momento congelou. O ar nos seus pulmões, a água no lavatório, as rajadas de neve na janela do outro quarto. Tudo congelou, tal como tinha acontecido na rua ontem à noite com Eli, só que desta vez não foi a mão de Eli, mas a de Victor, a arder ligeiramente do choque.

Teve uma ideia. Ao recuperar as três peças do seu telemóvel do chão do chuveiro e voltar a montá-las, escreveu a mensagem. Victor tinha prometido que não o faria sozinho. E não o faria. Mas também não precisava da ajuda de Eli.

Salva-me, escreveu, juntamente com o endereço da fraternidade.

E depois enviou a mensagem.

XX

DOIS DIAS ANTES

HOTEL ESQUIRE

AO fundo do corredor e atrás de uma porta, Sydney Clarke estava enroscadinha num ninho de lençóis. Ouvira os sons dos passos de Victor no outro quarto, lentos e suaves e regulares como água a pingar. Ouvira o vidro a partir-se, o som da torneira a correr, e depois, novamente, os passos, gota a gota. Ouvira Mitch, os seus passos pesados, a conversa abafada, apenas tons que lhe chegavam através das paredes. Ouvira o afastamento de Mitch ao fundo do corredor. E depois, sossego. O gotejamento do ritmo de Victor foi substituído por uma estranha quietude.

Sydney não confiava na quietude. Chegara a acreditar que era uma coisa má. Uma coisa errada, não natural, morta. Sentou-se na estranha cama do estranho hotel, com os seus olhos azuis, cristalinos, desfocados na porta, esticando-se para ouvir através da madeira e do silêncio. Quando ainda nada a saudava, deslizou da cama nas suas calças de treino roubadas, que lhe ficavam demasiado grandes, e saiu descalça do quarto para a espaçosa sala de estar da suíte do hotel.

A mão ligada de Victor estava agora estendida sobre o braço de um sofá virado para as janelas, um copo de vidro raso a pender-lhe dos dedos, apenas um gole de líquido no interior e a maior parte dele gelo derretido. Sydney contornou o sofá em biquinhos dos pés para se pôr à sua frente.

Ele estava a dormir.

Não parecia tranquilo, mas a sua respiração era grave, regular.

Sydney empoleirou-se numa cadeira e analisou o homem que a tinha salvado... não, ela salvara-se a si mesma... mas encontrou-a, acolheu-a. Perguntou-se quem ele era e se deveria ter medo dele. Não sentia medo, mas Sydney sabia que não devia confiar no medo, e certamente não devia confiar na ausência dele. Não tinha tido medo da sua irmã, Serena, ou mesmo do novo namorado da sua irmã (pelo menos medo *suficiente*), e veja-se onde isso a levara.

Fora alvejada.

Então, sentou-se nas plantas dos seus pés, em cima da cadeira de couro, e observou Victor a dormir, como se as linhas da sua testa franzida, que ainda agora se mantinham, se reorganizassem e lhe contassem todos os seus segredos.

XXI

DEZ ANOS ANTES

UNIVERSIDADE DE LOCKLAND

DURANTE o seu ano de caloiro, antes de Eli alguma vez ter posto os pés no *campus*, Angie tinha sido atraída por Victor. De certa forma, eram opostos — Angie não parecia levar nada a sério, e Victor não parecia levar nada de ânimo leve —, mas noutros aspetos eram parecidos; ambos jovens, perigosamente inteligentes e sem paciência quando se tratava da habitual multidão universitária e da sua reação juvenil às súbitas liberdades de restrição parental. Devido aos seus sentimentos comuns, Victor e Angie encontravam-se ambos em constante necessidade de uma saída, uma fuga fiável de situações em que preferiam não estar, de pessoas com quem preferiam não estar.

E assim, um dia, sentados no restaurante de comida de conforto no refeitório, engendraram um código bastante rudimentar.

Salva-me.

O código era para ser usado com parcimónia, mas sempre respeitado. Salvar primeiro, fazer perguntas depois. Quando enviado por mensagem, juntamente com um endereço, significava que um precisava desesperadamente do outro para o socorrer, fosse de uma festa ou de uma sessão de estudo ou de um mau encontro amoroso. O próprio Victor nunca tivera o luxo de um *encontro* com Angie, mau ou não, a não ser que se contasse a comida que por vezes iam buscar, depois de se terem safado um ao outro — e Victor contava com isso. Noites passadas na mesma hamburgueria fora do *campus*, a partilhar batidos. Ele preferia chocolate, mas ela queria sempre uma mistura horrível, com todos os sabores e coberturas, e no final ele não se importava, porque, de qualquer modo, nunca se lembraria do sabor, apenas de como o frio fazia os lábios de Angie ficarem mais vermelhos, e de como os seus narizes quase se tocavam sempre que tentavam beber ao mesmo tempo, e de como daquela proximidade conseguia ver as manchas de verde nos olhos dela. Ele depenicava as suas batatas fritas e falava-lhe dos idiotas na sua sessão de estudo. Ela ria-se, tirava a última colher do seu batido e contava-lhe como o seu encontro tinha sido embaraçoso. Victor revirava os olhos, enquanto ela lhe falava de certas ofensas, e pensava em como ele teria feito as coisas de forma diferente e em como estava grato por alguém — fosse quem fosse — ter empurrado Angie Knight para querer ser salva.

E salva por ele.

Salva-me.

Passara um ano e meio desde que Victor havia pensado em utilizar esse código. A última vez tinha sido antes de Eli — e certamente antes de Eli e Angie se tornarem uma entidade fundida —, mas ela ainda assim veio para o salvar.

Angie parou no parque de estacionamento da fraternidade, mesmo no local onde Victor estava à espera, depois de meia subida e meia queda da mesma janela pela qual tinha atirado o livro dos seus pais. E por um momento, um momento muito pequeno, depois de ter entrado no carro e antes de explicar, foi novamente como no ano de caloiro, apenas os dois escapando de uma noite má, e ele queria tanto deixá-la conduzir até à sua velha hamburgueria. Afundar-se-iam numa cabina e ele dir-lhe-ia que as festas não tinham melhorado, e ela rir-se-ia, e de alguma forma isso faria com que tudo ficasse bem.

Mas depois Angie perguntou onde estava Eli, e o momento passou. Victor fechou os olhos e pediu-lhe que o levasse aos laboratórios de engenharia.

— Estão fechados — disse ela, ainda que conduzindo nessa direção.

— Tu tens um cartão magnético.

— De que se trata isto?

Victor surpreendeu-se ao dizer-lhe a verdade. Angie sabia da tese de Eli, mas Victor falou-lhe da descoberta mais recente, sobre o papel das

EQM. Falou-lhe do seu próprio desejo de testar a teoria. Falou-lhe do seu plano. A única coisa que não lhe contou foi que Eli já o tinha feito com êxito. Que ele aguentou por um momento. E Angie ia ouvindo. Ia conduzindo, com os nós dos dedos a branquear no volante, os lábios apertados, deixando Victor falar. Ele terminou, quando ela estava a entrar no parque de estacionamento dos laboratórios de engenharia, e ela não disse nada até ter estacionado e desligou o motor e moveu-se no seu lugar para o enfrentar.

— Perdeste a cabeça? — perguntou ela.

Victor esboçou um ténue sorriso.

— Acho que não.

— Deixa ver se entendo — disse. O cabelo ruivo e curto emoldurava-lhe o rosto, frisado pelo tempo invernal. — Achas que se morreres, e conseguires voltar, te vais transformar em quê, num dos X-Men?

Victor riu-se. Tinha a boca seca.

— A minha esperança é transformar-me no Magneto — a tentativa de quebrar o gelo falhou, a expressão entre o choque e o horror e o aborrecimento ainda se espalhava firmemente pelo rosto de Angie. — Olha — disse ele, mais sério —, sei que parece uma loucura...

— Claro que parece. Porque *é* uma loucura. Não contes com a minha ajuda.

— Eu não quero morrer.

— Acabaste de me dizer que sim.

— Bem, mas não quero permanecer morto.

Ela esfregou os olhos, descansou a testa um momento no volante e soltou um suspiro.

— Preciso de ti, Angie. Se não me ajudares...

— Nem te *atrevas* a dar-me a volta assim...

— ... vou acabar por tentar outra vez sozinho...

— Outra vez?

— ... e de fazer algo estúpido do qual *não* vou recuperar.

— Podemos pedir ajuda.

— Não sou suicida.

— Não, és delirante.

Victor encostou a cabeça ao seu assento. O telemóvel vibrou no bolso. Eli. Ignorou, sabendo que seria uma questão de momentos, antes de Eli contactar Angie. Não tinha muito tempo. Decerto não tinha tempo suficiente para a convencer a ajudá-lo.

— Porque é que tu não... — balbuciou Angie para o volante — sei lá, tens uma *overdose*? Algo mais pacífico.

— A dor é importante — explicou Victor, encolhendo-se por dentro. Portanto, ela não estava chateada com o que ele ia fazer. Apenas por ele a implicar. — Dor e medo — acrescentou ele. — Ambos são fatores. Raios, o Eli matou-se numa banheira de gelo.

— *O quê?*

Um sorriso triunfante e sombrio queria esboçar-se-lhe nos lábios, enquanto jogava aquela carta. Victor sabia que Eli ainda não teria contado a Angie. Ele estava a contar com isso. A traição manifestava-se nos olhos dela. Ela desligou o motor, saiu, bateu com a porta e afundou-se contra ela. Victor seguiu-a, contornando o carro. Desenhou rastos na neve à medida que ia avançando. Através do vidro, parcialmente tingido, conseguiu ver o telefone dela no banco do condutor. Uma luz vermelha piscava no ecrã. Victor virou a sua atenção para Angie.

— Quando é que ele fez isso? — perguntou ela.

— Ontem à noite.

Ela olhou para a camada fina de neve no betão entre eles.

— Mas eu passei lá esta manhã, Vic. Ele pareceu-me bem.

— Exatamente. Porque funcionou. *Vai* funcionar.

Ela suspirou.

— Isto é de loucos. Tu és louco.

— Sabes que isso não é verdade.

— Porque é que ele...

— Ele não te disse nada? — provocou Victor, tremendo no seu fino casaco.

— Tem estado estranho ultimamente — balbuciou Angie. Em seguida, concentrou-se em Victor. — Aquilo que me estás a pedir que faça... é uma loucura. É *tortura*.

— Angie...

Ela olhou para cima, os seus olhos brilhantes.

— Nem sequer posso acreditar em ti. E se correr mal?

— Não vai correr.

— Mas se *correr*?

O telemóvel dele vibrava-lhe furiosamente no bolso.

— Não pode — disse, com toda a calma possível. — Tomei um comprimido.

Ela franziu o sobrolho.

— Eu e o Eli — começou ele a explicar — isolámos alguns dos componentes adrenais que entram em ação em situações de vida ou morte. Fabricámo-los. Basicamente, os comprimidos agem como um gatilho. Um empurrão.

Era tudo mentira, mas ele percebeu que aquela existência fingida tinha efeito sobre Angie. A ciência, inclusive ciência fictícia, imperava. Angie praguejou e enfiou as mãos nos bolsos do seu casaco.

— Foda-se, está frio — balbuciou ela, virando-se para as portas da frente do edifício. Victor sabia que o laboratório de engenharia em si era um problema. Câmaras de segurança. Se algo corresse mal, estaria gravado. — Onde está o Eli agora? — perguntou, enquanto passava o seu cartão magnético. — Se estão nisto juntos, por que razão estás aqui comigo?

— Ele está ocupado a apreciar o seu novo estatuto de deus — disse Victor, com amargura, seguindo-a pela entrada, observando o teto à procura da luz vermelha dos equipamentos de videovigilância. — Olha, tudo o que tens de fazer é usar a eletricidade para me desligar. Depois volta a ligar-me. O comprimido fará o resto.

— Eu estudo correntes e os efeitos em aparelhos, Victor, não em pessoas.

— Um corpo é uma máquina — disse ele, baixinho. Ela liderou o caminho para um dos laboratórios de engenharia elétrica e carregou num interruptor. Metade das luzes acenderam-se. Havia equipamento empilhado ao longo de uma parede, uma variedade de máquinas, algumas que pareciam médicas, outras técnicas. A sala estava cheia de mesas, compridas e finas, mas suficientemente grandes para deitar um corpo. Ele conseguia sentir Angie a vacilar ao seu lado.

— Teríamos de planear tudo muito bem — disse ela. — Dá-me um par de semanas e talvez eu possa modificar alguma destas máquinas para...

— Não — disse Victor, dirigindo-se às máquinas. — Tem de ser esta noite.

Ela parecia perplexa, mas, antes de poder protestar, ele pegou na mentira que começou e manteve-se fiel a ela.

— Aquele comprimido de que te falei... já o tomei. É como um interruptor, seja para ligar ou desligar, depende do estado em que o corpo se encontra — cruzaram olhares, e ocorreu-lhe que ela não sabia nem metade sobre compostos adrenais hipotéticos do que sabia sobre circuitos. — Se não fizer isto em breve, Angie — hesitou —, o composto vai matar-me.

Ela ficou pálida.

Ele susteve a respiração.

O telefone voltou a vibrar.

— Quanto tempo? — perguntou ela, finalmente.

Deu um passo na direção dela, deixando uma das pernas quase ceder sob alguma tensão imaginária. Agarrou-se à ponta de uma mesa, fazendo uma careta, e encontrou o olhar dela quando a vibração no bolso parou.

— Minutos.

— ISTO é uma loucura — sussurrou Angie, vezes sem conta, enquanto ajudava a atar as pernas de Victor à mesa. Preocupava-o que, mesmo agora, com as máquinas à sua volta a ganharem vida e ela ocupada a enrolar a correia de borracha à volta dos seus tornozelos, ela pudesse recuar, pelo que se contorceu com dores falsas, enrolando-se em si. — Victor — disse ela, com urgência. — Victor, estás bem? — Havia dor e pânico na sua voz, e ele teve de lutar contra a vontade de parar para a acalmar e prometer que ia correr tudo bem.

Em vez disso, anuiu com a cabeça e disse, entre dentes cerrados:

— Despacha-te.

Ela apressou-se a terminar os nós, mostrou-lhe as barras revestidas de borracha sobre a mesa, onde ele podia pôr as mãos. A sua auréola de cabelo ruivo tinha sempre parecido eletrificada, mas esta noite erguia-se-lhe à volta das faces. Victor pensou que tal a fazia parecer assombrosa. Bonita. No primeiro dia em que se encontraram, ela estava assim. Estava quente para setembro e o seu rosto estava corado, a humidade a dar ao seu cabelo uma vida própria. Victor levantara os olhos do seu manual escolar e vira-a, de pé, à entrada do refeitório, apertando uma pasta contra o peito, enquanto os seus olhos vagueavam pela sala de forma avaliadora — perdida, mas despreocupada. E depois aterraram em Victor, à mesa com o seu livro, e o rosto dela iluminou-se. Não era uma luz de voltagem máxima, mas um brilho constante ao atravessar a sala, e deslizou sem aviso para o lugar à frente dele. Nesse primeiro dia, nem sequer falaram. Apenas passaram a mesma hora no mesmo espaço. Angie tinha-se referido mais tarde aos dois como frequências concordantes.

— Victor — a voz dela a dizer o seu nome trouxe-o de volta à mesa fria do laboratório.

— Quero que saibas — disse ela, enquanto lhe punha os sensores no peito — que nunca te perdoarei por isto.

Ele tremeu sob o seu toque.

— Eu sei.

O seu casaco e a sua camisa foram atirados para uma cadeira, o conteúdo dos bolsos posto em cima. Entre as chaves e uma carteira e um crachá do laboratório de Medicina, estava o seu telefone, no silêncio. O telefone piscava furiosamente, primeiro azul e depois vermelho e depois novamente azul, e assim por diante, sinalizando que tinha tanto correio de voz como mensagens de texto à sua espera.

Victor esboçou um sorriso sinistro. *Tarde de mais, Eli. Agora é a minha vez.*

Angie estava ao pé de uma máquina a roer as unhas de uma das suas mãos. A outra descansava sobre um conjunto de botões. A máquina em si zumbia e gemia e piscava. Uma língua que Victor não conhecia, o que o assustava.

Os seus olhos fixaram-se em algo, e ela pegou nisso, voltando para ele. Era uma tira de borracha.

— Sabes o que tens de fazer — disse Victor, surpreendido com a calma na sua voz. Por dentro tudo tremia. — Começa no mínimo e depois vai aumentando.

— Desligar, ligar — sussurrou ela, antes de segurar a borracha sobre a boca dele. — Morde isto.

Victor respirou fundo e abriu a boca. Tinha a tira entre os dentes, e os seus dedos testavam a força do seu aperto nas pequenas barras da mesa. Conseguiria fazer isto. Eli aguentara-se. Victor também aguentaria.

Angie estava novamente junto à máquina. Cruzaram olhares, e por um momento tudo o resto desvaneceu — o laboratório e as máquinas zumbidoras e a existência de pessoas EO e Eli e os anos que passaram desde que Victor e Angie partilharam um batido —, e ele estava feliz por a ter a olhar por ele. A olhar para ele.

E depois Angie fechou os olhos, aumentou um pouco a intensidade, e a única coisa em que Victor conseguia pensar era na dor.

VICTOR caiu de costas contra a mesa, com suores frios.

Não conseguia respirar.

Arquejou, à espera de uma pausa, um momento para recuperar. À espera que Angie mudasse de ideias, parasse, desistisse.

Mas Angie rodou o botão.

A necessidade de vomitar foi superada pela necessidade de gritar, e ele mordeu a tira de borracha até achar que os seus dentes iriam partir-se, mas um gemido ainda escapou, e pensou que Angie o teria ouvido, e ela desligaria a máquina agora, mas o botão voltou a rodar para a direita.

E de novo.

E de novo.

Victor pensou que iria desmaiar, mas, antes que o fizesse, o botão rodou mais, e o espasmo da dor trouxe-o de volta ao seu corpo e à mesa e à sala e ele não conseguia escapar.

A dor manteve-o ali.

A dor amarrou-o, enquanto lhe atravessava cada nervo de cada membro.

Tentou cuspir a tira, mas não conseguiu abrir a boca. Tinha o maxilar trancado.

O botão rodou mais para a direita.

Sempre que Victor pensava que o botão não podia ir mais longe, que a dor não podia piorar, o botão ia, e depois a dor piorava e piorava e piorava, e Victor podia ouvir-se a gritar, mesmo que a tira ainda estivesse entre os seus dentes, e podia sentir todos os nervos do seu corpo a partirem-se e ele queria que parasse. Queria que *parasse*.

Implorou a Angie, mas as palavras foram cortadas pela tira e o pelo botão que voltava a rodar e pelo som no ar como gelo a rachar e estática.

A escuridão pestanejava à sua volta e ele queria-a, porque significava que a dor iria parar, mas não queria morrer e tinha medo de que a escuridão fosse a morte e por isso afastou-se violentamente dela.

Sentiu-se a chorar.

O botão rodou.

As mãos doíam-lhe onde agarravam as barras da mesa, contraindo-se nesse lugar.

O botão rodou.

Desejou pela primeira vez na sua vida acreditar em Deus.

O botão rodou.

Sentiu o coração a palpitar.

O botão rodou.

Ouviu uma máquina a avisar, depois o alarme.

O botão rodou.

E tudo parou.

XXII

DOIS DIAS ANTES

HOTEL ESQUIRE

SYDNEY observou as linhas no rosto de Victor a vincarem-se. Devia estar a sonhar.

Já era tarde. A noite para lá do vidro do chão ao teto estava escura — ou o mais escura possível, numa cidade como esta —, e ela levantou-se e espreguiçou-se e estava prestes a voltar para a cama, quando viu o pedaço de papel, e tudo dentro dela se esfriou.

O artigo de jornal estava aberto ao lado de Victor no sofá. As barras pesadas de preto na página foram a primeira coisa que chamou a sua atenção, mas a foto por baixo foi o que lha prendeu. Sydney sentiu um aperto no peito, repentino e acentuado, e não conseguia respirar. Parecia que estava a afogar-se, mais uma vez — Serena a chamar do pátio, um cesto de piquenique enganchado no cotovelo do seu casaco de inverno, dizendo a Syd para se apressar ou o gelo estaria todo derretido, e estava, debaixo daquela casca quebradiça de gelo e neve —, mas, quando ela fechou os olhos, não foi a água meio gelada do lago que a envolveu, mas a memória do campo, um ano depois, a extensão de erva congelada e o corpo e o encorajamento da sua irmã e depois o som do tiro, ecoando nos seus ouvidos.

Dois dias diferentes, duas mortes diferentes, sobrepondo-se, rodopiando em conjunto. Afastou ambas as memórias, mas a fotografia ainda lá estava, a olhar para ela, e não conseguia desviar o olhar e, antes de saber o que estava a fazer, a sua mão estendeu-se, passando por Victor, em direção ao jornal e ao homem sorridente na sua capa.

Aconteceu tudo depressa.

Os dedos de Sydney enrolaram-se à volta da página do jornal, mas, ao levantá-la, o seu antebraço roçou o joelho de Victor e, antes que ela pudesse deslocar o seu peso ou recuar, ele lançou-se para a frente, olhos abertos, mas vazios, torneando o pequeno pulso de Sydney com a sua mão. Sem aviso, a dor percorreu-lhe o braço e o pequeno corpo, caindo sobre ela numa onda. Era pior do que se afogar, pior do que levar um tiro, pior do que qualquer coisa que alguma vez sentira. Era como se cada um dos seus nervos se estilhaçassem, e Sydney fez a única coisa que podia.

Gritou.

XXIII

DEZ ANOS ANTES

UNIVERSIDADE DE LOCKLAND

A dor voltou a aprofundar-se, e Victor também apareceu, aos gritos.

Angie mexia-lhe nas mãos, tentando persuadi-las a libertar-se das barras. Ele atirou-se para a frente, agarrado à cabeça. Porque é que a eletricidade ainda estava ligada? A dor era uma onda, uma parede que envolvia os seus músculos, o seu coração. A sua pele rasgava-se de dor, e Angie falava, mas Victor não conseguia ouvir nada na agonia. Enroscou-se em si e abafou outro grito.

Porque é que a dor não parava? PORQUE É QUE NÃO PARAVA?

E depois, tão de repente como um interruptor rodado, a dor desapareceu, e Victor ficou a sentir... nada. As máquinas estavam desligadas, as luzes espalhadas nos painéis frontais estavam todas apagadas. Angie ainda estava a falar, as suas mãos a correr sobre a pele, a soltar as correias do tornozelo, mas Victor não a ouvia, enquanto olhava para as suas mãos e se questionava sobre o súbito vazio, como se a eletricidade tivesse esventrado os seus nervos e deixado apenas carapaças.

Vazio.

Para onde foi?, perguntou-se. *Voltará?*

Na súbita ausência de dor, viu-se a tentar lembrar-se de como se sentia, para convocar a sensação, uma sombra dela e, ao fazê-lo, o interruptor voltou a ser ligado, e a energia estava lá, crepitando como estática através da sala. Ouviu a ondulação do ar e depois um grito. Perguntou-se, por um instante, se estava a vir dele, mas a dor estava além de Victor agora, fora dele, a zumbir sobre a sua pele sem a tocar.

Sentia-se lento, atordoado, enquanto tentava processar a situação. Nada doía, então quem estava a gritar? E depois o corpo desmoronou-se para o chão do laboratório, ao lado da mesa, o espaço entre os pensamentos colapsou, e ele voltou aos seus sentidos.

Angie. *Não*. Saltou da mesa para a encontrar a contorcer-se no chão, ainda a gritar de dor, e pensou *para!*, mas o zumbido elétrico na sala continuou a crescer à sua volta. Para. Ela agarrou-se ao peito.

Victor tentou ajudá-la a levantar-se, mas Angie gritou ainda mais alto, quando Victor lhe tocou, e ele tropeçou para trás, confusão e pânico a escorrer dele. O *zumbido*, pensou. Tinha de o desligar. Fechou os olhos e tentou imaginá-lo como um botão, tentou imaginar rodar algum dispositivo invisível. Tentou sentir-se calmo. Entorpecido. Ficou surpreendido com a facilidade com que lhe chegou no meio do caos, a calma. E depois percebeu como a sala tinha ficado horrivelmente silenciosa. Victor abriu os olhos e viu Angie esparramada no chão, cabeça para trás, olhos abertos, o cabelo ruivo uma nuvem à volta do rosto. O zumbido no ar tinha-se reduzido a um tinido, e depois a nada, mas era demasiado tarde.

Angie Knight estava morta.

XXIV

DOIS DIAS ANTES

HOTEL ESQUIRE

O quarto do hotel era dor e barulho e caos.

Victor recuperou os sentidos, atordoado, preso entre o laboratório da escola e o quarto do hotel, o grito de Angie na sua cabeça e o de Sydney nos seus ouvidos. Sydney? Mas a rapariga não estava ali, e ele estava a ser encostado de volta ao sofá por Mitch, cujo corpo inteiro tremia visivelmente do esforço, mas sem ceder, enquanto o quarto zumbia à sua volta.

— Desliga isso — resmoneou Mitch, baixinho, e Victor acordou por completo. Estreitou os olhos, o zumbido desapareceu, e tudo em Mitch afrouxou, todos os sinais de dor desapareceram. Largou os ombros de Victor e deixou-se afundar numa cadeira.

Victor respirou fundo e passou a mão lentamente sobre o rosto e pelo cabelo, antes de a sua atenção se fixar em Mitch.

— Estás bem? — perguntou.

Mitch parecia cansado, descontente, mas seguro. Não fora a primeira vez que tivera de intervir. Victor sabia que, quando tinha pesadelos, os outros sofriam sempre.

— Estou ótimo — disse Mitch —, mas não tenho a certeza quanto a ela — apontou para uma forma próxima, em camisolas demasiado grandes, e o olhar de Victor desviou-se para Sydney, sentada no chão, atordoada. Ele tinha-lhes desligado os nervos, no momento em que se dera conta do que estava a acontecer, ou pelo menos abafou-os o mais que pôde em segurança, por isso sabia que ela estava fisicamente bem. Mas parecia estar abalada. Uma pancada de culpa, algo estranho depois de uma década na prisão, perfurou-lhe as costelas.

— Desculpa — disse ele, baixinho. Estendeu a mão para a ajudar a levantar-se, mas pensou duas vezes. Em vez disso, pôs-se de pé e dirigiu-se à casa de banho do corredor. — Mitch, fá-la ir para a cama.

E com isto fechou a porta atrás de si.

XXV

DEZ ANOS ANTES

UNIVERSIDADE DE LOCKLAND

VICTOR não reanimou Angie. Não tentou. Sabia que devia, ou devia querer, mas a última coisa de que precisava era de mais provas de si próprio no local do crime. Engoliu em seco, agarrando-se tanto à sua capacidade de ser tão racional, num momento como este, como ao pensamento do termo. Crime. Local do crime. Além disso, podia *sentir* que ela estava morta. Sem zumbido. Sem energia.

Por isso fez a única coisa que lhe ocorreu. Telefonou a Eli.

— Onde *raio* estás tu, Vale? — ouviu-se a porta de um carro bater ao fundo. — Achas que esta merda tem graça...

— A Angie está morta.

Victor não sabia com certeza de se diria ou não isso, mas as palavras tinham-se formado e derramado, antes que as pudesse apanhar. Esperava que lhe fizessem doer a garganta, que se alojassem no seu peito, mas saíram sem restrições. Ele sabia que devia entrar em pânico, mas sentia-se entorpecido, e a dormência acalmou-o. Será que era choque, perguntou-se, esta serenidade que lhe aparecera agora, que tinha sido tão fácil de convocar com Angie a morrer a seus pés? Ou seria algo mais? Ouviu o silêncio do outro lado do telefone, até que Eli o quebrou.

— Como? — rosnou Eli.

— Foi um acidente — disse Victor, manobrando o telemóvel para voltar a vestir a camisola. Tivera tido de contornar o corpo de Angie para o alcançar. Não olhou para ele.

— Que fizeste?

— Ela estava a ajudar-me com um ensaio. Tive uma ideia e funcionou e...

— Como assim, funcionou? — o tom de Eli ficou frio.

— Quero dizer... quero dizer que desta vez funcionou — deixou que percebesse a informação. Eli compreendeu claramente, porque ficou em silêncio. Estava a ouvir. Victor tinha a sua atenção, e ele gostava disso. Mas ficou surpreendido por Eli parecer mais interessado na sua experiência do que em Angie. Angie, que tinha sempre mantido os seus monstros afastados. Angie, que estava sempre a atrapalhar. Não, ela fora mais do que uma distração para os dois, não é verdade? Victor olhou então para o corpo, esperando sentir alguma sombra da culpa que caíra sobre ele, quando lhe tinha mentido antes, mas não havia nada. Perguntou-se se Eli também sentira este estranho desprendimento quando acordara no chão da casa de banho. Como se tudo fosse real, mas nada importasse.

— Diz-me o que aconteceu — insistiu Eli, perdendo a paciência. Victor olhou à volta da sala para a mesa, as correias, as máquinas que antes tinham zumbido, mas que agora pareciam ter-se apagado, os fusíveis queimados. Todo o espaço estava escuro. — Onde estás tu? — passou-se, quando Victor não respondeu.

— Nos laboratórios — disse ele. — Nós estávamos... — a dor apareceu do nada. A sua pulsação acelerou, o ar zumbia, e, de seguida, Victor contorceu-se de dor. Estalava sobre ele, por ele, percorrendo-lhe a pele e os ossos e cada centímetro de músculo entre eles.

— Estavam o *quê*? — quis saber Eli.

Victor agarrou-se à mesa, reprimindo um grito. A dor era horrível, como se cada músculo do seu corpo tivesse cãibras. Como se estivesse a ser eletrocutado novamente. *Para*, pensou ele. *Para*, implorou. E então imaginou a dor como um interruptor, e desligou-o, fazendo a dor desaparecer.

A sua pulsação abrandou, o ar rarefez-se, e não sentiu *nada*. Victor ficou a ofegar, atordoado. Tinha deixado cair o telefone para o chão de linóleo. Baixou uma mão tremente e levantou o telemóvel ao ouvido.

Eli estava praticamente aos gritos.

— Olha — dizia ele —, não saias daí. Não sei o que fizeste, mas fica aí. Estás a ouvir? Não te mexas.

E Victor poderia realmente ter ficado quieto, se não tivesse ouvido o duplo clique.

O telefone fixo do seu apartamento tinha sido fornecido pela universidade. Fazia um ligeiro duplo clique quando era levantado do seu lugar na parede. Agora, enquanto Eli falava com ele ao telemóvel e o instruía a ficar quieto, e enquanto Victor tentava vestir o seu casaco, ele podia distinguir aquele pequeno duplo clique ao fundo. Franziu o sobrolho. Um duplo clique, seguido de três toques tonais: 1–1–2.

— Não te mexas — voltou a dizer Eli. — Estou aí num instante.

Victor assentiu cuidadosamente com a cabeça, esquecendo como era fácil mentir quando não tinha de olhar para a cara de Eli.

— Está bem — disse ele. — Vou cá estar — e desligou a chamada.

Victor terminou de vestir o seu casaco e lançou um último olhar para a sala. Estava uma confusão. Além do corpo, o local não gritava homicídio, mas a forma contorcida do cadáver de Angie mostrava que também não era propriamente natural. Pegou numa toalhita higiénica de uma caixa no canto e limpou as barras da mesa, resistindo à vontade de limpar todos os objetos da sala. Depois *pareceria* um crime. Sabia que estava inscrito neste laboratório, algures, apesar do cuidado que tivera. Sabia que provavelmente também estava nas gravações de segurança. Mas estava sem tempo.

Victor Vale saiu do laboratório e fugiu.

AO dirigir-se ao apartamento — precisava de falar pessoalmente com Eli, de o fazer compreender —, ficou admirado por se sentir tão bem fisicamente. Eufórico da perseguição e da morte, mas livre da dor. Depois, à beira de um poste de iluminação, baixou o olhar e viu que a sua mão estava a sangrar. Devia tê-la ferido nalguma coisa. Mas não a sentia. E não apenas naquela maneira de a adrenalina remover pequenas feridas. Ele não a sentia *de todo*. Tentou invocar aquele estranho ar zumbidor, tentou baixar um pouco o seu próprio limite de dor, só para ver como se estava *realmente* a aguentar, e acabou por se contorcer, apoiando-se contra um poste de luz.

Não muito bem, portanto.

Sentia-se mesmo como se tivesse morrido. Mais uma vez. Doíam--lhe as mãos de agarrar as pegas da mesa e perguntava-se se algum osso estaria partido. Todos os músculos do resto do seu corpo gemiam, e a cabeça doía-lhe tanto, que pensava que poderia estar doente. Quando o passeio começou a inclinar-se, rodou o botão para trás. A dor desligou-se. Deu a si próprio um momento para respirar, para recuperar, e endireitou--se na piscina de luz. Não sentia *nada*. E, neste momento, nada parecia espantoso. Nada parecia celestial. Inclinou a cabeça para trás e riu-se. Não uma daquelas risadas maníacas. Nem sequer uma gargalhada estridente.

Uma tosse de riso, uma exalação espantada.

Mesmo que tivesse sido mais ruidoso, ninguém o ouviria, não por cima das sirenes.

Os dois carros-patrulha chiaram até pararem à sua frente, e Victor mal teve tempo de processar a sua chegada, antes de ser atirado ao betão, algemado, com um capuz preto enfiado sobre a cabeça. Sentiu-se empurrado para o banco de trás do carro da polícia.

O capuz foi um toque interessante, mas Victor não gostava muito da sensação de estar vendado. O carro virava, e o peso de Victor deslocava--se, e, sem sinal visual ou desconforto físico para se orientar, ele quase caía. Pareciam estar a fazer as curvas propositadamente depressa.

Victor percebeu que podia reagir. Reagir sem ter de lhes tocar. Sem sequer ter de os ver. Mas conteve-se.

Parecia desnecessariamente perigoso ferir os polícias, enquanto conduziam. Só porque podia desligar a sua própria dor não significava que não morreria, se eles destruíssem o veículo, por isso concentrou a sua atenção em manter a calma. O que era, mais uma vez, demasiado fácil, tendo em conta tudo o que tinha acontecido. A calma perturbava-o; a ausência física de dor poder provocar uma tal ausência mental de pânico era ao mesmo tempo enervante e bastante fascinante. Se Vic não estivesse presentemente no banco de trás de um carro da polícia, teria querido fazer uma nota de tese.

O carro virou depressa, e Victor bateu contra a porta, praguejou, não tanto pela dor, mas pelo hábito. As algemas penetravam-lhe os pulsos e, quando sentiu algo quente e molhado a correr pelos seus dedos, decidiu baixar o seu limite. Não sentir poderia levar a lesões, e Victor não era Eli. Não conseguia regenerar. Tentou sentir. Apenas um pouco e...

Victor arfou e encostou a cabeça ao assento. A dor quente rasgava-lhe os pulsos, onde o metal penetrava, ampliada, o seu limiar a descer a pique. Cerrou os dentes e tentou encontrar o equilíbrio. Tentou encontrar o normal. A sensação era variada. Não se ligava e desligava, mas todo um espectro, um botão com centenas de níveis, não um interruptor. Fechou os olhos, apesar da escuridão do capuz, e encontrou um lugar entre o entorpecimento e o normal. Os seus pulsos doíam-lhe monotonamente, algo mais próximo da rigidez do que da dor aguda.

Não lhe seria fácil habituar-se a isto.

Por fim, o carro parou, a porta abriu-se, e um par de mãos guiou-o para fora.

— Podem tirar o capuz? — perguntou, na escuridão. — Não têm de me ler os direitos? Essa parte escapou-me?

A pessoa que o guiava empurrou-o para a direita, e o seu ombro bateu numa parede. A polícia do *campus*, talvez? Ele ouviu uma porta a abrir-se e sentiu uma ligeira mudança nos sons do espaço. Esta nova sala quase não tinha mobília e as paredes seriam lisas, notava-se pelo eco. Uma cadeira foi arrastada para trás, alguém empurrou Victor para ela, desalgemou uma das suas mãos e voltou a algemá-las num lugar sobre uma mesa de metal. Os passos desvaneceram e depois desapareceram por completo.

Uma porta fechou-se.

O espaço estava em silêncio.

Uma porta abriu-se. Aproximaram-se passos. E então, finalmente, o capuz saiu. A sala era muito, muito luminosa, e um homem de ombros largos, cabelo preto e com ar de poucos amigos sentou-se à sua frente. Victor olhou em redor da sala de interrogatório, que era mais pequena do que imaginava, e um pouco mais suja. Estava também trancada por fora. Qualquer truque aqui dentro seria um desperdício total.

— Sr. Vale, eu sou o detetive Stell.

— Pensava que aqueles capuzes só eram usados em espiões e terroristas e em maus filmes de ação — disse Victor, referindo-se à pilha de tecido preto que agora se encontrava entre eles. — É sequer legal?

— Os nossos agentes são treinados para fazerem uso do seu julgamento a fim de se protegerem — disse o detetive Stell.

— É a minha visão uma ameaça?

Stell suspirou.

— Sabe o que é uma pessoa EO, Sr. Vale?

Sentiu a pulsação acelerar perante a palavra, o ar a zumbir vagarosamente à sua volta, mas engoliu em seco, quis encontrar a sua calma. Acenou ligeiramente com a cabeça.

— Ouvi falar delas.

— E sabe o que acontece quando alguém grita EO? — Victor abanou a cabeça. — Sempre que alguém liga para o 112 e usa essa palavra, eu tenho de me levantar da cama e vir até à esquadra para ver o que se passa. Não importa se a chamada é uma piada de mau gosto de uns miúdos quaisquer ou o delírio de um sem-abrigo. Tenho de a levar a sério.

Victor franziu o sobrolho.

— Lamento que o tenham feito perder o seu tempo, senhor.

Stell esfregou os olhos.

— Será, Sr. Vale?

Victor soltou um riso tenso.

— Não pode estar a falar a sério. Alguém lhe disse que eu era uma pessoa EO — já sabia quem, claro — e o senhor acreditou? Mas que raio de pessoa ExtraOrdinária devo eu ser? — Victor levantou-se, mas as algemas estavam bem presas à mesa.

— Sente-se, Sr. Vale — Stell fingia analisar os seus papéis. — O estudante que fez queixa, um tal de Sr. Cardale, também disse que o senhor confessou o homicídio da estudante Angela Knight — levantou o olhar. — Ora, mesmo que eu queira ignorar este assunto de ser uma pessoa EO, e não estou a dizer que quero, levo um corpo muito a sério. E é isso que temos em mãos na faculdade de engenharia de Lockland. Portanto, alguma destas coisas é verdade?

Victor sentou-se e respirou fundo algumas vezes. Em seguida, abanou a cabeça.

— O Eli esteve a beber.

— Ai sim? — Stell não parecia convencido.

Victor viu uma gota de sangue cair das algemas para a mesa. Teve o cuidado de manter os olhos nessa e nas duas, três gotas, que caíram enquanto falava.

— Eu estava no laboratório quando a Angie morreu — sabia que as câmaras de segurança mostrariam isso. — Precisei de sair de uma festa, e ela foi buscar-me. Não queria ir para casa, e ela disse que tinha trabalho para fazer... estamos na altura das teses e tal... por isso fui com ela à faculdade de engenharia. Saí da sala por um par de minutos, só para ir buscar algo para beber, e, quando voltei... vi-a no chão e telefonei ao Eli...

— Não ligou para o 112.

— Estava transtornado. Perturbado.

— Não me parece perturbado.

— Não, agora estou irritado. E em choque. E algemado a uma mesa — Victor levantou a voz, pois agora parecia um momento apropriado para o fazer. — Olhe, o Eli estava bêbedo. Talvez ainda esteja. Disse-me que a culpa era minha. Tentei explicar que tinha sido um ataque cardíaco, ou uma avaria no equipamento — a Angie estava sempre a brincar com a voltagem —, mas não me deu ouvidos. Ele disse que chamaria a polícia. Por isso fui-me embora. Fui para casa para *falar* com ele. E era para lá que eu estava a ir quando a polícia apareceu — olhou para o detetive e gesticulou para a sua presente situação. — Quanto a esta coisa das pessoas EO, estou tão confuso como você. O Eli tem estado a trabalhar demasiado. A tese dele é sobre pessoas ExtraOrdinárias, ele disse-lhe isso? Está obcecado com isso. Paranoico. Não dorme, não come, apenas trabalha nas suas teorias.

— Não — disse Stell, do outro lado da mesa, tomando nota. — O Sr. Cardale omitiu essa parte — acabou de escrever e atirou a caneta para o lado.

— Isto é uma loucura — disse Victor. — Não sou um assassino e não sou uma pessoa EO. Sou estudante de Medicina — pelo menos esta última parte era verdade.

Stell olhou para o relógio.

— Vamos mantê-lo durante a noite numa cela de detenção — explicou. Entretanto, vou enviar alguém para ver o Sr. Cardale, testar-lhe o nível de álcool no sangue e obter o depoimento completo dele. Se, de manhã, tivermos provas de que o testemunho do Sr. Cardale está comprometido, e nenhuma prova o ligar à morte de Angela Knight, deixá-lo-emos ir. Continuará a ser um suspeito, entendeu? Isso é o melhor que posso fazer neste momento. Soa-lhe bem?

Não. Não lhe soava bem de todo. Mas Victor ia desenrascar-se. O capuz permaneceu fora da cabeça, enquanto um agente o levava à cela, e no caminho Victor tomou nota do número de polícias e do número de portas e do tempo que demorou a chegar à área de detenção. Fora sempre um solucionador de problemas. Os seus problemas tinham certamente vindo a aumentar, mas as regras ainda se mantinham. Os passos para a resolução de um problema, da Matemática elementar à fuga de uma esquadra de polícia, continuavam a ser os mesmos. Uma simples questão de compreender o problema e escolher a melhor solução. Victor estava agora numa cela. A cela era pequena e quadrada, com grades e um homem que tinha o dobro da sua idade e cheirava a mijo e tabaco. Um guarda sentava-se ao fundo de um corredor a ler um jornal.

A solução mais óbvia era matar o companheiro de cela, chamar o guarda e matar o guarda. A alternativa era esperar até de manhã, e esperar que Eli falhasse o teste de alcoolemia, que as câmaras de segurança se limitassem às entradas, e que ele não tivesse deixado provas materiais no laboratório que o ligassem à morte de Angie.

Escolher a melhor solução dependia realmente da sua definição de *melhor*. Victor examinou o homem afundado na cama de lona e pôs-se a trabalhar.

ELE foi para casa pelo caminho mais longo.

Os primeiros toques de madrugada aqueceram o céu, enquanto caminhava, esfregando o sangue seco dos seus pulsos. Pelo menos consolou-se, não tinha matado ninguém. Victor estava, de facto, bastante orgulhoso da sua contenção. Pensou, por um momento, que o companheiro de cela fumador compulsivo poderia estar morto, mas ainda respirava da última vez que Victor tinha verificado. É certo que não quis aproximar-se muito. Ao regressar a casa, sentiu uma gota humedecida na cara e tocou no lugar abaixo do nariz. Saiu vermelho. Victor limpou o rosto à manga e fez uma nota mental para ser mais cuidadoso. Esforçara-se muito numa noite, especialmente tendo em conta que havia morrido primeiro.

Dormir. Dormir ajudaria. Mas isso teria de esperar.

Porque primeiro tinha de lidar com Eli.

XXVI

DOIS DIAS ANTES

HOTEL ESQUIRE

VICTOR ficou na casa de banho e esperou que o hotel se sossegasse à sua volta. Além da porta, ouviu Mitch levar Sydney de novo para a cama, murmurando um pedido de desculpas em seu nome. Nunca a deveriam ter ido buscar, mas ele não conseguia evitar a sensação de que ela viria a dar jeito. Ela tinha segredos, e ele planeava descobri-los. Mesmo assim, não tinha intenção de a magoar. Orgulhava-se do seu controlo, mas, apesar de todos os esforços, não encontrara uma forma de gerir totalmente o seu poder durante o sono. Motivo pelo qual não dormia, ou pelo menos não dormia muito.

Passou água fria nas mãos e no rosto, à espera que o ténue zumbido elétrico parasse. Como não aconteceu, virou-o para dentro, estremecendo, enquanto o zumbido desaparecia do ar à sua volta e reaparecia nos seus ossos, nos seus músculos. Agarrou-se à bancada de granito, enquanto o seu corpo ligava a corrente à terra, e, vários longos momentos depois, o estremecimento passou, deixando Victor cansado, mas estável novamente.

Encontrou o seu olhar no espelho e começou a desabotoar a camisa, expondo as cicatrizes das balas da pistola de Eli, uma a uma. Passou os dedos por cima delas, tocando nos três pontos onde tinha sido alvejado da forma como um homem faz o sinal da cruz. Um enfiado debaixo das costelas, um por cima do coração e outro que lhe tinha acertado nas costas, mas a uma distância suficientemente curta para que atravessasse o tronco. Memorizou a posição desses pontos para que, quando encontrasse Eli, pudesse retribuir o gesto. Raios, se as balas se alojassem, havia uma hipótese de Eli sarar as feridas em torno da sua entrada. Dava a Victor um pouco de prazer pensar nisso.

Talvez as feridas o tivessem feito ganhar algum respeito na prisão, mas, na altura em que se integrou, já estavam há muito desbotadas. Além disso, Victor tinha encontrado outras formas de se afirmar em Wrighton, do desconforto subtil que os reclusos sentiam, quando o desagradavam, até à agonia instantânea que ele usava com mais moderação, o tipo de dor que os deixava a ofegar aos seus pés. Mas ele não se limitava a *provocar* apenas dor; Victor também a tirava. Aprendera a dar ausência de dor, a trocá-la. Espantado com os esforços dos homens para evitar qualquer forma de sofrimento, Victor tinha-se tornado um traficante de uma droga que só ele podia fornecer. A prisão fora, de certa forma, agradável.

Mas, mesmo lá, Eli o tinha assombrado, manchado o seu prazer, agarrando-se aos seus pensamentos, sussurrando na sua cabeça, arruinando a sua paz. E, após dez anos de espera, era a vez de Victor entrar na cabeça de Eli e fazer estragos.

Abotoou a camisa, e as cicatrizes voltaram a desaparecer, da vista, mas não da memória.

XXVII

DEZ ANOS ANTES

UNIVERSIDADE DE LOCKLAND

VICTOR içou-se para o parapeito da janela, agradecido por a ter deixado ligeiramente aberta e por viverem no primeiro andar, pelo que só foi forçado a lidar com os cinco degraus de altura que iam da rua até à entrada do edifício. Descansou no parapeito, escarranchando-se sobre este, enquanto a luz da manhã se infiltrava em tudo à sua volta, e ouviu os sons dentro do apartamento. O lugar estava sossegado, mas Victor sabia que Eli estava em casa. Conseguia *senti*-lo.

O seu coração tremulava suavemente com a emoção do que iria acontecer a seguir, mas era só isso, um tremor. Sem pânico palpitante. Esta nova calma estava a tornar-se inquietante. Victor lutou para a avaliar. A ausência de dor levava a uma ausência de medo, e a ausência de medo levava a um desrespeito pelas consequências. Sabia que tinha sido má ideia fugir da cela, tal como sabia que o que estava prestes a fazer era má ideia. Uma ideia pior. Podia agora seguir melhor os seus pensamentos, maravilhado com a forma como circulavam em torno de soluções que contornavam a cautela e favoreciam o imediato, o violento, a erupção, a maneira como um aleijado favorece a sua boa perna. A mente de Victor fora sempre atraída por essas soluções, mas ele tinha sido impedido por uma compreensão do certo e do errado, ou pelo menos daquilo que sabia que os outros viam como certo e errado. Mas agora, isto... isto era simples. Elegante.

Parou tempo suficiente para alisar o seu cabelo ao espelho, incomodado com o mau aspeto que a morte e meia noite numa cela lhe davam. Depois encontrou os seus próprios olhos — a nova calma tinha-os tornado mais pálidos —, e o seu reflexo sorriu. Era um sorriso frio, um pouco estranho, que beirava a arrogância, mas Victor não se importou. Gostou bastante daquele sorriso. Parecia algo que Eli usaria.

Victor saiu do quarto e fez o seu caminho sinuosamente pelo corredor até à cozinha. Sobre a mesa havia um conjunto de facas e um caderno, meia página preenchida com a escrita firme de Eli e pontilhada com sangue. Quanto ao próprio Eli, Victor podia vê-lo no sofá da sala, de cabeça inclinada para a frente em pensamento, ou talvez em oração. Victor parou para o observar. Parecia estranho que Eli não conseguisse sentir a presença de Victor da forma como Victor sentia a sua. Esse era o problema de uma capacidade interior, como a cura. Ensimesmado até ao fim, pensou ele, ao pegar numa faca grande e ao arrastar a sua ponta ao longo da mesa, provocando um risco acentuado.

Eli levantou-se do sofá num movimento fluido.

— Vic.

— Estou desiludido — disse Victor.

— Que estás aqui a fazer?

— Denunciaste-me.

— Mataste a Angie — as palavras emaranharam-se ligeiramente na garganta de Eli. Victor ficou surpreendido com a emoção na voz do seu amigo.

— Amava-la? — perguntou. — Ou só estás furioso por te ter tirado alguma coisa?

— Ela era uma *pessoa*, Victor, não uma coisa, e tu mataste-a.

— Foi um acidente — disse ele. — E, na verdade, a culpa é tua. Se me tivesses ajudado...

Eli passou as mãos pela cara.

— Como foste capaz?

— Como foste *tu*? — perguntou Victor, levantando a faca da mesa, enquanto falava. — Chamaste a polícia e acusaste-me de ser uma pessoa EO. Sabes, eu não *te* denunciei. Podia tê-lo feito — coçou a cabeça com a ponta da faca. — Porque lhes dirias algo tão tolo? Sabias que têm pessoas especiais que entram em cena, se há uma suspeita de EO? Um tipo chamado Stell. Sabias disso?

— Perdeste o juízo — Eli deu um passo para o lado, mantendo-se de costas para a parede. — Baixa a faca. Não é que me possas magoar.

Victor sorriu perante o desafio. Um rápido passo em frente, e Eli tentou dar um passo atrás por instinto, mas encontrou a parede e Victor encontrou-o a ele.

A faca deslizou para dentro. Foi mais fácil do que ele imaginava. Como um ato de desaparecimento, num momento o metal brilhava e no seguinte desapareceu, enterrado no estômago de Eli até ao cabo.

— Sabes o que descobri? — Victor curvou-se para ele, enquanto falava. — Ao observar-te na rua naquela noite, quando tiraste o vidro da mão? Não consegues curar-te até eu tirar a faca — rodou a faca e Eli gemeu. Os seus pés escorregaram e começou a deslizar pela parede, mas Victor ergueu-o pelo cabo da faca. — Nem sequer estou a usar o meu novo truque — disse. — Não é tão espampanante como o teu, mas é bastante eficaz. Queres vê-lo?

Victor não esperou pela resposta. O ar zumbia à sua volta. Não se preocupou com o botão. Para a direita. Só isso lhe importava. Para a direita. Eli gritou, e o som fez Victor sentir-se bem. Não daquela maneira soalheira em que a vida é bela, mas de maneira castigadora. Controladora. Eli traíra-o. Merecia um pouco de dor. Ele sararia. Quando isto acabasse, nem sequer ficaria com uma cicatriz. O mínimo que Victor podia fazer era tentar impressionar. Victor largou o cabo da faca e viu o corpo de Eli colapsar no chão.

— Uma nota para a tua tese — disse, com o amigo ali deitado a arquejar. — Pensavas que os nossos poderes eram, de alguma maneira, um reflexo da nossa natureza. Deus a brincar com espelhos, mas estavas enganado. Não tem que ver com Deus. Tem que ver connosco. A forma como pensamos. O pensamento que é suficientemente forte para nos manter vivos. Para nos trazer de volta. Queres saber como sei? — virou a sua atenção para a mesa, à procura de algo novo e afiado. — Porque, quando estava a morrer, só conseguia pensar na dor — fez subir o botão na sua mente e deixou o espaço encher-se dos gritos de Eli. — E no quanto desejava que parasse.

Victor voltou a fazer descer o botão e ouviu os gritos de Eli esmorecerem, enquanto chegava à mesa. Estava a olhar para as várias lâminas quando a sala rebentou com barulho. Um barulho muito repentino e muito alto. Desfez-se reboco da parede a poucos centímetros de distância, e

Victor voltou para trás para encontrar Eli agarrado ao estômago com uma mão e a uma arma com a outra. A faca estava no chão sobre uma abastada quantidade de sangue, e Victor perguntou-se com uma curiosidade científica quanto tempo levaria o corpo de Eli a regenerar. Então, ouviu-se o segundo disparo, muito mais perto da cabeça de Victor, e ele franziu o sobrolho.

— Por acaso sabes como usar isso? — perguntou, manuseando uma comprida e fina faca. As mãos de Eli tremiam à volta do cabo da pistola.

— A Angie está morta... — disse Eli.

— Sim, eu sei...

— Mas tu também — não era uma ameaça. — Não sei quem és, mas não és o Victor. És algo que lhe cobriu a pele. Um demónio que o veste.

— Ui — disse Victor, e, por algum motivo, a palavra fê-lo rir. Não conseguia parar de rir. Eli parecia enojado, e isso fez Victor ter vontade de o esfaquear de novo. Procurou atrás dele a faca mais próxima e viu os dedos de Eli apertarem-se mais na pistola.

— És outra coisa — disse ele. — O Victor morreu.

— *Nós* morremos, Eli. E ambos voltámos.

— Não, não, creio que não. Não inteiramente. Algo está errado, algo desapareceu. Não o sentes? Eu, sim — disse Eli, e parecia mesmo *assustado*. Victor estava desiludido. Esperara que Eli talvez também a sentisse, esta tranquilidade, mas, aparentemente, sentia uma coisa completamente diferente.

— Talvez tenhas razão — disse Victor. Estava disposto a admitir que se sentia diferente. — Mas, se me falta alguma coisa, a ti também falta. A vida tem que ver com compromissos. Ou pensaste que, só porque te puseste nas mãos de Deus, Ele faria de ti tudo o que eras e mais?

— E fez — rosnou Eli, puxando o gatilho.

Desta vez não falhou. Victor sentiu o impacto e baixou o olhar para o buraco na camisa, contente por se ter dado ao trabalho de desligar a dor. Tocou no local, e os dedos saíram vermelhos. Sabia que não era um bom sítio para ser alvejado.

Victor suspirou, olhando para baixo.

— Isso é um pouco arrogante, não achas?

Eli deu um passo em frente. A ferida no seu estômago já tinha sarado, e a cor voltou-lhe ao rosto. Victor sabia que precisava de continuar a falar.

— Admite — disse ele —, tu também te sentes diferente. A morte leva algo consigo. Que te tirou a ti?

Eli voltou a levantar a pistola.

— O meu medo.

Victor esboçou um sorriso sinistro. As mãos de Eli tremiam e tinha os dentes cerrados.

— Ainda vejo medo.

— Não tenho medo — disse Eli. — Apenas lamento.

Voltou a disparar. O impacto fez Victor recuar. Os seus dedos fecharam-se à volta da faca mais próxima, e ele brandiu-a, espetando-a no braço esticado de Eli. A pistola estrepitou no chão, e Eli precipitou-se para trás para evitar mais um golpe.

Victor pretendia dar-lhe seguimento, mas a sua visão estava desfocada. Apenas por um momento. Pestanejou, desesperado para se reorientar.

— Podes ser capaz de desligar a dor — disse Eli —, mas não podes impedir a perda de sangue.

Victor deu um passo em frente, mas a sala inclinou-se. Apoiou-se na mesa. Havia muito sangue no chão. Não tinha a certeza da quantidade sangue que era dele. Quando voltou a olhar para cima, Eli estava lá. E depois Victor estava no chão. Pôs-se de gatas, mas não conseguiu forçar o seu corpo a levantar-se mais. Um braço cedeu sob o seu peso. Os seus olhos voltaram a desfocar-se.

Eli estava a falar, mas Victor não conseguia perceber bem as palavras. E depois ouviu o raspar da pistola pelo chão, à medida que era levantada, engatilhada. Algo o atingiu nas costas, como um murro suave, e o seu corpo deixou de ouvir. A escuridão entrou pelos cantos dos olhos, do tipo que tanto quisera quando a dor na mesa fora de mais.

Uma escuridão cerrada.

Começou a afundar-se nela ao ouvir Eli a mover-se pela sala, a falar ao telefone, algo sobre assistência médica. Ele alterava a sua voz para soar em pânico, mas o seu rosto, inclusive a indistinção da sua expressão, estava calmo, composto. Victor viu os sapatos de Eli afastarem-se, antes de tudo se desvanecer.

XXVIII

DOIS DIAS ANTES

HOTEL ESQUIRE

MITCH levou Sydney de volta ao seu quarto e fechou a porta atrás dela. Ela permaneceu no escuro durante vários minutos, atordoada pelo eco da dor e pela fotografia no jornal e pelos olhos pálidos de Victor, morto antes de voltar a si. Ela estremeceu. Tinham sido dois longos dias. Passara a noite anterior debaixo de uma ponte pedonal, enfiada no local onde dois cantos de betão se encontravam, tentando manter-se seca. O inverno tinha-se dissolvido numa primavera fria e húmida. Começara a chover na véspera de ter sido atingida, e não havia parado desde então.

Enfiou os dedos no punho da camisola roubada. A sua pele ainda se sentia estranha. Todo o seu braço tinha estado em chamas, a ferida de bala era um centro abrasador numa teia de dor, e depois a luz fora cortada. Essa era a única forma de Sydney pensar nisso, como se a coisa que a ligava à dor tivesse sido cortada, deixando no seu lugar uma sensação de formigueiro. Sydney esfregou a pele, à espera de que a sensação voltasse. Não gostava de entorpecimento. Lembrava-a do frio, e Sydney detestava ter frio.

Pressionou o ouvido contra a porta à procura de sinais de Victor, mas a porta da casa de banho continuava firmemente fechada, e, finalmente, quando o formigueiro lhe deixou a pele, rastejou de volta para a cama demasiado grande daquele estranho hotel, enrolou-se em si mesma e tentou ter sono. No início o sono não queria vir, e, num momento de fraqueza, desejou que Serena estivesse lá. A sua irmã empoleirar-se-ia na beira da cama e acariciaria o seu cabelo, alegando que o gesto tornava os pensamentos mais tranquilos. Sydney fechava os olhos e deixava tudo silenciar-se, primeiro a sua mente e depois o mundo, enquanto o toque da sua irmã a arrastava para o sono. Mas Sydney voltou ao presente, torceu os dedos nos lençóis do hotel e lembrou-se de que Serena — aquela que teria feito essas coisas — desaparecera. O pensamento era como água fria, acelerando o coração de Sydney, por isso decidiu não pensar em Serena de todo e, em vez disso, tentou um truque de contagem que uma das suas amas lhe tinha ensinado. Não uma contagem crescente, ou uma contagem decrescente, apenas um-dois-um-dois, enquanto inspirava e expirava. Um-dois. Suave e firme, como um batimento cardíaco, até que finalmente o quarto de hotel se desvaneceu, e ela adormeceu.

E, quando adormeceu, sonhou com água.

XXIX

ANO PASSADO

BRIGHTON COMMONS

SYDNEY Clarke morreu num fresco dia de março.

Foi mesmo antes do almoço, e tudo culpa de Serena.

As irmãs Clarke pareciam idênticas, apesar de Serena ser sete anos mais velha e quinze centímetros mais alta. A semelhança resultava em parte dos genes e em parte da adoração de Sydney pela sua irmã mais velha. Ela vestia-se como Serena, agia como Serena, e era, em quase todos os sentidos, uma versão em miniatura da irmã. Uma sombra, distorcida pela idade em vez de pelo Sol. Tinham os mesmos olhos azuis e o mesmo cabelo louro, mas Serena obrigara Sydney a cortar o dela curto para que as pessoas não a olhassem fixamente. A semelhança era, de facto, espantosa.

Por muito que se parecessem uma com a outra, tinham poucas semelhanças com os seus pais — não que estivessem muitas vezes por perto para proporcionar comparação. Serena costumava dizer a Sydney que aquelas pessoas não eram de todo os seus pais, que as raparigas tinham dado à costa num pequeno barco azul, vindas de algum lugar distante, ou haviam sido encontradas no compartimento de primeira classe de um comboio, ou contrabandeadas por espiões. Se Sydney questionasse a história, Serena simplesmente insistiria que a sua irmã era demasiado nova para se lembrar. Sydney ainda estava bastante certa de que eram apenas fantasias, mas nunca *totalmente* certa; Serena era muito boa a contar histórias. Fora sempre convincente (era essa a palavra que a sua irmã gostava de usar em vez de *mentirosa*).

Tinha sido ideia de Serena dar um passeio no lago congelado e fazer um piquenique. Costumavam fazê-los todos os anos, por volta do Ano Novo, quando o lago, no centro de Brighton Commons, não passava de um bloco de gelo, mas, com Serena na faculdade, não tinham tido oportunidade. Foi num longo fim de semana em março, perto do final das férias de primavera de Serena e alguns dias antes do décimo segundo aniversário de Sydney, que finalmente conseguiram arrumar o almoço e partir para o gelo. Serena usou a manta de piquenique como capa e regalou a sua irmã mais nova com a última história de como as duas tinham chegado a chamar-se Clarke. Incluía piratas, ou super-heróis, Sydney não estava a prestar atenção; estava demasiado ocupada a tirar fotografias mentais da irmã, fotografias a que se agarrava quando Serena partia novamente. Chegaram ao que Serena considerava ser um bom pedaço de lago, e ela puxou a manta dos seus ombros, espalhou-a no gelo e começou a descarregar o eclético sortido de comida que encontrara na despensa.

Agora o problema com março (por oposição a janeiro ou fevereiro) era que, embora ainda estivesse bastante frio, a profundidade do gelo estava a diminuir, desigualmente. Pequenos fragmentos de calor durante os dias faziam o lago congelado, junto à sua casa, começar a derreter. Nem sequer se reparava na mudança, a menos que o gelo quebrasse.

E quebrava.

As fissuras eram pequenas e silenciosas sob uma camada fina de neve, enquanto as duas organizavam o seu piquenique e, quando o som da separação do gelo já se avolumara o suficiente para que o pudessem ouvir, já era tarde de mais. Serena tinha acabado de começar outra história, quando o gelo cedeu, mergulhando-as na água escura e meio congelada.

O frio forçou todo o ar dos pulmões de Sydney a sair, e, ainda que Serena a tivesse ensinado a nadar, as suas pernas ficaram emaranhadas na manta, enquanto se afundava, arrastando-a para baixo. A água gelada mordeu-lhe a pele, os olhos. Ela agarrou-se à superfície e às pernas de Serena, mas de nada serviu. Continuava a afundar-se e continuava a agarrar-se e tudo o que conseguia pensar, à medida que se afundava mais e para mais longe da sua irmã, era *volta volta volta*. E, então, o mundo começou a congelar em seu redor, e havia tanto frio, e isso começou também a desaparecer, deixando apenas escuridão.

Mais tarde, Sydney veio a saber que Serena *tinha* voltado, que a puxara para cima, da água gelada para o lago que descongelava, antes de colapsar ao seu lado.

Alguém vira os corpos no gelo.

Quando a equipa de salvamento chegou a elas, Serena mal respirava, o seu coração arrastava-se teimosamente entre cada batimento — e depois parou —, e Sydney era o fresco azul-esbranquiçado do mármore, igualmente imóvel. Ambas estavam mortas no local, mas, como estavam também tecnicamente congeladas, não podiam ser declaradas mortas oficialmente, e os paramédicos arrastaram as irmãs Clarke para o hospital para as aquecerem.

O que se seguiu foi um milagre. As irmãs recuperaram os sentidos. A pulsação retomou, e inspiraram, duas vezes — viver é isso, na verdade —, e acordaram e sentaram-se e falaram e estavam, em todos os sentidos, vivas.

Havia apenas um problema.

Sydney não aquecia. Sentia-se bem, mais ou menos, mas a pulsação era demasiado lenta, e a temperatura demasiado baixa — ouviu dois médicos dizerem que, com aqueles números, estaria em coma —, e consideraram-na demasiado frágil para sair do hospital.

Serena era toda outra questão. Sydney pensava que ela estava a agir de forma estranha, ainda mais temperamental do que o habitual, mas mais ninguém — nem os médicos, nem os enfermeiros, nem os terapeutas, nem mesmo os seus pais, que tinham encurtado uma viagem quando souberam do acidente — parecia notar a mudança. Serena queixou-se de dores de cabeça, pelo que lhe deram analgésicos. Queixou-se do hospital, por isso deixaram-na ir. Sem mais nem menos. Sydney tinha-os ouvido falar sobre o estado da sua irmã, mas quando ela se levantou e disse que queria sair, afastaram-se e deixaram-na passar. Serena sempre conseguira o que queria, mas nunca desta forma. Nunca sem resistência.

— Vais-te embora? Assim sem mais nem menos? — Sydney estava sentada na sua cama. Serena estava à soleira da porta, vestida com roupa de rua. Tinha uma caixa nas mãos.

— Tenho saudades da faculdade. E odeio hospitais, Syd — disse ela. — Sabes disso.

Claro que Sydney sabia. Ela também odiava hospitais.

— Mas não entendo. Deixam-te ir assim, sem mais nem menos?

— Parece que sim.

— Então diz-lhes para me deixarem ir também.

Serena pôs-se ao lado da cama de hospital e passou a mão pelo cabelo de Sydney.

— Precisas de ficar aqui um pouco mais de tempo — Sydney desistiu de tentar e deu por si a assentir com a cabeça, mesmo enquanto as lágrimas lhe deslizavam pela cara. Serena enxugou-as com o polegar e disse: — Não desapareci — lembrou Sydney de estar a afundar-se debaixo da superfície, de desejar tanto que a sua irmã *voltasse*.

— Lembras-te — perguntou à irmã mais velha — do que estavas a pensar no lago? Quando o gelo rachou?

Serena franziu a testa.

— Queres dizer, além de *foda-se, que frio*? — Sydney quase sorriu. Serena não. A sua mão deslizou para fora do rosto de Sydney. — Apenas me lembro de pensar *não*. Não, assim não — pousou a caixa que segurava na mesinha de cabeceira. — Parabéns, Syd.

E então Serena partiu. Sydney não. Pediu que a deixassem ir embora, mas recusaram. Implorou, suplicou e prometeu que estava bem, e recusaram. Era o seu aniversário e ela não o queria passar sozinha num lugar como este. Não o podia passar aqui. Mas continuaram a dizer não.

Ambos os seus pais trabalhavam. Tiveram de ir.

Uma semana, prometeram-lhe. Ficar uma semana.

Sydney não tinha muita escolha. Ficou.

SYDNEY odiava as noites no hospital.

Todo o piso estava demasiado sossegado, demasiado estável. Era a única vez que o pesado pânico se instalava, o pânico de nunca vir a sair dali, nunca chegar a ir para casa. Seria esquecida aqui, usando a mesma roupa branca que todos os outros, misturando-se com os pacientes, as enfermeiras e as paredes, e a sua família estaria lá fora, no mundo, e ela esvair-se-ia como uma memória, como uma camisa colorida, lavada demasiadas vezes. Como se Serena soubesse exatamente do que ela precisava, a caixa junto à cama de Sydney continha um cachecol roxo. Era mais brilhante do que qualquer outra coisa na sua pequena mala.

Agarrou-se àquela tira de cor, enrolou o cachecol à volta do pescoço, apesar de não ter muito frio (bem, ela estava fria, segundo os médicos, mas não *sentia* muito frio), e começou a andar. Andou pela ala do hospital, saboreando os momentos em que os olhos das enfermeiras a mandavam embora. Viram-na e não a impediram, e isso fez Sydney sentir-se como Serena, à volta da qual os mares continuavam a separar-se. Depois de ter caminhado três vezes por todo o piso, Sydney subiu a escada para o seguinte. Era uma tonalidade de bege diferente. A mudança era tão subtil, que os visitantes nunca iriam notar, mas Sydney olhara as paredes do seu próprio piso o suficiente para identificar as lascas de tinta numa daquelas paredes com dez mil cores, duzentos tipos de branco.

As pessoas estavam mais doentes neste piso. Sydney conseguia cheirá-lo, mesmo antes de ouvir a tosse ou de ver a maca a ser puxada de um quarto, vazia, excetuando um grande lençol. Aqui cheirava a desinfetantes mais fortes. Alguém num quarto ao fundo do corredor gritou, e a enfermeira que estava a empurrar a maca fez uma pausa, deixou-a no corredor e correu para o quarto do paciente. Sydney seguiu-a para ver o motivo do alvoroço.

Um homem, no quarto ao fundo do corredor, estava infeliz, mas ela não conseguia compreender porquê. Sydney ficou no corredor e tentou vislumbrar, mas uma cortina foi fechada no quarto, dividindo-o e protegendo o homem que gritava da vista dos outros, e a maca estava a bloquear o seu caminho. Ela apoiou-se na maca, apenas um pouco, e tremeu.

O lençol em que tocara tinha sido lá posto para cobrir algo. Esse algo era um corpo. E quando ela se encostou a ele, o corpo contraiu-se. Sydney saltou para trás e cobriu a boca para não gritar. Pressionada contra a parede bege, olhou das enfermeiras no quarto do paciente para o corpo por baixo do lençol na maca. Contraiu-se uma segunda vez. Sydney enrolou as pontas do seu cachecol roxo à volta das mãos. Sentiu-se de novo congelada, mas de uma forma diferente. Não era água gelada. Era medo.

— Que está aqui a fazer? — perguntou uma enfermeira, vestida numa tonalidade pouco lisonjeira de bege esverdeado. Sydney não fazia ideia do que dizer, por isso simplesmente apontou. A enfermeira agarrou-a pelo pulso e começou a conduzi-la pelo corredor.

— Não — acabou Syd por dizer. — *Veja.*

A enfermeira suspirou e olhou para o lençol, que voltou a contrair-se.

A enfermeira gritou.

SYDNEY ia fazer terapia.

Os médicos disseram que era para a ajudar a lidar com o trauma de ver um cadáver (apesar de não o ter visto realmente), e Sydney teria protestado, mas depois da viagem sem supervisão ao piso de cima, vira-se confinada ao seu quarto, e não havia outra forma de passar o tempo, pelo que concordou. No entanto, abstivera-se de mencionar ter tocado no corpo um momento antes de este voltar à vida.

Chamaram à recuperação daquela pessoa um milagre.

Sydney riu-se, sobretudo porque foi isso que disseram a respeito da sua própria recuperação.

Perguntou-se se alguém também a tocara por acidente.

VOLVIDA uma semana, a temperatura corporal de Sydney ainda não tinha voltado a subir, mas ela parecia estável, e os médicos finalmente concordaram em dar-lhe alta no dia seguinte. Nessa noite, Sydney saiu à socapa do seu quarto do hospital e foi até à morgue, para ter a certeza de se o que tinha acontecido naquele corredor tinha sido verdadeiramente um milagre, um acidente feliz, um acaso, ou se ela, de alguma forma, tivera algo que ver com isso.

Meia hora depois, saiu a correr da morgue, completamente enojada e manchada de sangue seco, mas com a sua hipótese confirmada.

Sydney Clarke podia ressuscitar os mortos.

XXX

ONTEM

HOTEL ESQUIRE

SYDNEY acordou, na manhã seguinte, na cama demasiado grande daquele estranho hotel, por um momento insegura de onde, quando ou como estava. Mas, enquanto pestanejava para afastar o sono, os pormenores vieram-lhe à memória, a chuva e o carro e os dois homens peculiares, que conseguia ouvir a falar para lá porta.

O tom brusco de Mitch e o mais baixo e suave de Victor pareciam penetrar nas paredes do seu quarto. Ela sentou-se, rígida e esfomeada, e ajustou as calças de treino demasiado grandes às suas ancas, antes de vaguear em busca de comida.

Os dois homens estavam de pé na cozinha. Mitch a servir café e a falar com Victor, que estava distraído a riscar frases numa revista. Mitch olhou para cima, enquanto ela entrava.

— Como está o teu braço? — perguntou Victor, ainda a apagar palavras.

Não havia dor, apenas uma sensação de aperto. Ela supunha que lhe deveria agradecer por isso.

— Está bom — disse ela. Victor pôs a caneta de lado e fez rolar um saco de *bagels* pela bancada, na sua direção. No canto da cozinha encontravam-se vários sacos de mercearia. Victor acenou para eles com a cabeça.

— Não sei o que gostas de comer, por isso...

— Não sou um cãozinho — disse ela, tentando reprimir um sorriso. Tirou um *bagel* e fez rolar o saco de volta pela bancada, embatendo contra a revista de Victor. Ela viu-o apagar as linhas de texto e lembrou-se do artigo de ontem à noite e da fotografia que o acompanhava, aquela que tentara alcançar quando Victor acordara. Os seus olhos desviaram-se novamente para o sofá. Já não estava lá.

— Que se passa?

A pergunta trouxe-a de volta. Victor tinha os cotovelos sobre a bancada, os dedos frouxamente entrelaçados.

— Estava ali um artigo ontem à noite, com uma fotografia. Onde está?

Victor franziu o sobrolho, mas deslizou a página do jornal de debaixo da revista e levantou-a para ela ver.

— Isto?

Sydney sentiu um calafrio que lhe vinha das profundezas.

— Porque é que tens uma foto dele? — perguntou ela, apontando para uma foto granulada de um civil ao lado de um bloco de texto quase todo apagado.

Victor contornou a bancada, com passos lentos e medidos, e segurou o artigo entre eles, a centímetros da cara dela.

— Conhece-lo? — perguntou, de olhos arregalados. Sydney fez que sim com a cabeça. — Como?

Sydney engoliu em seco.

— Foi ele que me alvejou.

Victor inclinou-se até ter o rosto muito próximo do dela.

— Conta-me o que aconteceu.

XXXI

ANO PASSADO

BRIGHTON COMMONS

SYDNEY contou a Serena sobre o incidente na morgue, e ela riu-se.

No entanto, não foi um riso feliz ou um riso ligeiro. Sydney nem sequer pensou tratar-se de um riso que dizia ó-meu-deus-a-minha-irmã--tem-lesão-cerebral-ou-delírios-de-afogamento. Havia algo preso naquele riso, o que enervou Sydney.

Serena disse então a Sydney, em palavras muito calmas e tranquilas (o que deveria ter parecido estranho a Sydney, porque Serena nunca tinha estado terrivelmente calma ou tranquila) para não contar *a mais ninguém* sobre a morgue, ou o corpo no corredor, ou qualquer coisa, mesmo que remotamente relacionada com a ressurreição de mortos, e, para espanto da própria Sydney, ela não o fez. Desse momento em diante, não sentiu qualquer desejo de partilhar a estranha notícia com ninguém a não ser com Serena, e Serena parecia não querer ter nada que ver com isso.

Por isso, Sydney fez a única coisa que podia. Voltou à escola secundária e tentou não tocar em nada morto. Conseguiu chegar ao fim do ano letivo. Conseguiu passar o verão... embora Serena tivesse de alguma forma convencido a faculdade a deixá-la fazer uma viagem a Amesterdão para obter créditos, e não voltou para casa, e quando Sydney ouviu isto, ficou tão furiosa que quase quis contar ou mostrar a alguém o que ela podia fazer, só para contrariar a irmã. Mas não o fez. Serena parecia sempre telefonar pouco antes de Sydney perder a calma. Não falavam de nada, apenas preenchiam espaço com *como estás* e *como está a malta* e *como têm corrido as aulas*, e Sydney agarrava-se ao som da voz da irmã, mesmo que as palavras fossem vazias. E, então, ao sentir o fim da conversa, pedia a Serena que voltasse para casa, e Serena dizia que *não, desta vez não*, e Sydney sentia-se perdida, sozinha, até a irmã dizer *não desapareci, não desapareci*, e Sydney acreditar de alguma forma nela.

Mas, embora acreditasse nessas palavras com uma fé simples e inabalável, isso não significava que a fizessem feliz. O coração lento de Sydney começou a afundar-se no outono, e depois veio o Natal e Serena não, e por alguma razão os seus pais — que tinham sido sempre inflexíveis numa coisa, isto é, em passarem o Natal juntos, como se um feriado bem representado pudesse compensar os outros 364 dias — não pareciam importar-se. Quase nem o perceberam. Mas Sydney sim, e isso fê-la sentir-se como vidro a rachar.

Portanto, não surpreende que, quando Serena finalmente ligou para a convidar a visitá-la, Sydney se tenha quebrado.

— VEM passar uns dias comigo — disse Serena. — Vai ser divertido!

Serena há quase um ano que evitava a irmã mais nova. Sydney tinha mantido o cabelo curto, por algum vago sentido de deferência, ou talvez apenas por nostalgia, mas *não* estava contente. Não com a sua irmã mais velha e não com a vibração desviante no seu próprio peito, perante a oferta da sua irmã. Odiava-se por ainda idolatrar Serena.

— Tenho aulas — disse ela.

— Vem nas férias da Páscoa — insistiu Serena. — Podes cá passar o teu aniversário. A mãe e o pai também não sabem como festejar. Fui sempre eu a planear tudo. E tu sabes que te dou os melhores presentes.

Sydney estremeceu, recordando-se de como tinha corrido o último aniversário. Como que lendo a sua mente, Serena disse:

— É mais quente aqui em Merit. Podemos relaxar no exterior. Vai ser bom para ti.

A voz de Serena era demasiado doce. Sydney devia ter percebido. Daí em diante, Sydney perceberia, mas não nessa altura. Não quando importava.

— Está bem — disse Sydney, finalmente, tentando esconder o entusiasmo. — Parece-me muito bem.

— Ótimo! — Serena parecia tão feliz. Sydney podia ouvir o sorriso na voz. Também a fez sorrir. — Quero que conheças uma pessoa quando cá estiveres — acrescentou Serena, em jeito de reflexão posterior.

— Quem? — perguntou Sydney.

— Só um amigo.

XXXII

ALGUNS DIAS ANTES

UNIVERSIDADE DE MERIT

SERENA atirou os braços à volta da sua irmã mais nova.

— Olha bem para ti! — disse ela, arrastando a irmã para dentro. — Estás a crescer a olhos vistos.

Na verdade, Sydney quase não tinha crescido. Apenas cerca de dois centímetros no ano que passara desde o acidente. Também não era apenas a sua altura. As unhas de Sydney, o seu cabelo, tudo a seu respeito avançava devagar. Como gelo a derreter.

Quando Serena mencionou de forma provocadora o seu cabelo ainda curto, Sydney fingiu que o visual tinha simplesmente acontecido, implicando que já não tinha nada que ver com Serena. Mesmo assim, enrolou os braços à volta da irmã e, quando a irmã devolveu o abraço, Sydney sentiu como se fios partidos, centenas e centenas deles, estivessem a coser as duas juntas de novo. Algo nela começou a desanuviar. Até que um homem aclarou a voz.

— Sydney — disse a irmã, afastando-se dela. — Quero apresentar-te ao Eli.

Ela sorriu quando disse o seu nome. Um rapaz, de idade universitária, estava sentado numa cadeira no apartamento de Serena — uma das normalmente reservadas aos veteranos — e levantou-se perante a menção do seu nome, dando um passo em frente. Era bonito, de ombros largos, um aperto de mão firme e olhos castanhos, mas vivos naquele brilho quase ébrio. Sydney teve dificuldade em desviar o olhar dele.

— Olá, Eli — disse ela.

— Ouvi falar muito de ti — disse ele.

Sydney não disse nada, uma vez que Serena nunca tinha mencionado Eli até ao telefonema, e aí só o tinha tratado como *um amigo*. A julgar pela maneira como olhavam um para o outro, isso não era toda a verdade.

— Anda — disse Serena. — Vai arrumar as tuas coisas e depois podemos todos conhecer-nos melhor.

Quando Sydney hesitou, Serena tirou a mochila do ombro da irmã e foi-se embora, deixando-a sozinha com Eli por um momento. Sydney perguntou-se porque se sentia como uma ovelha no covil de um lobo. Havia algo de perigoso em Eli, na forma calma como sorria e na forma preguiçosa como se movia. Ele encostou-se ao braço da cadeira em que se tinha sentado.

— Portanto — disse ele —, estás no oitavo ano?

Sydney anuiu com a cabeça.

— E tu no segundo ano da faculdade? — perguntou ela. — Como a Serena?

Eli riu-se sem som.

— Na verdade, já sou veterano.

— Há quanto tempo namoras com a minha irmã?

O sorriso de Eli tremulou.

— Gostas de fazer perguntas.

Sydney franziu o sobrolho.

— Isso não é resposta.

Serena voltou à sala com um refrigerante para Sydney.

— Então, estão a dar-se bem?

E assim o sorriso estava de volta ao rosto de Eli, suficientemente largo para Sydney se perguntar quanto tempo demoraria até as suas bochechas começarem a doer. Sydney pegou na bebida, e Serena foi ter com Eli e encostou-se a ele, como se lhe declarasse lealdade. Sydney bebericou o refrigerante e viu como ele beijava o cabelo da irmã, a sua mão a enrolar-se à volta do ombro dela.

— Ora — disse Serena, examinando a irmã mais nova. — O Eli quer ver o teu truque.

Sydney quase se engasgou com a bebida.

— Eu... eu não...

— Anda lá, Syd — insistiu Serena. — Podes confiar nele.

Ela sentia-se a protagonista de *Alice no País das Maravilhas*. Como se o refrigerante tivesse uma pequena etiqueta a dizer *bebe-me* e a sala estivesse a encolher, ou ela a crescer, ou de qualquer forma não houvesse espaço suficiente. Ar suficiente. Ou teria sido o bolo que fizera Alice crescer? Ela não sabia...

Deu um passo atrás

— Que se passa, mana? Estavas muito desejosa de *me* mostrar.

— Disseste-me para não...

Serena franziu o sobrolho.

— Bem, mas agora estou a dizer-te que sim — empurrou Eli e aproximou-se de Sydney, envolvendo-a num abraço. — Não te preocupes, Syd — sussurrou-lhe ao ouvido. — Ele é como nós.

— *Nós*? — sussurrou Sydney.

— Não te contei? — arrulhou Serena. — Também tenho um truque.

Sydney afastou-se.

— O quê? Quando? É o quê? — perguntou-se se tinha sido isso a estar preso no riso de Serena na noite em que lhe falou de ressuscitar os mortos. Um segredo. Mas por que razão a sua irmã não lhe contou? Porquê esperar até agora?

— Não, não — disse Serena, abanando o dedo. — Fazemos uma troca. Mostras-me o teu, e eu mostro-te o meu.

Durante um longuíssimo momento, Sydney não sabia se devia fugir ou sentir-se exultante por não estar sozinha. Por ela e Serena... e Eli... terem algo a partilhar. Serena tomou o rosto de Sydney entre as suas mãos.

— Mostra-nos o teu — voltou a dizer, suave e lentamente.

Sydney deu por si a respirar fundo, assentindo com a cabeça.

— Está bem — disse ela. — Mas temos de encontrar um corpo.

ELI segurou a porta dianteira do passageiro.

— Podes entrar.

— Para onde vamos? — perguntou Sydney, enquanto entrava no carro.

— Vamos dar um passeio — disse Serena. Pôs-se ao volante, e Eli ficou com o banco de trás, diretamente atrás de Sydney. Ela também não gostou disso; não gostou que ele a pudesse ver e ela não. Serena perguntou distraidamente sobre Brighton Commons, à medida que os edifícios da universidade davam lugar a estruturas mais pequenas e mais esparsas.

— Porque é que não voltaste para casa? — perguntou Sydney, baixinho. — Senti a tua falta. Precisei de ti, e prometeste que não tinhas desaparecido, mas...

— Não penses mais nisso — disse Serena. — O que importa é que estou aqui agora, e tu também.

As estruturas deram lugar a campos.

— E vamos divertir-nos à grande — disse Eli, do banco de trás. Sydney estremeceu. — Não é, Serena?

Sydney olhou para a irmã e viu-se surpreendida por encontrar uma sombra a atravessar o rosto de Serena ao cruzar olhares com Eli no espelho retrovisor.

— Isso mesmo — disse ela, finalmente.

A estrada tornou-se mais estreita, mais irregular.

Quando o carro parou finalmente, encontravam-se na junção entre uma floresta e um campo. Eli foi o primeiro a sair do carro e abriu caminho pelo campo, com ervas até aos joelhos. Acabou por parar e olhar para baixo.

— Aqui estamos — Sydney seguiu o seu olhar e sentiu um nó no estômago. Ali, enfiado entre as ervas, um cadáver. — Não é fácil encontrar corpos mortos — explicou Eli, com ligeireza. — É preciso ir a uma morgue, ou a um cemitério, ou nós próprios criarmos um.

— Por favor, não me digas que tu...

Eli riu-se.

— Não sejas tola, Syd.

— O Eli trabalha no hospital — explicou Serena. — Roubou um cadáver da morgue.

Sydney engoliu em seco. O cadáver estava vestido. Não deveriam os cadáveres estar nus?

— Mas o que está o corpo aqui a fazer? — perguntou ela. — Porque é que não fomos à morgue?

— *Sydney* — disse Eli. Ela não gostava nada da maneira como ele continuava a usar o seu nome. Como se fossem próximos. — Há *pessoas* numa morgue. E nem todas estão mortas.

— Pois, bem, não tínhamos de fazer uma viagem de meia hora — retorquiu ela. — Não há campos ou terrenos abandonados perto da faculdade? Porque é que viemos...

— Sydney — a voz de Serena atravessou o frio ar de março. — Para de te queixar.

E foi o que ela fez. A queixa morreu-lhe na garganta. Esfregou os olhos, e a sua mão saiu com manchas negras da maquilhagem que ela tinha posto no táxi, enquanto este se serpenteava rumo à Universidade de Merit. Quisera impressionar Serena parecendo já crescida. Mas, neste momento, não se sentia crescida. Neste momento, não queria nada mais além de se aninhar, ou então de sair da sua própria pele. Em vez disso, ficou muito quieta e baixou o olhar para o cadáver de um homem de meia-idade e pensou na última vez que havia estado com um corpo (não contava com o *hamster* morto na escola, porque ninguém sequer sabia que tinha morrido e era pequeno e felpudo e não tinha olhos humanos). A memória da morgue, da pele fria e morta nas pontas dos seus dedos. O frio como tomar um grande gole de água gelada, tão grande que o calafrio lhe descia até aos dedos dos pés. Tinha sido mais difícil fazê-los morrer de novo. Entrara em pânico. A mulher na morgue tentara levantar-se da mesa. Sydney não havia pensado no que fazer a seguir, pelo que pegara na arma mais próxima que pôde encontrar — uma faca, parte do equipamento de autópsia —, e espetara-a no peito da mulher. Ela saltara, caindo de volta para a laje metálica. Aparentemente, ressuscitar os mortos não significava que não pudessem ser mortos novamente.

— Então? — disse Eli, acenando para o corpo como se oferecesse uma prenda a Sydney, e ela não estava a ser muito grata.

Olhou para a irmã em busca de respostas, de ajuda, mas, algures entre o carro e o corpo, Serena mudara. Parecia tensa, com a testa enrugada de uma forma que sempre tinha tentado evitar, porque dizia não querer rugas. E ela não ia ao encontro dos olhos da irmã. Sydney voltou-se para o corpo e ajoelhou-se cautelosamente ao lado dele.

Não viu o que fez ao ressuscitar os mortos, não propriamente. Não eram mortos-vivos, tanto quanto podia dizer — ela não tivera exposição prolongada às suas cobaias, além do *hamster*, e não tinha a certeza de como o comportamento de um *hamster* morto-vivo seria diferente do de um *hamster* normal —, e não importava do que tinham morrido.

O homem debaixo do lençol no corredor do hospital tinha aparentemente sofrido um ataque cardíaco. A mulher na morgue já tinha os seus órgãos removidos. Mas, quando Sydney lhes tocou, eles não voltaram simplesmente, ressuscitaram. Estavam bem. Vivos. Humanos. E, como ela descobriu na morgue, tão suscetíveis à mortalidade como antes, apesar de morrerem de outra forma. Tal deixara Sydney perplexa, até se lembrar do dia no lago em que a água gelada a engolira e ela tinha alcançado a perna de Serena e chegado um pouco tarde de mais, demasiado lenta para a apanhar — *volta*, *volta* —, e de quanto ela queria muito uma segunda oportunidade.

Era isso que Sydney dava a esta gente. Uma segunda oportunidade.

Os seus dedos pairaram por um momento sobre o peito do morto, enquanto ela se perguntava se ele *merecia* uma segunda oportunidade, depois repreendeu-se a si própria. Quem era ela para julgar, decidir, conceder ou negar? Simplesmente porque podia, será que isso significava que devia?

— Quando quiseres — disse Eli.

Sydney engoliu em seco e obrigou-se a baixar os dedos à pele do morto. No início, nada aconteceu, e o pânico inundou-a com o pensamento de finalmente ter uma oportunidade de mostrar o dom a Serena e de não o conseguir fazer. Mas o pânico desapareceu, quando, momentos depois, o arrefecimento da água gelada inundou as suas veias, e o homem por baixo dela estremeceu. Os seus olhos abriram-se e ele sentou-se, tudo tão rápido, que Sydney tropeçou para trás, para as ervas. O homem outrora morto olhou em volta, confuso e zangado, antes de os seus olhos se fixarem em Eli e todo o seu rosto se contorcer de raiva.

— Mas que raio...

O tiro ressoou nos ouvidos de Sydney. O homem caiu nas ervas, um pequeno túnel vermelho entre os seus olhos. Morto novamente. Eli baixou a pistola.

— Impressionante, Sydney — disse ele. — É um dom excecional — o humor, juntamente com aquela horrível alegria falsa e aquele sorriso falso, desapareceu, apagou-se. De certa forma, Eli não era assim tão assustador, porque ela sempre tinha sido capaz de ver o monstro nos seus olhos. Agora tinha finalmente deixado de se esconder. Mas a arma, e a forma como ele a segurava, já o tornava suficientemente assustador.

Sydney pôs-se de pé. Desejava mesmo que ele baixasse a arma. Serena tinha recuado vários metros e estava a tocar com a ponta dos pés num pedaço de erva selvagem congelada.

— Hã?, obrigada? — disse Sydney, com a voz trémula. Os seus pés deslizaram para trás por entre as ervas, sem que ela o quisesse. — Agora vais mostrar-me o teu truque?

Ele quase se riu.

— Temo que ao meu lhe falte espetacularidade — em seguida, ergueu a arma e apontou-lha.

Naquele momento, Sydney não sentiu surpresa, nenhum choque. Era a primeira coisa que Eli tinha feito que lhe parecia *certo*. Genuíno. Apropriado. Não tinha medo de morrer, não pensou. Afinal de contas, fizera-o uma vez. Mas isso não significava que estava pronta. A tristeza e a confusão serpenteavam-se nela, não para ele, mas para a sua irmã.

— Serena? — perguntou, baixinho, como se talvez não tivesse reparado que o seu novo namorado apontava uma arma à sua irmã mais nova. Mas Serena afastara-se, de braços cruzados firmemente sobre o peito.

— Quero que saibas — disse Eli, fletindo os dedos na pistola — que é minha terrível tarefa fazer isto. Não tenho escolha.

— Tens, sim — sussurrou Sydney.

— O teu poder é malvado e torna-te um perigo para...

— Não sou eu que estou a empunhar uma arma.

— Não — disse Eli —, mas a tua arma é pior. O teu poder é *contranatura*. Percebes isso, Sydney? Vai contra a natureza. Contra Deus. E isto — disse ele, fazendo pontaria —, isto é por um bem maior.

— Espera! — exclamou Serena, voltando para trás. — Talvez não tenhamos de...

Tarde de mais.

Aconteceu depressa.

O choque e a dor atingiram Sydney num estrondo.

A voz de Serena tinha-lhe dado um momento, uma fração de momento, e assim que viu os dedos de Eli a apertarem-se no gatilho, Sydney desviara-se para o lado, precipitando-se para um ramo, enquanto a arma disparava. Ela tinha o galho grosso no seu punho e brandiu-o para Eli, antes mesmo de sentir o sangue a escorrer-lhe pelo braço. O ramo atirou a arma ao chão, e Sydney rodopiou e correu o mais depressa possível para se salvar. Chegou à orla da floresta, antes de os tiros recomeçarem. Enquanto tropeçava por entre as árvores, pensou ter ouvido a sua irmã chamar pelo seu nome, mas desta vez sabia que não devia olhar para trás.

XXXIII

ONTEM

HOTEL ESQUIRE

VICTOR manteve-se muito, muito quieto, enquanto ouvia a história de Sydney.

— É tudo? — perguntou ele, quando ela terminou, embora percebesse que não era tudo, que quando o relato saíra dos lábios de Sydney houvera omissões. Observara-a a parar para filtrar a natureza específica do seu poder sempre que abria a boca. No final, só tinha admitido que *tinha* uma capacidade e que o novo namorado da sua irmã, Eli, tinha exigido uma demonstração, e depois tentou executá-la por isso — *executar*, foi essa a palavra que ela usou —, mas isso era tudo. *Executar pessoas EO*, a mente de Victor andou à roda. Eli estava a brincar com o quê? Teria havido outros? Teria de ter havido. A proeza no banco com Barry Lynch, como é que isso se relacionava? Inventara ele uma cena para matar o homem em plena luz do dia?

Um herói? Victor agora escarneceu da palavra. Era isso que o jornal tinha estado tão ansioso por chamar a Eli. E, por um momento, Victor acreditara na manchete. Havia estado disposto a fazer o papel de vilão quando pensou que Eli era *realmente* um herói; agora que a verdade do seu velho amigo se estava a revelar muito mais sombria, Victor iria apreciar o papel de oposição, adversário, inimigo.

— É tudo — mentiu Sydney, e Victor não se zangou. Não sentia necessidade de a magoar, de lhe extrair as verdades finais — não a podia culpar por hesitar; afinal, da última vez que ela revelara os seus poderes a alguém, quase morrera por isso — porque mesmo que ela não lhe estivesse a contar tudo, tinha-lhe dito algo vital. Eli não estava só próximo. Estava *aqui*. Em Merit. Ou, pelo menos, tinha estado, um dia e meio antes. Victor pôs-se de cotovelos na bancada e olhou atentamente para a pequena rapariga cujo caminho se cruzou com o seu.

Nunca acreditara no Destino. Essas coisas estavam demasiado próximas da divindade para o gosto de Victor, poderes superiores e a dispensa de livre-arbítrio. Não, ele escolhia ver o mundo pela probabilidade, reconhecendo o papel do acaso, enquanto assumia o controlo, sempre que possível. Mas até ele tinha de admitir que se houvesse Destino, este estava a sorrir-lhe. O jornal, a rapariga, a cidade. Se possuísse mesmo uma fração do zelo religioso de Eli, poderia pensar que Deus lhe estava a apontar um caminho, uma missão. Não estava disposto a ir tão longe, mas ainda assim apreciava a demonstração de apoio.

— Sydney... — tentou reprimir o entusiasmo, forçando uma calma que não sentia na voz — a universidade da tua irmã, como se chama?

— Universidade de Merit. Do outro lado da cidade. É enorme.

— E o apartamento escolar, aquele onde a tua irmã estava. Lembras-te de como lá chegar?

Sydney hesitou, depenicando o *bagel* que tinha ao colo.

Victor agarrou-se à bancada.

— Isto é importante.

Como Sydney não se mexeu, Victor pegou-lhe pelo braço, enrolando os dedos em torno do sítio onde havia sido alvejada. Ele removera a dor, mas queria que ela se recordasse tanto do que Eli tinha feito como do que *ele* podia fazer. Ela congelou sob o seu toque, enquanto Victor, com a mão livre, baixava o colarinho da camisa para que ela pudesse ver a primeira de três cicatrizes provocadas pela arma de Eli.

— Já somos dois que tentou matar — soltou-lhe o braço, bem como o colarinho da sua camisa. — Tivemos sorte. Quantas outras EO não tiveram? Se não o travarmos, quantas mais EO *não* terão?

Os arregalados olhos azuis de Sydney estavam impassíveis.

— Lembras-te de onde vive a tua irmã?

Pela primeira vez, Mitch falou.

— Não vamos deixar que o Eli te faça mal de novo — disse, com o copo de leite com chocolate na mão. — Só para que saibas.

Victor tinha aberto o portátil de Mitch, fazendo aparecer um mapa do *campus*. Virou o ecrã para ela.

— Lembras-te?

Volvido um longo momento, Sydney assentiu com a cabeça.

— Sei o caminho.

SYDNEY não conseguia parar de tremer.

Não tinha nada que ver com a manhã fria de março e tudo que ver com o medo. Sentou-se no banco da frente e navegou. Mitch conduziu. Victor sentou-se no banco de trás a brincar com algo afiado. A Sydney, que tinha olhado para trás uma ou duas vezes, pareceu ser uma navalha de ponta e mola. Ela virou-se para a frente e abraçou-se aos seus joelhos, enquanto as ruas passavam. As mesmas ruas que deslizaram pela janela do táxi alguns dias antes, quando a levara até Serena. As mesmas ruas que deslizaram pela janela do carro de Serena, enquanto ela os levara para o campo.

— Vira à direita — disse Sydney, fazendo um esforço concertado para impedir os dentes de ranger. Os seus dedos vaguearam até ao local do braço por onde a bala tinha passado. Fechou os olhos, mas viu a sua irmã, sentiu os braços dela à sua volta, a lata de refrigerante a arrefecer--lhe na mão, e os olhos de Eli sobre ela quando Serena disse *Mostra-nos*. O campo e o corpo e o disparo e o bosque e...

Decidiu manter os olhos abertos.

— Vira outra vez à direita — disse ela. No banco de trás, Victor abria e fechava a navalha. Sydney lembrava-se de ter odiado que Eli se sentasse atrás dela, o peso dos seus olhos sobre a parte de trás do assento, sobre ela. Agora não se importava com Victor. — Aqui — disse ela. O carro abrandou, parando à beira do passeio.

Sydney olhou da janela para os edifícios de apartamentos que abraçavam o extremo oriental do *campus*. Tudo parecia igual, e isso parecia errado, como se o mundo devesse ter registado os acontecimentos dos últimos dias, devesse ter mudado, tal como ela. O ar fresco soprou contra o seu rosto, e Sydney piscou os olhos e percebeu que Victor estava a segurar a porta do carro para ela. Mitch estava de pé, no caminho para o apartamento, a pontapear um pedaço de betão solto.

— Vamos? — perguntou Victor.

Ela não conseguia pôr as pernas a andar.

— Sydney, olha para mim — ele pousou as mãos no tejadilho do carro e inclinou-se. — Ninguém te vai fazer mal. Sabes porquê? — ela abanou a cabeça e Victor sorriu. — Porque eu faço-lhes mal primeiro — manteve a porta bem aberta para ela. — Agora sai do carro.

E foi o que Sydney fez.

FAZIAM uma imagem estranha, batendo à porta do 3A: Mitch, altaneiro e tatuado; Victor, vestido de preto da cabeça aos pés — menos como um ladrão e mais como um parisiense —, e Sydney, arranjada e elegante, ensanduichada entre eles, em *leggings* azuis e com um grande casaco vermelho. Estas roupas tinham aparecido esta manhã, ainda quentinhas da máquina de secar. Assim até assentavam um pouco melhor. Ela gostava particularmente do casaco.

Depois de várias rodadas de pancadas delicadas, Mitch tirou um conjunto de ferramentas de arrombamento do bolso do seu casaco e estava ocupado a dizer algo sobre como estas fechaduras da escola eram fáceis de abrir, de tal maneira que fez Sydney pensar mais sobre a vida dele na prisão, quando a porta se abriu.

Uma rapariga de pijama rosa e verde olhou para eles, e a sua expressão confirmava a estranheza da aparência coletiva do trio.

A rapariga, porém, não era Serena. Sydney ficou desolada.

— Estão a vender bolachas? — perguntou ela. Mitch riu-se.

— Conheces a Serena Clarke? — perguntou Victor.

— Sim, conheço — disse a rapariga. — Ela deu-me o apartamento, tipo, ontem. Disse que já não precisava dele, e a minha companheira de quarto estava a *tirar-me do sério*, por isso a Serena disse-me para ficar com este até ao fim do ano. Seja como for, estou quase a acabar o curso, graças a *Deus*, estou tão farta desta merda de faculdade.

Sydney aclarou a voz.

— Sabes para onde ela foi?

— Provavelmente com aquele namorado dela. Ele é todo bom, mas, para ser franca, um pouco otário. É um daqueles gajos possessivos que querem estar sempre com a namorada...

— Sabes onde *ele* vive? — perguntou Victor.

A rapariga de pijama rosa e verde abanou a cabeça e encolheu os ombros.

— Não. Desde que eles começaram a namorar, no último outono, ela tem estado estranhíssima. Mal a tenho visto. E antes éramos chegadas! Chegadas tipo filmes e chocolate durante o período. E depois ele apareceu e zás, é Eli isto, Eli aquilo...

Tanto Sydney como Victor ficaram tensos ao ouvir o nome.

— Portanto, não fazes ideia — interrompeu ele — de onde os possamos encontrar?

Ela voltou a encolher os ombros.

— Merit é uma cidade grande, mas ontem vi a Serena nas aulas — foi aí que me deu as chaves —, por isso não deve ter ido muito longe — os olhos dela passaram entre eles, parecendo aterrar em Sydney. — És tão parecida com ela. És a mana mais nova? A Shelly?

Sydney abriu a boca, mas Victor já a estava a levar embora.

— Somos só amigos — disse ele, levando-a pelo caminho. Mitch seguiu-os.

— Bem, se os virem — gritou a rapariga —, agradeçam à Serena pelo apartamento. Ah, e digam ao Eli que não presta.

— De acordo — exclamou Victor, enquanto os três se dirigiam ao carro.

— ISTO é inútil — sussurrou Sydney, deslizando para o sofá.

— Vá — disse Mitch. — Há uma semana, o Eli podia estar em qualquer lugar do mundo, agora, por tua causa já o reduzimos a uma cidade.

— Se ainda cá estiver — disse Sydney.

Victor andava de um lado para o outro à frente do sofá.

— Ele está cá — o espinho cravava bem fundo sob a sua pele. Tão perto. Queria tanto caminhar pelas ruas a gritar o nome do seu velho amigo até ele sair. Seria tão fácil. Rápido, eficiente... e idiota. Precisava de uma forma de o atrair sem ele próprio ter de deixar as sombras. Estava a alcançar Eli, mas queria estar um passo à frente, antes de se virar para o enfrentar. Tinha de encontrar uma maneira de o fazer vir ter com *ele*.

— E agora? — perguntou Mitch.

Victor olhou para cima.

— A Sydney não foi o primeiro alvo. Estou disposto a apostar que não será o último. Podes fazer-me uma matriz de busca?

Mitch estalou os seus enormes dedos.

— De que género?

— Quero uma maneira de encontrar potenciais pessoas ExtraOrdinárias. Vê se ele foi ter com outras. E se existem algumas que ainda não tenha encontrado.

— Estás preocupado com a segurança delas? — perguntou Mitch.

Victor tinha andado a pensar mais em usá-las como isco, mas não o disse, não à frente de Sydney.

— Limita a procura ao último ano, nesta região, e procura por sinais — disse, tentando convocar a tese de Eli. Tinha falado uma ou duas vezes sobre marcadores, nos espaços entre outros tópicos. — Procura relatórios policiais, avaliações de trabalho, registos escolares e médicos. Procura por quaisquer sinais de experiências de quase-morte — devem estar classificadas como trauma —, instabilidade psicológica no rescaldo, comportamento estranho, baixa médica, discrepâncias em registos feitos por psiquiatras, incertezas em registos feitos por polícias... — começou novamente a andar de um lado para o outro. — E, quando estiveres a fazer isso, consegue também os registos escolares da Serena Clarke, o seu horário. Se o Eli se uniu a ela de alguma maneira, então deverá ser mais fácil encontrá-la do que a ele.

— Esses registos não são todos confidenciais? — perguntou Sydney.

Mitch arregalou os olhos e abriu o portátil, colocando-o na bancada.

— Mitchell — disse Victor. — Conta à Sydney porque é que foste para a prisão.

— Pirataria — disse ele, alegremente.

Sydney riu-se.

— A sério? Achava-te mais do tipo que espanca alguém até à morte.

— Sempre fui grande — disse Mitch. — A culpa não é minha — voltou a estalar os dedos. As suas mãos eram maiores do que o teclado.

— E as tatuagens?

— É melhor encaixar no papel.

— O Victor não encaixa.

— Depende do papel que se desempenha. Ele é bom a limpar.

Victor não estava a ouvir. Ainda andava de um lado para o outro.

Eli estava perto. Eli estava na cidade. Ou tinha estado. Que raio podia a irmã de Sydney fazer para ele a considerar tão valiosa? Se Eli estava a executar pessoas EO, por que razão poupara Serena? Contudo, Victor estava contente que ele o tivesse feito. Ela dera-lhe um motivo para ficar em Merit, e ele precisava de Eli amarrado. Os grandes dedos de Mitch eram uma mancha sobre o teclado. Abria-se janela atrás de janela no seu elegante ecrã preto. Victor não conseguia parar de andar de um lado para o outro. Sabia que a busca demoraria algum tempo, mas o ar zumbia, e ele não conseguia parar os pés, não conseguia parar quieto, encontrar paz, agora que Eli estava finalmente ao seu alcance. Ele precisava de liberdade.

Precisava de ar.

XXXIV

ONTEM

BAIXA DE MERIT

SYDNEY seguiu-o até à rua.

Victor não a tinha ouvido, no decurso de um quarteirão inteiro, mas, quando finalmente olhou para trás e a viu ali, a expressão dela tornou-se cautelosa, quase assustada, como se tivesse sido apanhada a quebrar uma regra. Ela estremeceu, e ele apontou para um café próximo.

— Queres beber alguma coisa?

— Acreditas que vamos encontrar o Eli? — perguntou ela, volvidos vários minutos, ao avançarem pelo passeio abaixo, agarrados a um café e a um chocolate quente.

— Sim — disse Victor.

Mas não especificou. Após vários longos minutos de Sydney desassossegada ao seu lado, era evidente que queria continuar a falar.

— Então e os teus pais? — perguntou ele. — Não vão dar pela tua ausência?

— Deveria ficar com a Serena a semana inteira — disse ela, soprando para a bebida. — Além disso, viajam — olhou para ele, depois apontou o olhar para o copo. — No ano passado, quando estive no hospital, eles simplesmente deixaram-me lá. Tinham *trabalho*. Têm sempre trabalho. Viajam quarenta semanas por ano. Eu tinha uma pessoa para cuidar de mim, mas mandaram-na embora, porque ela *partiu um vaso*. Arranjaram tempo para substituir o vaso, porque aparentemente era uma peça central na casa, mas estavam demasiado ocupados para encontrar uma nova governanta, pelo que disseram que eu não precisava de uma. Estar sozinha seria um bom treino para a vida — as palavras derramaram-se, e ela parecia estar sem fôlego no final. Victor não disse nada, apenas a deixou assentar, e, alguns momentos mais tarde, acrescentou, mais calma: — Não creio que os meus pais sejam um problema agora.

Victor conhecia muito bem esse género de pais, por isso deixou o assunto cair. Ou, pelo menos, tentou. No entanto, ao dobrarem a esquina, uma livraria surgiu à vista, e ali, na janela da frente, um enorme cartaz anunciava o mais recente livro dos Vales, à venda neste verão.

Victor encolheu-se. Há quase oito anos que não falava com os pais. Aparentemente, ter um filho condenado — pelo menos um que não mostrava inclinação para ser reabilitado, sobretudo pelo «sistema Vale» — não era ótimo para a venda de livros. Victor tinha observado que não era assim tão *mau* para a venda de livros, pois podiam tirar proveito desse nicho — compradores de curiosidade mórbida —, mas os seus pais não ficaram muito impressionados. Victor não estava terrivelmente perturbado com o desentendimento, mas também havia sido poupado às suas montras durante quase uma década. Para seu crédito, enviaram para a cela dele um conjunto de livros, quando estivera em isolamento, livros que tinha acarinhado, racionando a destruição para que durasse o máximo de tempo possível. Quando finalmente foi integrado, descobriu que a biblioteca penitenciária tinha, não surpreendentemente, armazenado um conjunto completo de livros de autoajuda dos Vales, e corrigiu-os à sua maneira, até que Wrighton se deu conta e lhe negou o acesso.

Agora, Victor entrou na loja, Sydney atrás de si, e comprou um exemplar do mais recente livro, intitulado *Liberta-te*, com o subtítulo *Da Prisão do Teu Descontentamento*. Parecia bastante óbvio. Victor também comprou um punhado de marcadores pretos, à venda junto ao balcão da caixa, e perguntou a Sydney se queria alguma coisa, mas ela simplesmente abanou a cabeça e agarrou o seu copo de chocolate quente. De volta à frente da loja, Victor olhou para a vitrina da livraria, mas temia que os marcadores não fossem suficientemente grandes e, além disso, de todas as coisas, não tencionava ser apanhado por vandalismo, pelo que foi forçado a deixar a vitrina intocada. Era uma pena, pensou, enquanto se iam embora. Lá, estava um excerto, em letras grandes e colado à vitrina, e, numa passagem cravejada de pérolas demasiado gastas, a sua preferida «das ruínas das prisões construídas por nós próprios...» — tinha visto a oportunidade perfeita para soletrar um simples, mas eficaz, «Nós... arruinamos... tudo... em que tocamos.»

Ele e Sydney continuaram o seu passeio. Ele não explicou o livro, e ela não perguntou. O ar fresco sabia bem, o café era infinitamente melhor do que aquilo que o suborno e a dor lhe podiam conseguir na prisão. Sydney soprava despreocupadamente o seu chocolate quente, os seus pequenos dedos enrolados à volta do copo para se aquecerem.

— Porque é que ele me tentou matar? — perguntou ela, baixinho.

— Ainda não sei.

— Depois de lhe mostrar o meu poder, e de ele estar prestes a matar-me, chamou-lhe uma terrível tarefa. Disse-me que não tinha escolha. Porque é que haveria de querer matar pessoas EO? Ele disse que também era.

— Ele é uma pessoa ExtraOrdinária, sim.

— Qual é o poder dele?

— Sobranceria — disse Victor. No entanto, como Sydney parecia confusa, acrescentou: — Ele cura. É uma capacidade reflexiva. Nos seus olhos, acho que torna isso puro de alguma maneira. Divino. Tecnicamente, não pode usar o seu poder para magoar os outros.

— Não — disse Sydney —, para isso usa armas.

Victor soltou um riso abafado.

— Quanto ao motivo por que pensa que é seu dever liquidar-nos — endireitou-se —, suspeito que tenha algo que ver comigo.

— Porquê? — sussurrou Sydney.

— É uma longa história — disse Victor, parecendo cansado. — E não muito agradável. Já lá vai um decénio desde que tive oportunidade de filosofar com o nosso amigo comum, mas, se tivesse de adivinhar, diria que o Eli acredita que, de alguma maneira, está a proteger as pessoas de nós. Uma vez acusou-me de ser um demónio na pele do Victor.

— Chamou-me contranatura — disse Sydney, suavemente. — Disse que o meu poder ia contra a natureza. Contra Deus.

— Encantador, não é?

Era depois do almoço e as pessoas tinham quase todas voltado para os seus escritórios, deixando as ruas estranhamente vazias. Victor parecia estar a levá-los cada vez mais para longe das multidões, para ruas mais estreitas. Ruas mais calmas.

— Sydney — disse ele, algum tempo depois —, não tens de me dizer qual é o teu poder, se não quiseres, mas preciso que entendas uma coisa. Vou fazer tudo o que puder para derrotar o Eli, mas ele não é um adversário fácil. O seu poder torna-o quase invencível, e ele pode ser louco, mas é astuto. Cada vantagem que ele tem torna a minha vitória mais difícil. O facto de ele conhecer o teu poder, e o de eu *não* o conhecer, põe-me em desvantagem. Compreendes?

Os passos de Sydney tinham abrandado, e ela assentiu com a cabeça, mas não disse nada. Foi necessária toda a paciência de Victor para não a pressionar, mas, um momento depois, essa paciência foi recompensada. Os dois passaram por um beco e ouviram um lamento baixinho. Sydney afastou-se e voltou para trás, e quando Victor a seguiu, viu o que ela tinha visto.

Uma grande forma negra estava estendida sobre o betão húmido, ofegante. Era um cão. Victor ajoelhou-se apenas o tempo suficiente para fazer correr-lhe um dedo pelas costas, e a lamúria desvaneceu-se. Agora os únicos sons que emitia eram os estremeceres da respiração. Pelo menos, não teria dores. Levantou-se de novo, franzindo o sobrolho como franzia sempre que pensava. O cão parecia mutilado, como se tivesse sido atropelado por um carro e cambaleado uns metros adentro do beco, antes de cair desamparado.

Sydney agachou-se junto ao cão, afagando-lhe o seu curto pelo preto.

— Depois de o Eli me ter alvejado — disse ela, numa voz suave, tranquilizadora, como se falasse para o cão moribundo, em vez de para Victor —, jurei que nunca mais voltaria a usar o meu poder. Não à frente de ninguém — engoliu em seco e levantou o olhar para Victor. — Mata-o.

Victor franziu o sobrolho.

— Com o quê, Syd?

Ela lançou-lhe um olhar demorado e firme.

— Por favor, mata o cão, Victor — voltou a dizer.

Ele olhou em redor. O beco estava vazio. Ele suspirou e puxou de uma pistola do seu lugar nas suas costas. Enfiando a mão no bolso, tirou um silenciador e enroscou-o na pistola, olhando para o cão ofegante.

— Afasta-te — disse ele, e Sydney afastou-se. Victor fez pontaria e puxou o gatilho uma vez. Um tiro certeiro. O cão parou de se mexer, e Victor virou-se, já a desmontar a sua arma. Como Sydney não o seguiu, olhou para trás para a encontrar de novo agachada junto ao cão, passando as suas mãos para trás e para a frente ao longo do seu pelo ensanguentado e das suas costelas partidas, em pequenos e suaves movimentos. E então, enquanto ele observava, ela ficou quieta. A sua respiração pairava numa nuvem em frente dos seus lábios, e o seu rosto contorcia-se de dor.

— Sydney... — disse ele, mas o resto da frase morreu-lhe na garganta quando a cauda do cão *se mexeu*. Um movimento ligeiro sobre o pavimento sujo. E depois, novamente, mesmo antes de o corpo se retesar. Os ossos voltaram ao lugar, o peito encheu-se, a caixa torácica restaurou-se e as pernas esticaram-se. Em seguida, o animal sentou-se. Sydney recuou, enquanto o cão se elevava nas suas quatro patas e olhava para eles, abanando a cauda timidamente. O cão era... enorme. E muito vivo.

Victor assistiu, estupefacto. Até agora ele tinha tido fatores, pensamentos, ideias sobre como encontrar Eli. Mas, enquanto observava o cão a pestanejar, a bocejar e a respirar, um plano começou a tomar forma. Sydney olhou cautelosamente na direção dele e ele sorriu.

— Ora, *isso* — disse ele — é um dom.

Ela acariciou o cão entre as orelhas, ambas aproximadamente ao nível dos olhos dela.

— Podemos ficar com ele?

VICTOR atirou o casaco para o sofá, enquanto Sydney e o cão perambulavam atrás dele.

— Chegou o momento de enviar uma mensagem — anunciou, deixando cair sobre a bancada, com um floreado e um baque, o livro de autoajuda dos pais, que havia comprado — para o Eli Ever.

— Mas de onde raio veio esse cão? — perguntou Mitch.

— Eu fico com ele — disse Sydney.

— Isso é sangue?

— Alvejei-o — disse Victor, procurando algo nos seus papéis.

— Porque é que haverias de fazer isso? — perguntou Mitch, fechando o portátil.

— Porque estava a morrer.

— Então porque é que não está morto?

— Porque a Sydney trouxe-o de volta.

Mitch virou-se para contemplar a pequena rapariga loira ao centro da sala de estar do hotel.

— Perdão?

Os olhos dela viraram-se para o chão.

— O Victor deu-lhe o nome Dol — disse ela.

— O *dol*orímetro é um aparelho para medir a dor — explicou Victor.

— Bom, isso é morbidamente apropriado — disse Mitch. — Podemos voltar à parte em que a Sydney *o ressuscitou*? E que queres dizer com enviar uma mensagem ao Eli?

Victor encontrou o que procurava e virou a sua atenção para as janelas do chão ao teto do hotel e para o Sol além delas, tentando medir a quantidade de luz que se encontrava entre ele e a noite plena.

— Quando queremos captar a atenção de alguém — disse ele —, acenamos, ou gritamos, ou lançamos um foguete de sinalização. Estas coisas dependem da proximidade ou da intensidade. Demasiado longe, ou demasiado silencioso, e não há garantias de que a pessoa nos veja ou nos ouça. Não tinha um foguete suficientemente brilhante antes, uma forma de garantir a sua atenção, sem eu próprio fazer uma cena, o que teria funcionado, mas teria perdido a vantagem. Agora, graças à Sydney, conheço a mensagem e o método perfeitos — ergueu o artigo de jornal e, com isto, as notas que Mitch tinha feito para ele sobre Barry Linch, o suposto criminoso do assalto ao banco frustrado. — E vamos precisar de pás.

XXXV

NOITE ANTERIOR

CEMITÉRIO DE MERIT

BAQUE.

Baque.

Baque.

A pá acertou em madeira e ficou presa.

Victor e Sydney afastaram o que restava de terra e atiraram as pás para o rebordo de relva à volta do jazigo. Victor ajoelhou-se e puxou a tampa do caixão para trás. O corpo lá dentro estava fresco, bem conservado, um homem na casa dos trinta anos, com cabelo escuro e liso, nariz estreito e olhos fechados.

— Olá, Barry — disse Victor para o cadáver.

Sydney não conseguia tirar os olhos do corpo. Parecia ligeiramente... mais morto... do que ela gostaria, e perguntou-se que cor teriam os olhos dele quando se abrissem.

Houve um momento de silêncio, quase reverente, antes de a mão de Victor pousar sobre o ombro dela.

— Então? — disse ele, a apontar para o corpo. — Faz a tua cena.

O cadáver estremeceu, abriu os olhos e sentou-se. Ou, pelo menos, tentou.

— Olá, Barry — disse Victor.

— Mas... que... raio...? — disse Barry, encontrando dois terços inferiores do seu corpo presos debaixo da metade inferior da tampa do caixão, que estava presentemente a ser mantida fechada pela bota de Victor.

— Conheces o Eli Cardale? Ou talvez ele agora se faça chamar Ever.

Barry ainda estava claramente a tentar compreender os pormenores exatos da sua situação. Os seus olhos partiram do caixão para a parede de terra e depois para o céu noturno, para o homem de cabelo loiro que o interrogava e para a rapariga sentada na abertura da sepultura, balançando as pequenas pernas com as suas *leggings* azuis, brilhantes. Sydney olhou para baixo e ficou surpreendida e um pouco dececionada ao descobrir que os olhos de Barry eram de um vulgar castanho. Esperava que fossem verdes.

— Cabrão do Ever — resmungou Barry, batendo com o punho no caixão. Ele entrava e saía da vista um pouco de cada vez, como uma projeção em curto-circuito. O ar fazia ruídos ténues, como explosões longínquas de cada vez que batia. — Ele disse que era um teste! Tipo, para uma Liga de Heróis ou uma merda assim...

— Ele quis que roubasses um banco para provar que eras um herói? — o ceticismo jorrava da voz de Victor. — E depois o quê?

— Mas que raio te parece que aconteceu, seu imbecil? — Barry fez um gesto para o seu corpo. — Ele matou-me! O sacana aproxima-se, mesmo no meio de uma demonstração que me disse para fazer, e dispara contra mim.

Então Victor tinha razão. Fora uma armadilha. Eli havia encenado uma morte como um salvamento. Ele tinha de admitir que era uma forma de ser ilibado de um homicídio.

— Quero dizer, estou morto, certo? Isto não é uma brincadeira de merda qualquer?

— Tu *estiveste* morto — disse Victor. — Agora, graças à minha amiga, a Sydney, estás um pouco menos morto.

Barry balbuciava maldições e crepitava como uma vela faiscante.

— Que fizeste? — cuspiu para Sydney. — Tu destruíste-me — Sydney franziu o sobrolho, enquanto ele continuava a fazer curto-circuito, iluminando a sepultura de uma maneira estranha, ao estilo de *flash* de uma câmara. Ela nunca tinha ressuscitado uma pessoa EO. Não tinha a certeza de se todas as peças iriam — *poderiam* — voltar ao sítio. — Destruíste o meu poder, sua...

— Tenho um trabalho para ti — interrompeu Victor.

— Vai-te lixar! Parece-te que quero um *trabalho*? Quero é sair desta merda de caixão.

— Acho que vais querer aceitar este trabalho.

— Poupa-me. És o Victor Vale, certo? O Ever falou-me de ti quando estava a tentar recrutar-me.

— Ainda bem que ele se lembra — disse Victor, esgotando-se-lhe a paciência.

— Pois, pensas que és todo-poderoso a provocar dor e tal? Pois, não tenho medo de ti. Percebeste? Deixa-me sair e mostro-*te* o que é a dor.

Sydney viu Victor cerrar o punho e sentiu o ar zumbir à sua volta, mas Barry não parecia sentir nada. Alguma coisa estava errada. Ela fizera feito os movimentos, dera-lhe uma segunda oportunidade, mas ele não tinha voltado como os humanos comuns tinham feito, não por completo. O ar parou de zumbir, e o homem no caixão casquinou.

— Ah, ah!, estás a ver? A tua cabrazinha fez asneira, não foi? Não sinto nada! Não me podes magoar!

Victor endireitou-se.

— Ah, claro que posso — disse ele, com simpatia. — Posso fechar o caixão. Voltar a tapá-lo com terra. Ir-me embora. Olha — falou para Sydney, que ainda balançava as pernas pela parte lateral da sepultura. — Quanto tempo demora um morto-vivo a voltar a estar morto?

Sydney queria explicar a Victor que as pessoas que ela ressuscitava não eram *mortos-vivos*, eram *vivos*, e, tanto quanto ela percebia, perfeitamente mortais — bem, excetuando esta pequena questão nevrálgica —, mas ela sabia onde ele queria ir com isto e o que queria ouvir, pelo que olhou para Barry Lynch e encolheu os ombros com dramatismo. — Nunca vi um morto-vivo voltar a morrer por conta própria. Por isso, aposto que uma eternidade.

— Isso é muito tempo — disse Victor. As maldições e provocações de Barry tinham esmorecido. — E se te deixássemos pensar sobre o assunto? Voltamos daqui a uns dias? — Sydney atirou a pá para Victor, e um borrifo de terra caiu sobre a tampa do caixão como chuva.

— Está bem, espera, espera, espera, espera — suplicou Barry, tentando abrir caminho aos arranhões para fora do caixão e dando conta de que tinha os pés presos. Victor tinha pregado as suas calças às tábuas de madeira antes de terem começado. Ideia de Sydney, na verdade, só por segurança. Agora Barry entrava em pânico e estremecia e começava choramingar, e Victor pousou a pá sob o queixo do homem e sorriu.

— Portanto, aceitas o trabalho?

XXXVI

NOITE ANTERIOR

HOTEL ESQUIRE

— QUE aconteceu lá, Sydney?

Victor ainda estava a remover terra das suas botas, enquanto subiam a escada para o quarto do hotel — não gostava de elevadores — com Sydney a subir os degraus, dois de cada vez, ao seu lado.

— Porque é que o Barry não voltou como devia ter voltado?

Sydney mordeu o lábio.

— Não sei — disse ela, sem fôlego pela subida. — Tenho estado a tentar perceber. Talvez... talvez seja porque as pessoas EO já tiveram a sua segunda oportunidade?

— Pareceu-te diferente? — insistiu Victor. — Quando o tentaste ressuscitar?

Ela envolveu os braços à sua volta e assentiu com a cabeça.

— Não me pareceu certo. Por norma, é como se houvesse um fio, algo a que me agarrar, mas, com ele, era difícil de alcançar e continuava a escapar-me. Não o consegui agarrar bem.

Victor ficou em silêncio até chegarem ao sétimo andar.

— Se tivesse de tentar de novo... — a pergunta, no entanto, esmoreceu ao chegarem ao quarto. Ouviam-se vozes para lá da porta, baixas e urgentes. Victor tirou a arma das costas, enquanto rodava a chave, e a porta da suíte abriu-se, apenas a parte de trás da cabeça tatuada de Mitch, espreitando por cima do sofá em frente a uma televisão. As vozes continuaram no ecrã em preto e branco. Victor suspirou, os seus ombros relaxaram, e ele guardou a arma. Devia ter sabido que não era nada, devia ter sentido a ausência de novos corpos. Sydney passou por ele no apartamento, enquanto as pessoas no ecrã discutiam em fatos elegantes e vozes abafadas. Mitch tinha um fraquinho por clássicos. Victor tinha conseguido, por numerosas ocasiões, ter a televisão na zona comum da prisão, que era normalmente programada para desporto ou *sitcoms* antigas, mas, em vez disso, programada para mostrar filmes antigos em preto e branco. Ele apreciava as incongruências de Mitch. Tornavam-no interessante.

Sydney descalçou os seus sapatos à porta e foi esfregar a sujidade da sepultura e a sensação persistente dos mortos por baixo das unhas. O cão preto, gigante, olhou para cima ao lado do sofá, batendo com a cauda, enquanto ela passava. Algures depois de reanimar o cão e antes de sair para reanimar Barry, Victor tinha limpado o sangue e a sujidade do pelo de Dol, e o animal quase parecia normal quando se levantou e seguiu preguiçosamente Sydney desde a sala.

— Então, Vic — disse Mitch, acenando, sem desviar o olhar dos homens de fato no ecrã. O portátil estava ao seu lado, e ligado a ele, uma pequena e novíssima impressora, que não estava lá quando se foram embora.

— Não te tenho comigo para aqueceres o sofá, Mitch — disse Victor, dirigindo-se à cozinha.

— Encontraste o Barry?

— Sim — Victor serviu-se de um copo de água e curvou-se sobre a bancada, observando as bolhinhas a fugir para o topo do copo.

— Concordou em entregar a tua mensagem?

— Sim.

— Então e onde está ele? Sei que não o deixaste mesmo *ir*?

— Claro que não — Victor sorriu. — Pu-lo de volta para a noite.

— Que frio da tua parte.

Victor encolheu os ombros e bebeu um pouco de água.

— Deixo-o sair de manhã para ele cumprir a sua tarefa. E tu, que tens andado a fazer? — disse, inclinando o copo para ele. — Detesto interromper o *Casablanca* por causa de trabalho, mas...

Mitch levantou-se e espreguiçou-se.

— Estás pronto para o maior caso de boas-notícias-más-notícias do mundo?

— Continua.

— A matriz de busca ainda está a trabalhar — mostrou uma pasta. — Mas eis o que temos até agora. Cada um tem marcadores suficientes para serem candidatos a pessoas EO — Victor pegou na pasta e começou a espalhar as páginas pela bancada. Eram oito ao todo.

— Isso são as boas notícias — disse Mitch.

Victor olhou fixamente para os perfis. Cada página tinha um bloco de texto, linhas de informação roubada — nomes e idades e breves resumos médicos, seguidos por breves linhas sobre os respetivos acidentes ou traumas, notas psicológicas, relatórios policiais, prescrições de antipsicóticos e analgésicos. Informação destilada, vidas desarrumadas agora ordenadas. Ao lado do texto de cada perfil estava uma imagem. Um homem de cinquenta e muitos anos. Uma rapariga bonita de cabelo preto. Um rapaz adolescente. Todas as fotografias eram informais, os olhos dos sujeitos a olhar para ou à volta da câmara, mas nunca diretamente para o fotógrafo. E todas as fotos tinham sido marcadas com um X, recorrendo a um marcador preto e grosso.

— Que são esses X? — perguntou Victor.

— São as más notícias. Estão todos mortos.

Victor levantou logo a cabeça.

— Todos eles?

Mitch olhou com tristeza, quase de forma reverente, para os papéis.

— Parece que o teu palpite em relação ao Eli estava correto. Estes são só da zona de Merit, tal como pediste. Quando comecei a encontrá-los, abri uma nova procura e expandi os parâmetros para cobrir os últimos dez anos e a maior parte do país. Não imprimi esses resultados — eram demasiados — mas há, definitivamente, um padrão.

O olhar de Victor voltou aos ficheiros e ficou preso. Não conseguia arrancar os olhos dos X negros e grossos nas fotografias. Talvez devesse sentir-se responsável por libertar um monstro no mundo, pelos corpos que o monstro deixou no seu rasto — afinal de contas, fez de Eli o que era, instou-o a testar a sua teoria, trouxe-o de volta dos mortos, levou Angie — mas, enquanto olhava para o rosto dos mortos, tudo o que sentia era uma espécie de alegria tranquila, uma vindicação. Tinha tido *sempre* razão a respeito dele. Eli podia pregar tudo o que quisesse sobre Victor ser um demónio em pele roubada, mas a prova do próprio mal de Eli estava espalhada pela bancada, em exposição.

— Este tipo anda a fazer estragos — disse Mitch, enquanto levantava uma pilha de papéis muito mais pequena, que se encontrava ao lado da impressora, e dispôs os papéis sobre a bancada, virados para cima. — Mas aqui está um pós-escrito positivo para ti — três fotografias olhavam, ou de relance ou fixamente, para Victor, sem o saberem. Uma quarta estava em processo de impressão com um som suave de zumbido. Quando a máquina a expeliu, Mitch pausou o filme e entregou a folha à bancada. Nenhuma das fotos estava marcada.

— Ainda estão vivos?

Mitch assentiu com a cabeça.

— Por enquanto.

Sydney reapareceu mesmo nessa altura, com um agasalho e uma *T-shirt*, seguida por Dol. Victor perguntou-se distraidamente se as coisas trazidas de volta pela rapariga sentiam uma ligação com ela, ou se Dol simplesmente possuía o habitual afeto incondicional inerente à maioria dos caninos, e apreciou o ser alto o suficiente para olhar Sydney nos olhos. Ela deu-lhe uma palmadinha na cabeça e pegou num refrigerante do frigorífico, subindo para um dos bancos da bancada, agarrando a lata com ambas as mãos.

Victor estava a empilhar os mortos e a pô-los de lado. Não havia necessidade de Sydney olhar para eles neste momento.

— Estás bem? — perguntou ele.

Ela fez que sim com a cabeça.

— Sinto-me sempre estranha depois. Com frio.

— Não preferes então uma bebida quente? — perguntou Mitch.

— Não. Gosto de segurar isto. Gosto de saber que, pelo menos, estou mais quente do que a lata.

Mitch encolheu os ombros. Sydney inclinou-se para a frente para olhar para os quatro perfis, enquanto o programa trabalhava ao fundo.

— São todos pessoas EO? — sussurrou ela.

— Não necessariamente — disse Victor —, mas, se tivermos sorte, um ou dois.

Victor passou os olhos pela colagem de informação privada que corria ao lado das fotografias. Três dos potenciais candidatos eram jovens, mas um era mais velho. Sydney estendeu a mão e levantou um dos perfis. Era uma rapariga chamada Beth Kirk, de cabelo azul brilhante.

— Como sabemos qual delas ele vai perseguir primeiro? Por onde começamos?

— A matriz não pode fazer mais — disse Mitch. — Teremos de tentar adivinhar. Escolher uma dessas pessoas e esperar que lá cheguemos antes do Eli.

Victor encolheu os ombros.

— Não é preciso. Agora são irrelevantes — não queria saber da rapariga de cabelo azul, nem de mais ninguém. Estava mais interessado no que os mortos provavam sobre Eli do que os vivos lhe ofereciam a *ele*. De qualquer forma, queria usá-los como isco, para serem desenterrados e usados como engodo, mas a própria Sydney — o seu dom e a mensagem que tinham enviado com isso — tornara estas pessoas EO pouco importantes para os seus planos.

Sydney parecia estar horrorizada com a resposta dele.

— Mas temos de as avisar.

Victor arrancou o perfil de Beth Kirk das mãos de Sydney e virou-o para baixo na bancada.

— Preferes que as avise — perguntou ele, com gentileza — ou que as salve? — ele viu a raiva espalhar-se pelo rosto dela. — Ir atrás das vítimas, em vez de ir atrás do assassino, é um desperdício. E, quando o Eli receber a nossa mensagem, nem vamos precisar de ir atrás dele.

— Porquê? — perguntou ela.

A boca de Victor tremeu.

— Porque será ele a vir atrás de *nós*.

2

UM DIA EXTRAORDINÁRIO

I

ESTA MANHÃ

ESCOLA SUPERIOR DE TERNIS

ELI Ever sentou-se na parte de trás do Seminário de História, traçando os veios da madeira da secretária e esperando que a palestra terminasse. A aula era dada num auditório da Escola Superior de Ternis, uma escola privada exclusiva, a cerca de meia hora, fora dos limites da cidade de Merit. Três filas à sua frente, e dois lugares à esquerda, sentava-se uma rapariga de cabelo azul chamada Beth. Não era uma coisa estranha, o cabelo, mas Eli por acaso soube que Beth só começara a tingi-lo daquela cor depois de ter ficado todo branco. O branco era o produto de um trauma, um trauma que quase a tinha matado. Tecnicamente, *tinha.* Durante quatro minutos e meio.

No entanto, aqui estava Beth, viva e atenta, a tomar notas sobre a Guerra da Independência dos Estados Unidos ou a Guerra Hispano-Americana ou a Segunda Guerra Mundial — Eli nem sequer tinha a certeza de qual era o nome da disciplina, quanto mais qual o conflito que o professor estava atualmente a ensinar —, enquanto os fios de cabelo azuis lhe caíam à volta do rosto e se arrastavam pelo seu papel.

Eli não suportava História. Pensou que provavelmente não tinha mudado muito nos dez anos desde que fizera a cadeira, apenas mais um dos muitos pré-requisitos da Universidade de Lockland, que significava envolver todos os estudantes numa pequena bola de conhecimento. Ele olhou para o teto, depois para os espaços entre as notas meio cursivas e meio de imprensa do professor, depois para o cabelo azul, depois para o relógio. A aula estava quase a terminar. O seu pulso acelerou ao retirar o dossiê fino da sua mochila, aquele que Serena lhe tinha preparado. Explicava, ao pormenor, a história da rapariga de cabelo azul, o seu acidente — trágico, na realidade, a única sobrevivente de um acidente terrível — e a sua posterior recuperação. Passou a ponta dos dedos sobre a fotografia de Beth, perguntando-se de onde tinha vindo. Ele gostava bastante daquele cabelo.

O relógio avançava, e Eli deslizou o dossiê de volta para a sua mala e empurrou um par de óculos de armação grossa pelo nariz acima — eram de vidro liso, não de receita médica, mas tinha notado a moda em redor do *campus* de Ternis e seguiu-a. Assumir a idade da personagem nunca fora um problema, claro, mas os estilos mudavam, quase depressa de mais para que os pudesse acompanhar. Beth podia escolher destacar-se, se quisesse, mas Eli fazia tudo o que estava ao seu alcance para se misturar.

O professor terminou a sua palestra alguns abençoados minutos mais cedo e desejou a todos um bom fim de semana. Arrastaram-se cadeiras. Içaram-se malas. Eli levantou-se e seguiu o cabelo azul para fora do auditório e pelo corredor, levado por uma onda de estudantes. Quando chegaram às portas exteriores, ele manteve-as abertas para ela. Ela agradeceu-lhe, enfiou um pedaço de cabelo azul-cobalto atrás da orelha e dirigiu-se para o outro lado do *campus*.

Eli foi atrás dela.

Enquanto caminhava, sentiu o lugar no seu casaco onde estaria a sua arma, um produto do hábito, mas o bolso estava vazio. O dossiê tinha-lhe dito o suficiente para o fazer desconfiar de qualquer coisa que pudesse sucumbir ao magnetismo, por isso tinha deixado a arma no porta-luvas. Teria de o fazer à moda antiga, o que era ótimo. Não se deixava frequentemente satisfazer, mas não podia negar que havia algo simples e satisfatório em usar as suas mãos.

Ternis era uma escola pequena, uma daquelas coisas privadas, confortáveis, feitas de edifícios contrastantes e uma abundância de caminhos ladeados de árvores. Ele e Beth encontravam-se ambos num dos caminhos maiores, que dividia o *campus*, e havia estudantes suficientes por ali para impedir que a perseguição de Eli parecesse flagrante. Atravessou o *campus* a uma distância segura, desfrutando da manhã, tomando o ar fresco da primavera, a beleza do céu ao fim da tarde e as primeiras folhas verdes. Uma delas soltou-se de uma árvore e aterrou no cabelo azul da rapariga, e Eli admirou-se com a forma como fez ambas as cores parecerem mais brilhantes, enquanto calçava as suas luvas.

Quando estavam quase a chegar ao parque de estacionamento, Eli começou a acelerar o seu ritmo, fechando a brecha entre eles até estar à distância de um braço.

— Ei! — exclamou, atrás dela, fingindo estar ofegante. A rapariga abrandou, virou-se para trás para olhar para ele e continuou a andar. Ele não demorou a estar ao lado dela. — És a Beth, certo?

— Sim — disse ela. — Estás na cadeira de História do Phillips comigo.

Apenas nas duas últimas aulas, mas ele tinha a certeza de que lhe tinha captado a atenção em ambas as ocasiões.

— Pois estou — disse Eli, exibindo o seu melhor sorriso de estudante universitário. — Sou o Nicholas — Eli sempre gostara do nome. Nicholas, Frederick e Peter eram os que mais usava. Eram nomes importantes, do tipo que governantes, conquistadores e reis possuíam. Ele e Beth atravessavam o parque de estacionamento, fila após fila de carros, a escola encolhendo à distância atrás deles.

— Peço desculpa, mas posso pedir-te um favor? — perguntou Eli.

— Chuta — Beth enfiou uma mecha de cabelo errante atrás da orelha.

— Não sei onde estava a minha cabeça durante a aula — disse ele —, mas escapou-me o trabalho para casa. Por acaso tomaste nota?

— Claro — disse ela, ao chegarem ao seu carro.

— Obrigado — disse ele, mordendo o lábio. — Presumo que havia coisas melhores para ver do que o quadro.

Ela riu-se com timidez, enquanto pousava a mala no capô e a abria, vasculhando o conteúdo.

— Tudo é melhor do que o quadro — disse ela, tirando o seu caderno.

Beth tinha acabado de se virar para ele com as notas, quando a mão dele se fechou à volta da garganta dela, e ele empurrou-a de costas contra a parte lateral do carro. Ela arfou, e ele apertou mais. Ela deixou cair o caderno e agarrou-lhe a cara, arrancando-lhe os óculos pretos, esculpindo arranhões profundos na sua pele. Ele sentiu sangue a escorrer-lhe pela cara, mas não se deu ao trabalho de o limpar. O carro atrás dela começou a tremer, o metal a tentar dobrar-se, mas ela era demasiado nova e o carro demasiado pesado, e ela estava a ficar sem ar e forças.

Houve um tempo em que ele falava com as pessoas EO, tentava transmitir-lhes a lógica, a necessidade das suas ações, tentava fazê-las compreender, antes de morrerem, que já estavam mortas, já eram cinzas, unidas por algo sombrio, mas débil. Mas elas não ouviam, e, no final, os seus atos transmitiam aquilo que as suas palavras tinham falhado em transmitir. Abrira uma exceção para a irmã mais nova de Serena, e veja-se onde isso o levara. Não, as palavras eram desperdiçadas em todos eles.

Assim, Eli encostou a rapariga contra o carro e esperou pacientemente, até que a luta abrandasse, enfraquecesse e parasse. Ficou muito, muito quieto, e apreciou o momento de silêncio que se seguiu. Sempre lhe chegava, aqui mesmo, quando a luz — ele diria a *vida*, mas isso não estava certo, não era vida, apenas algo a *fazer-se passar* por vida — lhes saía dos olhos. Um momento de paz, uma medida de equilíbrio a ser restaurada no mundo. O antinatural tornado natural.

Depois o momento passou, e ele arrancou os dedos enluvados da garganta da rapariga e viu o corpo dela deslizar pelo metal deformado da porta do carro e sobre o betão, o cabelo azul a cair-lhe pela cara. Eli benzeu-se, enquanto os arranhões vermelhos furiosos na sua face se uniam e saravam, deixando apenas pele lisa e clara sob o sangue seco. Ajoelhou-se para recuperar os seus óculos do chão ao lado do corpo. Enquanto os endireitava no nariz, o seu telemóvel tocou e tirou-o do casaco.

— Linha dos Heróis — atendeu, suavemente. — Como o posso ajudar?

ELI tinha esperado o riso lento de Serena — a parte do Herói era uma piada privada —, mas a voz do outro lado da linha era rouca e, quase certamente, masculina.

— Sr. Ever? — perguntou o homem.

— Quem fala?

— Daqui fala o agente Dane, da Polícia de Merit. Recebemos uma chamada sobre um assalto em progresso no banco Tidings Well, na Fifth and Harbor.

Eli franziu o sobrolho.

— Eu tenho o meu próprio trabalho, senhor agente. Não me diga que a polícia também quer que faça o dela. E como conseguiu este número? Não foi assim que acordámos comunicar.

— A rapariga. Ela deu-mo — algo explodiu ao fundo, enchendo a linha de estática.

— É melhor que seja urgente.

— É urgente — disse o agente Dane. — O assaltante é uma pessoa EO.

Eli esfregou a testa.

— Não têm operações especiais? Decerto vo-las ensinam algures. Não posso propriamente entrar lá e...

— Ele ser uma pessoa EO não é o problema, Sr. Ever.

— Então conte-me — disse Eli, entre dentes cerrados. — Qual é o problema?

— Foi identificado como Barry Lynch. O senhor... isto é, é ele... deveria estar morto.

Uma longa pausa.

— Estou a caminho — disse Eli. — É tudo?

— Não propriamente. Ele está a fazer uma cena. A gritar especificamente por si. Devemos alvejá-lo?

Eli fechou os olhos ao chegar ao seu carro.

— Não. Não o matem até eu aí chegar — Eli desligou a chamada.

Abriu a porta e entrou no carro, marcando um número automático. Atendeu a voz de uma rapariga, mas interrompeu-a logo.

— Temos um problema. O Barry está de volta.

— Estou a ver nas notícias. Pensava que tu...

— Sim, eu matei-o, Serena. Estava bem morto.

— Então como...

— Como é que ele está a roubar um banco na Fifth and Harbor? — passou-se Eli, ligando o motor. — Como é que ele de repente *não* está morto? É uma boa pergunta. Quem poderá ter ressuscitado o Lynch?

Houve um longo momento de silêncio do outro lado da linha, antes de Serena responder.

— Disseste-me que a mataste.

Eli agarrou-se ao volante.

— Pensava que sim — de qualquer maneira, tinha essa esperança.

— Tal como mataste o Barry?

— Talvez tivesse mais certeza a respeito do Lynch do que da Sydney. O Barry estava definitiva e inegavelmente morto.

— Disseste-me que a seguiste. Disseste-me que acabaste...

— Falamos disso mais tarde — disse ele. — Tenho de ir matar o Barry Lynch. Outra vez.

SERENA deixou o telefone escapar-lhe por entre os dedos. Aterrou na cama com um baque suave, enquanto voltava para a televisão do hotel, onde a cobertura do assalto continuava. Embora a ação estivesse a acontecer dentro do banco, e as câmaras fotográficas estivessem presas na rua atrás de uma espessa vedação de fita amarela, a cena estava a causar uma grande agitação. Afinal, o roubo da semana passada na Smith & Lauder tinha aparecido em todos os jornais. O herói civil tinha saído incólume da luta armada. O assaltante tinha saído num saco para cadáveres.

Não surpreende, pois, que o público se tenha desconcertado ao encontrar o assaltante vivo e bem o suficiente para roubar outro banco. O seu nome corria em forma de fita adesiva, em rodapé no ecrã, o arrojado rabisco anunciando *Barry Lynch Está Vivo Barry Lynch Está Vivo Barry Lynch Está Vivo...*

E isso significava que Sydney estava viva. Serena não tinha dúvidas de que a estranha e silenciosa proeza fora, de alguma maneira, obra da sua irmã.

Tomou um gole de café demasiado quente e contraiu-se ligeiramente, quando lhe queimou a garganta, mas não parou. Agarrou-se ao facto de os objetos inanimados não estarem sujeitos ao seu poder. Não tinham mentes ou sentimentos. Ela não conseguia que o café *não* a queimasse, não conseguia que as facas *não* a cortassem. As pessoas que seguravam as coisas eram dela, mas não as coisas em si. Ela tomou outro gole, os olhos a vaguear de volta para a televisão onde uma foto da pessoa EO anteriormente falecida preenchia agora a metade direita do ecrã.

Mas por que razão Sydney o teria feito?

Eli asseverara a Serena que a sua irmã estava morta. Ela avisara-o para não mentir, e ele tinha-a olhado nos olhos e dito que disparara contra

Sydney. E isso não fora exatamente uma mentira, pois não? Ela havia estado ali mesmo quando ele puxou o gatilho. Ela cerrou o maxilar. Eli estava a melhorar no ripostar, encontrando pequenas brechas no poder dela. Redirecionamentos, omissões, evasões, atrasos. Não que ela não apreciasse a pequena provocação — apreciava —, mas o pensamento de Sydney, viva e ferida e na cidade, tornava difícil a respiração.

Nunca fora previsto correr desta maneira.

Serena fechou os olhos, mas o campo e o corpo e o rosto assustado da sua irmã enchiam-lhe a visão. Sydney tinha feito o seu melhor para parecer corajosa naquele dia, mas não conseguia esconder o medo, não de Serena, que conhecia todas as linhas no rosto da irmã, que se tinha empoleirado na beira da cama dela tantas noites, suavizando essas linhas uma a uma com o polegar no escuro. Serena nunca deveria ter voltado atrás, nunca deveria ter chamado o nome da sua irmã. Fora um reflexo, um eco da vida anterior. Ela lembrara-se repetidamente de que a rapariga no campo não era sua irmã, não realmente. Serena sabia que a rapariga que se parecia com Sydney *não era* Sydney, da mesma forma que sabia que *não* era Serena. Mas não se pareceu importar no momento mesmo antes de Eli puxar o gatilho; Sydney parecera pequena e assustada e tão *viva*, e Serena esquecera-se de que não estava.

Os seus olhos abriram-se, apenas para assentarem na manchete — *Barry Lynch Está Vivo Barry Lynch Está Vivo Barry Lynch Está Vivo* — antes de ela desligar a televisão.

Eli disse-o melhor. Ele chamava as pessoas EO de *sombras*, com a forma das pessoas que as criaram, mas cinzentas por dentro. Serena sentiu-o. Desde o momento em que acordou no hospital, sentiu como se algo colorido, brilhante e *vital* estivesse em falta. Eli disse que *ele* era a sua alma; afirmou que era diferente, e Serena deixou-o pensar isso, porque a única outra opção era dizer-lhe o contrário e, então, ele acreditaria nisso.

Mas e se ele estivesse certo? A ideia de ter perdido a sua alma entristeceu Serena de uma forma distante. E o pensamento da pobre, pequena Syd, toda oca, doía-lhe, e tornava mais fácil acreditar em Eli, quando ele disse que era misericórdia devolver as EO à terra. Havia sido mais difícil quando Sydney estava de pé à sua porta, corada do frio, os seus olhos azuis brilhantes, como se a luz ainda estivesse neles. Serena tinha vacilado, tropeçando nos sussurros de *e se* na sua cabeça, enquanto eles se lançavam para o campo.

O pecado de Sydney, afirmava Eli, era duplo. Não só era uma EO, contranatura e errada, como também possuía o poder de corromper os outros, de os envenenar, enchendo os seus corpos com algo que parecia vida, mas não era. Talvez fosse isso que Serena vira nos olhos de Sydney, uma falsa luz que tinha confundido com a vida da sua irmã. A sua alma.

Talvez.

Seja o que for que a fez parar, na verdade Serena tinha vacilado, e agora a sua irmã — a sombra na sua forma — estava viva, e aparentemente aqui, na cidade. Serena vestiu o casaco e foi procurar Sydney.

II

ESTA MANHÃ

HOTEL ESQUIRE

VICTOR saboreou a água escaldante do chuveiro do hotel, enquanto lavava a última terra da sepultura da sua pele. Barry Lynch tinha sido surpreendentemente recetivo quando ele revisitara o cemitério esta manhã. Victor regressou pouco antes do amanhecer, retirou a terra que lançara de novo em cima de Lynch para fazer a campa parecer vazia, se alguém passasse por ela, e arrancou a tampa para encontrar os olhos aterrorizados de Barry a olhar para ele. A dor e o medo são inextricáveis — uma lição que remetia aos estudos de Victor em Lockland —, mas a dor tem múltiplas formas. Victor podia não ser capaz de ferir fisicamente Barry Lynch, mas tal não significava que não o pudesse fazer sofrer. Barry, pela sua parte, parecia ter recebido a mensagem. Victor sorrira e ajudara o homem outrora morto a sair do seu caixão —, apesar de ter odiado a forma estranhamente débil como a pele do homem se sentiu contra a sua —, e, ao passar-lhe a mensagem e enviá-lo embora, Victor sentiu-se confiante de que Lynch iria levar a cabo a sua tarefa. Mas, só para ter a certeza, disse-lhe uma última coisa. Deu vários passos atrás e depois voltou-se para Barry e disse-o como um pensamento posterior.

— A rapariga, a Sydney, aquela que te trouxe de volta. Pode mudar de ideias a qualquer momento. Estala os dedos e deixa-te cair como uma pedra. Ou melhor, como um cadáver. Queres ver? — perguntou, tirando o telefone do bolso. Começou a marcar um número. — É, de facto, um truque bastante inteligente.

Barry tinha ficado pálido e abanado a cabeça, e Victor mandou-o embora.

— Ei, Vale! — a voz de Mitch alcançou-o através das paredes da casa de banho. — Chega aqui —desligou a água do chuveiro. — Victor!

Mitch ainda estava a gritar o nome dele quando entrou no corredor um minuto mais tarde a secar o cabelo com uma toalha. O sol estava a entrar pelas janelas altas, e Mitch encolheu-se perante a luminosidade. Era o final da manhã, pelo menos. A sua mensagem devia estar bem a caminho.

— Que foi? — perguntou Victor, de início preocupado, mas depois viu a cara de Mitch, aquele amplo e aberto sorriso. O que quer que o homem tivesse feito, tinha orgulho disso. Sydney apareceu, com Dol por perto, a sua cauda a abanar preguiçosamente.

— Anda ver isto — Mitch apontou para os perfis espalhados na bancada da cozinha. Victor suspirou. Havia agora mais de uma dúzia — e a maioria deles becos sem saída, tinha a certeza. Não conseguiam obter a matriz de busca com exatidão suficiente. Ele passara a tarde anterior e a maior parte da noite a examinar as páginas, perguntando-se como Eli o tinha feito, se seguira todas as pistas, ou se sabia algo que Victor não sabia, se vira algo que Victor não havia visto. Agora, diante dos seus olhos, Mitch começou a virar os papéis para baixo, eliminando da confusão perfil após perfil até só restarem três. Um era o da rapariga de cabelo azul, e o segundo, o de um homem mais velho que ele tinha estudado na noite anterior, mas o terceiro era novo, provavelmente acabado de imprimir.

— Isto — disse Mitch — é a lista atual de alvos do Eli.

Victor arregalou os seus tranquilos olhos. Começou a deslocar o seu peso de pé para pé. Os seus dedos tamborilavam na bancada.

— Como descobriste isso?

— É uma bela história. Fica quieto e eu conto.

Victor obrigou-se a parar de mexer.

— Continua — disse ele, analisando os nomes e os rostos.

— Ora, estou a ver um padrão — disse Mitch. — Continuo ir dar a ficheiros da Polícia. Ficheiros policiais de *Merit*. Então, e se os polícias já estiverem a trabalhar na sua própria base de dados, certo? Talvez pudéssemos compará-la com a nossa. Mencionaste, há muito tempo, que um polícia sabia sobre as pessoas EO. Ou alguém a trabalhar para a Polícia. E depois penso, ei!, talvez lhes possa apenas pedir emprestadas as informações *deles*, em vez de passar por toda a confusão — quero dizer, não é nada fora do meu alcance, mas leva tempo —, mas e se eles já fizeram algum do trabalho por mim? Então começo a pesquisar na base de dados «Pessoas de Interesse» da Polícia de Merit. E algo me chama a atenção. Quando era puto, costumava adorar aquelas imagens em que nos pediam para detetar as diferenças. Era bom nessa merda. Em todo o caso...

— Eles estão assinalados — disse Victor, passando os olhos pelos perfis.

Mitch perdeu a postura.

— Meu, estragas sempre o remate. Mas, sim... e tornei isso fácil para tu veres — disse ele, enquanto amuava. — Virei as páginas para baixo. É fácil ver um padrão quando é tudo o que tens à tua frente...

— Como assim, assinalados? — perguntou Sydney, em biquinhos dos pés para ver as páginas.

— Olha — disse Victor, gesticulando para os perfis.— Que têm estas pessoas todas de comum? — Syd olhou de soslaio para o papel, mas abanou a cabeça. — Os nomes do meio.

Sydney leu-os em voz alta.

— Elise, Elington, Elissa... Todos têm «Eli».

— Exatamente — disse Mitch. — Foram assinalados. Especificamente para o nosso amigo, o Eli. O que significa...

— Está a trabalhar para a Polícia — disse Victor. — Aqui em Merit.

Sydney olhou fixamente para a foto da rapariga do cabelo azul.

— Como podes ter a certeza? — perguntou ela. — E se for uma coincidência?

Mitch estava todo cheio de si.

— Porque fiz o meu trabalho de casa. Verifiquei a teoria, por comparação, recuperando os seus perfis antigos. «Pessoas de Interesse» agora falecidas, todas encontraram convenientemente o seu caminho para o caixote de lixo digital. O que é, já agora, uma bandeira vermelha, mas encontrei correspondências com os homicídios do Eli nos últimos quatro meses — deixou cair a pasta das pessoas EO mortas sobre a mesa. — Incluindo o teu Barry Lynch. Aquele que passaste a noite a desenterrar.

Victor começara a andar de um lado para o outro.

— Torna-se ainda mais interessante — disse Mitch. — Os perfis assinalados foram criados por um de dois polícias — bateu com o dedo no canto superior direito de uma página. — Agente Frederick Dane. Ou detetive Mark Stell.

Victor sentiu um aperto no peito. Stell. Quais eram as probabilidades? O homem que tinha mandado prender Victor há dez anos, aquele que havia estado de serviço EO na esquadra de Lockland, e aquele que, quando Victor recuperou dos seus múltiplos ferimentos de bala, o escoltou pessoalmente até à ala de isolamento da prisão de Wrighton. O envolvimento de Stell, juntamente com o testemunho de Eli, foi a razão pela qual Victor passou cinco anos na solitária (não foi declarado como EO nos registos, claro, apenas um perigo extremo para si próprio e para os outros, e demorou meia década a não ferir deliberadamente ninguém — pelo menos não de forma consciente ou apreciável — para ser integrado).

— Estás a ouvir? — perguntou Mitch.

Victor assentiu distraidamente com a cabeça.

— Os homens assinalados nos perfis, estão, ou estiveram, em contacto direto com o Eli.

— Exatamente.

Victor brindou no ar com a sua água, os seus pensamentos a quilómetros de distância.

— Bravo, Mitch — virou-se para Sydney. — Tens fome?

Mas Sydney não parecia estar a ouvir. Havia pegado na pasta das pessoas EO mortas e estava a folheá-la, quase ausente, quando parou. Victor olhou por cima do seu ombro e viu o que ela vira. Cabelo loiro curto e olhos azuis olhavam para ela ao lado de um nome bem impresso: Sydney Elinor Clarke.

— O meu nome do meio é Marion — disse ela, baixinho. — E ele acha que estou morta.

Victor inclinou-se e passou a página. Dobrou o papel e enfiou-o no bolso da camisa com um piscar de olhos.

— Não por muito tempo — disse, batendo levemente no relógio de pulso. — Não por muito tempo.

III

ESTA MANHÃ

BANCO TIDINGS WELL

ELI estacionou a um quarteirão e meio da fita amarela da barreira da cena do crime e ajustou os óculos no nariz antes, de sair do carro. Podia ver, ao abrir o seu caminho atrás dos olhos da multidão de espectadores mórbidos e de fotógrafos reunidos, as traseiras do banco, e o crime já não estava em curso. As pessoas demoravam-se, as luzes piscavam, mas o relativo silêncio — sem sirenes, sem armas, sem gritos — dizia-lhe o suficiente.

Retesou-se, quando viu o detetive Stell, apesar de Serena ter prometido que era seguro. Ainda assim, o detetive tinha vindo a Merit uns meses antes para investigar uma série de homicídios na área — obra de Eli, claro —, e mesmo as garantias de Serena não conseguiram apagar completamente a dúvida de Eli sobre a lealdade do detetive. Stell, que agora tinha cabelo grisalho e um vinco permanente entre os olhos, encontrou-se com ele atrás do edifício e levantou a fita para que pudesse passar. Eli empurrou os óculos de adereço pelo nariz acima uma segunda vez. Ficavam-lhe um pouco grandes de mais.

— Que Clark Kent da sua parte — disse Stell, com indiferença. Eli não estava com disposição para aquilo.

— Onde está ele?

— Morto — o detetive liderou o caminho até ao banco.

— Tinha-lhe dito que o queria vivo.

— Não tive escolha. Ele começou a disparar, ou o que quer que queira chamar àquilo. Nem conseguia fazer pontaria. Como se aquele poder dele estivesse avariado. Mas não o impediu de armar uma bagunça.

— Civis?

— Não, mandou-os todos embora — chegaram a um lençol preto, lançado sobre uma forma vagamente humana. Stell empurrou-a suavemente com a sua bota. — Os *media* querem saber por que razão um louco, que estava supostamente morto, entra num banco com uma arma, mas não o tenta assaltar e não faz prisioneiros. Tudo o que faz é expulsar toda a gente e disparar para o ar e gritar sem parar por alguém chamado Eli Ever.

— Não devia ter deixado escapar essa história na semana passada.

— Não posso impedir a imprensa de usar os seus olhos, Eli. Foi o Eli que quis fazer uma cena.

Eli não gostava do tom daquele homem, nunca gostara, nunca confiara no laivo de combatividade que o percorria.

— Eu precisava de uma demonstração — resmungou Eli. Não queria admitir que havia mais do que isso, que tinha *querido* um público. Fora ideia de Serena, estava certo, antes de se tornar dele.

— Uma demonstração é uma coisa — disse Stell. — Mas precisava de um espetáculo?

— Encobriu o homicídio — disse Eli, ao puxar o lençol preto para trás. — Como poderia eu saber que ele não ia permanecer morto? — os olhos castanhos de Barry Lynch, vazios e mortos, olharam-no fixamente. Eli podia ouvir os sussurros dos outros polícias que se moviam por ali, vozes abafadas a perguntarem-se quem ele era, o que fazia ali. Tentou parecer oficial, enquanto olhava fixamente para o morto.

— Arrastou-me para cá por nada — disse ele, baixinho. — Agora que ele está morto.

— Peço desculpa, mas ele estava morto antes, lembra-se? Além disso — acrescentou Stell —, desta vez deixou uma nota.

Stell entregou um saco de plástico a Eli. No interior encontrava-se um pedaço de papel amarrotado. Eli tirou o papel e desdobrou-o com cuidado.

Era um desenho de linhas simples com duas pessoas de mãos dadas. Um homem delgado vestido de preto e uma rapariga, com metade da sua altura, cabelo curto e olhos largos. A cabeça da rapariga estava ligeiramente inclinada, e um pequeno ponto vermelho marcava-lhe o braço. Três pontos semelhantes, não maiores do que pontos finais, pontilhavam o peito do homem. A boca do homem não era nada mais do que um ténue sorriso sombrio.

Por baixo do desenho corria uma única frase: *Fiz uma amiga.*

Victor.

— Está bem?

Eli pestanejou, sentiu a mão do agente no seu braço. Afastou-se, dobrou o papel e enfiou-o no bolso, antes que alguém visse ou dissesse alguma coisa.

— Livrem-se do corpo — disse a Stell. — Desta vez é para cremar.

Eli partiu por onde tinha vindo. Apenas parou quando chegou ao seu carro em segurança. Na privacidade relativa daquela rua lateral em Merit, pressionou a mão contra o desenho que tinha no bolso, e uma dor ilusória começou-lhe no estômago.

Victor levantou a faca da mesa.

— Chamaste a polícia e acusaste-me de ser uma pessoa EO. Eu não *te* denunciei, sabes. Podia tê-lo feito. Porque haverias de lhes contar algo tão tolo? Sabias que têm agentes especiais que entram em cena se houver suspeitas de uma pessoa EO? Um tipo qualquer chamado Stell. Sabias disso?

— Perdeste o juízo — Eli deu uns passos para o lado. — Pousa a faca. Não é que me possas magoar.

Então, Victor sorriu. Ele parecia outra pessoa. Eli tentou recuar, mas apareceu uma parede atrás dele. A faca enterrou-se-lhe no estômago. Sentiu a ponta arranhar-lhe a pele das costas. A dor foi aguda, persistente, arrastando-se para fora em vez de avançar e dissolver-se.

— Sabes o que descobri? — rugiu Victor. — *Ao observar-te na rua naquela noite, quando tiraste o vidro da mão?* Não podes curar-te antes de eu tirar a faca — torceu a faca, e uma dor de uma dezena de cores explodiu atrás dos olhos de Eli. Gemeu e começou a deslizar pela parede abaixo, mas Victor levantou-o pelo cabo da faca. — Ainda nem sequer estou a usar o meu dom — disse Victor. — Não é tão espampanante como o teu, mas é bastante eficaz. Queres ver?

Eli engoliu em seco e telefonou a Serena, enquanto ligava o motor do carro para se dirigir ao hotel. Não esperou que ela falasse.

— Temos um problema.

IV

DEZ ANOS ANTES
UNIVERSIDADE DE LOCKLAND

ELI Ever sentou-se na escada do seu apartamento na manhã fria e passou os dedos pelo cabelo, antes de perceber que estavam cobertos de sangue. Estava rodeado de fita de isolamento, demasiado brilhante, contrastando com a monótona madrugada de inverno. Luzes vermelhas e azuis salpicavam o chão gelado, e, cada vez que olhava para elas, acabava por passar minutos a tentar pestanejar para afastar as cores.

— Se nos pudesse contar mais uma vez... — disse um jovem polícia.

Eli levou a mão à barriga, o eco da dor ainda lá estava, apesar de a pele ter sarado. Esfregou as mãos e viu o sangue a descamar para a neve da calçada. Teceu uma angústia, que não tinha a certeza de sentir, na sua voz, ao contar tudo, desde a chamada de Victor, em pânico, na noite anterior, confessando o assassínio de Angie, até ao seu súbito aparecimento na sua sala de estar, arma na mão. Eli deixou de fora as facas, tendo-as esfregado e devolvido às suas gavetas, antes da chegada da polícia. Foi estranho, o modo como o seu cérebro tinha criado espaço à volta do pânico, ajudando as mãos e pernas a fazer o que precisava de ser feito, enquanto uma voz a desvanecer-se no fundo da mente gritava, e o seu melhor amigo jazia cheio de buracos de bala no chão da sala. Algo em Eli tinha desaparecido — medo, foi o que dissera a Victor — mesmo pelo cano abaixo com a água gelada do banho.

— Então, arrancou a arma das mãos do Sr. Vale — *arrancou* tinha sido palavra de Eli, não do agente.

— Dei um seminário de Autodefesa no verão passado — mentiu. — Não é assim tão difícil.

E depois pôs-se de pé, tremente. Estava coberto de sangue, os braços enrolados cuidadosamente à volta das costelas para esconder o buraco da faca na sua camisa. Dois outros agentes já o tinham interrogado sobre o assunto. Havia-lhes dito que tivera sorte. Não sabia como a arma poderia ter falhado. Mas falhara. Obviamente. Olha, buraco na camisa, nenhum buraco no Eli. Felizmente os polícias tinham estado demasiado interessados na hemorragia de Victor no chão de madeira dura para se preocuparem muito com o truque de magia de Eli. *Um homem sortudo*, murmuraram, e ele não tinha a certeza de se falavam dele ou de Victor, que havia conseguido evitar morrer, por agora.

— E depois alvejou-o três vezes.

— Eu estava perturbado. Ele tinha acabado de matar a minha namorada — Eli perguntou-se se estava em choque, se era isso que impedia que a morte de Angie penetrasse como a faca penetrara. Queria importar-se, queria tanto importar-se, mas havia este fosso entre o que sentia e o que queria sentir, um espaço onde algo importante tinha sido gravado. E estava a crescer. Havia dito a Victor que o que perdera fora o seu medo, mas isso não era bem verdade, porque ainda estava assustado. Tinha medo dessa fenda.

— E depois? — insistiu o polícia.

Eli esfregou os olhos.

— E depois ele veio atrás de mim. Entrei em pânico. Não sabia o que fazer. Tentei não o matar — engoliu em seco, desejando ter um copo de água. — Olhe, acha que posso ir lavar-me? — perguntou, apontando para a sua roupa arruinada. — Tenho de ir ver a Angie... o seu corpo — o agente gritou para lá da fita amarela e recebeu luz verde. A ambulância já tinha partido há muito. Tudo o que restava era uma bagunça. O agente levantou a fita para o deixar passar.

Um rasto de vermelho serpenteava-se pela sala de estar. Eli parou e olhou fixamente para ele. A luta repetiu-se na sua mente de forma tão implacável quanto as luzes da polícia, e ele forçou-se a virar para a casa de banho. Quando se viu ao espelho, abafou uma gargalhada. Uma dessas gargalhadas doentias, a meio caminho do choro. O sangue manchou-lhe a camisa. As calças. O rosto. O cabelo. Eli fez o seu melhor para o lavar, esfregando os braços no lavatório como um cirurgião, antes de uma operação. A sua camisa favorita, uma vermelha, ousada, que Victor sempre dissera que o fazia parecer um tomate maduro, estava arruinada.

Victor. Victor estava enganado. A respeito de tudo.

— Se me falta alguma coisa, então a ti também. A vida tem que ver com compromissos. Ou achaste que, porque te puseste nas mãos de Deus, Ele faria de ti tudo o que foste e ainda mais?

— Ele fez — disse Eli em voz alta para o lavatório. Ele fez. Ele faria. Ele tinha de o fazer. O que quer que fosse esta fenda, estava lá por um motivo, estava lá para o tornar mais forte. Tinha de acreditar nisso.

Eli lavou a cara, passou água pelo cabelo até desaparecer o vermelho. Vestiu roupa lavada e estava prestes a voltar para a porta da frente quando ouviu o final de um comentário do jovem agente para outro polícia.

— Sim, o detetive Stell vai a caminho.

Eli parou e recuou para o apartamento.

— Sabias que têm um agente especial que entra em cena se houver suspeitas de uma pessoa EO? Um tipo chamado Stell. Aposto que não sabias.

Eli virou-se, a caminho da porta das traseiras, mas encontrou o seu caminho bloqueado por um polícia corpulento.

— Está tudo bem, senhor? — perguntou o polícia. Eli fez que sim lentamente com a cabeça.

— A porta está vedada — disse ele. — Apenas quero sair do caminho de toda a gente.

O polícia corpulento assentiu com a cabeça e desviou-se para o lado. Eli passou pela porta das traseiras e chegou a um pequeno pátio comunitário quando o polícia corpulento alcançou o mais jovem. Não parecia culpado, disse para si. Ainda não.

Era Victor o culpado. O Victor que ele sabia morto, substituído por algo frio e vicioso. Uma versão retorcida e violenta dele mesmo. Victor nunca fora bom, ou amável — ele fora sempre um pouco irascível; Eli tinha sido atraído por esse traço —, mas nunca isto. Um assassino. Um monstro. Afinal, matara Angie. Como? Como é que tinha acontecido? Com dor? Seria isso possível? A parte médica da sua mente tentou analisar.

Um ataque cardíaco? A dor provocaria um curto-circuito, como a eletricidade? Será que o corpo se desligaria? Será que as funções congelariam? Cravou as unhas nas palmas das mãos. Tratava-se de *Angie*. Não de uma experiência científica. Uma pessoa. Aquela que o tinha feito sentir-se melhor, mais são, que o manteve à tona de água quando a sua mente começou a afundar-se. Era isso, então? Será que Angie era a coisa que faltava? Não seria encantador fazer da fenda outra pessoa em vez de uma parte de si? Mas não, não era isso. Angie tinha ajudado, tinha sempre ajudado, mas ele havia sentido o buraco antes de ela morrer, até o sentiu antes de *ele* próprio morrer. A sensação — a falta dela — só chegara em vislumbres, como uma nuvem a passar no céu. Mas, no momento em que acordou no chão da casa de banho, a sombra tinha assentado sobre ele, um sinal de que algo estava errado.

Não errado, obrigou-se a pensar. *Diferente*.

Eli chegou ao seu carro, agradecido por ter estacionado a dois quarteirões de distância (menos hipóteses de conseguir lá uma multa), e pô-lo em marcha. Passou pelos laboratórios de engenharia, abrandando apenas o suficiente para ver também ali a fita amarela — marcando o caminho de destruição de Victor — e o amontoado de veículos de emergência. Continuou a andar. Precisava de chegar aos edifícios do curso de Medicina o mais rápido possível. Precisava de encontrar o professor Lyne.

ELI passou pelas portas automáticas e entrou no átrio dos três edifícios agrupados, reservados às ciências médicas, uma mochila vazia pendurada num dos ombros. O átrio do laboratório central tinha sido pintado de um amarelo-claro horrível. Não tinha a certeza da razão por que insistiam em pintar laboratórios com tonalidades tão doentias — talvez para preparar os estudantes de Medicina para as paletas igualmente tristes da maioria dos hospitais em que aspiravam trabalhar, ou talvez com uma noção errada de que claro significava limpo —, mas a cor fazia o local parecer sem vida, agora mais do que nunca. Eli manteve a cabeça baixa, enquanto subia dois lanços de escada, até chegar ao escritório onde passara a maior parte do seu tempo livre desde o início das férias de inverno.

A placa com o nome do professor Lyne estava pendurada na porta, as letras a brilhar. Eli experimentou a maçaneta. Estava trancada. Procurou nos seus bolsos algo para usar na fechadura e fez sair um clipe. Se funcionava na televisão, podia funcionar aqui. Ajoelhou-se diante da maçaneta.

Antes de Victor ter voltado ao *campus*, Eli havia levado a sua descoberta ao professor Lyne, que passara de cético a intrigado à medida que as suas teorias ganhavam peso. Eli tinha gostado de chamar a atenção do professor no outono, mas não era nada, comparado com o prazer que sentia em ganhar o respeito de Lyne. A sua pesquisa, agora pesquisa de ambos, tinha assumido um novo foco sob a orientação do professor, reinterpretando as hipotéticas qualidades das pessoas EO existentes — as EQM e as suas consequências físicas e psicológicas — num sistema potencial para as *localizar*. Uma espécie de matriz de procura. Pelo menos, esse tinha sido o curso de estudo traçado, até Victor aparecer e sugerir que, em vez disso, poderiam potencialmente *fazer* uma pessoa EO. Eli nunca tinha partilhado esta ideia com o professor Lyne. Não tivera oportunidade de o fazer. Depois da tentativa falhada de Victor, Eli ficara demasiado preocupado com o seu próprio julgamento, e depois do seu êxito — e *foi* um êxito, excetuando as peças que faltavam — não a tinha querido partilhar. Havia observado o interesse de Lyne aguçar-se da curiosidade para o fascínio de uma forma que Eli conhecia bem. Certamente bem o suficiente para desconfiar disso.

Agora estava contente por ter guardado a nova direção para si próprio. Em menos de uma semana, a pesquisa de Eli tinha acabado com a vida de Angie, arruinado a de Victor (se ele vivia) e mudado a sua própria. Apesar de a viragem negra da tese e a consequente destruição terem sido culpa de Victor, as suas ações também revelaram a verdade sombria das suas descobertas e para onde, inevitavelmente, conduziriam. E agora Eli sabia exatamente o que tinha de fazer.

— Posso ajudá-lo?

Eli olhou para cima, interrompendo a abertura da fechadura, que não estava a correr bem, para encontrar um contínuo apoiado numa vassoura, com os olhos a passarem de Eli para o seu clipe endireitado. Ele forçou um riso casual e levantou-se.

— Espero que sim. Meu Deus, sou tão idiota. Deixei uma pasta no escritório do Lyne. Ele é o meu orientador. Preciso dela para a minha tese — falava demasiado depressa, como faziam os atores na televisão quando queriam que o público percebesse que estavam a mentir. Tinha as mãos escorregadias. Fez uma pausa, obrigando-se a respirar. — Por acaso viu-o? — inspira, expira. — Posso esperar um pouco mais — inspira, expira. — Vai ser o primeiro descanso que tenho em várias semanas — parou de falar e esperou para ver se o contínuo ia acreditar na história.

Após um longo momento, o homem puxou de um conjunto de chaves do bolso e destrancou a porta.

— Ainda não o vi, mas deve chegar em breve. E, no futuro — disse, enquanto se ia embora —, saiba que são necessários dois clipes.

Eli sorriu de genuíno alívio, acenou de agradecimento e entrou no escritório, fechando bem a porta atrás de si. Soltou um suspiro e pôs mãos à obra.

Há alturas em que as maravilhas do avanço científico aceleram os nossos processos, tornando as nossas vidas mais fáceis. A tecnologia moderna fornece máquinas que podem pensar três ou cinco ou sete passos à frente da mente humana, máquinas que oferecem soluções elegantes, uma seleção de planos de contingência, B e C e D, no caso de A não ser do nosso agrado.

E depois há alturas em que uma chave de fendas e um pouco de esforço são tudo o que é necessário para se fazer o trabalho. Eli admitiu que não era terrivelmente criativo, ou esteticamente agradável, mas era eficiente. A sua pesquisa estava guardada em dois locais. O primeiro era uma pasta azul, na terceira gaveta do armário de parede, que Eli retirou e enfiou na sua mochila. O segundo estava no computador.

Desmontou o computador do professor Lyne da forma mais simples e segura que sabia: removendo fisicamente o disco rígido e esmagando-o debaixo dos pés, e depois guardando os restos na sua mochila, ao lado da pasta, com a intenção de atirar o saco inteiro para dentro de um crematório ou de uma máquina de serragem para jogar pelo seguro. Esperava que o professor Lyne não tivesse pensado em armazenar uma cópia da pesquisa em qualquer outro lugar.

Eli fechou a mala e fez o seu melhor para posicionar o computador de modo que à primeira vista não parecesse faltar sequer um disco rígido. Tinha acabado de pôr a mochila ao ombro e de voltar ao corredor e no processo de tentar trancar de novo a porta do escritório de Lyne, quando ouviu uma tosse e se virou para encontrar o próprio professor, barrando o seu caminho, café numa mão, pasta na outra. Olharam um para o outro, a mão de Eli ainda a descansar na maçaneta da porta.

— Bom dia, Sr. Cardale.

— Vim retirar a minha tese — disse Eli, sem introdução.

Lyne franziu o sobrolho.

— Mas vai reprovar.

Eli trocou a mochila de ombro e passou por ele com um empurrão.

— Não quero saber.

— Eli — disse o professor Lyne, seguindo-o. — Porquê? Que se passa?

Estavam sozinhos no corredor. Eli falou, mas não abrandou.

— Isto tem de parar — disse, baixinho. — Tem de parar já. Foi um erro.

— Mas acabámos de começar — disse o professor Lyne. Eli abriu a porta para a escadaria com um empurrão e entrou no patamar, Lyne atrás dele. — As descobertas que fez— disse Lyne —, aquelas que *vamos* fazer... vão mudar o mundo.

Eli virou-se para ele.

— Não para melhor — disse ele. — Não podemos procurar isto. Aonde nos leva? Tornamos possível encontrar as pessoas EO, e depois? São levados, examinados, dissecados, explicados, e alguém decide parar de estudar e começar a criar — tinha o estômago às voltas. Aconteceria exatamente isso, não é? Ele era a prova. Atraído pela perspetiva, o potencial, a oportunidade de provar algo em vez de desaprovar.

Nunca se perguntam?

— Isso seria assim tão mau? — perguntou Lyne. — Criar algo ExtraOrdinário?

— Eles não são ExtraOrdinários — passou-se Eli. — Eles são *errados* — Eli culpava-se. Victor tinha razão, ele fizera de Deus, mesmo enquanto pedia a Sua ajuda. E Deus, na Sua misericórdia e poder, salvou a vida de Eli, mas destruiu tudo o que lhe tocou. — Não darei a ninguém as ferramentas para fazer mais deles. Todas estas estradas levarão à ruína.

— Não seja dramático.

— Acabou. Acabei — Eli apertou mais a mala. Lyne estreitou os olhos.

— Eu não — disse Lyne, pousando a mão no ombro de Eli, enrolando os dedos na alça da mochila. — Temos uma obrigação com a ciência,

Sr. Cardale. A pesquisa tem de continuar. E descobertas desta magnitude devem ser partilhadas. Deixe de ser tão egoísta.

Lyne deu um forte puxão na mochila, mas Eli manteve-se firme e, antes de saber o que estava a acontecer, os dois homens estavam a lutar por causa da mochila. Eli empurrou Lyne de cima dele e contra o corrimão, e, algures na luta, o cotovelo de Lyne encontrou o lábio de Eli com força, rasgando-o. Eli limpou o sangue e arrancou a mochila das garras de Lyne, atirando-a para o lado apenas para perceber que Lyne tinha parado de lutar por ela. O professor estava de pé, de olhos bem abertos, e Eli sentiu, antes de o ver nos olhos de Lyne, o que estava a acontecer. A pele do seu lábio voltou a unir-se.

— Você... — Eli viu a expressão de Lyne passar de choque para regozijo. — Você é uma delas — ele já conseguia ver as experiências, os artigos, a imprensa, a obsessão. — Você é uma...

Lyne não teve oportunidade de terminar porque, naquele momento, Eli deu-lhe um forte empurrão para trás, pela escada abaixo. A palavra tornou-se um breve grito, sendo depois interrompida bruscamente pelo primeiro de vários impactos, enquanto o corpo de Lyne tombava pelos degraus. Bateu no fundo com um ruído seco.

Eli olhou fixamente para o corpo, disposto a sentir-se horrorizado. Não aconteceu. Lá estava de novo, aquele hiato entre o que sabia que devia sentir e o que sentia, zombando dele, enquanto olhava para Lyne. Eli não tinha a certeza de se tinha pretendido empurrar o professor pela escada abaixo, ou se apenas afastá-lo, mas agora o mal estava feito.

— Testar a teoria foi ideia do Victor — deu por si a dizer, enquanto descia a escada. — O método precisou de ligeiras modificações, mas funcionou. É por isso que sei que isto tem de acabar — Lyne contorceu-se. Abriu a boca e fez um som entre o gemido e o arquejo. — Porque funciona. E porque está errado — Eli parou ao fundo da escada, junto ao seu professor. — Eu morri a suplicar por forças para sobreviver e foram-me concedidas. Mas é uma troca, professor, com Deus ou com o Diabo, e paguei pelo meu dom com as vidas dos meus amigos. Todas as pessoas EO venderam uma parte de si mesmas, que nunca poderão recuperar. Não percebe? — ajoelhou-se junto a Lyne, cujos dedos se torceram. — Não posso deixar mais ninguém pecar tão odiosamente contra a natureza — Eli sabia o que tinha de fazer, sentiu-o com uma certeza estranha e reconfortante. Pôs uma mão, quase delicadamente, sob o maxilar de Lyne, segurando o seu queixo com a outra. — Esta pesquisa morre connosco — com isso, torceu bruscamente. — Bem — disse Eli, suavemente —, *consigo*.

Os olhos de Lyne esvaziaram-se e Eli encostou a sua cabeça suavemente contra o chão, libertando os seus dedos, enquanto se levantava. Houve um momento de silêncio tão perfeito, do tipo que costumava sentir na igreja, uma lasca de paz que parecia tão... certa. Era a primeira vez que se sentia como ele próprio, como *mais* do que ele próprio, desde que tinha voltado à vida.

Eli benzeu-se.

Depois voltou a subir a escada, parando um momento para contemplar o corpo, dobrado, pescoço partido de uma forma que parecia credível tendo em conta a queda. O café tinha tombado com o professor e deixara um rasto nos degraus, a chávena estilhaçada ao lado do seu corpo estilhaçado. Eli tinha tido o cuidado de não pisar o líquido. Limpou as mãos nas calças de ganga e recuperou a mochila do patamar, mas não conseguia ir embora. Em vez disso, ficou ali, à espera, à espera de que a sensação de horror, a náusea, a culpa viessem ao seu encontro. Mas nunca chegaram. Só havia sossego.

E então uma campainha tocou no edifício, levando consigo o silêncio, e Eli foi deixado apenas com um corpo e a súbita vontade de *fugir*.

ELI atravessou o parque de estacionamento, enquanto a sua mente girava sobre o que fazer a seguir. A paz que sentira na escada tinha sido substituída por uma energia ardente e pela voz que, na sua cabeça, sussurrava *vai*. Não era culpa, nem mesmo pânico, mas mais como autopreservação. Chegou ao seu carro e deslizou a chave para a porta, e foi então que ouviu os passos atrás dele.

— Sr. Cardale.

A voz na sua mente rugia *vai*, tão clara e tão tentadora, mas outra coisa mantinha-o onde estava. Rodou a chave na porta do carro, trancando-o com um pequeno clique.

— Posso ajudá-lo? — perguntou, virando-se para o homem. Era um homem de ombros largos, alto e de cabelo preto.

— Eu sou o detetive Stell. Estava a chegar ou a partir?

Eli puxou a chave da porta.

— A chegar. Achei que devia contar ao professor Lyne. Isto é, sobre o Victor. Eles eram chegados.

— Eu acompanho-o.

Eli assentiu com a cabeça e recuou um passo do carro, antes de franzir o sobrolho.

— Vou deixar aqui a minha mala — disse ele, destrancando a porta e atirando a mochila —, pastas e disco rígido e tudo o resto — para o banco de trás. — Hoje não me apetece ir às aulas.

— Os meus pêsames pela sua perda — disse automaticamente o detetive Stell.

Eli contou os passos de volta aos laboratórios do curso de Medicina. Chegou aos trinta e quatro, antes de ouvir as sirenes, e olhou para cima com atenção. Ao seu lado, Stell praguejava e acelerava o seu ritmo.

Tinham encontrado o corpo de Lyne.

Corre corre corre, sibilava a voz na cabeça de Eli. Fazia-o no mesmo tom e velocidade das sirenes.

E ele correu, mas não dali para fora. Os seus pés levaram-no em direção à entrada do edifício, e através dela, seguindo a equipa de emergência, enquanto se dirigia para a base da escada. Quando Eli viu o corpo, fez um som estrangulado. Stell puxou-o para longe, e Eli deixou as pernas sair por baixo dele, ajoelhando-se no chão frio. Encolheu-se mesmo quando os hematomas apareceram e desapareceram debaixo das pernas das suas calças.

— Venha lá, rapaz — dizia Stell, afastando-o. Mas o olhar de Eli estava ao nível da cena. Tudo acontecia como devia, como precisava de acontecer, os fios soltos a serem cortados. Até que viu o contínuo, encostado à parede, a observar, franzindo a testa como quando alguém tenta resolver um enigma.

Merda, pensou Eli, mas deve tê-lo dito em voz alta, uma vez que Stell o puxou para cima e disse:

— Merda, realmente. Vamos embora.

Houve demasiadas mortes demasiado depressa. Eli sabia que seria um suspeito. Tinha de o ser. *Foge*, dizia a voz na sua cabeça, urgente, e depois suplicante, puxando-lhe os músculos e os nervos. Mas não podia. Se agora corresse dali para fora, iriam atrás dele.

Por isso, não fugiu. Na verdade, fez o papel de vítima muito bem. Devastado, furioso, traumatizado e, acima de tudo, cooperante.

Quando o detetive Stell assinalou que todos à sua volta estavam mortos ou perto disso, Eli fez o seu melhor para parecer de coração partido. Explicou os ciúmes de Victor, tanto da sua namorada como da sua posição na turma. Victor tinha estado sempre um passo atrás. Ele deve ter-se passado. Acontece muito.

Quando o detetive Stell perguntou a Eli sobre a sua tese, explicou que tinha sido sua, até que Victor a usurpou, foi nas suas costas e começou a trabalhar com Lyne. E depois inclinou-se e disse a Stell que Victor não fora ele próprio nos últimos dias, que algo estava diferente, errado, e que se ele sobrevivesse — ainda estava na UCI —, todos deveriam ser muito cuidadosos.

A tese de Eli foi posta de parte, tendo em conta o trauma. *Trauma.* A palavra assombrou-o, durante o seu interrogatório policial e as suas reuniões académicas até ao apartamento concedido pela faculdade para onde o tinham transferido. *Trauma.* A palavra que o tinha ajudado a decifrar o código, a identificar as origens das pessoas EO. O *trauma* tornou-se uma espécie de livre-trânsito. Se ao menos soubessem o *trauma* que ele tinha sofrido. Não sabiam.

Ficou no novo apartamento, com as luzes apagadas, e deixou a sua mochila — nunca tinham procurado por ela no carro — cair no chão ao seu lado. Era a primeira vez que estava sozinho — verdadeiramente sozinho — desde que deixara a festa em busca de Victor. E, por um momento, o fosso entre o que devia sentir e o que sentia foi fechado. As lágrimas começaram a correr-lhe pela cara, enquanto se deixava cair de joelhos no chão de madeira dura.

— Porque é que isto está a acontecer? — sussurrou para a sala vazia. Ele não tinha a certeza de se se referia à súbita e feroz tristeza ou ao assassínio de Lyne ou à morte de Angie ou à mudança de Victor ou a ainda estar aqui no meio de tudo isto, incólume.

Incólume. Era precisamente isso. Quisera a força, implorara por ela, quando a água gelada lhe sugara o calor e a vida do corpo, mas *isto* tinha-lhe sido dado. Resiliência. Invencibilidade. Mas porquê?

As EO são erradas, e eu sou uma pessoa EO, por isso devo ser errado. Era a mais simples das equações, mas não estava certa. Por algum motivo, *não estava certa*. Sabia, no fundo do seu coração, com uma estranha e simples certeza, que as pessoas EO eram erradas. Que não deveriam existir. Mas sentia com igual certeza que *ele* não era um erro, não da mesma forma. Diferente, sim, inegavelmente diferente, mas não errado. Pensou no que tinha dito na escada. As palavras tinham saído por conta própria.

Mas é uma troca, professor, com Deus ou com o Diabo...

Seria essa a diferença? Vira um demónio na pele do seu melhor amigo, mas Eli não sentia que houvesse algum mal em *si*. Pelo contrário, sentiu mãos, fortes e firmes, a guiá-lo, quando puxou o gatilho, quando partiu o pescoço de Lyne, quando não fugiu de Stell. Aqueles momentos de paz, de certeza, eram como fé.

Mas precisava de um sinal. Deus parecera, nos últimos dias, como uma luz de fósforo ao lado do sol das descobertas de Eli, mas agora sentia-se novamente como um rapaz, precisando de sanção, de aprovação. Tirou um canivete das suas calças de ganga e abriu-o com um clique.

— Tirá-lo-ias? — perguntou para o apartamento escuro. — Se eu deixasse de Te servir, tirar-me-ias este poder, não? — as lágrimas abrilhantavam-lhe os olhos. — Não é? — cortou fundo, esculpindo uma linha do cotovelo ao pulso, encolhendo-se, enquanto o sangue era derramado, gotejando para o chão. — Deixar-me-ias morrer — trocou as mãos e esculpiu uma linha correspondente no outro braço, mas, antes de chegar ao pulso, as feridas fechavam-se, deixando apenas pele lisa e uma pequena poça de sangue. — *Não é?*

Cortou mais fundo, até aos ossos, vezes sem conta, até o chão ficar vermelho. Até ter dado a sua vida a Deus uma centena de vezes, e uma centena de vezes lhe foi devolvida. Até que o medo e a dúvida se esvaíssem dele. E depois pôs a faca de lado com mãos trementes. Eli mergulhou a ponta dos dedos na mancha vermelha, benzeu-se e pôs-se de novo de pé.

V

POR VOLTA DO MEIO-DIA

HOTEL ESQUIRE

ELI estacionou na rua.

Não confiava em garagens de hotel desde um incidente, três anos antes, com uma pessoa EO que fazia tremer a terra. Tinha levado duas horas inteiras para se curar, e isso só depois de ter conseguido sair dos escombros. Além disso, *check-ins* e *checkouts*, bilhetes e portagens e barricadas, bem como garagens, impossibilitavam saídas rápidas. Assim, Eli estacionou, atravessou a estrada e passou pela elegante entrada do hotel, um marquês de pedra e luz a anunciar o orgulho de Merit, THE ESQUIRE. Fora escolha de Serena, e ele não tinha estado com disposição para a desafiar. Só lá estiveram alguns dias, desde o *contratempo* com Sydney. Esperava realmente que a rapariga sangrasse até à morte na floresta, que talvez uma ou duas das balas que havia disparado contra ela encontrassem pele em vez de madeira e ar. Mas o desenho no seu bolso e o morto-ressuscitado-morto-novamente Barry Lynch sugeriam o contrário.

— Boa tarde, Sr. Hill.

Eli levou um momento a recordar-se de que era o Sr. Hill, e depois sorriu e acenou para a mulher atrás da receção. Serena era melhor do que uma identificação falsa. Ele não teve de apresentar *nenhuma* identificação, de facto, quando deram entrada. Ou um cartão de crédito. Ela viera mesmo a calhar. Não gostava de estar tão dependente de outra pessoa, mas deu a volta à sua mente para se assegurar de que, enquanto Serena tornava as coisas mais fáceis, mais suaves, ela lhe poupava o esforço que ele era mais do que capaz de exercer, se necessário. Desta forma, não era essencial, apenas extremamente conveniente.

A meio caminho do elevador, Eli passou por um homem. Fez um rápido perfil mental do estranho, meio por hábito e meio por uma sensação de que algo não batia certo, uma espécie de sexto sentido, adquirido ao longo de um decénio de estudo das pessoas, como se fossem todas imagens para encontrar as diferenças. O hotel era caro, elegante, a maioria da sua clientela vestida de fato. Este homem usava algo que podia passar por um fato, mas era maciço, tatuagens a espreitar das suas mangas arregaçadas e do seu colarinho. Ele estava a ler algo, enquanto caminhava, e nunca olhou para cima, e a mulher da receção não parecia preocupada, por isso Eli arquivou a cara do homem algures ao alcance mental, e subiu a escada.

Apanhou o elevador para o nono andar e deixou-se entrar. A suíte era agradável, mas frugal, com uma cozinha aberta, janelas do chão ao teto e uma bela vista sobre Merit. Mas sem Serena. Eli atirou a sua mochila para o sofá e sentou-se à secretária no canto onde um portátil se encontrava em cima de um jornal diário. Acordou o aparelho e, enquanto a base de dados da Polícia de Merit carregava, puxou o desenho dobrado do seu bolso e pousou-o sobre a secretária, suavizando-lhe os cantos. A base de dados fez um ruído, e ele entrou pela porta traseira digital que o agente Dane e o detetive Stell lhe tinham preparado.

Depois percorreu as pastas até encontrar o ficheiro que procurava. Beth Kirk olhou fixamente para ele, o cabelo azul, emoldurando-lhe o rosto. Olhou para ela, por um momento, e depois arrastou o perfil para a reciclagem.

VI

DEZ ANOS ANTES

UNIVERSIDADE DE LOCKLAND

ELI estava sentado no apartamento individual concedido pela escola, comendo comida chinesa do refeitório, quando a reportagem apareceu nas notícias. Dale Sykes, um contínuo da Universidade de Lockland, estivera envolvido num acidente fatal de atropelamento e fuga, enquanto voltava do trabalho para casa na noite anterior. Eli espetou outro pedaço de brócolos. Não tivera tido a intenção de o fazer. Ou seja, não havia partido de carro com a intenção de matar o contínuo. Mas ele *tinha* desencantado o horário de Sykes, e *tinha* entrado no seu carro ao mesmo tempo que Sykes picava o ponto de saída do seu turno da noite uma vez por semana, e *tinha*-o visto a atravessar a estrada, e *tinha* acelerado. Mas era uma série de circunstâncias alinhadas de tal forma, que qualquer uma delas poderia tão facilmente ter mudado uma questão de segundos e ter poupado a vida do homem. Era a única maneira de Eli pensar em dar uma oportunidade ao contínuo, ou melhor, de dar a Deus uma oportunidade de intervir. Sykes não era uma pessoa EO, não, mas era uma ponta solta, e, quando o carro de Eli o atropelou com um estrondo, e aquele momento de silêncio encheu o peito de Eli, soube que tinha feito a coisa certa.

Agora estava sentado numa cadeira à mesa da cozinha, enquanto a história se desenrolava no ecrã, olhando para lá da sua comida chinesa para duas pilhas de papel. A primeira era constituída pelas suas próprias notas de tese, especificamente estudos de casos iniciais — imagens de *sites*, testemunhos e afins. A segunda pilha continha o conteúdo da pasta azul de Lyne. A teoria de Eli sobre a causalidade das pessoas ExtraOrdinárias estava lá, mas Lyne tinha acrescentado as suas próprias notas sobre as circunstâncias e fatores utilizados para identificar uma potencial EO. Às experiências de quase-morte o professor tinha acrescentado um termo que Eli já tinha ouvido usar antes, Perturbação de Morte Pós-Traumática, ou as instabilidades psicológicas resultantes da EQM, e outro, que devia ser novo, Princípio do Renascimento, ou o desejo do paciente, quer de escapar à vida que tinha antes, quer de se redefinir com base nas suas capacidades.

Eli tinha enrugado o nariz perante o segundo termo. Não gostava de se reconhecer nestas notas. No entanto, tinha uma boa razão para as ler. Porque o que tinha sentido, quando passou por cima de Dale Sykes, foi o mesmo que sentiu quando tentou acabar com a vida de Victor. Propósito. E começava a descobrir qual era esse propósito.

As pessoas EO eram uma afronta à natureza, a Deus, isso sabia. Não eram naturais e eram fortes, mas Eli seria sempre mais forte. O seu poder era um escudo contra o delas, um escudo impenetrável. Podia fazer o que as pessoas comuns não conseguiam. Podia detê-las.

Mas primeiro tinha de as encontrar. É por isso que ele estava a percorrer a pesquisa, combinando os métodos de Lyne com os estudos de caso, esperando que um deles lhe desse um lugar para começar.

Victor sempre fora melhor neste tipo de quebra-cabeças. Ele podia dar uma olhadela e ver os fios de ligação, por mais finos que fossem. Mas Eli persistiu, vasculhando os seus ficheiros, à medida que as notícias de fundo iam e vinham e voltavam, e finalmente encontrou. Uma pista. De um artigo de jornal que guardara por capricho. A família de um homem havia sido morta num acidente bizarro, esmagada até à morte. Tinha acontecido apenas alguns meses depois de ele próprio quase ter morrido no colapso de um edifício. Apenas o seu primeiro nome — Wallace — foi dado, e o jornal, de uma cidade a cerca de uma hora de distância, chamou-o de local. Eli olhou para o nome durante vários minutos, antes de captar uma imagem de ecrã de um fórum online, um daqueles sites em que 99,5% das pessoas são jornalistazecos à procura de um pouco de atenção. Mas Eli tinha sido minucioso e imprimira-o de qualquer forma. Havia até encontrado uma lista de membros que pertenciam ao site. Um deles, um tal de Wallace47, só tinha feito um comentário uma vez numa discussão enterrada. Estava datado do ano passado, entre o seu próprio acidente e o da sua família. Tudo o que dizia era *Ninguém está a salvo perto de mim.*

Não era muito, mas era um começo. E, enquanto atirava o seu recipiente de comida para o lixo e desligava a televisão, Eli queria partir, correr, não para longe, mas em *direção* a algo. Tinha um objetivo. Uma missão. Mas sabia que tinha de esperar. Contava os dias até à conclusão da licenciatura, sentindo sempre a atenção dos professores, dos orientadores e dos polícias sobre ele como o Sol no verão. No início era ofuscante, mas, com o passar dos meses, acabou por diminuir, até que, na altura em que fez os exames, a maioria se esqueceu mesmo de parecer preocupada quando entrava na sala. Quando o ano finalmente terminou, fez as malas casualmente, levou a cabo uma última passagem preguiçosa pelo apartamento e trancou a porta. Deslizou a chave para dentro de um envelope branco, sancionado pela escola, e deixou-a na caixa do correio fora dos serviços residenciais.

E depois, só depois, quando o *campus* de Lockland já tinha desaparecido, a distância, Eli menosprezou o nome Cardale, em favor de Ever, e partiu em busca do seu propósito.

ELI não gostava de matar.

Mas gostava bastante do momento a seguir. O glorioso sossego que preenchia o ar, enquanto os seus ossos partidos saravam e a sua pele rasgada se unia, e sabia que Deus aprovava.

Mas o matar em si era mais confuso do que antecipara.

E não gostava do termo. Matar. E que tal *remoção*? *Remoção* era uma palavra melhor. Fazia os alvos parecerem menos humanos, o que na realidade não eram... uma questão de semântica. Independentemente disso, era confuso. A profusão de violência na televisão tinha levado Eli a acreditar que matar era uma coisa correta. A pequena tosse de uma arma. O golpe rápido de uma faca. Um momento de choque.

A câmara muda de cena, e a vida continua.

Fácil.

E, para ser justo, a morte de Lyne *tinha* sido fácil. Também a de Sykes, na verdade, já que o carro fizera o trabalho. Mas, enquanto Eli retirava um par de luvas de látex embebidas em sangue das suas mãos, viu-se a desejar que a câmara cortasse para um momento mais agradável.

Wallace dera luta. Cinquentão, mas forte como um boi. Até tinha dobrado uma das facas preferidas de Eli, antes de a partir ao meio.

Eli encostou-se à parede de tijolo e esperou que as suas costelas voltassem a encaixar, antes de arrastar o corpo para a pilha de lixo mais próxima. A noite estava quente, e ele verificou se havia sangue, antes de sair do beco, o sossego já a desaparecer, deixando uma estranha tristeza na sua esteira.

Sentiu-se novamente perdido. Sem propósito. Mesmo com a sua pista, havia levado três semanas a encontrar aquela pessoa EO. Fora uma perseguição lenta e desajeitada. Queria ter a certeza. Tinha precisado de provas. Afinal de contas, e se ele tivesse adivinhado mal? Eli não tinha qualquer desejo de aumentar a contagem de corpos humanos. Lyne e Sykes tinham sido exceções, vítimas das circunstâncias, as suas mortes infelizes, mas necessárias. E, se Eli estava a ser honesto consigo mesmo, descuidadas. Sabia que podia fazer melhor. Wallace fora uma melhoria. Como em qualquer perseguição, havia uma curva de aprendizagem, mas ele acreditava firmemente no velho ditado. Pratica e serás mestre.

VII

POR VOLTA DO MEIO-DIA

HOTEL ESQUIRE

VICTOR e Sydney estavam sentados no quarto do hotel, comendo piza fria e olhando para os perfis que Mitch lhes havia preparado. O próprio Mitch tinha ido fazer um recado, e mesmo que os olhos de Victor seguissem o perfil de um homem de meia-idade chamado Zachary Flinch, a sua mente estava muito mais no telemóvel — pronto e ao alcance, na bancada ao seu lado — e no nome Stell, do que nos seus papéis. Os dedos tamborilavam uma batida silenciosa na sua perna. No lado oposto do seu telefone, encontrava-se o perfil de um homem mais jovem chamado Dominic Rusher.

Sydney sentava-se empoleirada num banco próximo, terminando a sua segunda fatia de piza. Victor viu-a lançar um olhar furtivo para a fotografia de jornal de Eli, enfiada por baixo do canto do terceiro perfil, que pertencia a Beth Kirk, a de cabelo azul. Ele observou, enquanto ela se estendia para puxar o artigo, olhando para Victor com os seus olhos largos e azuis.

— Não te preocupes, Syd — disse Victor. — Vou fazê-lo sofrer.

Por um momento ficou calada, o seu rosto uma máscara. E depois a máscara caiu.

— Quando ele veio atrás de mim — contou —, disse-me que era por *um bem maior* — cuspiu as últimas três palavras. — Disse que eu não era natural. Que ia contra Deus. Foi o motivo que deu para me tentar matar. Não achei que fosse um bom motivo — engoliu em seco. — Mas foi suficiente para a minha irmã me entregar.

Victor franziu o sobrolho. A questão da irmã de Sydney, Serena, ainda o importunava. Por que razão Eli ainda não a tinha matado? Parecia determinado a matar toda a gente.

— Tenho a certeza de que é complicado — disse ele, levantando o olhar do perfil que tinha nas mãos.— Que pode a tua irmã fazer?

Sydney hesitou.

— Não sei. Nunca mo mostrou. Deveria tê-lo feito, mas depois o namorado dela, tipo, alvejou-me. Porquê?

— Porque — disse ele — o Eli está a mantê-la por perto. Tem de haver uma razão. Deve ser valiosa para ele — Sydney baixou o olhar e encolheu os ombros. — Mas — acrescentou Victor —, se tivesse por base o valor em si, ter-te-ia mantido por perto. A perda dele é o meu ganho.

O fantasma de um sorriso atravessou a boca de Sydney. Ela atirou a crosta da sua piza para a massa preta no chão. Dol levantou a cabeça e apanhou-a, antes de cair no chão. Dol pôs-se então de pé e contornou a bancada em direção a Victor, fitando a sua crosta com expectativa. Victor deu-lha de comer, e às orelhas do cão — que lhe chegavam ao estômago, mesmo sentado no banco — deu uma pequena coçadela. Olhou do animal para Sydney. Estava realmente a colecionar vadios.

O telemóvel de Victor tocou.

Deixou cair o papel e pegou no telefone, tudo num único movimento.

— Estou sim?

— Já o encontrei — disse Mitch.

— O Dane ou o Stell?

— O Dane. E até encontrei um espaço para nós.

— Onde? — perguntou Victor, vestindo o casaco.

— Olha pela janela.

Victor caminhou a passos largos até aos vidros do chão ao teto e compreendeu. Do outro lado da estrada, e dois edifícios abaixo, estava o esqueleto de um arranha-céus. Paredes de construção de madeira circundavam o andaime, uma faixa em que se lia FALCON PRICE, afixada na frente, mas não havia trabalhadores. O projeto ou tinha sido parado, ou abandonado.

— Perfeito — disse Victor. — Vou a caminho.

Desligou a chamada e viu Sydney já fora do banco e agarrada ao seu casaco vermelho, à espera. Ele não conseguia deixar de pensar que ela tinha a mesma expressão de Dol, expectante, esperançosa.

— Não, Sydney — disse ele. — Preciso que fiques aqui.

— Porquê? — perguntou ela.

— Porque não me consideras má pessoa — disse ele. — E não quero provar que estás enganada.

VICTOR abriu caminho pela cobertura de plástico que fechava o acesso aos espaços inacabados do rés do chão do arranha-céus, os seus passos ecoando do betão e do aço. A fina camada de pó nas salas exteriores mais expostas do edifício sugeria um projeto recentemente abandonado, mas a qualidade dos materiais e a localização privilegiada fizeram-no pensar que não ficaria abandonado por muito tempo. Os edifícios em transição eram locais perfeitos para encontros como este.

Alguns véus de lona mais tarde, encontrou Mitch e um homem numa cadeira dobrável. Mitch parecia aborrecido. O homem na cadeira parecia indignado e, por baixo disso, aterrorizado. Victor podia praticamente sentir o medo, uma versão mais fraca da ondulação causada pela dor. O homem era magro, de cabelo curto e escuro, e com um maxilar proeminente. As suas mãos estavam atadas atrás das costas com fita adesiva, e ele ainda estava no seu uniforme, o colarinho escurecido de sangue em certos sítios. O sangue vinha da sua bochecha, ou do seu nariz, ou talvez de ambos, Victor não conseguia perceber bem. Algumas gotas tinham pingado sobre o crachá por cima do seu coração.

— Tenho de admitir — disse Victor — que tinha esperança de que fosse o Stell.

— Disseste que qualquer um dos dois servia. O Stell está fora. Apanhei este num intervalo para fumar — disse Mitch.

Victor sorriu alegremente ao virar a sua atenção para o homem na cadeira.

— Fumar faz-lhe mal, agente Dane — o agente Dane disse alguma coisa, mas a fita adesiva sobre a sua boca tornou-a ininteligível. — Não me conhece — continuou Victor. Apoiou a sua bota na parte lateral da cadeira dobrável e inclinou-a. O agente Dane caiu, batendo no chão com um estalido e um grito abafado, e Victor apanhou a cadeira antes de ela cair, virou-a num movimento brusco e sentou-se. — Sou amigo de um amigo. E agradeceria muito a sua ajuda — sentou-se para a frente, descansando os cotovelos nos joelhos. — Quero que me diga os seus códigos de acesso à base de dados da Polícia.

O agente Dane franziu a testa. Mitch também.

— Vic — disse ele, curvando-se para que Dane não ouvisse. — Para que precisas disso? Eu já tratei dessa questão.

Victor não parecia importar-se se o agente tinha ouvido.

— Deste-me olhos e estou-te grato por isso. Mas quero fazer uma publicação, e para o fazer preciso de uma identificação reconhecida — era o momento de enviar outra mensagem, e Victor queria tudo perfeito. Os perfis assinalados tinham etiquetas de autor, e, como o próprio Mitch observara, todos pertenciam a uma de duas pessoas: Stell ou Dane.

— Além disso — disse Victor —, assim é mais divertido — o ar na sala começou a zumbir, o esqueleto exposto do edifício a refletir a energia até todo o espaço zumbir. — É melhor esperares lá fora — disse para Mitch.

Victor aperfeiçoara a sua arte, podia escolher uma pessoa entre uma multidão e largá-la como uma pedra, mas ainda assim não gostava de espectadores. Só para prevenir. De vez em quando, ficava demasiado zeloso, e a dor transbordava, vazava para os outros. Mitch conhecia-o bem e não fazia perguntas, apenas puxou um véu de lona de plástico para o lado e saiu. Victor viu-o partir, fletindo os dedos como se precisasse deles flexíveis. Sentiu uma ligeira sensação de culpa por enredar Mitch nisto. Ainda que a pirataria não fosse a única razão pela qual o homem tinha acabado numa prisão de tão alta segurança, mas mesmo assim. Raptar um agente era um crime grave. Não tão grave como os crimes que o próprio Victor estava prestes a cometer, é claro, mas dado o historial de Mitch, não ficaria bem. Ele tinha equacionado dispensar o seu amigo, assim que estivessem no lado livre da vedação da Prisão de Wrighton, mas Victor simplesmente não possuía força sobre-humana, e alguém teria de o ajudar a livrar-se dos corpos. Isso, e acostumara-se bastante à presença de Mitch. Ele suspirou e virou a sua atenção para o agente, que estava a tentar falar. Victor agachou-se, enterrando o joelho no peito do homem, enquanto retirava a fita adesiva.

— Não sabe o que está a fazer — rugiu o agente Dane. — Vai parar à cadeira elétrica.

Victor esboçou um sorriso.

— Não, com a sua ajuda.

— Por que razão haverei de o ajudar?

Victor voltou a colar a fita adesiva na boca dele e levantou-se.

— Oh, não devia — o zumbido no ar tornou-se mais intenso, e o corpo do agente Dane contraiu-se, o seu grito abafado pela fita adesiva. — Mas vai ajudar.

VIII

ESTA TARDE

HOTEL ESQUIRE

ELI ainda estava a olhar para o ecrã da base de dados da Polícia quando ouviu a porta abrir-se atrás dele. Bateu no ecrã, fechando o perfil de um suspeito EO chamado Dominic Rusher, precisamente quando um par de braços finos se enrolou nos seus ombros, e um par de lábios lhe roçou a orelha.

— Onde tens estado? — perguntou.

— À procura da Sydney.

Ficou tenso.

— E?

— Ainda não tive sorte, mas já a dei a conhecer. Pelo menos teremos mais alguns pares de olhos. Como correu no banco?

— Não confio no Stell — disse Eli, pela centésima vez.

Serena suspirou.

— Como estava o Barry Lynch?

— Morto, novamente, quando lá cheguei — levantou o desenho infantil da secretária e entregou-lho.

— Mas deixou isto.

Sentiu o desenho ser-lhe retirado dos dedos e, volvido um momento, Serena disse:

— Não sabia que o Victor era assim tão magro.

— Não é momento para brincadeiras — passou-se Eli.

Serena rodou a cadeira dele para o enfrentar. Os seus olhos eram frios como gelo.

— Tens razão — disse ela. — Disseste-me que tinhas matado a Sydney.

— Pensava que sim.

Serena inclinou-se para baixo e deslizou os óculos de adereço do rosto de Eli. Tinha-se esquecido que ainda os estava a usar. Ela enfiou-os no cabelo como uma fita improvisada e beijou-o, não nos lábios, mas entre os olhos, o lugar que enrugava sempre que ele lhe resistia.

— Pensavas mesmo? — respirou na cara dele.

Ele forçou a sua pele a suavizar sob o beijo dela. Era mais fácil pensar quando ela não o estava a olhar nos olhos.

— Sim.

Suspirou interiormente de alívio, enquanto o dizia. Uma pequena palavra — meio verdade, no máximo — e nada mais. Foi difícil e deixou-o esgotado, mas não havia dúvida de que ele estava a ficar melhor a conter-se.

Ela afastou-se o suficiente para o reter com os seus olhos azuis, frios. Ele conseguia ver o Diabo neles, persuasivo e astuto, e Eli pensou, não pela primeira vez, que a deveria ter matado quando tivera oportunidade.

IX

ÚLTIMO OUTONO

UNIVERSIDADE DE MERIT

A música estava suficientemente alta para abanar os quadros nas paredes. Um anjo e um feiticeiro curtiam na escada. Dois gatos marotos puxavam um vampiro entre eles, um tipo com lentes de contacto amarelas uivava, e alguém entornou um copo de cerveja barata perto dos pés de Eli.

Arrancou os chifres a um demónio na porta da frente e pô-los em cima da sua cabeça. Vira a rapariga entrar, flanqueada por uma Barbie e uma estudante católica a exibir inúmeras infrações de vestuário, mas ela estava de calças de ganga e polo, cabelo loiro solto a cair-lhe sobre os ombros. Tinha-a perdido de vista apenas por um momento, e agora os seus amigos estavam lá, ziguezagueando na multidão com os dedos entrelaçados sobre as cabeças, mas ela havia desaparecido. Deveria destacar-se, a falta de trajes conspícuos numa festa de Halloween, mas não se encontrava em lado nenhum.

Ele percorreu a casa, evitando as tentativas de vários alunos de o atrasar. Era lisonjeiro, e, afinal de contas, ele encaixava no papel — há dez anos que encaixava —, mas estava aqui em trabalho. E depois, após várias visitas sem sucesso ao primeiro andar, *ela* encontrou-o a *ele*. Uma mão puxou-o para a escada, para as sombras.

— Olá — sussurrou a rapariga. Toda aquela música, aquela gritaria, e, de alguma maneira, ainda a conseguiu ouvir.

— Olá — sussurrou ele.

Os seus dedos entrelaçaram-se com os dele, enquanto ela o conduzia pela escada, para longe da festa ensurdecedora e para um quarto que não era dela, a julgar pela forma como ela olhou em redor antes de entrar. *Universitárias*, pensou Eli, alegremente. Tinha de as adorar. Ele fechou a porta atrás de si e o mundo no quarto ficou confortavelmente silencioso, a música entorpecida para uma espécie de som monótono. As luzes estavam apagadas e deixaram-nas apagadas, e a única iluminação entrava pela janela sob a forma de luar e candeeiros de rua.

— Uma festa de Halloween e não estás mascarada? — provocou Eli.

A rapariga tirou uma lupa do bolso de trás.

— Sherlock — explicou ela. Os seus movimentos eram lentos, quase sonolentos. Os seus olhos eram da cor da água no inverno e ele não sabia qual era o seu poder. Não a estudara o suficiente, não esperara por uma demonstração, ou melhor, tinha estado a estudar e à espera durante semanas, mas não fora capaz de captar a habilidade, o que quer que ela fosse, por isso tinha decidido aproximar-se um pouco mais. Quebrara as regras e sabia-o, e, no entanto, aqui estava ele.

— E tu és? — perguntou Serena. Eli percebeu que era demasiado alto para ela ver. Inclinou a cabeça e apontou para os cornos equilibrados no topo. Eram vermelhos e com lentejoulas e brilhavam no quarto escuro.

— Mefistófeles — respondeu. Ela riu-se. Era estudante de Estudos Ingleses. Era tudo o que ele sabia. E era apropriado, pensou. Um demónio para atrair outro.

— Original — disse ela, com um sorriso entediado. Serena Clarke. Era o nome nas suas notas. Ela era bela da forma mais descuidada. A pouca maquilhagem que usava parecia feita ao acaso, e Eli teve dificuldade em desviar o olhar. Estava habituado a raparigas bonitas, mas Serena era diferente, mais ainda. Quando ela o puxou para um beijo, ele quase se esqueceu do clorofórmio no seu bolso de trás. As mãos dela deslizaram pela sua coluna vertebral até às calças de ganga e ele afastou-as cuidadosamente pouco antes de os dedos dela roçarem no frasco e no pano dobrado. Guiou as mãos dela pela parede acima e sobre a cabeça, prendendo-as ali, enquanto se beijavam. Ela sabia a água fria.

Ele tinha a intenção de a empurrar pela janela.

Em vez disso, deixou-a empurrá-lo de volta para a cama de um estranho. O clorofórmio cravou-lhe na anca, mas quando desviou o olhar dela,

ela guiou os seus olhos e a sua atenção de volta apenas com um dedo e um sorriso e um comando sussurrado. Uma emoção percorreu-o. Uma que ele já não sentia há anos. Desejo.

— Beija-me — disse ela, e ele beijou. Eli não podia, pela vida dele, não a beijar, e quando os seus lábios encontraram os dela, ela prendeu as suas mãos por cima dele, de maneira brincalhona, o cabelo loiro a fazer-lhe cócegas no rosto. — Quem és tu? — perguntou. Eli tinha decidido que esta noite o seu nome seria Gill, mas, quando abriu a boca, o que saiu foi:

— Eli Ever.

Mas que raio?

— Tão aliterativo — disse Serena.— Que te traz a esta festa?

— Vim à tua procura — as palavras saíram-lhe da boca, antes de dar conta de que estava a falar. Ele retesou-se debaixo dela e, algures na sua mente, sabia que isto era mau, sabia que precisava de se levantar. Mas, quando se ia libertar, a rapariga arrulhou:

— Não vás, fica quieto — e o corpo traiu-o, relaxando sob o toque dela, ainda que o seu coração lhe batesse forte no peito.

— Tu dás nas vistas — disse ela. — Já te tinha visto antes. Na semana passada — na verdade, Eli andava a segui-la há *duas* semanas, na esperança de ver a sua capacidade. Não tivera essa sorte. Até agora. Ele queria que o seu corpo se movesse, mas o corpo queria deitar-se por baixo dela. *Ele* queria deitar-se por baixo dela. — Tens-me seguido? — disse ela, quase a brincar, mas Eli respondeu.

— Sim.

— Porquê? — questionou ela, largando-lhe as mãos, mas ainda em cima dele.

Eli conseguiu pôr-se de cotovelos. Empurrou a resposta para baixo como bílis. *Não digas para te matar. Não digas para te matar. Não digas para te matar.* Sentiu as palavras arrastaram-se-lhe pela garganta acima.

— Para te matar.

A rapariga franziu o sobrolho resolutamente, mas não se mexeu.

— Porquê?

A resposta saiu livremente.

— És uma pessoa EO — disse ele. — Tens uma capacidade que vai contra a natureza e é perigosa. *Tu és* perigosa.

Ela torceu a boca.

— Diz o rapaz que me tenta matar.

— Não estou à espera de que percebas...

— Eu percebo, mas não me vais matar esta noite, Eli — disse-o com descontração. Ele deve ter franzido a testa, uma vez que ela acrescentou: — Não fiques desiludido. Sempre podes voltar a tentar amanhã.

O quarto estava escuro e a festa ribombava para lá das paredes. A rapariga inclinou-se para a frente e arrancou-lhe os cornos com lentejoulas do cabelo escuro, aninhando-os nas ondulações do seu próprio cabelo loiro. Ela era adorável, e ele teve dificuldade de pensar com clareza, de se recordar por que razão ela tinha de morrer.

E depois ela disse:

— Sabes, tens razão.

— Sobre o quê? — perguntou Eli. Os seus pensamentos eram lentos.

— Sou perigosa. Não devia existir. Mas quem te dá o direito de me matares?

— Porque posso.

— Má resposta — disse ela, percorrendo-lhe o maxilar com os dedos. E depois deixou o seu corpo deslizar sobre o dele, calças sobre calças, coxa sobre coxa, pele sobre pele. — Beija-me de novo — ordenou. E ele beijou.

SERENA Clarke passava metade do tempo a desejar estar morta e a outra metade a dizer a toda a gente o que fazer e a desejar que *alguém* não o fizesse.

Ela tinha pedido que a deixassem sair do hospital, e o mar de pessoal praticamente separara-se para a deixar passar, antes mesmo de a sua intravenosa estar fora. Havia sido agradável, no início, conseguir o que queria tão facilmente, senão mesmo um pouco exótico. Serena fora sempre forte, sempre pronta a lutar por algo que queria. Mas de repente não havia necessidade, porque a resistência havia saído de todos os outros. O mundo ficava débil à sua volta, um brilho complacente a encher os olhos de quem quer que ela conhecesse e com quem falasse. A falta de oposição, de tensão, tornava-se enlouquecedora. Os seus pais simplesmente assentiram com a cabeça quando ela disse que queria voltar à escola. Os seus professores deixaram de ser um desafio. Os seus amigos curvavam-se perante cada um dos seus caprichos. Os rapazes perderam o seu ímpeto, davam-lhe tudo o que desejava e tudo o que não desejava, mas que pedia por aborrecimento.

Onde antes o mundo de Serena se curvava sob a força da sua vontade, agora apenas se curvava. Não tinha de discutir, não tinha de tentar.

Sentia-se como um fantasma.

E, pior de tudo, Serena detestava admitir que aquilo era tão fácil e viciante, conseguir o que queria, mesmo quando a deixava triste. Sempre que se cansava de tentar fazer as pessoas resistirem, voltava a mergulhar no conforto do controlo. Não conseguia desligar aquilo. Mesmo quando não dava ordens, mesmo quando apenas sugeria, apenas perguntava, elas faziam.

Sentia-se como um deus.

Sonhava com pessoas que lhe dessem luta. De vontades fortes o suficiente para resistirem.

E depois, certa noite, ficou furiosa, realmente furiosa, com o rapaz com quem se encontrava na altura, com a estúpida e vítrea expressão nos seus olhos, que tão bem conhecia, e quando ele se recusou a resistir, se recusou a negá-la, porque por alguma razão irritante ela não podia ordenar-lhe que *o* fizesse, o seu desejo de se curvar sobre qualquer tentativa de violência, ela disse-lhe que fosse saltar de uma ponte.

E ele saltou.

Serena lembrou-se de estar sentada de pernas cruzadas na sua cama a ouvir as notícias, os seus amigos aconchegados à sua volta no edredão — mas sem se tocarem; parecia haver uma fina parede a separá-los dela, medo, ou talvez temor —, e foi então que ela percebeu que não era um fantasma, nem um deus.

Era um monstro.

ELI examinou o pequeno cartão azul que a rapariga enfiara no seu bolso na noite anterior. De um lado, ela escrevera o nome de um café, em frente à biblioteca principal — Light Post, assim se chamava —, juntamente com uma hora, 14h00. Do outro, *Xerazade* — até o escrevera corretamente. Eli conhecia a referência, é claro. *As Mil e Uma Noites*. A mulher que contava as histórias ao sultão e nunca as terminava à noite para que ele não a matasse. Em vez disso, arrastava as histórias até ao dia seguinte.

Ao percorrer o *campus* da Universidade de Merit, sentia-se ressacado pela primeira vez numa década, a sua cabeça pesada e os pensamentos lentos. Tinha levado a maior parte da manhã a libertar-se por inteiro da compulsão da rapariga, a pensar nela como um alvo. Apenas um alvo.

Voltou a enfiar o cartão no bolso. Sabia que Serena não iria aparecer. Seria uma tola se se aproximasse dele, depois da noite passada. Depois de ele ter admitido as suas intenções. E, no entanto, lá estava ela, sentada no pátio do Light Post, com óculos de sol e uma camisola azul-escura, o seu cabelo loiro à volta do rosto.

— Tens desejo de morrer? — perguntou Eli, de pé junto à mesa.

Ela encolheu os ombros.

— Já o fiz uma vez. A novidade deve estar a passar — fez um gesto para a cadeira vazia à sua frente. Eli ponderou as suas opções, mas não podia propriamente matá-la no meio do *campus*, pelo que se sentou.

— Serena — disse ela, deslizando os óculos para cima da cabeça. À luz do dia, os seus olhos eram ainda mais claros. — Mas já sabes o meu nome — sorveu o seu café. Eli não disse nada. — Porque é que me queres matar? — perguntou ela. — E não digas porque podes.

No momento em que os pensamentos de Eli se formaram, deslizaram pela sua língua. Ele franziu o sobrolho, enquanto as palavras se derramavam.

— As pessoas EO são contranatura.

— Já o tinhas dito.

— O meu melhor amigo tornou-se uma, e eu vi a mudança. Como se um demónio tivesse entrado na sua pele. Matou a minha namorada e depois tentou matar-me — mordeu a língua e conseguiu conter o fluxo de palavras. Seriam os seus olhos ou a sua voz o que lhe era irresistível?

— Por isso andas aí a culpar todas as EO que possas encontrar — disse Serena. — Para as castigar no lugar dele?

— Não percebes — disse ele. — Estou a tentar *proteger* as pessoas.

Ela sorriu. Não era um sorriso feliz.

— Que pessoas?

— As normais — Serena riu-se.

— As pessoas naturais — insistiu Eli. — As ExtraOrdinárias não deviam existir. Não lhes foi dada apenas uma segunda oportunidade, foi-lhes dada uma arma e nenhum manual. Nenhuma regra. A sua própria existência é criminosa. Não são inteiras.

O ténue sorriso caiu dos lábios vermelhos de Serena.

— Como assim?

— Quero dizer que quando uma pessoa ressuscita como uma pessoa EO, nem tudo dela volta. Há coisas em falta — até Eli, abençoado como era, sabia que lhe faltavam partes. — Coisas importantes, como empatia e equilíbrio e medo e consequência. Essas coisas, que lhe podem temperar as capacidades, estão em falta. Diz-me se estou enganado. Diz-me que sentes essas coisas tal como sentias antes.

Serena inclinou-se para a frente, pousando o café sobre uma pilha de livros. Não o contradisse. Em vez disso, perguntou:

— E qual é a tua capacidade, Eli Ever?

— Que te faz pensar que tenho uma? — ele cuspiu as palavras o mais depressa que pôde, preenchendo a necessidade de falar. Era uma vitória tão pequena, contrariando-a assim, mas sabia que ela a tinha registado. E depois o sorriso dela acentuou-se.

— Diz-me qual é o teu poder — disse ela.

Desta vez ele respondeu.

— Eu curo.

Ela riu-se, alto o suficiente para um ou dois alunos terem olhado de mesas do outro lado do pátio.

— Não admira que tenhas um sentido perverso de legitimidade.

— Que queres dizer com isso?

— Bem, o teu dom não tem impacto sobre mais ninguém. É reflexivo. Por isso, na tua mente, *não és* uma ameaça. Mas o resto de nós é — Serena tocou na pilha de livros, e Eli pôde distinguir títulos de Psicologia misturados com os livros de Inglês. — Estou perto?

Eli não tinha a certeza de se gostava muito de Serena. Queria contar-lhe sobre o seu pacto, mas, em vez disso, perguntou:

— Como soubeste que eu sou uma pessoa EO?

— Tudo a teu respeito — disse ela, voltando a pôr os óculos de sol — está cheio de autoaversão. Não estou a julgar. Conheço a sensação —

o seu relógio deu um pequeno sinal sonoro, e ela levantou-se. Mesmo aquele simples movimento era adorável e fluido, como a água. — Sabes, talvez deva deixar-te matar-me. Porque tens razão. Ainda que voltemos à vida, algumas coisas permanecem mortas. Perdidas. Esquecemo-nos de algo de quem éramos. É assustador e maravilhoso e monstruoso.

Ela parecia tão triste naquele momento, tocada pela luz da tarde, e Eli teve de resistir ao impulso de ir ter com ela. Alguma coisa se agitava dentro dele. Ela lembrava-lhe Angie, ou melhor, como *ele* se sentia em torno de Angie, antes de tudo ter mudado. Antes de *ele* ter mudado. Dez anos a olhar do abismo para as coisas que ele tinha perdido, e agora, olhando para esta rapariga, era como se o abismo estivesse a encolher, a fenda a fechar-se até os seus dedos quase — *quase* — poderem roçar o outro lado. Queria estar perto dela, queria fazê-la feliz, queria atravessar a fenda e lembrar — mordeu novamente o lábio até provar sangue para limpar a mente. Sabia que os sentimentos não eram seus, não inteiramente, não naturalmente. Não havia volta a dar. Ele era como era por uma razão. Um propósito. E esta rapariga, este monstro, tinha um dom perigoso e complicado. Não era uma simples compulsão. Era atração. Vontade de agradar. Necessidade de agradar. Eram os sentimentos dela a filtrarem-se através dele, não os seus próprios sentimentos.

— Somos todos monstros — disse ela, pegando nos seus livros. — Mas tu também — Eli estava apenas meio a ouvir, mas mesmo assim as palavras começaram a passar por ele, e ele empurrou-as violentamente para longe, antes que pudessem assentar na sua mente. Levantou-se, mas ela já se estava a afastar. — Hoje não me podes matar — gritou ela. — Estou atrasada para as aulas.

ELI sentou-se num banco, no exterior do edifício de Psicologia, com a cabeça inclinada para trás. Era um belo dia, nublado, mas não cinzento, frio, mas não gélido, e a brisa que lhe puxava o colarinho e lhe ondulava o cabelo mantinha-o alerta. A sua mente estava novamente limpa, agora que Serena tinha desaparecido, e ele sabia que tinha um problema. Precisava de matar a rapariga sem a ver, sem a ouvir. Se ela estivesse inconsciente, pensou, então poderia ser capaz de...

— Que pitoresco que tu és — a voz era fria e quente ao mesmo tempo. Serena encostou os seus livros ao peito e olhou para ele. — Estavas a pensar em quê? — perguntou ela.

— Em matar-te — disse ele. Era quase libertador, não ser capaz de mentir.

Serena abanou lentamente a cabeça e suspirou.

— Acompanha-me até à minha próxima aula — ele levantou-se. — Conta-me — disse ela, entrelaçando o braço no dele. — Ontem à noite, na festa, como me ias matar?

Eli olhou para as nuvens.

— Ia drogar-te e empurrar-te pela janela.

— Isso é frio — disse ela.

Eli encolheu os ombros.

— Mas credível. Os jovens embebedam-se nas festas. Depois do discernimento, o equilíbrio é a primeira coisa que perdem. Eles caem. Por vezes pela janela.

— Portanto — disse ela, encostando-se a ele. O cabelo dela fez-lhe cócegas na cara. — Tens uma capa?

— Estás a gozar comigo?

— És mais do género que usa máscara, então.

— Aonde queres chegar? — perguntou ele, já perto do edifício.

— És o herói... — disse ela, olhando-o nos olhos. — da tua própria história, digo — ela começou a subir os degraus. — Vou voltar a ver-te? Marcaste-me para uma refilmagem algures nesta semana? Apenas quero saber, para poder levar o meu taco. Pelo menos dar luta, em nome do realismo.

Serena era a rapariga mais estranha que Eli alguma vez tinha conhecido. Ele disse-lhe isso. Ela sorriu e entrou no edifício.

SERENA arregalou os olhos quando o voltou a ver no dia seguinte.

Eli estava à espera na escada do edifício no final da tarde, com uma chávena de café em cada mão. O crepúsculo cheirava a folhas mortas e lareiras longínquas; o seu fôlego escapava em pequenas nuvens, enquanto lhe estendia um dos cafés, e ela pegou nele e enfiou o braço novamente no dele.

— O meu herói — disse ela, e Eli riu-se da piada. Em quase dez anos, ele não tinha deixado ninguém se aproximar. Sobretudo uma EO. No entanto, aqui estava ele, caminhando no crepúsculo com uma pessoa ExtraOrdinária. E ele gostava. Tentou lembrar-se de que a sensação era falsa, projetada, tentou convencer-se de que se tratava de pesquisa, de que estava apenas a tentar compreender o seu dom e como a eliminar melhor, mesmo enquanto a deixava guiá-lo pela escada abaixo e para longe do *campus*.

» Portanto, proteges o mundo inocente das malvadas pessoas EO — disse ela, enquanto avançavam de braços dados. — Como é que as encontras?

— Tenho um sistema — enquanto caminhavam, explicou-lhe o seu método. O cuidadoso estreitamento dos alvos com base nos três passos de Lyne. Os períodos de observação.

— Parece tedioso — disse ela.

— É.

— E depois de as encontrares, mata-las? — ela abrandou a passada. — Nenhuma pergunta? Nenhum julgamento? Nenhuma averiguação se são um perigo ou uma ameaça?

— Costumava falar com elas. Agora já não.

— Que te dá o direito de fazer de juiz e jurado e carrasco?

— Deus — ele não quisera dizer a palavra, não quisera dar a esta estranha rapariga o poder de conhecer as suas crenças, de as retorcer e curvar às suas próprias crenças.

Ela contraiu os lábios, a palavra suspensa no ar entre eles, mas não fez troça dele.

— Como é que as matas? — acabou por perguntar Serena.

— Depende da sua capacidade — disse ele. — O padrão é uma arma, mas se houver preocupação a respeito de metal, ou explosivos, ou com a configuração, tenho de encontrar outro método. Como no teu caso. És jovem e é provável que sentissem a tua falta, o que seria complicado, e por isso excluí um crime. Precisava de fazer parecer um acidente.

Viraram para uma rua lateral, ladeada por pequenos prédios e casas.

— Qual foi a maneira mais estranha como já mataste alguém?

Eli ponderou sobre a resposta.

— Armadilha para ursos.

Serena encolheu-se.

— Não é preciso entrares em pormenores — passaram alguns minutos em silêncio, enquanto caminhavam. — Há quanto tempo fazes isto? — perguntou Serena.

— Dez anos.

— Não acredito — disse ela, pestanejando. — Quantos anos tens?

Eli sorriu.

— Que idade me dás?

Chegaram ao apartamento dela e pararam.

— Vinte. Talvez vinte e um.

— Bem, presumo que tenha tecnicamente trinta e dois. Mas há dez anos que tenho este aspeto.

— Faz parte dessa cena de te curares?

Eli fez que sim com a cabeça.

— Regeneração.

— Mostra-me — disse Serena.

— Como? — perguntou Eli.

Ela arregalou os olhos.

— Tens alguma arma contigo? — Eli hesitou por um momento. Em seguida, tirou uma Glock do bolso do casaco. — Dá-me isso — disse Serena. Eli entregou-lhe a pistola, mas teve o sangue-frio de o fazer de sobrolho franzido. Serena afastou-se dele e fez pontaria.

— Espera — disse Eli. Ele olhou em redor. — Se calhar aqui não, no meio da rua. Vamos para dentro.

Serena observou-o por um longo momento, depois sorriu e levou-o para dentro.

X

ESTA TARDE

HOTEL ESQUIRE

— O Victor enviou-te uma mensagem — disse Serena, passando os dedos pela figura-palito de Sydney no desenho. Havia uma mancha vermelho-acastanhada no canto do papel, e ela perguntou-se de quem seria o sangue. — Vais responder à mensagem?

Ela observou, enquanto a resposta subia pela garganta de Eli.

— Não sei como — disse ele, baixinho.

— Ele está cá na cidade — disse ela.

— Tal como milhões de outras pessoas, Serena — resmungou Eli.

— E estão todas do teu lado — disse ela. — Ou podem estar — pegou na mão de Eli, levantou-o da cadeira. As suas mãos subiram-lhe pelas costas, puxaram-no para perto até a sua testa se encostar à dela. — Deixa-me ajudar-te.

Ela observou o seu maxilar entesar-se. Eli não conseguia resistir-lhe, não propriamente, mas estava a *tentar*. Ela podia ver a tensão nos seus olhos, no espaço entre as suas sobrancelhas, enquanto ele lutava contra a compulsão. Cada vez que ela fazia uma pergunta. Cada vez que dava uma pequena ordem. Havia uma pausa, como se Eli estivesse a tentar reprocessar o comando, torcendo-o até ser dele. Como se ele pudesse retomar a sua vontade. Não conseguia, mas ela adorava vê-lo tentar. Dava-lhe algo a que se agarrar. Assimilava, saboreava a sua resistência. E depois, por causa dele, forçou-o a curvar-se.

— Eli — disse ela, num tom calmo e firme. — Deixa-me ajudar-te.

— Como? — perguntou ele.

Os dedos dela enfiaram-se no bolso dianteiro dele e tiraram o telemóvel.

— Telefona ao detetive Stell. Diz-lhe que precisamos de nos reunir com a esquadra da Polícia de Merit. Com *todos* eles — Victor não era o único na cidade. Sydney também lá estava. Se encontrassem um deles, encontravam o outro, era o que lhes dizia o desenho. Eli baixou o olhar para o telemóvel.

— É demasiado público — disse ele, os seus dedos a baterem nos números, enquanto tentava pensar. — Torna-*nos* demasiado públicos. Não cheguei aqui por estar à luz dos holofotes.

— É a única maneira de os fazer sair da toca. Além disso, não devias preocupar-te. És tu o herói agora, lembras-te? — ele riu-se com indiferença, mas não voltou a dizer que *não*. — Queres uma máscara? — brincou ela, puxando os óculos do cabelo e fazendo-os deslizar novamente para a cara. — Ou isto serve?

Eli passou o polegar pelo telefone, hesitando por um último momento. E depois fez a chamada.

XI

ÚLTIMO OUTONO

UNIVERSIDADE DE MERIT

SERENA Clarke vivia sozinha. Eli percebeu-o desde o momento em que entraram, quando ela descalçou os sapatos junto à porta. A casa estava limpa, calma e unificada. Tinha um gosto coeso, e Serena não procurou ninguém antes de se virar para ele e levantar a arma.

— Espera — disse Eli, despindo o casaco. — É o meu casaco favorito. Preferia que não tivesse buracos — Tirou um pequeno cilindro do bolso e atirou-o para ela. — Por acaso sabes usar uma arma? — perguntou.

Serena acenou com a cabeça, enquanto enroscava o silenciador.

— Anos de policiais. E uma vez encontrei a Colt do meu pai e aprendi sozinha. Latas na floresta e tal.

— Tens boa pontaria? — Eli desabotoou a camisa e despiu-a, também, pousando-a sobre a mesa de entrada com o seu casaco.

Serena lançou-lhe um olhar apreciativo de alto a baixo e depois puxou o gatilho. Ele arfou e cambaleou para trás, vermelho a desabrochar sobre o seu ombro. A dor foi breve e intensa, a bala passou diretamente através dele e alojou-se na parede atrás. Ele viu os olhos de Serena alargarem-se, à medida que a ferida começou a fechar instantaneamente, a sua pele a unir-se de novo. Ela aplaudiu lentamente, a arma ainda no seu punho. Eli esfregou o ombro e encontrou os olhos dela.

— Estás contente? — resmungou ele.

— Não sejas tão rabugento — disse ela, pousando a arma na mesa.

— Só porque consigo sarar — disse ele, passando por ela para ir buscar a camisa —, não significa que não tenha doído.

Serena agarrou-lhe o braço com uma mão e a cara com a outra e olhou-o nos olhos. Eli sentia-se a desabar.

— Queres que a beije? — perguntou ela, roçando os lábios nos dele. — Será que ajuda?

Lá estava de novo, no seu peito, aquele esvoaçar estranho, como *carência*, poeirento e com uma década de idade, mas ali. Talvez tenha sido um truque. Talvez este sentimento — esta simples e mortal dor — não tenha vindo dele. Mas talvez tenha. Talvez pudesse ser. Ele acenou uma vez, apenas o suficiente para juntar os lábios aos dela, e depois ela virou-se e levou-o para o quarto.

— Não me mates esta noite — acrescentou ela, enquanto o levava para a escuridão. E ele nunca sequer pensou nisso.

SERENA e Eli estavam deitados num emaranhado de lençóis. Encaravam-se um ao outro, e ela passou-lhe os dedos pela bochecha, pelo pescoço, pelo peito. A sua mão parecia fascinada com o local onde o tinha alvejado, agora apenas pele lisa a brilhar na quase escuridão do quarto. A sua mão vagueou, então, sobre as suas costelas e à volta das suas costas, e aí veio a descansar na teia de velhas cicatrizes. Ela inspirou um pequeno fôlego.

— São mais antigas — disse ele, com brandura. — Agora já nada deixa marca — ela abriu a boca, mas, antes de poder perguntar o que tinha acontecido, ele acrescentou: — Por favor, não perguntes.

E ela obedeceu. Em vez disso, arrastou a mão de volta ao seu peito sem cicatrizes e deixou-a descansar sobre o coração.

— Para onde vais, depois de me matares?

— Não sei — disse ele, com franqueza. — Terei de recomeçar.

— Também vais dormir com aquela? — perguntou, e Eli riu-se.

— A sedução dificilmente faz parte do meu método.

— Bom, então sinto-me especial.

— Tu és — saiu como um sussurro. E era verdade. Especial. Diferente. Fascinante. Perigosa. A mão dela deslizou de volta para a cama, e ele pensou que ela talvez tivesse adormecido. Ele gostava de a observar desta forma, sabendo que poderia matá-la, mas não querendo fazê-lo. Sentia que estava de novo no controlo. Ou mais perto disso. Estar com Serena era como um sonho, um interlúdio. Fazia Eli sentir-se novamente humano. Fazia-o esquecer.

— Tem de haver uma maneira mais fácil — perguntou-se ela, sonolenta. — De as encontrar... se pudesses aceder às redes certas...

— Se ao menos — sussurrou ele. E depois dormiram.

O sol entrava, mas o quarto estava fresco. Eli estremeceu e sentou-se. A cama estava vazia ao seu lado. Ele encontrou as suas calças e passou vários minutos à procura da camisa, antes de se lembrar que a tinha deixado junto à porta da frente, e caminhou calmamente pelo apartamento. Serena tinha desaparecido. A arma dele ainda estava sobre a mesa, e enfiou-a na parte de trás das calças e foi à cozinha para fazer café.

Eli era fascinado por cozinhas. Pela forma como as pessoas ordenavam as suas vidas, os armários que usavam, os locais onde guardavam a comida, e a comida que escolhiam guardar. Passara a última década a estudar pessoas, e era espantoso quanto se podia deduzir das suas casas. Os seus quartos e casas de banho e armários, claro, mas também as suas cozinhas. O café de Serena estava no armário mais baixo, mesmo ao lado do lava-loiça, o que significava que ela bebia muito café. Uma pequena cafeteira estava convenientemente encostada à azulejaria entre a bancada e os armários da cozinha, outro indício de que vivia sozinha. O apartamento era demasiado agradável para uma caloira, como se lhe tivesse saído a lotaria, e Eli perguntou-se, distraidamente, se ela também teria usado os seus talentos para o conseguir.

Encontrou as chávenas e canecas de café à esquerda do lava-loiça e bateu na máquina de café, ansioso para que esta preparasse o café. Logo que o fez, encheu a sua caneca e tomou um longo gole. Agora que estava sozinho, a mente estava a voltar fielmente ao tema de como iria eliminar Serena, quando a porta da frente se abriu e ela entrou, flanqueada por dois homens. Um era polícia e o outro era o detetive Stell. O coração de Eli batia-lhe forte no peito, mas ele conseguiu um sorriso cuidadoso por cima da sua caneca, enquanto se encostava à bancada para esconder a arma enfiada na parte de trás das calças.

— Bom dia — disse ele.

— Bom dia... — disse Stell, e Eli viu a confusão espalhar-se-lhe pelo rosto por baixo de uma calma vítrea, que Eli logo reconheceu como obra de Serena. Tinham passado quase dez anos, durante os quais o caso Lockland tinha arrefecido, e durante os quais Eli tinha constantemente pensado em Stell, lançando olhares para trás para ver se ele o seguia. Stell não o tinha seguido, mas agora reconheceu-o claramente. (Como poderia não o reconhecer? Eli era uma fotografia, imutável.) No entanto, nem ele nem o agente pegaram nas suas armas, pelo que isso era promissor. Eli olhou para Serena, que estava radiante.

— Tenho uma prenda para ti — disse ela, gesticulando para os homens.

— Não era mesmo preciso — disse Eli, devagar.

— Este é o agente Frederick Dane, e o seu chefe, o detetive Stell.

— Sr. Cardale — disse Stell.

— Agora é Ever.

— Vocês conhecem-se? — perguntou Serena.

— O detetive Stell trabalhou no caso do Victor — afirmou Eli. — Em Lockland.

Serena arregalou os olhos em jeito de reconhecimento. Eli tinha-lhe contado sobre esse dia. Havia deixado de fora a maior parte dos pormenores e agora, olhando fixamente para o único homem que alguma vez teve razões para suspeitar de jogo sujo da sua parte, potencialmente de jogo *ExtraOrdinário*, desejava ter-lhe dado toda a verdade.

— Já lá vai algum tempo — disse Stell. — Ainda assim, não mudou nada. Sr. Card... Ever. Não mudou de todo...

— Que o traz a Merit? — interrompeu Eli.

— Fui transferido há uns meses.

— Mudança de cenário?

— Após uma série de homicídios.

Eli sabia que devia ter interrompido o caminho, o padrão, mas ele tinha estado em maré de sorte. Merit atraíra um número impressionante de pessoas ExtraOrdinárias, em virtude da sua população e dos seus muitos recantos escuros. As pessoas vinham para a cidade, pensando que se podiam esconder. Mas não dele.

— Eli — disse Serena. — Estás a estragar a minha surpresa. Eu, o Stell e o Dane tivemos uma longa conversa, e foi tudo tratado. Vão ajudar-nos.

— Nos? — perguntou Eli.

Serena virou-se para os homens e sorriu.

— Sentem-se — os dois homens sentaram-se obedientemente à mesa da cozinha.

— Eli, podes servir-lhes café?

Eli não tinha a certeza de como o fazer sem virar as costas e a sua arma para os polícias, pelo que, em vez disso, alcançou Serena e puxou-a para perto. Outro pequeno ato de rebeldia. O gesto teve o movimento fácil do abraço de um amante, mas o aperto era firme.

— Que estás a fazer? — rugiu ao ouvido de Serena.

— Estive a pensar — disse ela, inclinando a cabeça para trás, contra o peito dele — sobre o entediante que deve ser tentar encontrar cada pessoa EO — nem se importava em baixar a voz. — E depois pensei que deve haver uma maneira mais fácil. Acontece que a Polícia de Merit tem uma base de dados para pessoas de interesse. Claro que não é destinada a pessoas EO, mas a matriz de busca, é assim que se chama, certo? — o agente Dane anuiu com a cabeça — sim, bom, é ampla o suficiente para a usarmos nesse sentido — Serena parecia inteiramente orgulhosa de si mesma. — Por isso fui à esquadra e pedi que me deixassem falar com alguém envolvido na investigação sobre as pessoas EO — disseste-me, como te deves recordar, que alguns deles eram treinados para isso — e o homem na receção levou-me a estes cavalheiros. O Dane é o protegido do Stell, e ambos concordaram em partilhar a matriz de busca connosco.

— Connosco... lá está esse *nós* novamente — disse Eli, em voz alta. Serena ignorou-o.

— Acho que já compreendemos tudo. Certo, agente Dane?

O homem magricela de cabelo escuro e rapado acenou com a cabeça e pousou uma pasta fina sobre a mesa.

— A primeira fornada — disse ele.

— Obrigada, agente Dane — disse Serena, pegando na pasta. — Isto vai manter-nos ocupados durante um tempo.

Nós. Nós. Nós. Que raio estava a acontecer? No entanto, mesmo enquanto os pensamentos de Eli andavam à roda, ele conseguiu manter a sua mão longe da arma nas suas costas e concentrar-se nas instruções que Serena estava agora a dar aos polícias.

— O Sr. Ever vai manter esta cidade em segurança — disse-lhes ela, os seus olhos azuis reluzentes. — Ele é um herói, não é assim, senhores agentes?

O agente Dane fez que sim com a cabeça. De início, Stell apenas olhou para Eli, mas também acabou por assentir.

— Um herói — ecoaram.

XII

ESTA TARDE
PROJETO FALCON PRICE

DANE choramingava no chão.

Victor inclinou-se para trás na cadeira dobrável, entrelaçando os dedos atrás da cabeça. Um canivete pendia de uma mão, a lâmina a roçar-lhe o cabelo claro. Não era estritamente necessário, mas o seu talento era mais eficaz quando amplificava uma fonte de dor existente. O agente Dane enrolou-se em si próprio no chão de betão, o seu uniforme rasgado, estendendo-se pelo chão com sangue. Victor ficou contente por Mitch ter posto um revestimento de plástico no chão. Tinha-se deixado levar um pouco, mas há tanto tempo que não se esticava, tanto tempo que não se soltava. Desanuviou-lhe a cabeça. Acalmou-o.

As mãos de Dane ainda estavam firmemente atadas atrás das costas, mas a fita sobre a sua boca havia saído e a sua camisa estava colada ao peito com suor e sangue. Tinha dado os códigos de acesso à base de dados, claro, e rapidamente Victor testara-os no seu telefone para ter a certeza. Depois, com um pouco mais de encorajamento, tinha contado a Victor tudo o que sabia sobre o detetive Stell: os seus primeiros dias em Lockland, a sua transferência logo a seguir a uma série de homicídios — obra de Eli, sem dúvida — e o próprio treino de Dane. Todos os polícias de hoje em dia, afinal, aprendiam um protocolo sobre pessoas EO, quer fossem céticos ou crentes, mas pelo menos um homem em cada esquadra sabia mais do que o básico, estudava os indicadores e encarregava-se de qualquer investigação em que uma EO fosse mesmo suspeita.

Stell fora esse homem há dez anos, em Lockland, e era novamente esse homem, aqui, e preparava Dane para o seguir. Não só isso, mas, de alguma forma, Eli convencera o detetive encarregado da investigação sobre ele a *ajudá*-lo.

Victor abanou a cabeça em espanto ao extrair os pormenores de Dane por meio da tortura. Eli nunca deixou de o surpreender. Se ele e Stell trabalhavam juntos desde Lockland, isso seria uma coisa, mas este era um novo acordo — Stell e Dane só tinham estado a ajudar Eli desde o outono passado. Como é que Eli tinha enganado a Polícia de Merit para o ajudar?

— Agente Dane — disse Victor. O polícia encolheu-se perante o som da sua voz. — Importa-se de me falar sobre as suas interações com Eli Ever? — como Dane não respondeu, Victor levantou-se e pôs o homem de barriga para cima com a ponta do sapato. — Então? — perguntou, calmamente, apoiando-se nas costelas partidas do agente.

Dane gritou, mas, assim que os gritos deram lugar a arquejos, disse:

— O Eli Ever... é... um herói.

Victor soltou um riso abafado e exerceu mais peso sobre o peito de Dane.

— Quem lhe disse isso?

A expressão do polícia mudou. Era severa, mas notavelmente equilibrada quando respondeu.

— A Serena.

— E você acreditou? — o agente Dane olhou para Victor como se não fosse capaz de entender a pergunta. E depois Victor percebeu. — Que mais disse a Serena?

— Para ajudar o Sr. Ever.

— E você ajudou.

O agente Dane parecia confuso.

— Claro.

Victor esboçou um sorriso amargo.

— Claro — ecoou, puxando a pistola do cinto. Esfregou os olhos, praguejou baixinho e, de seguida, disparou dois tiros contra o peito do agente Dane. Esta era a primeira pessoa que ele matava desde Angie

Knight (se não contarmos com aquele homem na prisão, quando ele aprimorava a sua técnica, e Victor não contava), e certamente o primeiro *homicídio* intencional. Não era que ele se esquivasse a matar; as pessoas simplesmente não lhe serviam de nada mortas. Afinal, a dor não tinha muito efeito sobre cadáveres. Quanto ao assassínio de Dane, foi lamentável (embora necessário), e um mínimo de arrependimento ter sido tudo o que Victor sentiu sobre o assunto poderia tê-lo incomodado mais, ou pelo menos ter valido um momento de introspeção, se não estivesse tão preocupado em trazer o morto *de volta.*

Mitch passou por baixo do lençol de plástico, rumo ao quarto, perante o som abafado dos tiros. Tinha calçado luvas e já tinha um lençol de plástico de reserva enfiado debaixo de um braço, só por precaução. Olhou para o corpo do agente e suspirou, mas quando começou a pegar no plástico do chão, e em Dane com ele, Victor estendeu uma mão e deteve-o.

— Deixa-o — disse ele. — E vai buscar a Sydney.

Mitch hesitou.

— Não acho que...

Victor virou-se para ele.

— Eu disse vai buscá-la.

Mitch parecia profundamente descontente, mas fez o que lhe foi dito, deixando Victor sozinho com o cadáver do agente.

XIII

ÚLTIMO OUTONO

UNIVERSIDADE DE MERIT

SERENA acompanhou os detetives até à porta e regressou à cozinha para encontrar Eli com um aspeto pálido e apoiado ao lava-loiça. Tudo a seu respeito estava em tumulto, a tensão no seu rosto, algo que ela não tinha visto, não na sua presença, desde o acidente, e isso fê-la estremecer. Ele parecia *furioso*. Com *ela*. Ela observou-o, enquanto ele deslizava a arma das costas e a pousava na bancada da cozinha, mas deixou-lhe a mão em cima.

— Devia matar-te — rugiu. — Devia mesmo.

— Mas não o vais fazer.

— És louca. São os meus homicídios que o Stell está a investigar, e tu simplesmente o deixaste entrar.

— Não sabia nada sobre ti e o Stell — disse Serena, com ligeireza. — Na verdade, torna isto tudo ainda melhor.

— Como assim?

— Porque o objetivo era mostrar-te.

— Que perdeste a cabeça?

Ela amuou.

— Não. Que te sou mais útil se estiver viva.

— Pensava que desejavas morrer — disse Eli. — E trazer de volta um homem que procurei evitar durante uma década não te faz parecer bem aos meus olhos, Serena. Não achas que as engrenagens estão a girar na mente de Stell, algures além daquele feitiço que lhe lançaste?

— Tem calma — disse ela. E, com certeza, ela pôde ver a raiva a esvair-se, vendo-o tentar agarrar-se a essa raiva à medida que se diluía em nada. Ela perguntou-se qual seria a sensação de estar sob a sua influência.

Os ombros de Eli relaxaram, e ele largou a bancada, enquanto Serena folheava a pasta que o agente Dane lhes havia deixado. Ela arrancou um pedaço de papel, deixando o resto cair sobre a mesa. Os seus olhos vaguearam distraídos sobre a página. Um homem na casa dos vinte anos, bonito, excetuando uma cicatriz que lhe semicerrava um olho e lhe esculpia uma linha até ao pescoço.

— Então e a tua irmã? — perguntou Eli, servindo mais café, agora que as suas mãos tinham parado de tremer.

Serena franziu o sobrolho e olhou para cima.

— Que tem?

— Disseste que ela era uma EO.

Teria dito? Teria sido uma daquelas confissões murmuradas meio a dormir, o espaço onde os pensamentos, os sonhos e os medos sussurrados se revelavam?

— Como assim? — disse ela, tentando a esconder a tensão, enquanto acenava para a pasta. Não gostava de pensar em Sydney. Agora não. O poder da sua irmã deixava Serena doente, não por causa do talento em si, mas porque significava que ela estava quebrada da forma como Serena estava quebrada, da forma como Eli estava quebrado. Peças em falta. Ela não vira Sydney, não desde que saíra do hospital. Não conseguia suportar a ideia de olhar para ela.

— Que consegue ela fazer? — insistiu Eli.

— Não sei — mentiu Serena. — É apenas uma miúda.

— Como é que se chama?

— Ela não — passou-se. Em seguida, o sorriso voltou, e estava a passar o perfil a Eli. — Tentemos este. Parece um desafio.

Eli olhou demoradamente para ela, antes de estender a mão, e aceitou o papel.

XIV

ESTA TARDE

HOTEL ESQUIRE

ELI sentou-se à espera de estabelecer a chamada e observou Serena, enquanto ela atravessava a suíte do hotel até à cozinha. Finalmente o zumbido parou, e uma voz brusca atendeu.

— Daqui fala o Stell.

— É o Ever — disse Eli, tirando aqueles óculos estúpidos da cara. Serena estava ocupada com a cafeteira, mas ele percebeu, pela maneira como ela inclinava a cabeça, pela maneira como não fazia barulho, em biquinhos dos pés em cada movimento, que ela estava a ouvir.

— Senhor — disse o detetive. Eli não gostou da maneira como ele disse a palavra, com um ligeiro aumento no final. — Como o posso ajudar?

Eli não sabia, quando marcou o número, se ligar para Stell era realmente uma boa ideia, ou se só parecia ser, porque tinha vindo de Serena. Agora que estava a falar com o detetive, percebeu que não era de todo uma boa ideia. Que era, na verdade, uma péssima ideia. Durante nove anos e meio dos últimos dez, ele fora um fantasma, conseguindo ficar longe dos radares, apesar da sua crescente contagem de remoções e do seu rosto imutável (o emparelhamento do anonimato com a imortalidade não era uma pequena proeza). Havia conseguido evitar Stell, até que Serena o envolveu, e, mesmo assim, tudo o que Eli fez, fê-lo sozinho. Não confiava noutras pessoas, não com conhecimento ou com poder, e certamente não com ambos. O risco aqui era elevado, provavelmente demasiado elevado.

E a recompensa? Ao doutrinar toda uma força policial, ele assegurava tanto o seu apoio, no que diz respeito a Victor e aos seus outros alvos, como autorização para continuar as suas execuções, as suas *remoções*. Mas isso significava amarrar-se à única pessoa em quem ele sabia que não podia confiar, e não podia resistir. A polícia não lhe daria ouvidos a *ele*, não propriamente. Daria ouvidos a Serena. Ela encontrou os olhos dele do outro lado da sala e sorriu, segurando uma caneca. Ele abanou a cabeça, *não*, uma pequena ação que a fez sorrir. Ela levou-lhe a caneca na mesma, aninhou-a na sua mão vazia, e enrolou os dedos dela e dele à volta.

— Sr. Ever? — insistiu Stell.

Eli engoliu em seco. Quer fosse uma boa ideia ou não, uma coisa sabia: não podia dar-se ao luxo de deixar Victor escapar.

— Preciso de marcar uma reunião — disse ao detetive — com toda a sua força policial. O mais cedo possível.

— Vou chamá-los. Mas demorarão algum tempo a cá chegar.

Eli olhou para o relógio. Eram quase 16h00.

— Estou aí às 18h00. E informe o agente Dane.

— Assim farei, se o conseguir encontrar.

Eli franziu a testa.

— Como assim?

— Acabei de chegar da cena no banco com o seu menino Lynch, e não há sinal do Dane. Deve ter saído para ir fumar.

— Deve — ecoou Eli. — Mantenha-me informado — desligou a chamada e hesitou um momento, virando o telemóvel vezes sem conta na sua mão.

— Que se passa? — perguntou Serena.

Eli não deu resposta. Foi capaz de resistir a responder, mas apenas porque não *sabia*. Talvez nada estivesse errado. Talvez o polícia tivesse feito uma pausa ou saído mais cedo. Ou talvez... os seus sentidos vibrassem como quando as palavras de Stell foram ditas. Como quando ele sabia que estava a seguir a vontade de Serena em vez da sua própria. Como quando algo estava *errado*. Não questionou o sentimento. Confiava tanto nele como no silêncio que se seguia aos seus assassínios.

Motivo pelo qual Eli marcou o número do agente Dane.

Tocou.

E tocou.

E tocou.

VICTOR andou pelo espaço esventrado do arranha-céus semiconstruído e ponderou o problema de Serena Clarke que, ao que parece, era uma pessoa bastante influente. Não admira que Eli a mantivesse por perto. Victor sabia que teria de a matar muito, muito rapidamente. Olhou à volta do espaço e considerou o seu potencial e as suas opções, mas a sua atenção desviou-se invariavelmente de volta para o corpo de Dane, estendido no meio do chão sobre a cobertura de plástico. Victor decidiu fazer o que podia para minimizar os sinais de tortura, para bem de Sydney.

Ajoelhou-se ao lado do cadáver e começou a endireitá-lo, a alinhar os membros, a fazer o que podia para dar ao corpo uma aparência mais natural. Reparou numa aliança de casamento de prata no dedo de Dane — deslizou-a para fora e para o bolso do agente — e depois dispôs os braços do homem ao longo do tronco. Não havia nada que ele pudesse fazer para que o corpo parecesse menos morto; isso caberia a Sydney.

Vários minutos depois, quando Mitch regressou, segurando uma cortina de plástico e mandando Sydney entrar, Victor estava bastante orgulhoso do trabalho que tinha feito. Dane parecia praticamente pacífico (além do uniforme rasgado e do sangue). Mas quando os olhos de Sydney se fixaram no corpo, ela parou e soltou um pequeno som.

— Isso é mau, não é? — perguntou, apontando para o crachá no peito do cadáver. — Matar um polícia é mau.

— Só se for um polícia bom — explicou Victor. — E ele não era. O bófia estava a ajudar o Eli a localizar pessoas EO. Se a Serena não te tivesse entregado, este homem teria — e*nquanto estivesse sob o feitiço de Serena*, pensou, mas não disse.

— Foi por isso que o mataste? — perguntou Sydney, baixinho.

Victor franziu o sobrolho.

— Não importa a razão por que o fiz. O que importa é que o tragas de volta.

Sydney pestanejou.

— Porque é que haveria de fazer isso?

— Porque é importante — disse ele, passando o peso de pé para pé —, e prometo matá-lo novamente logo a seguir. Apenas preciso de ver uma coisa.

Sydney franziu a testa.

— Não o quero trazer de volta.

— Não quero saber — rugiu Victor de repente, o ar a zumbir em redor. Mitch avançou, pondo a sua forma robusta à frente de Sydney, e Victor conteve-se, antes de perder o controlo. Os três pareciam surpreendidos com a explosão, e a culpa — ou pelo menos uma versão pálida da mesma — apertava no peito de Victor, enquanto ele avaliava os outros dois, o fiel guarda e a rapariga difícil. Não podia dar-se ao luxo de os perder — a *ajuda* deles, corrigiu-se, a *cooperação* deles —, certamente hoje não, pelo que puxou a energia de volta para dentro de si, estremecendo, enquanto a fixava. — Lamento — disse ele, suspirando. Mitch deu um pequeno passo para o lado, mas não abandonou Sydney.

— Demasiado longe, Vic — rugiu, numa rara demonstração de ousadia.

— Eu sei — disse Victor, encolhendo os ombros. Mesmo com a energia retida, o desejo de ferir alguém ainda mexia dentro dele, mas quis que ficasse contida, só mais um pouco, só até poder encontrar Eli. — Lamento — voltou a dizer, virando a sua atenção para a pequena, loira rapariga ainda meio escondida atrás de Mitch. — Sei que não queres fazer isto, Sydney. Mas preciso da tua ajuda para travar o Eli. Estou a tentar proteger-te, a ti e ao Mitch. E a mim. Estou a tentar proteger-nos a todos, mas não o posso fazer sozinho. Temos de trabalhar em conjunto. Portanto, fazes isto por mim? — levantou a arma para ela ver. — Não vou deixar o polícia fazer-te mal.

Ela hesitou, mas finalmente agachou-se ao lado do corpo, tendo o cuidado de evitar o sangue.

— Ele merece uma segunda oportunidade? — perguntou ela, calmamente.

— Não penses nisso dessa maneira — disse Victor. — Ele apenas terá um momento. Tempo suficiente para responder a uma pergunta.

Sydney inspirou e pressionou a ponta dos dedos sobre sítios limpos da camisa do agente. Um instante depois, Dane arfou e sentou-se, e Sydney voltou para o lado de Mitch, agarrando-lhe o braço.

Victor baixou o olhar para o agente Dane.

— Fale-me outra vez sobre o Ever — disse ele.

O agente olhou-o nos olhos.

— Eli Ever é um herói.

— Bom, isso é desanimador — irritou-se Victor. Disparou mais três tiros contra o peito do agente. Sydney virou-se e mergulhou a cara na camisa de Mitch, enquanto Dane caía novamente sobre o betão coberto de plástico, tão morto como antes. — Mas agora sabemos — disse Victor, tocando no corpo com o sapato. Mitch olhou para ele por cima do cabelo claro de Sydney, a sua cara apanhada pela segunda vez em tantos minutos entre o horror e a raiva.

— Mas que raio foi aquilo, Vale?

— O poder da Serena Clarke — disse Victor. — Ela diz às pessoas o que fazer — voltou a pôr a arma no cinto. — O que dizer, o que pensar — fez um gesto para o corpo. — Nem a morte parece cortar essa ligação — bem, a morte *do agente*, corrigiu Victor silenciosamente. — O nosso trabalho aqui está feito.

Sydney ficou muito quieta. Largara Mitch e agora tinha os braços enrolados à volta das costelas dele, como que por calor. Victor aproximou-se dela, mas, quando lhe estendeu a mão para lhe tocar no ombro, ela encolheu-se. Pôs-se num joelho, à frente dela, de modo que teve de olhar um pouco para cima para encontrar os olhos dela.

— A tua irmã e o Eli pensam que são uma equipa. Mas não são nada comparados a nós. Agora anda — disse ele, endireitando-se. — Pareces estar com frio. Eu pago-te um chocolate quente.

Os seus olhos azuis frios encontraram os dele, e ela parecia ter algo a dizer, mas não teve oportunidade, porque foi aí que Victor ouviu o telefone tocar. O telefone não era *seu*, e ele podia ver, pela expressão no rosto de Mitch, que também não era dele. E Sydney devia ter deixado o dela no hotel, porque nem sequer levou a mão ao bolso. Ao dar umas palmadinhas no agente, Mitch encontrou o aparelho e puxou-o para fora.

— Deixa isso — disse Victor.

— Acho que queres atender esta chamada — disse Mitch, atirando-lhe o telemóvel. No local do nome de quem ligava, apenas uma palavra aparecia no ecrã.

HERÓI.

Victor esboçou um sorriso severo e sombrio, estalou o pescoço e atendeu a chamada.

— Dane, onde está? — perguntou a pessoa do outro lado da linha. Tudo em Victor ficou tenso com aquele som, mas não respondeu. Não ouvia aquela voz há dez anos, mas não importava, porque a voz, como tudo o resto a respeito de Eli Ever, não tinha mudado em nada. — Agente Dane? — insistiu a voz.

— Receio que tenha acabado de o perder — disse Victor, finalmente. Fechou os olhos, enquanto falava, saboreando o momento de silêncio do outro lado da linha. Se se concentrasse, quase podia imaginar Eli a ficar tenso com o som da *sua* voz.

— *Victor* — disse Eli. A palavra foi como que tossida, como se as letras estivessem alojadas no seu peito.

— Tenho de admitir que é muito astuto da tua parte — disse Victor — recorrer à base de dados da Polícia de Merit para encontrares os teus alvos. Sinto-me um pouco ofendido por ainda não ter lá aparecido, mas há que esperar. Acabei de chegar.

— Estás na cidade.

— Claro.

— Não vais conseguir escapar — disse Eli, a bravata a amortecer o choque, enquanto encontrava o caminho de volta à sua voz.

— Não está nos meus planos — disse Victor. — Vemo-nos à meia-noite — desligou a chamada e partiu o telefone ao meio, deixando cair ambas as partes sobre o corpo de Dane. O espaço encheu-se de silêncio, enquanto ele observava o cadáver, e depois olhou para cima. — Desculpa por isso. Já podes limpar — disse para Mitch, que olhava para ele de boca aberta.

— Meia-noite? — resmungou Mitch. — Meia-noite? *Esta* noite?

Victor olhou para o relógio. Já eram quatro da tarde.

— Não deixes para amanhã o que podes fazer hoje.

— Fico com a sensação de que não era isso que o Thomas Jefferson queria dizer — murmurou Mitch.

Mas Victor não estava a ouvir. A sua mente tinha passado a manhã a rodopiar, mas agora que estava pronta, agora que havia apenas umas horas no seu caminho, a energia violenta amainara, e a calma finalmente instalou-se sobre ele. Virou a sua atenção para Sydney.

— Vamos então beber esse chocolate quente?

MITCH cruzou os braços e viu-os partir, o cabelo loiro, curto de Sydney a balançar, enquanto ela seguia Victor para fora. Quando pegara no braço dele, os dedos dela eram gelo, e, por baixo do frio, tremia. Aquele tipo de arrepio profundo que tinha menos que ver com frio e mais com susto. Ele queria dizer algo, queria saber o que raio estava Victor a pensar, queria dizer-lhe que estava a brincar com mais vidas do que com a sua própria. No entanto, quando encontrou a palavra que deveria ter dito, uma palavra pequena, simples e poderosa — *PARA* —, já era demasiado tarde. Haviam desaparecido e Mitch estava sozinho na sala coberta de plástico, por isso fez o seu melhor para engolir a palavra e a sensação de afundamento que a acompanhou, virando-se depois para o corpo do agente, e começou a trabalhar.

XV

HÁ MUITO TEMPO

VÁRIAS CIDADES

MITCHELL Turner era um homem amaldiçoado. Sempre tinha sido.

Os problemas seguiam-no como uma sombra, agarrando-se a ele por muito boa luz que tentasse apanhar. Nas suas mãos, as coisas boas estragavam-se e as coisas más cresciam. Não ajudava que a sua mãe tivesse morrido e o seu pai o tivesse abandonado e a sua tia tivesse olhado para ele e o tivesse descartado, deixando Mitch a saltar entre casas como entre hotéis, entrando e saindo, nunca criando raízes.

A maioria dos seus problemas resultava de as pessoas parecerem pensar que o tamanho e a inteligência eram inversamente proporcionais. Olhavam para ele, para a sua estrutura robusta, e assumiam que era estúpido. Mas Mitch não era estúpido. Na realidade, era inteligente. Muito inteligente. E, quando se é assim tão grande e tão inteligente, é fácil arranjar problemas. Sobretudo quando se é amaldiçoado.

Aos dezasseis anos, Mitch já se tinha metido em tudo, de boxe clandestino a contrabando de livros, espancando quem devia dinheiro a pessoas que gostavam de dinheiro. E, no entanto, não foi nenhuma dessas coisas que lhe deu a sua primeira passagem pela prisão. Na verdade, era inocente.

A maldição de Mitch, a sua *maldición*, como tinha chamado uma sua mãe adotiva espanhola, era que as coisas más tinham uma maneira de acontecer *à sua volta*. A mulher nunca tinha conhecido a sua extensão sombria (usava o termo para se referir mais a pratos partidos e bolas de beisebol nas janelas e carros grafitados), mas Mitch sofria de um caso cósmico de lugar errado, hora errada e, dadas as suas muitas atividades extracurriculares, na sua maioria ilegais, não tinha um álibi fácil.

Por isso, quando um combate correu mal e deixou um homem morto, e os nós dos dedos de Mitch ainda estavam em carne viva por causa do combate clandestino que ganhara na noite anterior, não pareceu bem. Ele safou-se daquela vez, mas mal passaram duas semanas, até que voltasse a acontecer. Outra pessoa morreu. Era assustador e perturbador e, embora Mitch odiasse admiti-lo, um pouco emocionante. Ou seria, se Mitch não continuasse a ser apanhado no meio. Estava a tornar-se um problema, este rasto de corpos, porque apesar de não ter feito nenhum deles, parecia certamente assim para a Polícia, e, pela terceira morte, a Polícia Metropolitana parecia pensar que seria mais fácil prendê-lo. Só para prevenir. Um bandido. Um esgoto para a sociedade. Era apenas uma questão de tempo. O tipo de frases atirado por homens a brincar à apanhada com a sua vida.

E, assim, com uma maldição e um cadastro que não merecia, Mitchell Turner foi para a prisão.

QUATRO anos.

Ele não se importou muito com isso, com a prisão. Pelo menos integrava--se. No mundo real, as pessoas olhavam para ele e apertavam as suas malas mais firmemente, aceleravam o seu ritmo. Os polícias olhavam para ele e pensavam *culpado ou vai ser*. Mas na prisão as pessoas olhavam e pensavam *eu quero-o do meu lado*, ou *não me quero meter com ele*, ou *ele podia partir-me o crânio com o cotovelo*, ou quaiquer outros pensamentos muito mais úteis. O seu tamanho tornou-se um símbolo de estatuto, ainda que negasse a Mitch as regalias da conversa mundana, e mesmo que o pessoal o olhasse com ceticismo, quando ele consultava um livro, e se surpreendesse quando usava uma palavra com mais de duas sílabas. Ele passava a maior parte do seu tempo a tentar piratear os vários computadores e *firewalls* da prisão, mais por aborrecimento do que por desejo de causar qualquer problema real. Mas pelo menos a sua maldição deixava-o em paz.

Na altura em que Mitch saiu da prisão, já assumia o papel mais do que nunca. O imponente adolescente tornara-se um adulto imponente, manchado com a primeira de muitas tatuagens. Uma vez fora, ele durou um mês e meio antes de a maldição o apanhar de novo. Conseguira um emprego na distribuição de alimentos, principalmente porque conseguia descarregar quatro vezes o peso de qualquer outro tipo e porque gostava de trabalho físico. Poderia ser mentalmente talhado para um trabalho de escritório, mas duvidava de que *coubesse* atrás da maioria das secretárias. E tudo estava a correr bem — apartamento de merda e salário de merda, mas tudo isto válido legalmente —, até que um homem foi espancado até à morte a alguns quarteirões de onde a sua equipa estava a descarregar pêssegos. Os polícias olharam para Mitch e prenderam-no. Não tinha sangue nos dedos, e dois colegas de trabalho juraram que ele tivera os braços cheios de fruta o tempo todo, e nada disso importou. Mitch voltou diretamente para a prisão.

O bom comportamento e uma surpreendente falta de provas fizeram-no sair numa questão de semanas, mas Mitch, numa rara demonstração de cinismo, decidiu que se fosse voltar para a prisão (e dada a sua maldição, era uma questão de *quando* e não *se*), poderia muito bem cometer um crime, uma vez que cumprir pena em nome de outros não era um uso inteiramente satisfatório da sua vida. E assim Mitch decidiu planear o único crime que sempre quisera cometer, por nenhuma razão melhor do que ser o tema de livros e filmes, um caso arquetípico que requeria muito mais cérebro do que tamanho.

Mitchell Turner ia roubar um banco.

MITCH sabia três coisas acerca de roubar um banco.

A primeira era que, devido à sua aparência facilmente identificável, não podia realmente *entrar* no banco. Mesmo que desativasse as câmaras de segurança, as pessoas lá dentro escolhê-lo-iam de entre cem pessoas (com a sua sorte, mesmo que ele não estivesse *lá* dentro). A segunda era que, dados os avanços na tecnologia de segurança — muitos dos quais tinha aprendido por observação na prisão, mas sabia estar muito mais evoluído no sector privado —, uma grande componente do êxito do assalto residiria na invasão dos sistemas e códigos do banco para desativar o cofre, o que poderia ser feito remotamente. A terceira era que precisaria de ajuda. E, graças às duas penas que tinha servido até agora, Mitch tinha desenvolvido uma lista bastante extensa de contactos, muitos dos quais estúpidos, desesperados ou suficientemente dispostos a pegar em algumas armas e pôr os pés dentro do banco.

O que Mitch não contava era que, embora a sua pirataria fosse bem-sucedida sem um contratempo, os parceiros com armas falhariam de forma espetacular, seriam presos prontamente e entregariam o seu nome sem pensar duas vezes. E, de algum modo, ao ver Mitchell Turner em toda a sua destreza física, a Polícia imputar-lhe-ia a culpa da parte das armas, e a pirataria aos três homens mais pequenos apanhados no assalto real e claramente discerníveis, mesmo mascarados, nas filmagens de segurança. E assim o terceiro golpe de Mitch aterrou-o não numa prisão para criminosos de fraude fiscal e piratas informáticos, mas em Wrighton, uma instalação de segurança máxima onde a maioria dos reclusos tinha realmente cometido crimes e onde o seu tamanho, embora impressionante, não era garantia de segurança.

E onde, volvidos três anos, conheceria um homem chamado Victor Vale.

XVI

SEIS HORAS PARA A MEIA-NOITE

ESQUADRA DA POLÍCIA DE MERIT

ELI encostou-se à parede cinzenta da sala de reuniões da Polícia e reajustou a máscara no seu rosto. Era simples, parcial, preta, correndo-lhe das têmporas para as maçãs do rosto, e Serena tinha gozado com ele por isso, mas, como mais de metade da força policial de Merit se amontoava na sala e o observava (a outra metade escutava-o), ficou grato pelo disfarce. O seu rosto era a única coisa que não podia mudar, e, por muito má que fosse a ideia, seria infinitamente pior se toda a força tivesse a oportunidade de memorizar as suas feições. Serena ficou no pódio e esboçou o seu sorriso lento e falou com os homens e mulheres que se reuniam.

— Que acontece à meia-noite? — tinha ela perguntado, enquanto se dirigiam à esquadra. Ele agarrava-se ao volante com tal firmeza, que os seus nós dos dedos estavam brancos.

— Não sei — detestava dizer essas palavras, não só porque eram verdadeiras ou porque admiti-las significava que Victor estava um passo à frente, mas porque não as podia *não* dizer, pois a confissão subiu-lhe pela garganta, antes de pensar em engolir. Victor havia desligado a chamada apenas com a promessa da *meia-noite*, e Eli tinha sido deixado a lutar contra a vontade de atirar o telefone contra a parede.

— O homem atrás de mim é um herói — dizia agora Serena. Eli viu os olhos das pessoas na sala brilharem ligeiramente perante as suas palavras. — O seu nome é Eli Ever. Tem protegido a nossa cidade há meses, caçando o género de criminosos que desconhecem, o género que não conseguem travar. Tem trabalhado para os manter, a vocês e aos cidadãos, em segurança. Mas agora precisa da sua ajuda. Quero que o oiçam e façam o que ele disser.

Ela sorriu e afastou-se do pódio e do microfone, instigando Eli para a frente com um aceno de cabeça e um sorriso descontraído. Eli respirou fundo e avançou.

— Há pouco mais de uma semana, um homem chamado Victor Vale fugiu da prisão de Wrighton juntamente com o seu companheiro de cela, Mitchell Turner. Se se perguntam por que razão não ouviram falar da fuga da prisão nas notícias, é porque não apareceu *nas* notícias — o próprio Eli só o soube depois de receber a mensagem de Victor, depois de ouvir a sua voz, depois de entrar em contacto com Wrighton. Tinham-se recusado a dizer-lhe mais, mas haviam tido o prazer de informar Serena, quando ele lhe entregou o telefone, que lhes tinha sido ordenado que mantivessem a fuga em segredo, devido a suspeitas sobre a natureza de um dos condenados, suspeitas que tinham sido postas de lado, até que o homem em questão, um tal de Sr. Vale, incapacitou um bom punhado do pessoal de Wrighton sem lhes pôr um dedo em cima.

» O motivo por que não souberam da fuga — continuou Eli — é porque o Victor Vale é uma pessoa ExtraOrdinária confirmada — várias cabeças se levantaram perante o termo, divididas entre a ordem de Serena para o ouvirem e os seus próprios graus de crença. Eli sabia que todas as esquadras recebiam um dia de treino obrigatório sobre o protocolo EO, mas a maioria delas não o levava a sério. Não o podiam fazer. Décadas após o termo ter sido cunhado, as pessoas EO ainda eram em grande parte uma coisa de mitos e fóruns online, mantidas dessa forma por incidentes como o de Wrighton. Os incêndios apagavam-se em vez de se propagarem. Era melhor para Eli que os casos que implicavam pessoas EO fossem tão prontamente tratados em vez de tornados públicos — isso dava-lhe um caminho desobstruído —, mas ele ficava constantemente espantado com o quanto os agentes ficavam ansiosos de ter incidentes esquecidos, e com o quanto as pessoas envolvidas estavam ansiosas por esquecer. Claro que haveria sempre crentes, mas ajudava que a grande maioria das pessoas EO não quisesse que acreditassem nelas, e aquelas que queriam, bem, tinham poupado a Eli o trabalho de as caçar.

Mas quem sabe, talvez noutro mundo, as pessoas EO já teriam vindo à luz, e o amontoado de uniformes à sua frente teria ouvido sem um pingo de incredulidade, mas Eli tinha feito o seu trabalho demasiado bem. Tivera um decénio para abater a colheita, cortar os números e manter os monstros em grande parte como matéria para livros. E assim, fora da multidão, apenas Stell, que estava ao fundo da sala, com o olhar fixo em Eli, recebeu as palavras sem surpresa.

— Mas agora — prosseguiu — o Victor Vale e o seu cúmplice, Mitchell Turner, encontram-se em Merit. Na *sua* cidade. E é imperativo que não lhes seja permitida a fuga. Imperativo que sejam encontrados. Estes homens raptaram uma jovem chamada Sydney Clarke, e hoje cedo mataram um dos *seus*, o agente Frederick Dane.

O público agitou-se com isso, o choque e a raiva espalhando-se subitamente pelos rostos. Não tinham ouvido a notícia — Stell tinha sido avisado, mas ainda parecia pálido de choque — e aquilo chamou-lhes a atenção. Serena podia obrigá-los, mas este tipo de informação faria algo diferente. Agitá-los. Motivá-los.

— Fui levado a acreditar que estes homens estão a planear algo para *esta noite*. À meia-noite. É fundamental que encontremos estes criminosos o mais cedo possível. Mas — acrescentou —, pela segurança da refém, temos de os trazer com vida.

Há dez anos, Eli tinha vacilado, deixando um monstro viver. Mas esta noite corrigiria o erro e acabaria ele próprio com a vida de Victor.

— Não temos nenhum registo fotográfico para vocês — acrescentou —, mas encontrarão descrições físicas, que receberão nos telefones. Quero que passem a cidade a pente fino, bloqueiem as estradas, façam o que quer que tenham de fazer para encontrar estes homens, antes que mais alguém morra.

Eli deu um único passo para trás do pódio. Serena avançou e pôs-lhe uma mão no ombro, enquanto se dirigia à sala.

— Eli Ever é um herói — voltou a dizer, e, desta feita, a esquadra da Polícia de Merit ali reunida acenou com a cabeça e levantou-se e repetiu.

— Eli Ever é um herói. Um herói. Um herói.

As palavras ecoaram e seguiram-nos para fora. Eli seguiu Serena pela esquadra, à medida que as palavras eram assimiladas. Um herói. Não era? Os heróis salvavam o mundo dos vilões, do mal. Os heróis sacrificavam-se para o fazer. Será que ele não estava a sujar de sangue as mãos e a alma para corrigir o mundo? Será que não se sacrificava cada vez que tirava a vida roubada a uma EO?

— Para onde vamos agora? — perguntou Serena.

Eli arrastou os seus pensamentos de volta. Estavam a atravessar a garagem da esquadra para uma rua lateral onde tinham estacionado o carro; ele tirou uma pasta fina da sua mochila e entregou-lha. No interior estavam os perfis das duas pessoas EO restantes na área de Merit, ou pelo menos *suspeitas* de serem EO. O primeiro era um homem chamado Zachary Flinch, um mineiro de meia-idade que tinha sufocado no colapso de um túnel no ano anterior. Havia recuperado... fisicamente. O segundo perfil era o de um jovem soldado chamado Dominic Rusher, que se aproximou demasiado de uma mina enterrada e entrou em coma, dois anos antes. Ele tinha chegado e desaparecido do hospital. Literalmente. Ninguém o viu partir. Surgiu em três cidades diferentes — sem caminho, sem rasto, apenas aparecia e desaparecia —, antes de aparecer em Merit, havia dois meses. E, tanto quanto Eli podia dizer, *ainda* não tinha desaparecido novamente.

— O Victor mencionou a base de dados quando telefonou — disse Eli, quando chegavam ao carro —, o que significa que também tem acesso a estes ficheiros. O que quer que esteja a planear, não me dá jeito que adote mais vadios.

— Desta vez quero ir — disse Serena.

Eli franziu o sobrolho atrás da máscara. Esta parte fazia-a sempre sozinho. Os seus assassínios, as suas *remoções*, não eram como golfe ou pornografia ou póquer. Um qualquer género de passatempo masculino que não queria partilhar. Eram rituais, sacrossantos. Faziam parte do seu pacto. Não só isso, mas as mortes eram o culminar de dias, por vezes semanas, de investigação e de busca e de paciência. *Pertenciam* a ele. O planeamento e a execução e o sossego posterior eram dele. Serena sabia disso. Ela estava a forçá-lo. A raiva crepitava sob a sua pele.

Ele tentou dar a volta à exigência na sua mente para recuperar o controlo. Sabia que não tinha tempo para saborear estes homicídios em particular. As hipóteses eram de que nem sequer teria tempo para esperar por uma demonstração. Hoje, os rituais seriam, de qualquer maneira, quebrados, profanados.

Podia sentir Serena a vê-lo resistir, e ela parecia encantada com isso. Mas não subjugada. Ela tirou-lhe o ficheiro e ergueu o perfil de Zachary Flinch.

— Só uma vez — disse ela, as palavras a desequilibrarem a balança.

Eli olhou para o relógio. Já passava das 18h00. E não havia dúvidas de que ela aceleraria o processo.

— Só uma vez — disse ele, entrando no carro.

Serena arregalou os olhos e sentou-se no lugar do passageiro.

XVII

CINCO HORAS PARA A MEIA-NOITE

HOTEL ESQUIRE

SYDNEY estava empoleirada no sofá com Dol aos seus pés e a pasta de pessoas EO executadas aberta no seu colo quando Mitch entrou. O Sol estava a pôr-se além das janelas altas, e ela olhou para cima, enquanto ele tirava o pacote de leite com chocolate do frigorífico. Parecia cansado, enquanto apoiava os cotovelos — estavam polvilhados com algo esbranquiçado — sobre a bancada de granito escuro.

— Estás bem? — perguntou ela.

— Onde está o Victor?

— Saiu.

Mitch praguejou baixinho.

— Ele é louco. A zona está cheia de bófias, depois daquela cena.

— Que cena? — perguntou Sydney, reorganizando os papéis na pasta. — Matar o bófia ou atender a chamada do Eli?

Mitch esboçou um sorriso sinistro.

— Ambas.

Sydney baixou o olhar para o rosto de uma mulher morta, no seu colo.

— Ele não pode estar a falar a sério — disse ela, baixinho. — Falo de se encontrar com o Eli à meia-noite. Não é a sério, pois não?

— O Victor costuma ser sério no que diz — disse Mitch. — Mas não o teria dito se não tivesse um plano.

Mitch empurrou-se para fora da bancada, desapareceu pelo corredor, e, volvido um momento, Sydney ouviu a porta da casa de banho fechar-se e o chuveiro a ser ligado. Voltou a ler os perfis, dizendo a si mesma que o fazia por não haver nada de jeito para ver na televisão. A verdade era que não queria pensar no que aconteceria à meia-noite, ou pior, no que aconteceria *depois*. Odiava os *e se* que rastejavam para dentro da sua cabeça no momento em que perdia a concentração. E se Eli ganhasse, e se Victor perdesse, e se Serena... nem sequer sabia o que pensar da sua irmã, o que esperar, o que temer. Havia estas partes traiçoeiras dela que ainda queriam sentir os braços de Serena à sua volta, mas sabia que agora tinha de fugir de — não para — a sua irmã.

Sydney forçou os seus olhos sobre os perfis na pasta, tentou concentrar-se nas vidas e nas mortes das pessoas ExtraOrdinárias — tentou não imaginar a foto de Victor no meio delas, um *X* preto no seu rosto calmo e claro — e adivinhou quais eram os seus poderes, apesar de saber que podiam ser qualquer coisa. Victor explicara que dependia da pessoa, dos seus desejos e vontades e dos seus últimos pensamentos.

O último perfil era o seu. Ela tinha-o reimprimido, depois de Victor ter tirado a primeira cópia, e agora os seus olhos vagueavam sobre a fotografia do seu rosto. Ao contrário das outras fotografias informais que enchiam a pasta, a dela fora encenada: cabeça para cima, ombros para trás, olhos nivelados diretamente com a câmara. Era uma foto do anuário do ano passado, tirada cerca de uma semana antes do acidente, e Sydney tinha-a adorado, porque a máquina fotográfica apanhara-a de alguma forma, como por magia, no momento antes de sorrir, e a subida orgulhosa do seu queixo e o vinco ténue no canto da boca faziam-na parecer-se *mesmo* com Serena.

A única diferença entre esta cópia da foto e o original era que esta não tinha um *X* traçado. Eli já sabia que Sydney estava aqui, viva, e ela esperava que ele se sentisse mal, quando soubesse que o corpo de Barry tinha voltado a entrar no banco, quando ele juntasse as peças e percebesse que era obra dela, que alguns tiros disparados para a floresta não equivaliam a uma rapariga morta. Talvez a devesse ter perturbado, ver o seu próprio perfil na pasta de pessoas EO mortas, e perturbou no início, mas o choque tinha-se desgastado, e a existência do perfil no caixote do lixo digital, o terem-na subestimado, presumindo que ela estava morta, e, acima de tudo, o não estar, fê-la sorrir.

— Que é que te pôs a sorrir de orelha a orelha?

Sydney olhou para cima para encontrar Mitch acabado de tomar banho, uma toalha à volta do seu pescoço. Ela não dera conta de quanto tempo tinha passado. Isso acontecia-lhe mais do que gostava de admitir. Ela pestanejava, e o Sol ficava numa posição diferente, ou o programa na televisão acabava, ou alguém estava a terminar uma conversa que ela nunca tinha ouvido começar.

— Espero que o Victor o magoe — disse ela, alegremente. — Muito.

— Meu Deus. Três dias e já te pareces com ele — Mitch afundou-se numa cadeira, passou a mão pela sua cabeça rapada. — Olha, Sydney, há algo que tens de perceber a respeito do Victor...

— Não é mau homem — disse ela.

— Neste jogo não há homens bons — disse Mitch.

Mas Sydney não queria saber do *bem*. Não tinha a certeza de se acreditava nisso.

— Não tenho medo do Victor.

— Eu sei — pareceu triste ao dizer isto.

XVIII

CINCO ANOS ANTES

PRISÃO DE WRIGHTON

NA terceira vez que Mitchell Turner foi para a prisão, a sua maldição seguiu-o.

Não importava para onde ia ou o que fazia (ou não fazia), as pessoas continuavam a morrer. Perdeu dois companheiros de cela às mãos de outros, um companheiro de cela às mãos do próprio homem, e um amigo, que colapsou no pátio durante o período de exercício. Assim, quando a forma esbelta e polida de Victor Vale apareceu uma tarde à porta da sua cela, pálido no uniforme cinzento-escuro da prisão, pensou que era um homem morto. Estava preso provavelmente por lavagem de dinheiro, talvez um esquema Ponzi. Algo suficientemente pesado para deixar as pessoas certas zangadas e aterrá-lo numa prisão de segurança máxima, mas leve o suficiente para que parecesse completamente deslocado. Mitch deveria tê-lo eliminado, mas, ainda perturbado com a morte do seu último companheiro de cela, ficou determinado a manter Victor vivo.

Presumiu que teria um trabalho duro pela frente.

Victor não falou com Mitch durante três dias. Mitch, reconhecidamente, também não falou com Victor. Havia algo no homem, algo que Mitch não conseguia identificar, mas de que não gostava, de uma forma primitiva e visceral, e viu-se a afastar de Victor quando este se aproximava. Os outros reclusos também o faziam, nas raras ocasiões em que, na primeira semana, Victor se aventurou a sair entre eles. Mas, apesar de isso deixar Mitch desconfortável, ele seguia o homem, ladeava-o, procurando constantemente um atacante, uma ameaça. Tanto quanto Mitch podia dizer, a sua maldição parecia firmemente alicerçada na sua proximidade com as pessoas. Quando estava perto delas, magoavam-se. Mas não conseguia perceber quão perto era perto de mais, quão perto precisava de estar para condenar uma vida, e pensava que se por uma vez a sua proximidade pudesse salvar uma pessoa ao invés de a marcar de alguma forma... talvez, então, pudesse quebrar a maldição.

Victor não lhe perguntou porque ficava tão perto, mas também não lhe disse para não o fazer.

Mitch sabia que o ataque viria. Sempre soubera. Uma forma de o velho testar o novo. Por vezes não era assim tão mau, alguns murros, umas tareias. Mas outras vezes, quando os homens tinham um gosto por sangue, ou um osso para partir, ou mesmo que estivessem apenas a ter um dia de merda, podia ficar fora de controlo.

Seguia Victor até aos locais comuns, ao pátio, ao refeitório. Sentava-se de um lado da mesa, Victor do outro, a debicar o seu almoço, enquanto ele passava o tempo todo a analisar a sala. Victor nunca tirava os olhos do prato. Também não olhava propriamente para o prato. Os seus olhos tinham uma intensidade desfocada, como se ele estivesse noutro lugar, despreocupado com a jaula à sua volta ou com os monstros lá dentro.

Como um predador, um dia, Mitch percebeu. Já tinha visto na sala comum suficientes programas sobre a natureza para saber que as presas tinham olhos nas laterais da cabeça, estavam constantemente de guarda, mas os olhos dos predadores estavam virados para a frente, próximos uns dos outros, sem medo. Apesar de Victor ter metade do tamanho da maioria dos reclusos e de não parecer que alguma vez tivesse *estado* numa luta, quanto mais ter ganhado uma, tudo nele dizia predador.

E, pela primeira vez, Mitch perguntou-se se Victor era realmente aquele que precisava de proteção.

XIX

QUATRO HORAS E MEIA PARA A MEIA-NOITE

SUBÚRBIOS DE MERIT

ZACHARY Flinch vivia sozinho.

Era tudo o que Serena podia dizer, antes de alguma vez lhe pôr os olhos em cima. O pátio da frente era um emaranhado de ervas daninhas, o carro na faixa de cascalho de um caminho de acesso tinha dois pneus sobresselentes, a porta de rede estava rasgada, e uma bobina de corda, amarrada a uma árvore semimorta, tinha sido mastigada por o que quer que lá estivera amarrado. Qualquer que fosse o seu poder, se ele *era* mesmo uma pessoa EO, não lhe estava a dar dinheiro. Serena franziu a testa, reconstruindo o seu perfil de memória. Toda a página de dados tinha sido inócua, excetuando a inversão — o Princípio do Renascimento, como Eli lhe chamara, uma recriação do ser. Não era necessariamente positivo, ou mesmo voluntário, mas sempre marcado, e Flinch assinalou aquela caixa com um arrojado sinal vermelho. Na sequência do seu trauma, tudo na sua vida tinha mudado. Não mudanças subtis, mas reviravoltas totais. Passou de casado com três filhos a divorciado, desempregado e sob uma ordem de restrição judicial. A sua sobrevivência — ou melhor, o seu *renascimento* — deveria ter sido motivo de celebração, de alegria. Em vez disso, tudo e todos tinham fugido. Isso, ou afastara-os. Frequentara uma série de psiquiatras e haviam-lhe sido receitados antipsicóticos, mas, a julgar pelo estado do seu quintal, não estava feliz.

Serena bateu à porta, perguntando-se o que poderia assustar um homem a ponto de desperdiçar a sua vida, depois de vencer a própria morte para a manter.

Ninguém abriu a porta. O Sol tinha mergulhado abaixo do horizonte, e, quando ela exalou, fez pequenos bafejos de vapor no crepúsculo. Voltou a bater à porta e podia ouvir o som da televisão no interior. Eli suspirou e pressionou as suas costas contra a tinta descascada da parede junto à porta.

— Olá — gritou. — Sr. Flinch? Pode vir à porta?

De facto, ela conseguia distinguir a movimentação de pés, e, alguns momentos depois, Zach Flinch apareceu à soleira da porta com um velho polo e um par de calças de ganga. Ambos lhe ficavam grandes, fazendo parecer que ele tinha murchado desde que os vestira. Para lá do seu ombro, ela podia ver a mesa de centro cheia de latas vazias, as caixas de comida para fora empilhadas no chão ao seu lado.

— Quem é você? — perguntou, olheiras profundas nos olhos. Havia um tremor áspero na sua voz.

Serena agarrou o dossiê sobre o peito.

— Uma amiga. Apenas tenho algumas perguntas para lhe fazer — Flinch resmungou, mas não lhe fechou a porta na cara. Ela não desviou o olhar para que ele não visse Eli de pé umas dezenas de centímetros à sua direita, ainda a usar a sua máscara preta de herói. — O seu nome é Zachary Flinch? — ele anuiu com a cabeça. — É verdade que esteve envolvido num acidente numa mina no ano passado? O colapso de um túnel? — fez que sim com a cabeça. Serena sentia Eli a ficar impaciente, mas ainda não tinha terminado. Queria saber. — Após o acidente, alguma coisa mudou? Você mudou? — os olhos de Flinch alargaram-se de surpresa, mas, mesmo assim, respondeu com um aceno de cabeça, o seu rosto preso entre a confusão e a complacência. Serena sorriu levemente. — Estou a ver.

— Como é que me encontrou? Quem é você?

— Como disse, sou uma amiga.

Flinch deu um passo em frente, para lá da soleira. Os seus sapatos emaranharam-se nas ervas daninhas castanho-esverdeadas que estavam a tentar recuperar o alpendre.

— Eu não queria morrer sozinho — murmurou ele. — É só isso. Ali na escuridão, não queria morrer sozinho, mas não queria isto. Pode fazê-los parar?

— Fazer o quê parar, Sr. Flinch?

— Por favor, faça-os ir embora. A Dru também não os via, até lhe mostrar, mas estão em todo o lado. Eu só não queria morrer sozinho. Mas não aguento. Não os quero ver. Não os quero ouvir. Por favor, faça--os parar.

Serena estendeu uma mão.

— Porque é que não me mostra o que...

O resto da frase foi interrompido pela arma, quando Eli a encostou à têmpora de Zach Flinch e puxou o gatilho. O sangue espalhou-se pela parede exterior, salpicando o cabelo de Serena e pontilhando o seu rosto como sardas. Eli baixou a arma e benzeu-se.

— Porque é que fizeste isso? — rugiu, furiosa.

— Ele queria fazê-los parar — disse Eli.

— Mas eu ainda não tinha terminado...

— Fui piedoso. Ele estava doente. Além disso, confirmou que era uma pessoa EO — disse Eli, já a virar-se na direção do carro. — Deixou de ser necessária uma desmonstração.

— Tens cá um complexo — passou-se ela. — Tens de ter sempre tudo sob o teu controlo.

Eli riu-se baixinho, em jeito de troça.

— Diz a sedutora.

— Eu só queria ajudar.

— Não — disse ele. — Querias *brincar* — saiu disparado.

— Eli Ever, *para*!

O seu sapato foi apanhado no cascalho e ficou preso. A arma ainda estava na sua mão. Durante o mais breve momento, o temperamento de Serena levou a melhor e teve de morder a língua para se impedir de o obrigar a encostar a arma à sua própria têmpora. O impulso diminuiu, e ela desceu a escada, passando por cima do corpo de Flinch ao aparecer atrás dele. Enrolou os braços à volta da cintura de Eli e beijou-lhe a parte de trás do pescoço.

— Tu sabes que não quero este tipo de controlo — sussurrou ela. — Agora guarda essa arma. — A mão de Eli voltou a guardar a pistola no coldre. — Não me vais matar hoje.

Ele virou-se para ela, enrolou as mãos, agora vazias, em redor das costas dela, e puxou-a para perto, roçando-lhe a orelha com os lábios.

— Um dia destes, Serena — sussurrou —, vais esquecer-te de dizer isso.

Ela ficou tensa no seu aperto e sabia que ele o sentia, mas, quando respondeu, a sua voz estava calma, leve.

— Hoje não.

Ele deixou cair as mãos ao virar-se para o carro, segurando a porta para ela entrar.

— Vens comigo? — perguntou ele, enquanto saíam do caminho de acesso à casa. — Para encontrar o Dominic?

Serena mordeu o lábio e abanou a cabeça.

— Não. Diverte-te. Vou voltar ao hotel para limpar o sangue do meu cabelo, antes que fique manchado. Deixa-me lá, pelo caminho.

Eli assentiu com a cabeça, o alívio traçado no seu rosto, enquanto acelerava o motor, deixando Flinch no alpendre, uma mão sem vida, estendida sobre as ervas daninhas.

XX

QUATRO HORAS PARA A MEIA-NOITE

BAIXA DE MERIT

VICTOR voltou para o hotel, um saco de comida para fora debaixo de um braço. Tinha sido um fingimento, na realidade, esta tarefa, uma oportunidade de escapar aos limites do quarto do hotel, uma oportunidade para respirar e pensar e planear. Percorreu a calçada, tendo o cuidado de manter o seu ritmo casual, a sua expressão calma. Desde o encontro com o agente Dane, a chamada com Eli e o ultimato da meia-noite, o número de polícias nas ruas de Merit aumentara consideravelmente. Nem todos de uniforme, claro, mas todos em alerta. Mitch havia conseguido extrair todas as provas fotográficas do sistema, de fotografias de perfil da Universidade de Lockland a fotos policiais que estavam guardadas em Wrighton. Tudo o que os polícias de Merit teriam para se basear era um desenho de homens-palito, a própria memória de Eli (dez anos desatualizada, uma vez que, ao contrário dele, Victor *tinha* envelhecido) e descrições do pessoal prisional. Ainda assim, a polícia não era para ser desconsiderada. O tamanho de Mitch tornava-o extremamente visível, e Sydney destacava-se por ser uma criança. Apenas Victor, sem dúvida o mais procurado do grupo, possuía um mecanismo de defesa. Sorriu para si próprio quando passou perto de um polícia. O agente nunca olhou para cima.

Victor tinha descoberto que a dor era uma sensação extraordinariamente matizada. Uma grande e repentina quantidade de dor podia aleijar, claro, mas tinha muito mais aplicações práticas do que a tortura. Victor descobrira que, ao infligir uma quantidade subtil de dor naqueles que se encontravam num determinado raio, podia induzir uma aversão subconsciente à sua presença. As pessoas não registavam a dor, mas afastavam-se um pouco. A atenção também parecia desviar-se à sua volta, dando a Victor uma espécie de invisibilidade. Servira-o na prisão e servia-o agora.

Victor passou pelo local abandonado do Falcon Price e voltou a olhar para o relógio, maravilhando-se com a estrutura da vingança, anos de espera e planeamento e de procura resumirem-se a horas — minutos até — de execução. O seu pulso acelerou-se com a emoção ao regressar ao Esquire.

ELI deixou Serena à beira do Esquire com a única instrução de prestar atenção e de o avisar se notasse *algo* fora do comum. Victor ia enviar outra mensagem, era apenas uma questão de quando, e, enquanto o relógio marcava os minutos até à meia-noite, Eli sabia que o seu nível de controlo dependeria quase inteiramente da rapidez com que recebesse o aviso. Quanto mais tarde o recebesse, menos tempo teria de planear, preparar, e tinha a certeza de que essa era a intenção de Victor, mantê-lo às cegas o máximo de tempo possível.

Agora ele fazia tempo no pavimento pintado, à frente do hotel, tirando a máscara e deixando-a cair no banco do passageiro, antes de alcançar o perfil de Dominic Rusher. Rusher tinha estado na cidade apenas alguns meses, mas já tinha uma história com a Polícia de Merit, uma lista de contraordenações, constituída quase exclusivamente por acusações de embriaguez e conduta desordeira. A grande maioria dos problemas não tinha emanado da merda de apartamento de Dominic na parte sul da cidade, mas sim de um bar. De um bar em particular. O Três Corvos. Eli sabia a morada. Arrancou do hotel, apenas faltando Victor e o seu saco de comida para fora.

ESTAVAM dois polícias no átrio do Esquire, com toda a sua atenção sobre uma jovem loira, de costas para as portas giratórias da frente do hotel. Victor entrou sem ser notado e dirigiu-se para a escada. Quando chegou ao quarto do hotel, encontrou Sydney, a ler no sofá, Dol, deitado aos seus pés, e Mitch, a beber diretamente de um pacote na bancada, enquanto escrevia código com uma mão no seu portátil.

— Algum problema? — perguntou Victor, pousando a comida.

— Com o corpo? Não — Mitch pôs o pacote de lado. — Mas foi por pouco com os polícias. Meu Deus, Vale, estão por todo o lado. Assim não consigo passar despercebido.

— É para isso que servem as entradas de garagem. Além disso, apenas precisamos de mais umas horas — disse Victor.

— Quanto a isso... — começou Mitch, mas Victor estava ocupado a escrevinhar algo num pedaço de papel. Deslizou-o para ele.

— Isto é o quê?

— É a identificação do Dane e uma palavra-passe. Para a base de dados. Preciso que prepares um novo perfil assinalado.

— E quem vamos assinalar?

Victor sorriu e fez um gesto para si. Mitch soltou um gemido.

— Presumo que isto tenha que ver com a meia-noite.

Victor assentiu com a cabeça.

— O arranha-céus Falcon Price. Rés do chão.

— Esse sítio é uma jaula. Vais ficar preso.

— Tenho um plano — disse Victor.

— Importas-te de partilhar? — Victor não disse nada. Mitch resmungou. — Não vou usar a tua foto. Demorei uma eternidade a apagá-la dos sistemas.

Victor olhou em redor. O seu olhar fixou-se no último livro de autoajuda dos Vales que ele tinha estado a riscar. Levantou-o, mostrou a lombada a Mitch, onde estava escrito VALE em letras maiúsculas vistosas.

— Isto serve.

Mitch continuou a resmungar, mesmo enquanto pegava no livro e punha mãos à obra.

Victor virou a sua atenção para Sydney. Levou um recipiente de massa para o sofá e deixou-se cair nas almofadas de couro, enquanto lho oferecia. Sydney pôs de lado a pasta sobre as EO mortas e aceitou a comida, enrolando os dedos à volta do recipiente ainda quente. Não comeu. Nem ele. Victor olhou fixamente além das janelas e ouviu os sons de Mitch a compor a publicação. Os seus dedos estavam ansiosos por apagar linhas, mas Mitch estava a usar o livro, pelo que fechou os olhos e tentou encontrar sossego, paz. Não imaginou campos extensos ou céus azuis ou quedas de água. Imaginou apertar o gatilho três vezes, sangue a florescer no peito de Eli, no mesmo padrão que ele tinha no seu, imaginou fazer cortes na pele de Eli, vendo-os desvanecer para que o pudesse fazer repetidamente, vezes sem conta. *Já tens medo?*, perguntaria, quando o chão estivesse escorregadio com o sangue de Eli. *Tens medo?*

XXI

TRÊS HORAS E MEIA PARA A MEIA-NOITE

HOTEL ESQUIRE

— TENS mesmo um plano? — perguntou Sydney, um tempo depois.

Victor voltou a abrir os olhos e disse o mesmo que havia dito no cemitério, quando ela perguntara se a Prisão de Wrighton o tinha deixado sair. As mesmas palavras e o mesmo tom e a mesma expressão.

— Claro.

— É um bom plano? — insistiu Sydney. As suas pernas deslizaram do sofá, as suas botas a roçar nas orelhas de Dol. O cão não pareceu importar-se.

— Não — disse Victor. — É provável que não.

Sydney fez um barulho, algo entre uma tosse e um suspiro. Victor ainda não era terrivelmente fluente na língua dela, mas adivinhou que era uma afirmação algo triste, a versão pré-adolescente de *entendido* ou *está bem*. O relógio de parede dizia que eram quase nove da noite. Victor voltou a fechar os olhos.

— Não entendo — disse Sydney, alguns minutos depois. Ela coçava a orelha de Dol com o sapato. A cabeça do cão ia para trás e para a frente com o movimento.

— Que não entendes? — perguntou Victor, de olhos ainda fechados.

— Se queres encontrar o Eli, e o Eli te quer encontrar a ti, porque tens de passar por isto tudo? Porque é que simplesmente não se encontram?

Victor pestanejou e observou aquela coisinha loira ao seu lado no sofá. Ela tinha os olhos bem abertos e expectantes, mas já perdiam a sua inocência. O pouco a que ela se agarrou e trouxe consigo por aquela estrada à chuva desvaneceu-se perante a execução pragmática de Victor, as suas promessas e as ameaças. Ela tinha sido traída, alvejada, salva, curada, ferida, curada novamente, forçada a ressuscitar dois homens, apenas para testemunhar um deles a ser morto novamente. Enredara-se nisto, por Eli e depois por Victor. Ela era como uma criança, mas não uma criança, e Victor não podia deixar de se perguntar se o ter-se tornado uma EO a havia esvaziado da forma como o tinha a ele, a todos eles — cortado os laços de algo vital e humano. Não a estava a proteger, tratando-a como uma criança normal. Ela não era normal.

— Perguntaste-me se tenho um plano — disse ele, sentando-se para a frente. — Não tinha, de início. Tinha opções, sim, ideias e fatores, mas não um plano.

— Mas agora tens.

— Sim. Mas, por causa do Eli e da tua irmã, só tenho uma oportunidade para acertar. A primeira pessoa a agir sacrifica o elemento-surpresa, e não posso dar-me ao luxo de o fazer agora. Eli tem uma sedutora do seu lado, o que significa que poderia coagir a cidade inteira. Talvez já o tenha feito. Eu tenho um *hacker*, um cão meio-morto e uma criança. Dificilmente se pode considerar um arsenal.

Sydney franziu o sobrolho e alcançou a pasta das pessoas ExtraOrdinárias vivas. Estendeu-lha.

— Então faz o teu próprio. Ou, pelo menos, torna os teus mais fortes. Tenta. O Eli olha para as pessoas EO — nós — como monstros. Mas tu não, pois não?

Victor não tinha a certeza do que sentia a respeito das pessoas EO. Até ter ido buscar Sydney à berma da estrada, só tinha conhecido uma pessoa EO, ele próprio excluído, e era Eli. Se tivesse de julgar com base neles os dois, então as pessoas ExtraOrdinárias eram, no mínimo, umas desgraçadas. Mas estas palavras que as pessoas atiravam — humanos, monstros, heróis, vilões — eram para Victor apenas uma questão de semântica. Alguém podia intitular-se herói e ainda andar por aí a matar às dezenas. Outra pessoa poderia ser rotulada de vilão por tentar detê-las. Muitos humanos eram monstruosos, e muitos monstros sabiam como brincar ao ser humano. A diferença entre Victor e Eli, suspeitava ele, não era a sua opinião sobre as pessoas EO. Era a sua reação a elas. Eli parecia ter a intenção de as abater, mas Victor não via por que razão uma habilidade útil devesse ser destruída, apenas por causa da sua origem. As pessoas EO eram armas, sim, mas armas com mentes, vontades e corpos, coisas que podiam ser dobradas e torcidas e quebradas e *usadas*.

Mas havia tantas incógnitas. Se as pessoas EO ainda estavam vivas, era uma incógnita. O que os seus poderes eram, uma incógnita. Se seriam recetivas, uma incógnita, e, enquanto Victor possuía um argumento convincente, uma vez que o outro lado as queria mortas e ele as queria vivas, recrutar uma pessoa EO significaria introduzir elementos imprevisíveis e pouco fiáveis na sua equação. Acrescente-se a isso que Eli estava provavelmente ocupado a eliminar as opções de Victor, e parecia mais problemático do que merecia.

— Por favor, Victor — disse Sydney, ainda com a pasta estendida. E, assim, para a acalmar e passar o tempo, pegou nela e virou a capa para trás. A página com a rapariga de cabelo azul tinha sido retirada, deixando apenas dois perfis.

O primeiro perfil pertencia a um homem chamado Zachary Flinch. Victor lera a página do homem, mais cedo nesse dia, enquanto esperava pela chamada de Mitch, por isso sabia que era um beco sem saída. Tudo sobre o suspeito de EO era demasiado ambíguo — a capacidade de uma pessoa EO parecia ter pelo menos uma relação tangencial com a natureza da morte ou com o estado mental do sujeito, mas continuava a ser um jogo de adivinhação —, e todos terem partido na sequência do acidente sugeria problemas. Mais problemas do que os que Victor tinha tempo para ter.

Virou para o segundo perfil, aquele a que ainda não tinha chegado, passou os olhos pela página e parou.

Dominic Rusher tinha vinte e muitos anos, um ex-soldado que tivera a infelicidade de estar demasiado perto de uma mina terrestre no estrangeiro. A explosão havia quebrado muitos dos ossos de Dominic e deixara-o em coma durante duas semanas, mas não foi o coma ou o seu novo hábito de desaparecer que atraiu a atenção de Victor. Foi a breve nota médica no final da página. De acordo com os registos do hospital militar, tinham sido prescritos a Rusher 35 miligramas de meta-hidricone.

Era uma dose elevada de um opioide sintético bastante ambíguo, mas Victor tinha passado um verão bastante lento na prisão, memorizando a extensa lista de analgésicos atualmente disponíveis com receita médica, os seus propósitos, dosagens e nomes oficiais, bem como os seus nomes médicos, pelo que reconheceu o medicamento à vista. Não só isso, como também tinha a certeza de que, a menos que Eli lhe tivesse dedicado a mesma quantidade de tempo, ele *não* o reconheceria.

O Destino, assim parecia, sorria de novo para Victor.

Com poucas horas até ao seu encontro da meia-noite, sabia que não havia tempo ou lugar para construir confiança ou lealdade, mas talvez estas pudessem ser suplantadas pela *necessidade*. E a necessidade, Victor tinha aprendido, podia ser tão poderosa como qualquer laço emocional. Este era neurótico, complicado, mas a necessidade podia ser simples, tão primordial como o medo ou a dor. A necessidade podia ser o fundamento da lealdade. E Victor tinha exatamente o que Dominic precisava. Podia facultar-lho, se o poder de Dominic valesse a pena. Havia apenas uma maneira de o descobrir.

Victor dobrou o perfil e enfiou-o no bolso.

— Pega no teu caso, Mitch. Vamos sair.

— De carro ou a pé?

— De carro.

— Desculpa, mas não. Não viste o memorando sobre os bófias? Da última vez que verifiquei, esse veículo é roubado.

— Bem, então vamos só ter de nos assegurar de que não atraímos a atenção.

Mitch murmurou algo indelicado ao alcançar o seu casaco. Sydney correu para ir buscar o dela ao quarto onde o tinha deixado.

— Não, Syd — disse Victor, quando ela reapareceu, já agarrada ao seu grande casaco vermelho. — Tens de ficar aqui.

— Mas foi ideia minha! — exclamou ela.

— E é uma boa ideia, mas, ainda assim, tens de ficar.

— Porquê? — queixou-se. — E não me digas que é demasiado perigoso. Disseste isso a respeito do polícia e depois arrastaste-me na mesma.

Victor riu-se.

— *É* demasiado perigoso, mas não é por isso que tens de cá ficar. Já damos nas vistas sem uma criança desaparecida, e preciso que me faças uma coisa — Sydney cruzou os braços e olhou-o com ceticismo. — Se eu não estiver de volta às 22h30 — disse ele. — Preciso que carregues no botão de publicar no computador do Mitch e que insiras o meu perfil na base de dados. Ele já tem a janela aberta e tudo.

— Porquê 22h30? — perguntou Mitch, abotoando o casaco.

— Tempo suficiente para alguém ver o perfil, mas espero que insuficiente para estarem preparados. É um risco, eu sei.

— Não é o maior risco que estás a correr — disse Mitch.

— É tudo? — perguntou Sydney.

— Não — respondeu Victor. Deu palmadinhas nos bolsos do seu casaco. A sua mão desapareceu e depois apareceu com um isqueiro azul. Ele não fumava, mas parecia dar sempre jeito. — Às 23h00, preciso que comeces a queimar as pastas. Todas. Usa o lava-loiça — estendeu o isqueiro. — Uma página de cada vez, entendes? — Syd pegou no pequeno aparelho azul, rodando-o nas mãos. — Isto é muito importante — disse ele. — Não podemos deixar provas por aí, está bem? Percebes por que razão te quero aqui? — ela finalmente assentiu com a cabeça. Dol ganiu levemente.

— Vais voltar, certo? — perguntou ela, quando chegaram à porta.

Victor olhou por cima do ombro.

— Claro que sim — disse ele. — Esse é o meu isqueiro preferido.

Sydney quase sorriu quando a porta se fechou.

— Percebo isso de queimar os papéis, mas porquê um de cada vez? — perguntou Mitch, enquanto ele e Victor desciam a escada.

— Para a manter ocupada.

Mitch enfiou as mãos dentro do casaco.

— Então não vamos voltar, pois não?

— Não esta noite.

XXII

TRÊS HORAS PARA A MEIA-NOITE

BAR TRÊS CORVOS

ELI sentou-se num sofá, junto a uma mesa, ao longo da parede do fundo do Três Corvos, à espera que Dominic Rusher aparecesse. Ele tinha-o confirmado com o empregado de mesa, quando chegara, sendo-lhe assegurado que Rusher vinha todas as noites por volta das 21h00. Eli havia chegado cedo, mas não tinha mais nada para fazer além de esperar pela meia-noite e o que quer que isso trouxesse, por isso pediu uma cerveja e retirou-se para o sofá da mesa do canto, saboreando o tempo longe de Serena mais do que a bebida.

A bebida era sobretudo pela aparência, já que a regeneração anulava o seu efeito, e o álcool sem embriaguez era muito menos aliciante (também lhe fora solicitada uma identificação, e a novidade *disso* há muito que se tinha desgastado). Mas a distância de Serena era importante — vital, percebeu ele — para manter o seu controlo. Quanto mais tempo estava com ela, mais as coisas pareciam desfocadas, uma intoxicação que o corpo de Eli não superava tão facilmente. Deveria tê-la matado quando tivera oportunidade. Agora, com a Polícia envolvida, era confuso. A sua lealdade era para com Serena, não para com ele, e ambos sabiam disso.

Uma nova cidade, era disso que precisava.

Depois da meia-noite e de Victor e de toda esta confusão estar resolvida, iria encontrar uma nova cidade. Começar de novo. Longe do detetive Stell. Longe também de Serena, se fosse possível. Nem sequer se importava com a perspetiva do seu velho método, o tempo e dedicação que levava, as semanas de procura pelos poucos momentos de recompensa. As coisas tinham-se tornado demasiado fáceis ultimamente, e fácil significava perigoso. A facilidade levava a erros. Serena fora um erro. Eli tomou um gole de cerveja e verificou se o seu telefone tinha mensagens. Não havia nenhuma.

Eli caçara aqui uma vez, há alguns anos, antes de Serena, quando ainda era um fantasma, apenas de passagem. O lugar era barulhento e cheio de gente, feito para pessoas que gostavam de se rodear de caos, em vez de som ambiente e tranquilo, construído de vidro e gritaria e música de que nunca se conseguia discernir a letra da canção. Era um lugar fácil para se ser invisível, para desaparecer, engolido pela luz ténue e pelo barulho de pessoas bêbadas e zangadas. Mas, mesmo sabendo isso, Eli não era nem ousado nem tolo o suficiente para realizar uma execução pública. Serena poderia ter-lhe assegurado a Polícia, mas as pessoas do Três Corvos não eram muito a favor da Polícia ou da conformidade. Um problema poderia escalar para um desastre num lugar como este, especialmente sem Serena para acalmar as massas.

Eli lembrou-se *de novo* de que estava feliz por se ver livre da sua influência, tanto sobre os outros como sobre ele. Agora ele podia, por vontade e necessidade, fazer isto à sua maneira.

Verificou as horas. Menos de três horas para... para quê? Victor tinha estabelecido o prazo para o desconcertar, para o pôr no limite. Estava a perturbar a calma de Eli como uma criança a deixar cair pedras num lago, fazendo ondulações, e Eli via-o a fazê-lo e ainda se sentia atrapalhado, o que o perturbava ainda mais. Bem, Eli estava a retomar o controlo, da sua mente, da sua vida e da sua noite. Passou os dedos pelo círculo deixado pelo seu copo de cerveja na velha mesa de madeira, antes de escrever uma palavra na película de água.

EVER.

XXIII

HÁ DEZ ANOS

UNIVERSIDADE DE LOCKLAND

— PORQUÊ Ever?

Victor perguntou, do outro lado da mesa. Eli acabara de morrer. Victor acabara de o trazer de volta. Agora os dois estavam sentados no bar, a poucos quarteirões do seu apartamento, animados por várias rodadas (ou pelo menos Victor estava) e por terem tido a sorte de sobreviver a um ataque agudo de estupidez. Mas Eli sentia-se estranho. Não mal, apenas... diferente. Distante. Ainda não conseguia explicar o motivo. Algo lhe faltava, no entanto, podia sentir a ausência disso, mesmo que não conseguisse deduzir a forma. Fisicamente, porém — e supunha que isso era o mais importante, no fim de contas —, sentia-se bem, persistentemente, suspeitosamente, dado que durante algum tempo naquela noite fora um objeto inanimado em vez de um ser vivo.

— Como assim? — perguntou, sorvendo a sua cerveja.

— Quero dizer — disse Victor — que podias escolher qualquer nome. Porquê Ever?

— Porque não?

— Não — disse Victor, agitando a sua bebida. — Não, Eli. Tu não fazes nada assim.

— Assim como?

— Sem pensar. Tem de haver uma razão.

— Como é que sabes?

— Porque te conheço. Compreendo-te.

Eli passou os dedos por um círculo de água sobre a mesa.

— Não quero ser esquecido.

Disse-o tão baixinho, que temia que Victor não ouvisse, não por causa da tagarelice do bar, mas fixou a sua mão no ombro de Eli. Por um momento pareceu tão sério, mas depois soltou-se e voltou a afundar-se no seu lugar.

— Olha — disse Victor —, vais lembrar-te de mim, e eu vou lembrar-me de ti. Assim não seremos esquecidos.

— Que lógica de merda, Vic.

— É perfeita.

— E o que acontece quando estivermos mortos?

— Então não vamos morrer.

— Fazes enganar a morte parecer tão simples.

— Mas por acaso parecemos ser muito bons nisso — disse Victor, animado. Levantou o copo. — A nunca morrer.

Eli levantou o seu.

— A sermos recordados — bateram os copos, e Eli acrescentou — para sempre.

XXIV

DUAS HORAS E MEIA PARA A MEIA-NOITE

BAR TRÊS CORVOS

DOMINIC Rusher era um homem quebrado. Literalmente.

A maior parte dos ossos do seu lado esquerdo, o lado mais próximo do *pacemaker*, estavam pregados ou aparafusados ou eram sintéticos, a pele, cheia de cicatrizes por baixo das suas roupas. O seu cabelo — durante três anos rapado de acordo com os padrões militares — tinha crescido e agora pendia desgrenhado à volta dos seus olhos, um dos quais era falso. A sua pele estava bronzeada e os seus ombros eram fortes, a sua postura, ainda demasiado direita para se misturar inteiramente com os clientes habituais do bar, e, apesar de tudo isso, estava claramente quebrado.

Eli não precisava dos arquivos para saber nada disso; podia vê-lo, quando o homem caminhou até ao balcão, deslizou para um banco e pediu a sua primeira bebida. O tempo passava, e Eli apertava a mão no seu próprio copo, enquanto observava o ex-soldado a iniciar a sua noite com um *whiskey*-cola. Teve de resistir ao impulso de abandonar o sofá, a mesa e a cerveja, e de alvejar Dominic na nuca, só para acabar com aquilo. Eli fez o seu melhor para abafar a chama da impaciência; os seus rituais existiam por uma razão, e ele iria *comprometê-los* — e tinha de o fazer — de vez em quando, mas não os abandonaria, mesmo agora. Matar sem causa seria um abuso de poder e um insulto a Deus. O sangue das pessoas EO era lavado da sua pele. O mesmo não aconteceria com o sangue de inocentes. Tinha de tirar Dominic do bar, de obter uma confissão, senão uma demonstração, antes de o executar. Além disso, Dominic daria um belo isco. Desde que estivesse bêbado no bar e à vista de Eli, era tão útil vivo como morto, porque se Victor viesse à procura do homem quebrado e chegasse aqui antes da meia-noite, Eli estaria à espera e pronto.

VICTOR conduzia, enquanto Mitch se estendia pelo banco de trás, o mais longe possível da vista, dada a sua massa. A cidade deslizava, os verdes, os vermelhos e os brancos das janelas de escritórios passavam, enquanto Victor serpenteava o carro pelas ruas congestionadas, para fora do centro da cidade e para a zona antiga. Mantiveram-se nas estradas que se curvavam para as ruas laterais de Merit, em vez de para a estrada principal que entrava e saía da cidade, evitando qualquer rua que pudesse conduzir a uma portagem ou a uma ponte ou a qualquer outro potencial ponto de controlo. Eles controlavam a velocidade, acompanhando o trânsito, quando este ia demasiado depressa, porque ir devagar destacar-se-ia tanto como o excesso de velocidade. Victor guiou o carro roubado por Merit, e em breve as avenidas numeradas e as ruas com letras deram lugar a ruas nomeadas. Nomes reais, árvores e pessoas e lugares, edifícios aglomerados, alguns escuros, abandonados, e alguns repletos de vida.

— Vira à esquerda — disse Mitch, consultando o mapa no seu telemóvel. Victor olhou para o relógio e calculou o tempo que demorava a chegar ao bar, subtraiu-o da meia-noite para perceber quanto tempo tinham realmente. Não podia chegar atrasado. Não esta noite. Tentou encontrar a calma, encontrar a paz, mas a excitação agitava-se dentro dele como moedas soltas. Bateu com a mão livre na perna e engoliu o sussurro de que isto era uma má ideia. Era melhor do que ficar quieto. Além disso, tinham tempo. Tempo de sobra.

— Esquerda outra vez — disse Mitch. Victor virou.

Tinham passado a primeira metade da viagem a rever o plano, e agora que o plano estava traçado e que tudo o que lhes restava era executá-lo, conduziam num silêncio pontuado apenas pelas indicações de Mitch e pelas batidas inquietas de Victor, e as estradas a rolar por baixo deles.

ENQUANTO Victor conduzia, Mitch perguntava-se.

Perguntava-se se sobreviveria a esta noite.

Perguntava-se se Victor também sobreviveria.

Perguntava-se o que o amanhã traria, se ambos sobrevivessem.

Perguntava-se o que Victor faria para ocupar os seus pensamentos assim que Eli morresse. Se Eli morresse.

Mitch perguntava-se o que *ele* faria a seguir. Ele e Victor nunca haviam discutido a sua parceria, as suas regras e condições, mas sempre se tinha tratado disto. Sobre encontrar Eli. Nunca houve qualquer menção ao que viria a seguir. Perguntava-se se, na mente de Victor, *haveria* um a seguir.

O ponto verde em movimento no seu telefone alcançou o ponto imóvel vermelho que marcava o Três Corvos, e Mitch sentou-se.

— Chegámos.

VICTOR estacionou no parque em frente ao bar, apesar de estar lotado e ser estreito, o que impediria uma saída rápida, especialmente sob perseguição. Mas, com um carro roubado e a Polícia em alerta máximo, não se atrevia a fazer nada que desse nas vistas. Não ia receber uma multa de estacionamento num carro roubado. Não esta noite. Desligou o motor, saiu e examinou o amontoado de tijolos do outro lado da rua, que se declarava como sendo o bar Três Corvos, um trio de pássaros de metal empoleirado na placa por cima das portas da frente. À esquerda do bar havia um beco, e, enquanto os dois homens atravessavam a rua, Victor conseguia ver a entrada lateral do bar fincada na parede de tijolo manchado. Quando chegaram ao passeio, ele dirigiu-se para o beco, e Mitch, para o bar. Na sua mente, Victor viu as peças do seu jogo alinhadas no tabuleiro em forma de cidade, xadrez e batalha naval e risco. A sua jogada.

— Ei! — chamou, enquanto a mão de Mitch se agarrava à porta da frente. — Tem cuidado.

Mitch esboçou um sorriso torto e entrou.

XXV

CINCO ANOS ANTES

PRISÃO DE WRIGHTON

— QUERES mais leite?

Foi a primeira coisa que Victor Vale disse a Mitchell Turner.

Estavam sentados no refeitório. Mitch tinha passado três dias a pensar distraidamente como soaria a voz de Victor, se ele alguma vez decidisse falar. Se ele *pudesse* sequer falar. Durante o almoço, Mitch tinha na realidade imaginado que não podia, que por baixo do colarinho da sua camisa da prisão alguma cicatriz horrível lhe esculpira um sorriso na garganta, ou que por trás dos seus lábios simplesmente não havia língua. Parecia estranho, mas a prisão era aborrecida, e Mitch descobriu que a sua imaginação ia a lugares estranhos com mais frequência do que não ia. Assim, quando Victor finalmente abriu a boca e perguntou com perfeita dicção se Mitch queria outro pacote de leite, este último foi apanhado entre a surpresa e a desilusão. Ele lá juntou umas palavras.

— Hum. Sim. Claro — odiou o estúpido que isto soou, o lento, mas Victor apenas se riu e levantou-se da mesa.

— Dá forças — disse ele, antes de atravessar o refeitório rumo ao balcão da comida. Assim que saiu da mesa, Mitch soube que o devia ter acompanhado. Passara três dias a fazer sombra ao seu novo companheiro de cela, mas a pergunta tinha-o apanhado desprevenido, e agora, na sua esteira, tinha a sensação de que acabara de sacrificar a sua oportunidade de quebrar a maldição. Esticou o pescoço em busca de Victor, mas alguém o empurrou para a frente, em direção à mesa, e lançou um braço à volta do seu ombro. Do outro lado da sala, o gesto pode ter parecido amigável, mas Mitch viu o metal afiado na mão de Ian Packer, a ponta inclinada para a sua bochecha. Mitch tinha o dobro do tamanho do homem, mas sabia os danos que Ian poderia fazer, antes de ser capaz de lutar com ele. Além disso, Packer era uma daquelas pessoas que, apesar do seu tamanho, tinham poder aqui, influência. Demasiada, num lugar tão pequeno.

— Olha, olha — disse Packer, com mau hálito. — Andas a fazer de cãozinho?

— Que queres de mim? — rugiu Mitch, mantendo os olhos no tabuleiro à sua frente.

— Há um ano que quero que faças de cão de guarda do meu grupo, tenho sido tão simpático e paciente com as tuas merdas pacifistas — Mitch estava surpreendido (e um pouco impressionado) por Packer saber a palavra *pacifista* —, e de repente este caralho aparece, e tu assumes logo o papel — explicou ao ouvido de Mitch. — Eu devia lixá-lo só por desperdiçar o teu tempo e o teu talento, Turner.

Um pequeno pacote de leite aterrou no seu tabuleiro, e Mitch olhou para cima para encontrar Victor ali parado, vigiando a situação com ligeiro interesse. Packer intensificou o seu aperto no metal afiado, enquanto a sua atenção fluía para o novo homem, e Mitch sentiu-se desolado. Outro companheiro de cela perdido.

Mas Victor apenas inclinou a cabeça, curioso, para Packer.

— Isso é um canivete? — perguntou, pondo o sapato no banco, a mão no joelho. — Não tínhamos disso no isolamento — *Isolamento?*, pensou Mitch. — Sempre quis ver um.

— Ai sim?, então vais ver de perto, seu cabrão — o braço de Packer desapareceu dos ombros de Mitch. Investiu contra Victor, que não fez nada mais além de voltar a pôr o pé no chão e cerrar o punho, e Packer, a meio caminho, caiu de joelhos no chão, aos gritos. Mitch pestanejou, confuso com o que tinha acontecido... e com o que não tinha acontecido. Victor nem sequer tocara no homem.

A sala entrou em movimento ao som do grito, os reclusos de pé e os guardas a caminho, enquanto Mitch se sentava a observar, e Victor se levantava a observar, e Packer uivava e se contorcia no chão, com as mãos ensanguentadas por apertar o metal afiado, enquanto gritava.

Houve um momento, antes de alguém mais os alcançar, em que Mitch viu Victor sorrir. Um sorriso malicioso, ténue e sarcástico.

— Que se está a passar? — gritou um guarda, enquanto ele e outro guarda chegavam à mesa. Mitch olhou para Victor, que apenas encolheu os ombros. O sorriso tinha desaparecido, deixando uma ténue ruga de preocupação entre os seus olhos.

— Não faço ideia — disse ele. — O tipo apareceu para conversar. Num momento está bem e depois — Victor estalou os dedos e Mitch encolheu-se — entra em convulsão. É melhor levarem-no ao médico, antes que se magoe.

Os guardas prenderam o contorcido Packer ao chão e arrancaram a lâmina da sua mão cortada, enquanto os seus gritos se desvaneciam em gemidos e depois em nada. O condenado havia desmaiado. Algures entre Packer a atacar Victor — Victor a fazê-lo cair com um olhar, e os guardas a chegarem ao local —, Mitch tinha-se libertado do banco e agora estava de pé, alguns metros atrás do seu companheiro de cela, a beber o seu leite e a ver os acontecimentos desenrolarem-se, maravilhando-se em parte com a cena e em parte com, por uma vez, não ser *ele* o culpado.

Mas que raio tinha acontecido?

Mitch deve ter sussurrado a pergunta, uma vez que Victor honrou-o com uma sobrancelha levantada, antes de voltar à cela. Mitch seguiu-o.

— Então? — perguntou Victor, enquanto avançavam pelos corredores de betão. — Achas que ando a desperdiçar o teu tempo e o teu talento?

Mitch contemplou o homem ao seu lado. Alguma coisa tinha mudado. O desconforto, a aversão que sentira durante três dias seguidos tinham desaparecido. Todos os outros ainda pareciam afastar-se, quando eles passavam, mas Mitch sentia apenas espanto e, reconhecidamente, um certo medo. Quando chegaram à cela, e ele ainda não tinha respondido, Victor parou, encostou-se às grades e olhou para ele. Não para os seus ombros largos ou para os seus punhos carnudos, com os seus dedos com cicatrizes, ou para as tatuagens, que lhe corriam pelo pescoço, mas para a sua cara. Olhou-o nos olhos, mesmo que tivesse de olhar um pouco para cima para o fazer.

— Não preciso de um guarda-costas — disse Victor.

— Já percebi isso — disse Mitch.

Victor riu-se.

— Pois, bem — disse ele —, não quero que todos os outros o percebam também.

Mitch tivera razão. Victor Vale era um lobo entre um rebanho de ovelhas. E era preciso muito para 463 criminosos inveterados fazerem o papel de presas.

— Então que queres *tu*? — perguntou.

Victor esboçou aquele mesmíssimo sorriso perigoso.

— Um amigo.

— Só isso? — perguntou, incrédulo.

— Um bom amigo, Sr. Turner, é muito difícil de encontrar.

Mitch viu Victor a empurrar-se das grades e a ir para a cela, levantando um livro da biblioteca da sua cama de lona, antes de se instalar nela.

Mitch não sabia o que acabara de acontecer no refeitório, mas uma década dentro e fora da prisão tinha-lhe ensinado isto: havia algumas pessoas de quem tinha de se afastar, pessoas que envenenavam tudo ao seu alcance. Depois havia pessoas com quem se queria ficar, as que tinham línguas de prata e toques de ouro. E depois havia pessoas que se tinham ao lado, porque isso significava que não estavam no caminho. E quem quer que Victor Vale fosse, fosse ele quem fosse e o que quer que estivesse a tramar, a única coisa que Mitch sabia era que não queria estar no seu caminho.

XXVI

DUAS HORAS PARA A MEIA-NOITE

BAR TRÊS CORVOS

ELI acordou o seu telefone, ficando tenso quando viu as horas. Ainda nada de Victor, e Dominic parecia ser uma instalação no bar. Eli franziu o sobrolho e ligou para Serena, mas ela não atendeu. Quando foi para o correio de voz, desligou, ansioso por clicar para terminar a chamada, antes que as lentas e melódicas palavras de Serena pudessem emitir quaisquer instruções. Ele pensou na ameaça de Victor.

É astuto, recorrer à base de dados da Polícia para encontrar os alvos. Sinto-me um pouco insultado por ainda não ter aparecido lá, mas deem-lhe tempo. Acabei de chegar aqui.

Eli entrou na base de dados, na esperança de encontrar pistas, mas já passava das dez, e o único perfil assinalado pertencia ao homem atualmente sentado ao balcão, a cuidar do seu terceiro *whiskey*-cola. Eli franziu o sobrolho e guardou o telefone. O seu isco não parecia estar a atrair nenhum peixe. O banco ao lado de Dominic ficou vazio — tinha sido ocupado e depois abandonado três vezes no decurso de uma hora —, e Eli, cansado de esperar, terminou a sua cerveja e deslizou para a ponta do sofá e da mesa. Estava prestes a dirigir-se para o alvo, quando um homem apareceu, se aproximou do balcão e ocupou o banco.

Eli parou e permaneceu à beira da sua mesa.

Já tinha visto o homem antes. No átrio do Esquire, e, embora a sua presença aqui fosse menos surpreendente — ele encaixava muito melhor com os clientes do Três Corvos do que com a clientela de fato do hotel de quatro estrelas —, a sua aparência continuava a perturbar Eli. Havia algo mais a respeito do homem. Não tinha pensado nisso quando o vira antes, mas aqui, logo a seguir à apresentação na Esquadra da Polícia Metropolitana de Merit, parecia óbvio. Não existiam fotografias de Mitchell Turner, cúmplice de Victor, mas havia descrições genéricas: alto, corpulento, careca, tatuado. Dezenas de homens encaixariam no perfil, mas quantos deles atravessariam o caminho de Eli duas vezes no mesmo número de dias?

Há muito que Eli havia abandonado a noção de coincidência.

Se este homem era Turner, então Victor não poderia estar longe.

Sondou o bar, procurando o cabelo loiro de Victor, o seu sorriso afetado, mas não viu ninguém que encaixasse no perfil, e, quando voltou a sua atenção para o balcão, Mitchell estava a falar com Dominic Rusher. A sua forma pesadona inclinou-se sobre o ex-soldado como uma sombra, e, enquanto o barulho no bar abafava a própria conversa, Eli pôde ver os seus lábios a moverem-se rapidamente, pôde ver Dominic a retesar-se em resposta. E, então, poucos momentos depois de se ter sentado, Mitchell levantou-se de novo. Sem pedir nada, sem dizer mais nada. Eli observou-o perscrutar o bar, viu os olhos do homem passarem sem expressão para lá dele e assentarem no letreiro onde se lia CASAS DE BANHO em luz amarela de néon. Mitchell Turner avançou, passando entre Dominic e o resto da sala, a sua forma maciça, por um momento — um piscar de olhos — escondendo o homem da vista. Quando terminou o percurso — atravessou de um lado do ex-soldado para o outro —, Dominic já tinha desaparecido.

E Eli estava de pé.

O banco de bar que, durante a maior parte de uma hora, tinha segurado o seu alvo estava agora subitamente vazio, e não havia sinal, em lado nenhum, de Dominic Rusher. *Não é possível*, o cérebro de Eli poderia ter pensado. Só Eli sabia que era inteiramente possível, que era *demasiado* possível. Para onde o homem *foi* ficou em segundo plano nos pensamentos de Eli, dando lugar à questão de *porque* foi, e essa era uma pergunta com apenas uma resposta. Ele fora assustado. *Avisado*. O olhar de Eli deslizou pela sala, até ver a porta da casa de banho dos homens fechar-se atrás de Mitchell Turner.

Deixou cair uma nota na mesa ao lado do copo vazio e foi atrás dele.

XXVII

NOVENTA MINUTOS PARA A MEIA-NOITE

HOTEL ESQUIRE

SYDNEY empoleirava-se na cadeira de secretária, braços enrolados à volta dos joelhos, a atenção a oscilar entre o relógio de parede, o relógio do computador (o relógio de parede estava noventa segundos mais adiantado) e o botão Publicar, a brilhar de verde no programa aberto no ecrã de Mitch. Mesmo por cima do botão, estava o perfil que tinham construído. *Victor Vale* estava escrito em cima, com *Eli* registado como o seu nome do meio. Onde deveria estar a sua data de nascimento, lia-se a data atual. O espaço reservado para o último paradeiro conhecido fora preenchido com o endereço do projeto do arranha-céus Falcon Price. Todos os outros espaços — os reservados para informação de fundo, história, notação policial — foram preenchidos com uma palavra, repetida em todos os espaços: *meia-noite*.

À esquerda do perfil estava a fotografia, ou o local onde a fotografia teria estado. Em vez disso, as letras em negrito da lombada do livro corriam verticalmente, lendo-se *VALE*.

O livro que tinham usado para a fotografia, o que Victor tinha comprado no seu passeio no dia anterior, encontrava-se debaixo da pilha de papéis que Sydney devia começar a queimar em breve, o isqueiro azul, uma mancha de cor assente em cima. Deslizou o enorme livro de debaixo das pastas e passou um polegar por cima da capa do livro. Já o tinha visto antes, ou um igual. Os seus pais tinham um conjunto no seu estúdio (lombadas não rasgadas, é claro). Sydney abriu o livro e virou para a primeira página, mas era uma mancha de preto. Ao folhear, viu que cada uma das primeiras trinta e três páginas tinha sido sistematicamente riscada. O marcador aninhado na dobra entre as páginas trinta e três e trinta e quatro sugeria que a única razão pela qual as restantes páginas tinham sido poupadas era porque Victor ainda não tinha chegado lá. Foi apenas ao virar essas trinta e três páginas para trás, em direção à capa do livro, que Sydney reparou em duas palavras que não tinham sido apagadas.

Para e *sempre.*

As palavras estavam separadas por várias páginas, separadas e rodeadas por um mar de negro. Não só isso, mas a palavra *sempre* tinha sido alterada, parte de uma expressão, o *para* que a precedia cuidadosamente apagado, o que significava que Victor não estava a tentar juntar a expressão *para sempre*, apoiando-se no texto.

Era evidente que ele queria que fossem duas palavras separadas. Distintas.

Para.

*Sempre.**

Ela passou os dedos sobre a página, esperava que saíssem manchados, mas não aconteceu. Dol gania ligeiramente por baixo da cadeira da secretária, onde de alguma forma se tinha enfiado — ou pelo menos uma boa parte da sua metade da frente —, e Sydney fechou o livro e olhou para trás, para o relógio. Já passava das 22h30, de acordo com o relógio de parede e o do computador. O seu dedo indicador pairava sobre o ecrã.

Ela sabia o que significaria carregar no botão.

Mesmo sem conhecer o plano de Victor, sabia que se clicasse em Publicar não haveria volta atrás, e Eli encontraria Victor, e pelo menos um deles morreria, e amanhã tudo voltaria a ser horrível.

Ela estaria sozinha.

De uma forma ou de outra, sozinha. Uma pessoa EO com um braço ferido e uma irmã que a queria morta, com um dom doentio, estranho, e pais ausentes, e talvez ela estivesse a fugir ou talvez fosse morta, também — nada disso soava muito apelativo.

* «Para sempre» é tradução de *forever*. No entanto, separada, a expressão *for ever*, neste caso, sugere «para Ever». [N. do T.]

Considerou *não* publicar. Podia fingir que o computador se avariara, podia roubar-lhes outro dia. Porque é que Victor tinha de fazer isto? Porque é que Victor e Eli tinham de se encontrar um ao outro? Mas, mesmo enquanto o perguntava, sabia a resposta. Sabia, porque a sua própria pulsação ainda acelerava de forma desafiante com o pensamento de Serena, porque mesmo que a razão lhe dissesse para correr para o mais longe possível da sua irmã, a gravidade do desejo trouxe Sydney de volta. Não conseguia interromper a órbita.

Mas poderia evitar a queda. Não poderia Victor, só por um bocadinho? Não poderiam todos eles ficar suspensos? Vivos? Mas então o aviso de Mitch ecoou-lhe na mente — *neste jogo não há homens bons* —, e, quando fechou os olhos para o bloquear, viu Victor Vale, não como ele estava à chuva naquele primeiro dia, ou mesmo como ele estava, quando ela o acordara acidentalmente, mas como ele estava esta tarde, de pé sobre o corpo daquele polícia, com a dor a crepitar no ar em redor quando ele lhe ordenou que trouxesse o morto de volta.

Sydney abriu os olhos e carregou no botão de Publicar.

XXVIII

SETENTA E CINCO MINUTOS PARA A MEIA-NOITE

BAR TRÊS CORVOS

VICTOR estava encostado ao tijolo frio da parede do beco do bar, consultando o perfil de Dominic Rusher, quando um homem a condizer com a fotografia apareceu do nada e entrou no estreito corredor entre os edifícios. Victor ficou impressionado, especialmente tendo em conta que a porta do bar nunca se tinha aberto, mas fez o seu melhor para o esconder, no interesse de manter a vantagem.

Dominic, pela sua parte, olhou para Victor — tinha um olho preto e um azul, e, de acordo com a sua ficha, o azul era falso —, depois cambaleou para a frente com dores, agarrado ao abdómen, e caiu desamparado, um joelho rachando contra o betão. Não foi obra de Victor. O homem estava em mau estado, e qualquer manobra de desaparecimento que ele tivesse feito com as sombras não tinha ajudado ao seu estado.

— Sabe, Sr. Rusher — disse Victor, fechando a pasta —, não devia misturar meta-hidricone com álcool. E, se fica assim com 35 miligramas, uma bebida não vai ajudar.

— Quem é você? — sussurrou Dominic.

— Onde está o meu amigo? — perguntou Victor. — Aquele que o avisou?

— Ainda lá dentro. Ele apenas disse que havia um homem...

— Eu sei o que ele disse. Eu disse-lhe para o dizer. Há um homem que o quer matar.

— Mas porquê?

Victor não gostava mais de persuasão do que de coerção. Demorava muito mais tempo.

— Porque você é uma pessoa ExtraOrdinária — disse ele. — Porque é antinatural. Algo nesse sentido. E, devo clarificar, o homem não quer só matá-lo. Ele *vai* matá-lo.

Dominic levantou-se com esforço e olhou Victor nos olhos.

— Como se eu tivesse medo de morrer — havia uma intensidade teimosa nos seus olhos.

— Pois — disse Victor —, poderá ser assim tão difícil, certo? Já o fez uma vez. Mas ter medo e não ter vontade são duas coisas diferentes. Não creio que *queira* morrer.

— Como é que sabe? — rugiu.

Victor deixou cair o perfil em cima de um caixote do lixo.

— Porque já o teria feito. Está uma lástima. Está sempre com dores. Cada momento de cada dia, suponho, mas não acaba com isso, o que diz muito da sua resiliência, ou da sua estupidez, mas também do seu desejo de viver. E porque veio aqui — fez um gesto para o beco. — O Mitch disse-lhe para vir cá, se quisesse viver. Poderia ter partido e arriscado a sua sorte, porém, até onde poderia ter ido, dada a sua condição, não se sabe. A questão é que não partiu. Veio para cá. Portanto, embora não tenha dúvidas de que enfrentaria novamente a morte com toda a honra de um soldado, não creio que esteja ansioso por isso — mesmo enquanto falava, estava a imaginar o tabuleiro de jogo, peças que se deslocavam para acomodar um talento que ele apenas vislumbrava, mas já sabia que queria. — Estou a dar-lhe uma escolha — acrescentou. — Volte lá para dentro e fique à espera de morrer. Ou vá para casa e fique à espera de morrer. Ou fique comigo e viva.

— Porque é que se importa?

— Não me importo — disse Victor. — Isto é, consigo. Mas com aquele que o quer matar? Quero-o morto. E você pode ajudar-me.

— Porque é que haveria de o fazer?

Victor suspirou.

— Além da evidente autopreservação? — estendeu a sua mão vazia, palma virada para cima, e sorriu. — Farei com que valha a pena.

Como Dominic não pegou na sua mão, Victor levou-a a descansar no ombro do homem. Ele podia sentir e ver como a dor deixava o corpo de Dominic, vê-la deslizar dos seus membros e do seu maxilar, da sua testa e dos seus olhos, que depois se abriram em choque.

— Que é que... que é que você...?

— O meu nome, Sr. Rusher, é Victor Vale. Sou uma pessoa EO e posso tirar-lhe a dor. Toda. Para sempre. Ou... — a sua mão deslizou do ombro do jovem homem, e, um momento depois, o rosto de Dominic enrugou-se, enquanto a dor voltava, aumentada. — Posso devolvê-la, e deixá-lo aqui a viver em agonia, ou a morrer às mãos de um estranho. Não é a melhor morte para um soldado.

— Não — rosnou Dominic, entre dentes cerrados. — Por favor. Que tenho de fazer?

Victor sorriu.

— Uma noite de trabalho por uma vida inteira sem dor. Que está *disposto* a fazer? — como Dominic não respondeu, Victor aumentou a intensidade da dor, observou o homem encolher-se, dobrar-se.

— Qualquer coisa — sussurrou Dominic finalmente. — Qualquer coisa.

MITCH estava de pé junto ao lavatório da casa de banho, arregaçando as mangas do seu casaco para lavar as mãos. Abriu a torneira e ouviu a porta descerrar-se sobre o som da água. A sua forma preenchia o espelho, de uma ponta à outra, por isso não conseguia ver o homem atrás dele, mas não precisava de o fazer. Ouviu Eli Ever atravessar a soleira da porta e deslizar o trinco na porta da casa de banho, trancando o mundo lá fora. Trancando-os lá dentro.

— Que é que lhe disseste? — perguntou Eli, atrás dele.

Mitch fechou a torneira, mas permaneceu no lavatório.

— Disse a quem?

— Ao homem no bar. Estavas a falar com ele e depois desapareceu.

As toalhas de papel estavam fora de alcance, e Mitch sabia bem que não deveria fazer quaisquer movimentos bruscos, por isso limpou as mãos ao casaco e virou-se para enfrentar o outro homem.

— É um bar — disse ele, encolhendo os ombros. — As pessoas entram e saem.

— Não — passou-se Eli. — Ele literalmente desapareceu.

Mitch soltou um riso forçado.

— Olha, meu — disse ele, passando por Eli rumo à porta, como se não tivesse reparado no ferrolho. — Acho que já tomaste demasiados...

Ouviu Eli sacar a arma do seu casaco, e as suas palavras interrompidas à medida que os seus passos abrandavam, depois parou. Eli engatilhou a arma. Mitch percebeu que era uma automática pela grelha metálica da metade superior, à medida que era deslocada para trás e armada. Virou-se lentamente em direção ao som. A arma estava na mão de Eli, o silenciador já estava enroscado, mas, em vez de estar apontada para Mitch, pendia ao lado de Eli. E isso deixou Mitch mais nervoso, a forma casual como segurava a arma, os dedos mal a agarravam, não só confortável com a arma, mas também no controlo. Parecia que ele se sentia no controlo.

— Já te vi antes — disse Eli. — No Esquire.

Mitch esticou a cabeça e puxou um canto da boca para cima.

— Achas que um homem como eu seria apanhado num sítio como esse?

— Não. É por isso que reparei em ti — o sorriso de Mitch esmoreceu. Eli ergueu a pistola e pô-lo na sua mira. — Alguém roubou as imagens dos ficheiros da prisão e dos registos da Polícia, mas aposto que o teu nome é Mitchell Turner. Agora, onde está o Victor?

Mitch pensou em fingir ignorância, mas no final decidiu não arriscar. Nunca tinha sido muito bom a dizer mentiras, de qualquer forma, e sabia que teria de fazer valer as poucas de que precisava.

— Deves ser o Eli — disse ele. — O Victor falou-me de ti. Disse que tens queda para matar pessoas inocentes.

— Não são inocentes — rugiu Eli. — Onde está o Victor?

— Não o vejo desde que chegámos à cidade e nos separámos.

— Não acredito nisso.

— Não quero saber.

Eli engoliu em seco, os seus dedos a vaguearem em direção ao gatilho.

— E o Dominic Rusher?

Mitch encolheu os ombros, mas deu um passo atrás.

— O miúdo simplesmente desapareceu.

Eli deu um passo em frente, pôs o dedo no gatilho.

— Que é que lhe disseste?

Um sorriso tremeu no canto da boca de Mitch.

— Disse-lhe para fugir.

Eli estreitou os olhos. Rodou a arma na mão, o cano encostado à palma da mão, e balançou o cabo com força contra a cabeça de Mitch. O seu rosto rachou de lado, e o sangue derramou do corte acima do olho, dificultando-lhe a visão, ao mesmo tempo que Eli levantava a bota, com força, e o mandava para trás, fazendo-o cair de costas no chão da casa de banho. Eli voltou a rodar a arma e apontou-a ao peito de Mitch.

— Onde está o Victor? — insistiu.

Mitch piscou os olhos através do sangue.

— Vê-lo-ás muito em breve — disse ele. — Já é quase meia-noite.

Eli mostrou os dentes, curvou a cabeça, e Mitch pensou que pôde ver nos lábios dele a palavra *perdoa-me*, antes de olhar para cima, e premiu o gatilho.

VICTOR olhou para o relógio. Eram quase 23h00 e Mitch ainda não tinha saído.

Dominic estava por perto a alongar-se, rolando a cabeça e os ombros e balançando os braços para a frente e para trás e de um lado para o outro, como se tivesse acabado de pousar uma carga pesada. Victor supunha que, em muitos aspetos, o tinha feito. Afinal, Victor conhecia a dor o suficiente para saber quanta Dominic havia sofrido, e estava francamente impressionado com o limite do homem. No entanto, embora ele pudesse ser capaz de funcionar com dor, os seus poderes claramente não floresciam sob ela. Por isso, Victor tinha-lha tirado. Tirara-lha toda. Contudo, deixara tanta *sensação* quanto possível, o que era complicado, dado que as duas coisas estavam muito entrelaçadas, mas não precisava do seu mais recente ativo a sangrar acidentalmente, só porque não reparava que se tinha cortado.

A atenção de Victor alternava entre o seu relógio e o ex-soldado, que estava ocupado a examinar-se a si próprio. As pessoas tomam os seus corpos e a sua saúde como garantidos. Mas Dominic Rusher parecia saborear cada flexão indolor das suas mãos, cada passo. Compreendia claramente o dom que lhe fora dado. Ainda bem, pensou Victor.

— Dominic — disse ele. — O que fiz pode ser desfeito. E, para que fique registado, não preciso de lhe tocar para o fazer. Isso foi para impressionar. Percebe? O que tirei pode ser devolvido num abrir e piscar de olhos, a uma cidade de distância, ou um mundo de distância. Por isso, não me irrite.

Dominic assentiu solenemente com a cabeça.

Na verdade, Victor só podia influenciar o limite de dor de uma pessoa se esta estivesse à vista. O mais longe que tinha chegado na prisão fora derrubar um homem do outro lado do pátio, do tamanho de um campo de futebol, com apenas um gesto de dedo. Uma vez ele conseguira fazer um recluso cair desamparado na outra extremidade do bloco de celas, apenas a sua mão visível através das grades, mas ainda assim. Fora de vista e a sua precisão desaparecia rapidamente. Não que Dominic precisasse de saber alguma coisa disso.

— O seu poder — perguntou Victor —, como funciona?

— Não sei explicar muito bem — Dominic baixou o olhar para as suas mãos e fletiu-as e esticou-as como se estivesse a resolver uma rigidez persistente. — Ainda que eu caminhe por um vale tenebroso...

— Alusões bíblicas à parte, por favor.

— Depois da explosão da mina, foi mau. Eu não podia... era desumana, aquela dor. Era animal e estava por todo o lado. E eu não queria morrer. Meu Deus, não queria, mas queria sossego e escuridão e... é difícil de explicar — ele não tinha de explicar. Victor sabia. —Sentia-me despedaçado. Estava. Enfim. Trouxeram-me de volta, mas não pareciam conseguir puxar-me até ao fim. Passei semanas em coma. Durante todo esse tempo, conseguia sentir o mundo. Ouvi-lo. Jurei que também o via, mas era como se tudo estivesse muito longe. Sombrio. E eu não o conseguia alcançar, não conseguia tocar em nada. E então acordei, e tudo estava tão aguçado e brilhante e cheio de dor novamente, e tudo o que eu queria era encontrar aquele lugar, aquele lugar sombrio e sossegado. E depois encontrei. Chamo-lhe caminhar nas sombras, porque não conheço nenhum outro termo. Entro na escuridão e posso mover-me de um lugar para outro sem ser visto. Sem que o tempo passe. Sem nada. Parece teletransporte, acho eu, mas tenho de me mover fisicamente. Poderia atravessar uma cidade no tempo que leva a piscar os olhos, mas eu demoraria horas. Teria de percorrer todo o caminho. E é difícil.

Como caminhar sobre a água. O mundo resiste, quando se quebram as suas regras.

— Pode levar outros consigo?

Dominic encolheu os ombros.

— Nunca tentei.

— Muito bem — disse Victor, agarrando o braço de Dominic, ignorando o momento quando o homem se encolheu. — Considere isto a sua audição.

— Para onde vamos?

— O meu amigo ainda está lá dentro — disse Victor, acenando para o bar. — Devia ter saído depois de si. Mas não saiu.

— Aquele grandalhão? Ele disse-me que me protegeria.

Victor franziu o sobrolho.

— De quem?

— Daquele que me quer matar — disse Dominic, de testa franzida. — Eu tentei contar-lhe, aquele tipo sentou-se ao meu lado e disse que havia um homem que me queria matar e que estava *no bar*.

Victor apertou ainda mais a manga de Dominic. *Eli*.

— Leve-me para dentro. Já.

Dominic respirou fundo e pôs a mão sobre a de Victor.

— Nem sei se isto sequer vai...

O resto das palavras caíram, não se desvanecendo, mas caindo em silêncio à medida que o ar à volta estremecia, separando-se para permitir a passagem dos dois homens. No momento em que Dominic e Victor atravessaram a linha, tudo se silenciou e escureceu e se aquietou. Victor podia ver o homem cujo braço estava a tocar, tal como podia ver o beco à sua volta, mas tudo foi lançado numa espécie de sombra, menos como a noite e mais como se o mundo tivesse sido fotografado a preto e branco e depois a fotografia tivesse envelhecido, desgastada e cinzenta. Ao caminharem, o mundo ondulava densamente à sua volta, o ar viscoso. Pressionava-os, oprimia-os. Quando chegaram à porta do bar, esta resistiu ao puxão de Dominic, antes de finalmente — lentamente — ceder.

No interior, o mundo fotográfico continuou. As pessoas apanhadas a meio de um gole, a meio de uma tacada, a meio de um beijo, a meio de uma rixa e a meio de uma dúzia de outras coisas, todas presas entre um fôlego e o seguinte. E todo o som apanhado, também, de modo que o espaço se enchia de um silêncio horrível e pesado. Victor manteve a mão no braço de Dominic como um cego, mas não conseguia tirar os olhos da sala. Ele esquadrinhou, sondando as caras congeladas da multidão.

E depois viu-o.

Victor parou, fazendo Dominic recuar. Ele olhou por cima do ombro e perguntou o que estava errado, as palavras ditas com os lábios, mas nunca formadas. E não importava, de qualquer forma, porque Victor não via os seus lábios a mexer-se. Não via nada, a não ser o homem de cabelo escuro, apanhado no meio da multidão, afastado deles e em direção à porta da frente, a estender a mão para a maçaneta. Victor perguntou-se como poderia ele conhecer aquele homem sem ver a sua cara. Era a postura, os ombros largos e a forma arrogante como os segurava, a extremidade do seu maxilar acentuado, visível ao afastar-se.

Eli.

A mão de Victor começou a escorregar do braço de Dominic. Eli Ever estava *mesmo ali*. A meia sala de distância. De costas viradas. A sua atenção descarrilada e o seu corpo apanhado entre momentos. Victor conseguia fazê-lo. O bar estava apinhado, mas se ele derrubasse todas as pessoas de uma só vez, teria uma oportunidade — *Não*. Ele tinha esperado. Esperado tanto tempo. Não ia desistir do plano, da dianteira, do controlo. Não iria funcionar, não aqui, não da forma como tinha de funcionar. Afastou os olhos das costas de Eli e forçou-se a perscrutar o resto da sala, mas não havia sinais de Mitch. Varreu a sala com o olhar, que finalmente se fixou nas casas de banho. Um sinal pendia na casa de banho dos homens. FORA DE SERVIÇO, em negrito, um conjunto de linhas desenhadas à mão por baixo para dar ênfase. Ele instou Dominic a avançar, através do ar pesado, até chegarem à porta, e entrou.

Mitchell Turner estava esparramado no chão de linóleo, o seu rosto colado ao chão, junto a uma pequena poça de sangue, que emanava de um corte na sua têmpora. Victor soltou o braço de Dominic e estremeceu, quando a sala de repente ganhou vida à sua volta, uma onda de cor, barulho e tempo. O próprio Dominic apareceu um momento depois, de braços cruzados, baixando o olhar para o corpo.

— O grandalhão — disse ele, baixinho.

Victor ajoelhou-se cuidadosamente junto a Mitch e reconsiderou a sua decisão de ter deixado Sydney no hotel.

— Ele está... — começou Dominic, enquanto Victor levava a ponta dos dedos ao buraco de bala no casaco de Mitch. A sua mão saiu seca. Suspirou e deu uma palmadinha no maxilar de Mitch. O homem gemeu.

— Filho... da... puta...

— Já vi que conheceste o Eli — disse Victor. — Ele sempre gostou muito de puxar o gatilho.

Mitch grunhiu, enquanto se sentava e tocava na cabeça, uma contusão já a desabrochar sob o sangue seco. O seu olhar foi para Dominic.

— Vejo que ainda está vivo. Boa escolha — tentou levantar-se, ficando sobre um joelho, antes de parar para respirar. — Uma ajudinha? — disse ele, estremecendo. Os lábios de Victor tremeram, e o ar zumbiu ligeiramente por um momento, antes de desaparecer, levando consigo a dor de Mitch. O homem levantou-se, balançou e apoiou-se à parede com uma mão ensanguentada, antes de se dirigir para a faixa de lavatórios para se lavar.

— Então ele é, tipo, à prova de bala? — perguntou Dominic. Mitch riu-se e, de seguida, afastou o casaco para revelar o colete por baixo.

— Quase — disse ele. — Mas não sou uma pessoa EO, se é isso que quer saber.

Victor molhou um punhado de toalhas de papel e fez o seu melhor para limpar o sangue de Mitch do chão e da parede, enquanto este terminava de o limpar da sua cara.

— Que horas são? — perguntou Victor, atirando as toalhas arruinadas para o caixote do lixo.

Dominic olhou para o seu relógio.

— São 23h00. Porquê?

Mitch desligou a torneira.

— Já estamos em cima da hora, Vic.

Mas Victor apenas sorriu.

— Dominic — disse ele. — Vamos mostrar ao Mitch o que consegues fazer.

XXIX

SESSENTA MINUTOS PARA A MEIA-NOITE

HOTEL ESQUIRE

SERENA secava o cabelo com uma toalha, erguendo fios de cabelo à luz da casa de banho para se certificar de que Zachary Flinch não o tinha manchado. Tivera de tomar banho três vezes para tirar a sensação de miolos e sangue da pele, e mesmo agora, depois de tanto esfregar, com o cabelo provavelmente danificado pela repetição do enxaguamento de tudo, não se *sentia* limpa.

A limpeza não era claramente profunda quando se tratava de matar.

Fora apenas a segunda execução em que estivera. A primeira tinha sido a de Sydney. Serena ficou a pensar nisso. Talvez por isso tivesse querido ir, para lavar a memória do quase homicídio da sua irmã, substituí-la por algum horror mais fresco, como se uma cena pudesse ser pintada sobre a outra.

Ou talvez ela tivesse pedido que o deixasse ir com ele, porque sabia que Eli o odiaria — sabia quanto as suas remoções lhe eram importantes, quanto lhe *pertenciam* — e que ele iria resistir. Por vezes, aqueles momentos em que ele resistia, em que ela podia ver a centelha da rebeldia, eram os únicos que a faziam sentir-se viva. Ela detestava viver num mundo tão deprimido, cada olho vidrado e cada simples aceno de cabeça um lembrete de que nada importava. Ela começaria a deixar ir, e depois Eli ripostaria e forçá-la-ia a apertar mais. Perguntava-se com emoção se talvez um dia ele se libertaria.

Finalmente satisfeita por o sangue não o ter manchado, secou o cabelo, vestiu um roupão e foi para a sala de estar, tocando no computador para o ligar. Entrou na base de dados da Polícia e preencheu a janela «Nome do Meio» do formulário de pesquisa com *ELI*, esperando que não apresentasse resultados, já que Eli já deveria ter liquidado Dominic, mas a pesquisa apresentou dois perfis. O primeiro pertencia a Dominic.

O segundo, porém, pertencia a *Victor*.

Leu o perfil três vezes, mordendo o lábio, e depois procurou o seu telefone, no quarto, que atirara para cima da cama quando entrara. Encontrou-o debaixo de uma pilha de roupa e toalhas, e estava a meio de marcar o número de Eli, quando parou.

Menos de uma hora para a meia-noite.

Era uma armadilha. Eli também o saberia, claro, mas iria de qualquer maneira. Porque não o faria ele? O que quer que o inimigo de Eli estivesse a planear, só havia uma maneira de esta noite terminar e era com Victor Vale num saco para cadáveres. E Sydney? Serena sentiu um aperto no peito. A sua determinação tinha vacilado da primeira vez; não sabia se tinha forças para ver Eli tentar novamente. Mesmo que não fosse realmente a sua irmã, apenas uma sombra da menina sempre agarradinha a ela durante doze anos, uma impostora na forma da sua irmã. Mesmo assim.

Os seus dedos pairavam sobre o ecrã. Podia arrastar o ficheiro para o lixo. Eli não o encontraria a tempo. Mas seria apenas uma suspensão da execução. Victor queria encontrar Eli, e Eli queria encontrar Victor, e, de uma forma ou de outra, eles seriam bem-sucedidos. Olhou para o perfil de Victor uma última vez e tentou imaginar o homem que em tempos fora amigo de Eli, que o tinha trazido de volta, que fizera dele o que ele era, que tinha salvado a sua irmã... e, por um momento, ao terminar de marcar o número de Eli, quase desejou que Victor tivesse hipóteses de vencer.

XXX

CINQUENTA MINUTOS PARA A MEIA-NOITE

BAR TRÊS CORVOS

ELI entrou pela porta da frente do Três Corvos, enquanto ligava para o detetive Stell, dizendo-lhe para mandar um polícia ao bar para fazer uma limpeza de um incidente.

— Era uma EO, certo? — perguntou Stell, e a pergunta, assim como a sombra de dúvida que revestia a voz do agente, enquanto perguntava, perturbou Eli tremendamente. No entanto, não tinha tempo para lidar com a resistência do detetive, agora não, enquanto o relógio avançava.

— Claro que era — passou-se e desligou a chamada.

Eli fez uma pausa sob os corvos esculpidos em metal no toldo do bar, passou os dedos pelo cabelo e vasculhou a rua em busca de qualquer sinal de Dominic Rusher ou Victor Vale, mas tudo o que viu foram bêbados, vagabundos e carros a passar demasiado depressa para se poder ver condutores ou passageiros. Praguejou e pontapeou o caixote do lixo mais próximo com toda a força possível, saboreando o florescimento da dor, mesmo quando esta se desvaneceu, quaisquer que fossem os danos que ele tivesse reparado, os ossos e tecidos e a pele a unirem-se novamente.

Não devia ter matado Mitch Turner.

Sabia disso. Mas não era como se o homem estivesse inocente, não verdadeiramente. Eli havia os registos policiais. Turner tinha pecado. E aqueles que se aliam aos monstros são pouco melhores do que os próprios monstros. Mesmo assim, não sentira silêncio, nenhum momento de paz após o ato, e o peito de Eli apertava-se ao ser-lhe negada a calma, a garantia de que não se tinha desviado.

Eli curvou a cabeça e benzeu-se. Os seus nervos começavam a acalmar quando o telefone tocou.

— Que foi? — rugiu para o telemóvel, dirigindo-se ao seu carro, estacionado do outro lado da rua.

— O Victor publicou na base de dados — disse Serena. — Aquele sítio do Falcon Price. Rés do chão — ele ouviu o som da porta de vidro do pátio abrir-se. — É mesmo ali, à frente do hotel. Trataste do Dominic Rusher?

— Não — resmungou. — Mas o Mitchell Turner está morto. O prazo continua a ser à meia-noite? — A sua raiva esfriava, enquanto caminhava, concentrando-se no que tinha a fazer. As coisas estavam dentro do prazo. Não o *seu* prazo, mas *um* prazo.

— Ainda meia-noite — disse Serena. — E a Polícia? Devia ligar ao Stell? Para que ele envie os seus homens ao arranha-céus?

Eli bateu com dedos no carro e pensou na pergunta de Stell, no seu tom.

— Não. Não antes da meia-noite. O Turner está morto, e o Victor é meu. Diz-lhes para lá estarem à meia-noite, não antes, e ordena-lhes que fiquem no exterior até terminarmos. Diz-lhes que não é seguro — ele entrou, o seu hálito a embaciar as janelas. — Vou a caminho. Queres que te vá buscar? — ela não respondeu. — Serena?

Após mais uma longa pausa, ela acabou por dizer:

— Não, não. Ainda não me vesti. Encontramo-nos lá.

SERENA desligou a chamada.

Estava debruçada sobre a varanda e mal sentia o gelo do parapeito de ferro sob os seus cotovelos, porque estava demasiado ocupada a olhar para um rasto de fumo.

Dois andares abaixo e vários quartos ao lado, o fumo enrolava-se por entre um par de portas abertas, erguendo-se na sua direção. Cheirava a papel queimado. Serena sabia, porque no liceu ela e os seus amigos acendiam sempre uma fogueira na primeira noite de férias de verão e lançavam os seus trabalhos e os seus exames lá para dentro, atirando o ano velho para as chamas.

No entanto, por melhor que fossem os quartos do Esquire, nenhum deles tinha lareira.

Ela ainda estava a perguntar-se sobre o fumo, quando um grande cão preto vagueou para a varanda. O cão olhou para o exterior, entre as grades da varanda, por um momento, antes de a voz de uma rapariga o chamar de volta.

— Dol — chamou a rapariga. — Dol! Volta para dentro!

Um arrepio atravessou Serena. Conhecia aquela voz.

Volvido um momento, a pequena rapariga loira, que tantas pessoas tinham confundido como gémea de Serena, apareceu na varanda e puxou o pescoço do cão.

— Anda lá — tentou convencer Sydney. — Vamos para dentro.

O cão virou-se e, obedientemente, seguiu-a para dentro.

Que quarto do hotel? Serena começou a contar. Dois andares para baixo. Três quartos ao lado.

Virou-se para trás e foi para dentro.

XXXI

QUARENTA MINUTOS PARA A MEIA-NOITE

BAR TRÊS CORVOS

DOMINIC agarrou Victor e Mitch e conduziu-os em silêncio e pela sombra para fora das casas de banho, através do bar e para o beco na parte lateral do bar.

Victor deu um aceno de cabeça e Dominic soltou-o, o mundo voltando novamente à vida em seu redor. Até o beco deserto era uma cacofonia em comparação com o silêncio pesado do intermédio; Victor revirou os ombros e olhou para o relógio.

— Aquilo foi... estranho — disse Mitch, que parecia ter perdido consideravelmente o ânimo depois de ter sido baleado.

— Foi perfeito — disse Victor. — Vamos lá.

— Então passei? — perguntou Dominic, ainda a fletir as mãos. Victor podia ver o medo nos olhos dele, a esperança desesperada de a dor se manter afastada. Ele gostava da transparência dos desejos de Dominic. Mantinha as coisas simples.

— A noite ainda não acabou — disse ele. — Mas estás a ir muito bem até agora.

Mitch resmungou por causa do buraco no seu casaco, enquanto se dirigiam para a entrada do beco. Victor sabia que fora a primeira coisa que Mitch comprara, quando eles saíram da prisão, um casaco bem feito, forrado com penas de pato escurecidas, que agora vazavam em pequenos tufos, enquanto ele saía do passeio.

— Vê o lado positivo — disse Victor. — Ainda estás vivo.

— A noite ainda é uma criança — disse Mitch, baixinho, ao atravessarem a rua.

Disse mais alguma coisa, ou começou a dizer, mas foi interrompido pelo guincho repentino das sirenes.

Um carro da patrulha dobrou uma esquina e desceu a rua em direção a eles, em vermelho e azul e branco e ondulações de barulho estridente. Mitch virou-se, e Victor ficou tenso, e o tempo abrandou. E depois o tempo *parou*. Victor sentiu a mão a descer no seu braço um pouco antes de o som e a cor se apagarem da noite. O carro da polícia congelou, suspenso entre momentos no filme das sombras de Dominic. A outra mão de Dominic descansou no pulso de Mitch, e os três encontravam-se agora na escuridão do seu mundo intermédio, congelados como se também eles tivessem sido apanhados no tempo. Victor poderia ter admitido — se *pudesse* admitir, se as suas palavras pudessem tomar forma e som — o útil que Dominic Rusher se estava a revelar, mas, como não podia, simplesmente acenou na direção do parque de estacionamento, e os três homens atravessaram o ar denso, rumo ao outro lado da rua.

Victor sabia que tinham um dilema.

Dominic, embora em muito melhor estado, não estava em condições de os arrastar pela cidade. Precisavam do carro. Mas não podiam usá-lo, antes de saírem das sombras, e, no momento em que o fizessem, a realidade retomaria, e o carro-patrulha continuaria a descer a rua para o Três Corvos. Victor liderou o caminho para o carro roubado, os outros dois numa fila atrás dele, e, quando chegaram lá, ele fez um gesto para que se ajoelhassem no intervalo entre o seu veículo e o seguinte, do lado da aproximação congelada do carro da polícia, que antes era um descapotável e agora era uma carrinha consideravelmente maior. Deu um último suspiro e praguejou baixinho, o mais próximo que Victor chegava a uma reza, e depois acenou para Dominic, cuja mão desapareceu do seu ombro, despojando a quietude e mergulhando o seu mundo de volta no caos.

O carro da polícia virou para a entrada do bar, onde travou de repente, com as sirenes a berrar. Victor susteve a respiração e pressionou o seu corpo contra o lado metálico do seu carro e espreitou pelo o espaço estreito entre o seu para-choques dianteiro e o da carrinha, enquanto as sirenes se desligavam abruptamente, deixando os seus ouvidos a zumbir.

Saíram dois agentes do carro, que se encontraram à porta.

Um polícia entrou e desapareceu, mas o outro ficou na calçada e confirmou a sua chegada por meio de um rádio. Algo sobre um corpo. Estavam aqui pelo corpo do Mitch. O que era problemático, uma vez que não havia corpo, o que em breve se tornaria prontamente visível.

Vai para dentro, suplicou ele ao segundo polícia.

O polícia não se mexeu. Victor libertou a sua arma e apontou-a ao agente, ao nível da cabeça do homem. Era um tiro certeiro. Ele inspirou e susteve a respiração. Victor não sentia culpa, ou medo, ou mesmo um sentimento de consequência, não como as pessoas normais. Todas essas coisas tinham estado mortas — ou pelo menos entorpecidas até à sua inutilidade — durante anos. Mas treinara a sua mente para reconstruir esses sentimentos de memória o melhor que podia, reunindo-os numa espécie de código. Nada tão elaborado como o conjunto de regras de Eli, apenas um simples desejo de evitar matar transeuntes, se possível. Não parecia errado descansar o seu dedo no gatilho, mas a sua mente forneceu a palavra *errado*. Baixou um pouco a arma, sabendo que sacrificar um tiro mortal também sacrificaria a certeza da sua fuga.

Soltou o ar dos pulmões no momento em que o rádio crepitou, e mesmo que Victor não conseguisse discernir a mensagem, pôde ouvir a resposta do agente — «Que género de problema?» — e, um momento depois, — «Como assim? Segundo o Ever e o Stell... esquece. Espera aí.»

E, assim, sem mais nem menos, o segundo polícia virou-se para a porta. Victor baixou a arma e os seus olhos vaguearam para o céu, onde densas nuvens cinzentas enfraqueciam a escuridão da noite. Nunca fora muito de Deus, nunca tivera o zelo de Eli, nunca precisara de sinais, mas, se tais coisas existissem, se o Destino existia, ou uma força superior qualquer, talvez também tivesse problemas com os métodos de Eli. O segundo agente seguiu o primeiro para dentro, e Victor, Mitch e Dominic levantaram-se, entrando no carro, antes mesmo de as portas da frente do bar se terem fechado.

Uma multa amarela agitava-se contra o para-brisas, presa debaixo de uma escova, e Victor esticou-se pela janela, soltou-a e amarrotou-a, deixando cair o papel no chão. O vento apanhou-o logo, e a multa voou dali para fora.

— Deitar lixo ao chão — disse Mitch, enquanto Victor ligava o motor.

— Esperemos que não seja o pior crime que cometo esta noite — disse Victor, ao saírem do parque de estacionamento, para longe do Três Corvos e do carro-patrulha, rumo ao coração da cidade, enquanto os minutos avançavam para a meia-noite. — Telefona à Sydney. Assegura-te de que está tudo bem do seu lado.

Uma ambulância passou por eles, rumo ao bar. Não seria necessária.

— Se eu não soubesse — disse Mitch, marcando o número —, pensaria que te importas.

XXXII

TRINTA MINUTOS PARA A MEIA-NOITE

HOTEL ESQUIRE

QUEIMAR os papéis demorou mais tempo do que Sydney esperava, e à sétima ou oitava página, a novidade de arruinar alguma coisa tinha desaparecido, substituída por um entediante sentido de obrigação. Estava junto ao lava-loiça, apoiada no livro de Victor, e levava uma página de cada vez à chama do pequeno isqueiro azul, esperando que cada uma fosse uma camada de cinza no lava-loiça, antes de começar a folha seguinte, e suspeitando fortemente de que Victor lhe tinha dado a tarefa apenas para a manter ocupada. Não se importou assim tanto. Era melhor do que ficar quieta, a olhar para o relógio e a pensar quando voltariam.

Se voltariam.

Dol estava ao seu lado, quase capaz de descansar o focinho na bancada, junto aos restantes papéis, e a ganir levemente cada vez que ela levava a chama do isqueiro a uma página. Ela esperava tanto tempo quanto ousasse, antes de deixar cair o papel queimado no lava-loiça — um pouco mais tempo de cada vez — e depois observava os rostos riscados das vítimas de Eli a escurecerem e a enrugarem-se, observava como o fogo consumia os seus nomes, as suas datas, as suas vidas.

Sydney estremeceu.

O quarto estava gelado com as portas da varanda abertas, e Dol já tinha vagueado para fora uma vez, perturbado pelo fogo, mas teve de as deixar assim por causa do fumo. Sydney passou a tarefa toda à espera que os alarmes disparassem. Teve de resistir ao impulso de queimar os restos da pasta de uma só vez e ficar despachada, mas a sua preocupação com os alarmes manteve-a lenta e metódica. A quantidade de fumo criada por uma única página parecia demasiado pequena para perturbar os sistemas, mas queimar toda a pasta de uma só vez iria certamente acionar alguma coisa.

Dol logo perdeu o interesse e voltou a vaguear para a varanda. Sydney não gostava dele lá fora e chamou-o de volta, quase chamuscando os dedos quando se esqueceu de largar a última página.

Tocou um telefone no bolso de Sydney.

Victor comprara-lho para ela. Ou melhor, Victor comprara-o, e depois dera-o a Sydney, depois de ter visto o que ela podia fazer. O telefone era, aos olhos de Sydney, um convite para ficar. Ela e Mitch e Victor tinham todos os mesmos modelos e, de alguma forma, isso fazia Sydney feliz. Era como pertencer a um clube. Quisera pertencer a um clube na escola, mas nunca havia sido muito boa em Desporto, não se importava com o governo estudantil (era uma piada na preparatória, de qualquer forma), e depois de ressuscitar o *hamster* na aula de Ciências, tinha alguma timidez em participar no clube da natureza, um clube extracurricular. Bem, os clubes do liceu seriam mais divertidos, pensara ela.

Se conseguisse manter-se viva até lá.

O telefone voltou a tocar, e Sydney pôs o isqueiro de lado e tirou o aparelho do bolso.

— Estou? — atendeu.

— Olá, Syd — era Mitch. — Tudo bem por aí?

— Já quase terminei os papéis — disse ela, pegando no isqueiro e ateando fogo a outra página. Era a rapariga do cabelo azul. Quase do mesmo azul que o próprio isqueiro. Sydney observou o rosto da rapariga enrugar-se até se reduzir a nada. — Vais pensar em mais maneiras de me manter ocupada?

Mitch riu-se, mas não parecia muito feliz.

— És uma criança. Vê televisão ou algo assim. Chegamos a casa mais tarde.

— Olha, Mitch — disse Sydney, mais suavemente. — Tu... tu vais voltar, não vais?

— Assim que puder, Syd. Prometo.

— É bom que sim — pegou fogo a mais uma página. — Senão bebo todo o teu leite com chocolate.

— Não te atreverias — disse Mitch, e ela quase pôde ouvir o sorriso na sua voz, antes de ele desligar a chamada.

Sydney guardou o seu telefone e pegou fogo à última página. Era dela. Encostou o isqueiro ao canto e segurou o papel para cima para que o fogo abrisse caminho por um dos lados, antes de engolir a fotografia, a versão de papel fino da rapariga de cabelo loiro, curto e com olhos azuis cristalinos. As chamas atravessaram-na e depois não restou nada. Deixou o fogo lamber-lhe os dedos, antes de deixar cair a página no lava-loiça, e sorriu.

A rapariga estava morta.

Alguém bateu à porta do quarto do hotel, e Sydney quase deixou cair o isqueiro.

Bateu uma segunda vez.

Susteve a respiração. Dol levantou-se, fez uma espécie de rosnadela e pôs-se direito entre ela e a porta.

Bateu uma terceira vez, e depois alguém falou.

— Sydney?

Mesmo em biquinhos dos pés, Sydney não conseguiria ver para fora do olho mágico, mas não precisava de o fazer. Conhecia a voz, conhecia-a melhor do que a sua. Levantou a mão e levou-a à boca para abafar a surpresa, a resposta, o som da respiração, como se não pudesse confiar nos seus lábios com nada.

— Sydney, por favor — disse a voz de Serena do outro lado da porta, suave e branda e baixinha.

Por um momento, Sydney quase se esqueceu — do hotel e dos tiros e do lago agitado — e era como se estivessem em casa a brincar às escondidas, e Sydney era boa de mais e Serena tinha desistido, ou tinha-se fartado, e simplesmente implorava à sua irmã mais nova que desistisse, também, que aparecesse. Se estivessem em casa, Serena teria dito que tinha bolachas, ou limonada, ou para irem ver um filme que Sydney ansiava ver? Podiam fazer pipocas. Nada disso era verdade, claro. Mesmo então Serena diria qualquer coisa para atrair a irmã para fora, e Sydney não se importaria, não propriamente, porque tinha vencido.

Mas não estavam em casa.

Não estavam em nenhum lugar perto de casa.

E este jogo estava viciado, porque a sua irmã não tinha de mentir, nem de subornar, nem de fazer batota. Tudo o que ela tinha de fazer era dizer as palavras.

— Sydney, vem abrir a porta.

Ela guardou o isqueiro e desceu do livro de Victor e atravessou o quarto, pressionando a mão contra a madeira por um momento, antes de os seus dedos traidores se dirigirem para a maçaneta da porta e a rodarem. Serena estava à soleira da porta com um casaco verde e um par de *leggings* que desapareciam dentro de botas pretas de salto alto. As suas mãos estavam apoiadas aos dois lados da ombreira da porta. Uma mão estava vazia e a outra segurava uma arma. A mão com a arma deslizou pela ombreira da porta com um assobio metálico, antes de descansar ao seu lado. Sydney afastou-se da arma.

— Olá, Sydney — disse ela, enquanto batia levemente com a pistola contra as suas *leggings*.

— Olá, Serena — disse a sua irmã.

— Não fujas — disse Serena. Nunca ocorrera a Sydney fazê-lo. No entanto, não conseguia perceber se o pensamento estava lá e se esvaíra ao ouvir as palavras da irmã, ou se era corajosa o suficiente para nunca ter considerado fugir, ou se era simplesmente esperta o suficiente para saber que não conseguiria escapar às balas duas vezes, sobretudo sem floresta e sem avanço.

Fosse qual fosse o motivo, Sydney ficou muito, muito quieta.

Dol rosnou, quando Serena entrou no quarto do hotel, mas, quando ela lhe disse para se sentar, ele obedeceu, dobrando as pernas traseiras com relutância. Serena passou pela sua irmã mais nova, observando as cinzas no lava-loiça e o pacote de leite com chocolate na bancada (Sydney tinha silenciosamente decidido bebê-lo — pelo menos parte dele — se Mitch não voltasse depressa), antes de voltar para Sydney.

— Tens um telefone? — perguntou Serena.

Sydney acenou com a cabeça, com a mão a vaguear voluntariamente para o bolso para retirar o telefone que Victor lhe tinha dado. Aquele que coincidia com o dele e o de Mitch. Aquele que fazia deles uma equipa. Serena estendeu a sua mão e a mão de Sydney estendeu-se a si mesma, depositando o aparelho na palma da sua irmã. Serena caminhou então para a varanda, onde as portas ainda estavam abertas para libertar o fumo, e lançou o telefone sobre as grades e para a noite.

Sydney ficou desolada ao ver aquele retângulo de metal cadente. Gostava mesmo daquele telefone.

Serena fechou então as portas da varanda e empoleirou-se na parte de trás do sofá, de frente para a sua irmã, com a arma apoiada no joelho. Ela sentou-se como Sydney, ou melhor, Sydney sentou-se como sempre o fizera, com apenas metade do seu peso, como se pudesse precisar de fugir a qualquer momento. Mas, enquanto a posição de Sydney parecia enroscada, Serena de alguma forma fez o ato parecer casual, mesmo preguiçoso, apesar da arma.

— Feliz aniversário — disse ela.

— Ainda não é meia-noite — disse Sydney, baixinho. *Podes cá passar o teu aniversário*, prometera Serena. Agora ela esboçava um sorriso triste.

— Costumavas ficar acordada até à meia-noite, ainda que a mãe te dissesse para não o fazeres, porque sabia que passarias o dia seguinte cansada. Ficavas acordada, sentada, a ler, à espera e, quando o relógio chegasse à meia-noite, acendias uma vela que tinhas enfiada debaixo da cama e pedias um desejo — havia um casaco pendurado nas costas do sofá, o casaco vermelho que ela tinha despido, depois de Victor lhe dizer que tinha de ficar para trás, e agora Serena mexia num dos botões. — Era como uma festa de aniversário secreta — acrescentou, baixinho. — Só para ti, antes de mais alguém se juntar a nós e celebrar.

— Como é que sabias? — perguntou Sydney.

— Sou a tua irmã mais velha — disse Serena. — É minha obrigação saber coisas.

— Então conta-me — disse Sydney — porque é que me odeias?

Serena olhou-a fixamente.

— Não odeio.

— Mas queres que eu morra. Achas que, de alguma forma, sou errada. Avariada.

— Acho que somos todos avariados — disse Serena, atirando-lhe o casaco vermelho. — Veste isso.

— Não me sinto avariada — disse Sydney, baixinho, enquanto enfiava as mangas demasiado compridas nos braços. — Mesmo que seja avariada, posso consertar os outros.

Serena olhou atentamente para a irmã.

— Não podes consertar os mortos, Syd. As pessoas ExtraOrdinárias são prova disso. Além disso, não te cabe a ti tentar.

— Não te cabe a ti controlar as vidas das pessoas — passou-se Sydney.

Serena ergueu uma sobrancelha, entretida.

— Quem te ensinou a cantar tão alto? A pequena Sydney que eu conhecia mal conseguia chilrear.

— Já não sou essa Sydney.

Serena ficou com uma expressão desiludida. O seu aperto na pistola ficou mais firme.

— Vamos dar um passeio — disse ela.

Sydney lançou olhares em redor do quarto, ainda que os seus pés seguissem Serena em direção à porta com a mesma simples obediência que tinha possuído as suas mãos para lhe oferecer o telefone. Membros traiçoeiros. Ela queria deixar uma nota, uma pista, qualquer coisa, mas Serena ficou impaciente e agarrou-lhe a manga, empurrando-a em direção ao corredor. Dol estava sentado no meio do quarto, ganindo ao passarem por ele.

— Posso levá-lo?

Serena parou e ejetou o carregador da arma para verificar o número de balas.

— Está bem — disse ela, voltando a enfiar o carregador. — Onde está a trela dele?

— Não tem trela.

Serena segurou a porta e suspirou.

— Segue a Sydney — disse ela para Dol, e o cão levantou-se e avançou aos ressaltos, encostando-se à rapariga.

Serena conduziu Sydney e Dol pela escada de betão que descia ao lado do elevador, até ao parque de estacionamento, uma estrutura de paredes abertas pressionada contra a parede do Esquire. O local cheirava a gás, a luz era fraca e o ar estava gelado, um vento lateral a entrar em rajadas curtas e afiadas.

— Vamos a algum lado de carro? — perguntou Sydney, apertando o casaco à sua volta.

— Não — disse Serena, virando-se para a irmã. Levou a arma até à testa de Sydney, encostou-a à sua pele, entre os seus olhos azuis cristalinos. Dol rosnou. Sydney pôs uma mão nas suas costas para o acalmar, mas não desviou o olhar de Serena, ainda que fosse uma luta focar a sua visão à volta do cano da arma. — Costumávamos ter os mesmos olhos — disse Serena. — Os teus agora são mais claros.

— Gosto que sejamos finalmente diferentes — disse Sydney, tentando reprimir um calafrio. — Não quero ser como tu.

O silêncio caiu entre as irmãs. Um silêncio cheio de peças em movimento.

— Não preciso que sejas como eu — disse Serena, por fim. — Mas preciso que sejas corajosa. Preciso que sejas forte.

Sydney fechou bem os olhos.

— Não tenho medo.

SERENA estava na garagem com o dedo no gatilho, o cano encostado entre os olhos de Sydney, e bloqueou. A rapariga era e não era a sua irmã. Talvez Eli estivesse enganado e todas as pessoas EO não estivessem avariadas, pelo menos não da mesma forma. Ou talvez Eli estivesse certo, e a Sydney que ela conhecia tivesse desaparecido, mas mesmo assim, esta nova Sydney não estava esvaziada, não estava na escuridão, não estava verdadeiramente morta. Esta Sydney estava viva de uma forma que a outra nunca tinha estado. Revelava-se-lhe na pele.

Os dedos de Serena relaxaram na arma, e ela deixou-a deslizar do rosto da irmã. Sydney manteve os olhos fechados. A arma deixara uma marca na sua testa, uma pequena mossa, e Serena estendeu a mão e suavizou-a com o polegar. Só então é que os olhos de Sydney se abriram, a força neles a vacilar.

— Porque é que... — começou.

— Agora preciso que me oiças — interrompeu Serena, no seu tom calmo, aquele tom que ninguém, nem mesmo Eli, sabia como recusar. Um poder absoluto. — Preciso que faças o que te digo — pressionou a arma nas mãos de Sydney, e depois agarrou-a pelos ombros e apertou-a. — Vai embora.

— Para onde? — perguntou Sydney.

— Para um sítio seguro.

Serena libertou-a e deu à sua irmã um pequeno empurrão para trás, para longe, um gesto que outrora poderia ter sido lúdico, normal. Mas a expressão nos seus olhos e a arma nas mãos de Sydney e a noite cada vez mais fria à sua volta serviram como um lembrete vívido de que nada era agora normal. Sydney enfiou a arma no casaco, mas não tirou os olhos da irmã e não se mexeu.

— *Vai* — rugiu Serena.

Desta feita, Sydney fez o que lhe era dito. Virou-se, agarrou o pescoço de Dol, e os dois saíram disparados entre os carros. Serena observou até a sua irmã ser uma mancha de vermelho, e depois nada. Pelo menos ela teria uma hipótese.

Um telefone tocou no bolso do casaco de Serena. Esfregou os olhos e atendeu.

— Estou aqui — disse Eli. — Onde estás?

Serena endireitou-se.

— Estou a caminho.

XXXIII

VINTE MINUTOS PARA A MEIA-NOITE

PROJETO FLACON PRICE

SYDNEY partiu.

Ela cortou pela garagem do Esquire rumo a uma rua lateral, que se estendia até à frente do hotel, e acabou por ficar alguns metros à esquerda das portas principais. Um polícia encontrava-se a vários metros de distância, de costas para ela, enquanto tomava um café e falava ao telemóvel. Sydney sentiu o peso da arma no seu bolso — como se a arma de fogo escondida chamasse mais atenção do que uma rapariga desaparecida com um casaco vermelho vivo, agarrando a coleira de um cão preto gigante — mas o polícia nunca se virou. Já era tarde e os carros na estrada principal eram escassos, o trânsito a aumentar à medida que a noite avançava, e Sydney e Dol atravessaram a rua a correr, sem serem notados.

Ela sabia exatamente para onde ia.

Serena não tinha dito a Sydney para ir para *casa*. Não lhe tinha dito para *fugir*. Tinha-lhe dito para ir para um lugar *seguro*. E, no decurso da última semana, seguro tinha deixado de ser um lugar para Sydney, tornando-se uma pessoa.

Especificamente, *seguro* tinha-se tornado Victor.

Motivo pelo qual Sydney correu para o único sítio onde sabia que Victor estaria (pelo menos, de acordo com o perfil que ele a fizera pôr na base de dados da Polícia naquela noite, aquele que ela lera uma dúzia de vezes, enquanto esperava, antes de ganhar coragem para carregar no botão de Publicar).

O projeto de arranha-céus Falcon Price.

Ao fundo do quarteirão, a obra era um local escuro na cidade, como uma sombra entre as luzes da rua. Havia uma fina estrutura de madeira à volta do arranha-céus abandonado, paredes de dois andares, do tipo que as pessoas gostavam de vandalizar, porque eram temporárias e altamente visíveis. A estrutura estava revestida com cartazes e sinais, marcados aqui e ali por arte de rua, e, por baixo de tudo isso, algumas licenças de construção e um logótipo de uma empresa de construção.

Oficialmente, só havia um caminho para a obra, por um portão frontal — também com revestimento de madeira —, que tinha passado os últimos meses fechado a cadeado.

No entanto, mais cedo nesse dia, quando Mitch a trouxera aqui para ressuscitar o agente Dane, tinha-lhe mostrado outra entrada, não pelo portão acorrentado, mas pela parte de trás do edifício, num lugar na estrutura onde dois amplos painéis de madeira se sobrepunham ligeiramente. Ele alargara o espaço entre os painéis para os deixar passar, os painéis voltando a fechar-se atrás deles. Sydney sabia que podia enfiar-se na obra sem tocar nas paredes, uma vez que, mesmo quando os painéis estavam fechados, havia um pequeno triângulo de espaço perto do fundo. Ela soltou o pescoço de Dol, receando que o cão saísse disparado, mas ele não o fez, apenas ficou ali a ver Sydney a rastejar pelo buraco. Dol parecia angustiado com a decisão de Sydney e determinado a segui-la. Quando chegou ao outro lado e se levantou, limpando a sujidade das suas calças, o cão agachou-se e esgueirou-se pela abertura nas tábuas.

— Lindo menino — sussurrou ela, enquanto o cão se levantava e se sacudia.

Dentro da estrutura de madeira havia uma espécie de pátio, uma grande extensão de terra com pedaços de metal e contraplacado e sacos de cimento. O pátio era escuro, sombras sobre sombras, tornando perigoso o caminho desde a parede até ao edifício. O edifício em si elevava-se, inacabado, um esqueleto de aço e betão, envolto em camadas de plástico como gaze.

Porém, no rés do chão, várias camadas de plástico adentro, Sydney podia distinguir uma luz.

Era tão difusa que se o pátio não tivesse estado tão escuro, poderia não ter dado conta. Mas dera. Dol encostou-se a ela. Sydney ficou no pátio, sem saber o que fazer. Victor já cá estava? Ainda não era meia-noite, pois não? Ela não tinha o seu telefone, não o conseguiria perceber pela Lua mesmo que *soubesse* ler a Lua, porque no alto não havia Lua, apenas uma densa camada de nuvens, resplandecente, com a luz refletida da cidade.

Quanto à luz dentro do arranha-céus, era estável, constante, mais como uma lâmpada do que uma lanterna, e de alguma forma isso dava algum conforto a Sydney. Alguém a tinha posto ali, preparado, planeado. Victor planeara coisas. Mas, quando ela deu um passo em direção ao edifício, Dol barrou-lhe o caminho. Quando ela o contornou, as suas mandíbulas rodearam-lhe o antebraço e agarraram-na. Ela contorceu-se, mas não conseguiu libertar-se, e mesmo que o cão tivesse o cuidado de não a morder, o seu aperto era firme.

— Larga-me — rosnou ela. O cão não cedeu.

E depois, do outro lado do edifício, além da estrutura fina de madeira, ouviu-se a porta de um carro fechar-se com força. Dol deixou cair o braço de Sydney, quando a sua cabeça se virou para o som. O barulho, agudo e metálico, lembrou Sydney de um disparo, acelerando-lhe o coração, a palavra *seguro seguro seguro seguro* a latejar com o sangue nos seus ouvidos. Ela correu para o edifício, para o plástico e o aço e o abrigo, tropeçando numa barra de ferro abandonada, antes de alcançar a estrutura oca do arranha-céus. Dol seguiu-a, e os dois desapareceram dentro do Falcon Price, pois, algures do lado oposto, alguém arrastou o portão da frente.

MITCH bateu com a porta do carro e viu Victor e Dominic afastarem-se de carro. Ele planeara dar a volta para a parte de trás do arranha-céus, abrir o painel de madeira, e entrar por ali, mas, quando chegou ao portão da frente, viu que não era necessário. As correntes tinham sido cortadas, o metal enrolado no chão aos seus pés. Alguém já estava lá dentro.

— Ótimo — murmurou Mitch, retirando a arma que Victor lhe dera.

Por acaso, Mitch sempre detestara armas, e os acontecimentos da noite não o tinham feito gostar. Ele empurrou o portão para o abrir, pestanejando quando as dobradiças enroscadas na madeira responderam com um zunido metálico. O pátio estava escuro e, tanto quanto ele podia dizer, vazio. Ejetou o carregador da arma, verificou-o, pô-lo de volta e bateu com o cano da arma nervosamente contra a palma da mão, enquanto se dirigia para o centro do pátio, a meio caminho entre a estrutura de madeira da vedação e o esqueleto de aço do arranha-céus, rumo a uma parcela de terra tão aberta quanto possível.

Um brilho suave, vindo do arranha-céus, pouco fez para o iluminar, mas dado o seu tamanho e a enorme falta de outras pessoas, Mitch sentiu-se dolorosamente confiante de que seria notado, e em breve. Uma pilha de vigas de madeira, tapadas com lona para as proteger do mau tempo, encontrava-se a alguns metros de distância, e Mitch afundou-se sobre elas, verificou a sua arma uma segunda vez e esperou.

O telefone de Serena voltou a tocar, enquanto ela atravessava a rua, avançando pelo quase deserto quarteirão abaixo, rumo ao arranha-céus Falcon Price.

— Serena — disse quem ligou. Não era a voz de Eli.

— Detetive Stell — respondeu ela. Pôde ouvir o abrir e fechar da porta de um carro.

— Vamos a caminho — disse ele. A chamada foi abafada por um momento, enquanto o altifalante do telefone era coberto e ordens eram dadas.

— Não se esqueça — disse ela —, deve ficar no exterior.

— Eu sei as ordens — disse ele. — Não foi por isso que liguei.

Serena viu os sinais do arranha-céus abandonado e abrandou o ritmo.

— Então foi porquê?

— O Sr. Ever mandou-me enviar agentes para um bar para fazerem uma limpeza após um incidente. Deveria haver um corpo.

— Sim, o do Mitchell Turner — disse ela.

— Só que acabei de receber uma chamada dos agentes. Não havia corpo nenhum. Também não havia sinais de que tivesse havido — Serena abrandou até parar. — Não sei o que se está a passar — disse Stell —, mas é a segunda vez que as coisas não se alinham e...

— E não telefonou ao Eli — interrompeu ela, com calma.

— Lamento se isso foi um erro...

— Então por que razão me ligou a mim?

— Confio em si — respondeu, sem hesitação.

— E no Eli?

— Confio em si — tornou a dizer, e o coração de Serena palpitou ligeiramente, tanto por causa da pequena exibição de evasivas do agente, a provocação disso, como pelo próprio controlo que ela tinha sobre ele. Recomeçou a andar.

— Portou-se bem — disse ela, ao chegar às paredes de madeira da obra. E aí, pelo buraco no portão partido, viu a forma gigantesca de Mitch. — Eu trato do assunto — sussurrou —, confie em mim.

— Confio — disse o detetive Stell.

Serena desligou a chamada e abriu o portão de metal com um empurrão.

XXXIV

DEZ MINUTOS PARA A MEIA-NOITE

PROJETO FLACON PRICE

MITCH pensou ter ouvido algo no edifício atrás dele, mas, quando se esticou para ouvir, os sons que entravam no pátio eram tão quebrados e ténues, que podiam ser o vento através do plástico, ou um tubo solto. Podia ter ido ver, mas as ordens de Victor tinham sido explícitas, e mesmo que tivesse vontade de as desafiar, foi nesse momento que o portão da frente que rodeava o esqueleto do arranha-céus se abriu de novo, e uma rapariga entrou no pátio.

Era parecida com Sydney, pensou Mitch. Se Sydney tivesse crescido uns centímetros e fosse vários anos mais velha. O mesmo cabelo loiro, encaracolado, que caía sobre os olhos de alguma forma brilhantes e azuis, mesmo no escuro. Tinha de ser Serena.

Quando ela viu Mitch à espera, cruzou os braços.

— Mitchell Turner — disse ela, avançando, as suas botas pretas a caminharem sem esforço pelos destroços da obra. — Tens uma impressionante resistência à morte. Isto é obra da Sydney?

— Chama-me gato — disse Mitch, levantando-se das tábuas. — Ainda estou a trabalhar nas minhas nove vidas. E, para que saibas — acrescentou, erguendo a sua pistola —, gosto de pensar que há um lugar especial no inferno para raparigas que dão as suas irmãs mais novas de comer aos lobos.

Serena ficou desiludida.

— Devias ter cuidado quando brincas com armas — disse ela. — Mais cedo ou mais tarde, vais ser alvejado.

Mitch engatilhou a pistola.

— A novidade passou quando o teu namorado fez tiro ao alvo com o meu peito.

— Ainda assim, aqui estás tu — disse Serena. A sua voz tinha uma doçura lenta, algo preguiçosa. — É evidente que a mensagem dele não teve *impacto* suficiente. Mitch apertou a pistola com mais firmeza e apontou-a a Serena, que apenas sorriu. — Encosta a pistola à tua têmpora.

Mitch fez tudo o que pôde para manter a sua mão imóvel, mas foi como se já não lhe pertencesse. O seu cotovelo amoleceu, o seu braço dobrou e os seus dedos rodaram, mudando de posição, até que o cano da arma veio descansar sobre a parte lateral da sua cabeça.

Ele engoliu em seco.

— Há maneiras piores de se morrer — disse Serena. — E coisas piores para fazer do que morrer. Prometo que farei com que seja rápido.

Mitch olhou para ela, para esta rapariga tão parecida com Sydney, e ainda assim tão pouco parecida. Não conseguia olhá-la nos olhos — de repente mais brilhantes do que os da sua irmã, mas vazios, no mau sentido, num sentido de morte —, pelo que olhou para os seus lábios, enquanto formavam as palavras.

— Puxa o gatilho.

E foi o que ele fez.

SYDNEY e Dol estavam a meio caminho do centro brilhante do piso térreo do arranha-céus, quando ela ouviu o som de passos — não dela, ou do cão, mas mais pesados —, e parou de repente. Ela só estivera com Victor e Mitch alguns dias, mas já tinha sido tempo suficiente para se familiarizar com os sons que ambos faziam. Não apenas as suas vozes, mas a forma como soavam, quando não falavam, a forma como respiravam, riam e se moviam, como preenchiam um espaço e viajavam por ele.

Mitch era enorme, mas os seus passos eram cuidadosos, como se soubesse o seu tamanho e não quisesse esmagar nada acidentalmente.

Victor era quase silencioso, com os pés a cair tão suavemente e silenciosos como tudo o resto sobre ele.

Os passos que Sydney ouvira agora por entre várias camadas de lençóis de plástico eram mais altos, o orgulhoso som de sapatos bons. Eli tinha calçado sapatos bons. Apesar do frio e de estar a namorar uma universitária, e de se parecer com um universitário, ele tinha calçado sapatos de couro por baixo das calças de ganga quando ela o conheceu. Sapatos que faziam um som agudo quando ele caminhava.

Sydney susteve a respiração e sacou a arma de Serena do bolso do seu casaco, tirando-a da segurança. Serena tinha-lhe mostrado uma vez como usar uma arma, mas esta era um pouco grande de mais para o seu punho, demasiado pesada por causa do silenciador enroscado na ponta. Ela olhou para trás dela e perguntou-se se conseguiria voltar pelo labirinto de cortinas de plástico e entrar no terreno antes de Eli...

Os seus pensamentos perderam-se quando deu conta que os passos tinham parado.

Ela verificou as cortinas de todos os lados à procura de sombras em movimento, mas não havia nenhuma, por isso avançou, por entre outro lençol de plástico, a luz mais brilhante aqui, apenas algumas cortinas entre ela e a fonte. Victor já deveria estar aqui por esta altura. Não conseguia ouvi-lo, mas isso era porque ele era tão calado, disse para si. Ele era sempre tranquilo. E seguro.

Sydney, olha para mim, dissera ele. *Ninguém te vai fazer mal. Sabes porquê? Porque eu faço-lhes mal primeiro.*

Seguro. Seguro. Seguro.

Ela afastou a última cortina de plástico para o lado. Tinha mesmo de encontrar Victor, e ele mantê-la-ia segura.

Eli estava sentado numa cadeira no meio da sala, uma mesa de tábuas de madeira sobre blocos de cimento, a mostrar o que parecia ser um conjunto de facas de cozinha, tudo a brilhar à luz de um candeeiro. O candeeiro não tinha abajur, e a lâmpada iluminava toda a sala, de cortina em cortina, e Eli no meio. Uma arma pendia da sua mão, e os seus olhos estavam distantes, desfocados.

Até que viu Sydney.

— Que vem a ser isto? — perguntou ele, levantando-se. — Uma monstrinha.

Sydney não esperou. Levantou a arma de Serena e disparou uma vez contra a cara de Eli. A arma era pesada e a sua pontaria estava desviada, mas ainda que o tiro tenha arrancado a arma do seu punho, a bala encontrou o maxilar de Eli e mandou-o a cambalear para trás, agarrado à cara, sangue e ossos entre os dedos. Ela virou-se e tentou fugir, mas ele estendeu a mão e apanhou-lhe a manga, e, embora ele não a conseguisse segurar, a súbita mudança de rumo fê-la tropeçar e cair de mãos e joelhos no betão.

Dol avançou, enquanto Sydney se punha de barriga para cima e Eli se endireitava, o maxilar a ranger, a estalar, a sarar, deixando apenas uma mancha de sangue na sua pele, enquanto ele levantava a arma e puxava o gatilho.

CLIQUE.

Um pequeno som após Mitch ter puxado o gatilho, o som feito pela mola interna que aciona o pino de disparo para fazer passar a bala e atingir a paragem mecânica. Porque não havia balas.

A pistola estava vazia.

Mitch devia saber; verificara três vezes para ter a certeza.

Agora via a surpresa espalhar-se pelo rosto de Serena, via-a transformar-se em confusão e começar a transformar-se em algo mais duro, mas nunca chegou lá, porque foi aí que a escuridão se dissipou. As sombras por detrás de Serena Clarke agitaram-se e desvaneceram-se, e dois homens saíram do nada. Dominic estava de pé, segurando uma botija de gás vermelha, enquanto Victor dava um único passo atrás de Serena, levava uma faca à sua garganta, arrastando-a com precisão.

Houve um florescimento de vermelho, e os lábios dela separaram-se, mas ele tinha cortado fundo, e nenhum som conseguiu sair.

— E Ulisses tapou os ouvidos contra a canção da sereia — recitou Victor, retirando os tampões dos seus próprios ouvidos, enquanto Serena caía desamparada na terra —, pois era a morte.

— Meu Deus — disse Dominic, desviando o olhar. — Era apenas uma rapariga.

Victor baixou o olhar para o corpo. O sangue estava a acumular-se sob o rosto de Serena, resplandecente e escuro.

— Não me ofendas — disse ele. — Era a mulher mais poderosa da cidade. Excetuando a Sydney, claro.

— Quanto à Sydney... — disse Mitch, olhando para a rapariga morta. Deste ângulo parecia mais pequena e, com o rosto assim virado, o seu cabelo preso no colarinho do seu casaco, as semelhanças eram perturbadoras.— Que vamos fazer quanto a isto?

Dominic pousou a botija de gás de plástico na terra ao lado do corpo.

— Queima o corpo — disse Victor, fechando o canivete. — Não quero que a Sydney veja isto. E certamente não quero que ela ponha as suas mãos nisso. A última coisa de que precisamos é que a Serena volte à vida.

Mitch tinha acabado de pegar na botija de gás, quando uma arma disparou dentro do edifício, iluminando o esqueleto do arranha-céus como um relâmpago.

— Mas que raio foi isto? — rugiu Victor.

— Parece que o Eli chegou cá primeiro — disse Mitch.

— Mas se eu estou aqui — disse Victor —, então o Eli está a disparar contra o quê? — Agarrou o ombro de Dominic. — Leva-me lá. Agora.

O som da arma de Eli fez ricochete no betão, enquanto o corpo de Dol tremia e, embora não parecesse sentir a dor do tiro, ele caiu de lado, ofegante. O seu peito subia e descia, subia e descia e depois... parou. Eli viu a rapariga a alcançar o cão, mas ele voltou a apontar-lhe a arma.

— Adeus, Sydney — disse ele.

E então a escuridão moveu-se à sua volta, e um par de mãos estendeu-se do nada e empurrou-a para trás, para o nada, com elas. Eli puxou o gatilho e a bala atingiu a cortina de plástico onde a rapariga tinha estado.

Deixou sair um som de frustração e disparou mais dois tiros para o espaço onde estivera Sydney. Mas ela tinha desaparecido.

XXXV

MEIA-NOITE

PROJETO FALCON PRICE

SYDNEY sentiu alguém a agarrá-la e a puxá-la para a escuridão.

Num momento estava a olhar para o cano da arma de Eli e no seguinte estava de mãos dadas com o homem do perfil que ela dera a Victor. Ela olhou em redor, mas não o largou. Eles ainda estavam na sala coberta de plástico, e ainda assim não estavam. Era como estar fora da vida, presa num mundo demasiado parado, que a assustava mais do que ela alguma vez admitiria. Podia ver Eli, a bala da sua arma a pairar no ar onde ela tinha estado, e Dol, sem vida, no chão.

E Victor.

Não tinha estado lá um momento antes, mas agora estava, de pé, vários centímetros atrás de Eli, sem ser visto, com uma mão ligeiramente estendida para a frente, como se estivesse prestes a descansar no ombro de Eli.

Sydney tentou dizer ao homem que lhe segurava a mão que ela tinha de ir buscar Dol, mas os seus lábios não faziam barulho, e ele nem sequer olhava para ela, apenas a arrastava pelo mundo pesado, por entre as cortinas de plástico, até chegarem ao local onde o edifício dava lugar ao terreno. Havia uma luz brilhante no terreno, lançando sombras contra os ossos de metal do arranha-céus, mas o homem puxou-a na outra direção, levando-a a um canto escuro na parte de trás da obra. Voltaram ao mundo, a bolha da tranquilidade rebentando em vida e som à sua volta.

Inclusive o som da respiração, do passar do tempo, era ensurdecedor em comparação com o silêncio das sombras.

— Tens de voltar — exclamou Sydney, ajoelhando-se na terra.

— Não posso. São ordens do Victor.

— Mas tens de ir buscar o Dol.

— Sydney... é Sydney, certo? — o homem ajoelhou-se à sua frente. — Eu vi o cão, está bem? Lamento. Foi tarde de mais.

Ela olhou-o nos olhos, tal como Serena tinha feito com ela. De uma forma calma, fria e impassível. Sabia que não tinha o dom da sua irmã, o seu controlo, mas mesmo antes disso Serena conseguia sempre o que queria, e ela era irmã de Serena, e precisava que ele visse.

— Volta — disse ela, com firmeza. — Vai. Buscar. O Dol.

E deve ter funcionado porque Dominic engoliu em seco, acenou com a cabeça e desapareceu dentro do nada.

ELI esvaziou a arma no ar, mas todos os sinais deles tinham desaparecido. Rosnou e ejetou o carregador. Caiu no chão, enquanto procurava no seu casaco um carregador cheio.

— Olho para ti e é como olhar para duas pessoas.

Virou-se para o som da voz e encontrou Victor encostado a um pilar de betão.

— Vic...

Victor não hesitou. Disparou três vezes contra o peito de Eli, imitando o padrão das cicatrizes do seu próprio corpo, tal como imaginara nos últimos dez anos.

E soube-lhe *bem*. Tinha estado preocupado que depois de tanta espera e de tanto querer a realidade de alvejar Eli não conseguisse estar à altura do sonho, mas conseguiu. O ar zumbia à sua volta e Eli gemia e apoiava-se na cadeira à medida que a dor se multiplicava.

— Foi por isso que te deixei ficar — disse Victor. — Por isso que gostei de ti. Todo esse charme exterior, todo esse mal interior. Havia aí um monstro, muito antes de teres morrido.

— Não sou um monstro — rugiu Eli, enquanto retirava uma das balas do seu ombro, deixando cair o metal ensanguentado no chão. — Pertenço a Deus, sou... — Mas Victor já lá estava, a enterrar uma navalha de mola no peito de Eli. Perfurou um pulmão, percebeu isso pelo arquejo. A boca de Victor contorceu-se, o rosto paciente, mas os nós dos dedos brancos à volta do cabo da lâmina.

— Basta — disse Victor. Na sua mente, rodou o botão para aumentar a intensidade. Eli gritou. — Não és um anjo vingador qualquer, Eli — disse ele. — Não és abençoado, ou divino, ou oprimido. És uma experiência científica.

Victor puxou a navalha para fora. Eli caiu num joelho.

— Não percebes — sussurrou Eli. — Ninguém percebe.

— Quando *ninguém* percebe, isso costuma ser um bom sinal de que se está enganado.

Eli tentou levantar-se, alcançando a mesa improvisada, enquanto a sua pele se voltava a unir.

O olhar de Victor desviou-se para a mesa, para a fila de facas. Como naquele dia.

— Que nostálgico da tua parte — pôs um pé na mesa e derrubou--a, espalhando as armas pelo betão. O corpo do cão, deu ele conta, não estava lá.

— Não me podes matar, Victor — disse Eli. — Sabes disso.

O sorriso de Victor alargou-se, enquanto enterrava a faca entre as costelas de Eli.

— Eu sei — disse ele, em voz alta. Tinha de falar por cima dos gritos. — Mas terás de me fazer a vontade. Esperei tanto tempo para tentar.

UM momento depois, Dominic reapareceu, meio a carregar, meio a arrastar um cão muito grande, muito morto. Afundou-se na terra ao lado do seu corpo, respirando com dificuldade. Sydney apressou-se, agradeceu-lhe, e depois pediu-lhe que saísse do seu caminho. Dominic atirou-se para trás e observou, enquanto ela corria uma mão calmante sobre a ilharga do cão, roçando levemente na ferida. A sua mão saiu vermelha, e ela franziu o sobrolho.

— Eu disse-te — proferiu ele. — Lamento.

— Chiu — disse ela, e pressionou as mãos, com os dedos esticados, contra o peito do cão. Tomou fôlego, tremendo, enquanto o frio lhe inundava os braços. — Vá lá — sussurrou. — Vá lá, Dol.

Mas nada aconteceu. Ficou desolada. Sydney Clarke dava segundas oportunidades. Mas o cão já havia tido a dele. Já o tinha consertado uma vez, mas não sabia se o poderia fazer de novo. Pressionou com mais força e sentiu o frio a sugar algo dela.

O cão ainda estava morto e rígido como as tábuas na obra.

Ela tremia e sabia que não devia ser assim tão difícil, ao alcançar não com as mãos, mas com outra coisa, como se conseguisse encontrar uma faísca de calor dentro dela. Ela alcançou para lá do pelo e da pele e da rigidez, enquanto as suas mãos lhe doíam e os seus pulmões se apertavam, e ainda assim continuava a alcançar.

E então ela sentiu-o, e entre um momento e o seguinte, o corpo do cão amoleceu, afrouxou. Os seus membros contorceram-se e o seu peito levantou-se uma vez, parou, caiu, e um momento depois voltou a levantar-se, antes de o animal se esticar e se sentar.

Dominic levantou-se de repente.

— *Dios mío* — sussurrou, benzendo-se.

Sydney sentou-se, ofegante, e encostou a cabeça ao focinho de Dol.

— Lindo menino.

VICTOR sorriu. Ele estava a passar um tempo fabuloso a matar Eli. Sempre que pensava que o seu amigo tinha desistido, recompunha-se, e dava a Victor a oportunidade de tentar novamente. Ele desejava que pudesse continuar por mais algum tempo, mas pelo menos tinha a certeza, uma vez que o corpo de Eli se dobrava com dores, de que tinha toda a sua atenção. Eli arquejou e levantou-se com dificuldade, quase escorregando no sangue.

O chão estava escorregadio do sangue. Grande parte dele pertencia a Eli, sabia Victor. Mas não todo.

Escorria sangue por um dos braços de Victor e sobre o seu estômago, ambos cortes superficiais, feitos por uma faca de cozinha de aspeto perverso, que Eli tinha conseguido recuperar do chão na última vez que Victor o alvejara. As armas estavam ambas vazias agora, e os dois homens estavam a sangrar, à frente um do outro, ambos armados — Eli com uma faca de serrilha e Victor com uma navalha.

— Isto é uma perda de tempo — disse Eli, ajustando o seu controlo. — Não podes vencer.

Victor respirou fundo, estremecendo um pouco. Teve de baixar o seu próprio limiar, porque não se podia dar ao luxo de se esvair em sangue, ainda não, e certamente sem dar por isso. Ele conseguia ouvir as sirenes distantes dos carros da polícia. O seu tempo estava a esgotar-se. Investiu contra Eli e conseguiu tocar-lhe levemente na camisa, antes de Eli desferir o golpe e enfiar a sua própria lâmina na perna de Victor. Ele berrou, enquanto o seu joelho cedia por baixo dele.

— Qual era o teu plano? — repreendeu-o Eli, tentando alcançar não Victor, mas a cadeira, algo lá enrolado, algo que Victor não tinha dado conta até as mãos de Eli se apoderarem disso. — Ouves a polícia a caminho? Aqui estão todos do meu lado. Não vem ninguém para *te* salvar.

— É essa a ideia — tossiu Victor, enquanto os seus olhos se concentravam no que estava nas mãos de Eli. Arame. Afiado como uma navalha.

— Tu e as tuas ideias — rugiu Eli. — Bem, também tenho andado a planear.

Victor tentou levantar-se, mas foi demasiado lento. Eli enrolou o arame no ar e pô-lo à volta do pulso de Victor, aquele com a faca, puxando com força. O arame penetrou, cortando a pele e tirando sangue, forçando Victor a largar a lâmina, que caiu no betão. Eli apanhou a sua mão livre num aperto esmagador e enrolou o arame à volta daquela mão também. Victor recuou, mas o fio apenas penetrou um pouco mais fundo na sua pele.

O arame, ele notou então, estava enfiado na própria cadeira, que Eli teria fixado ao chão, porque nunca se mexeu, não durante a luta, e nem agora, quando Eli puxou a sua ponta do arame e a folga se reduziu, forçando as mãos de Victor para as barras da cadeira. Escorria-lhe sangue pelos pulsos, demasiado depressa. A sua cabeça estava a começar a rodopiar. Ele podia agora ouvir as sirenes, alto e claro, e pensou que podia até ver o vermelho e o azul das luzes da polícia por entre as cortinas de plástico. A cor dançava diante dos seus olhos.

Esboçou um sorriso sinistro e desligou a dor.

— Nunca me matarás, Eli — provocou.

— É aí que te enganas, Victor. E desta vez — disse ele, cingindo o arame — vou ver a vida esvair-se dos teus olhos.

MITCH viu o corpo de Serena arder e tentou não prestar atenção aos sons de tiros que vinham do interior do arranha-céus. Tinha de confiar em Victor. Victor tinha sempre um plano. Mas onde estava ele? E onde estava Dominic?

Voltou a concentrar-se no corpo e na tarefa em mãos, até luzes vermelhas e azuis começarem a piscar além das paredes de madeira, cores lançadas contra o edifício escurecido. Isso não era bom. Os polícias ainda não estavam no pátio, mas era apenas uma questão de minutos, antes de invadirem o local. Mitch não podia arriscar o portão partido da entrada da frente, pelo que contornou o edifício em direção ao buraco nas paredes, apenas para encontrar Sydney inclinada sobre um Dol meio-morto, e Dominic de pé sobre ambos, rezando silenciosamente.

— Sydney Clarke — gritou. — Que raio estás aqui a fazer?

— Ela disse-me que eu tinha de ir para um lugar seguro — sussurrou Sydney, fazendo festas ao cão.

Ela, pensou Mitch. A mesma *ela*, presumiu ele, que ardia do outro lado do edifício.

— E tu vieste para *cá*?

— O cão estava morto — murmurou Dominic. — Eu vi com os meus próprios olhos, estava mais morto do que os mortos... e agora...

Mitch agarrou a manga de Dominic.

— Tira-nos daqui. *Já.*

Os olhos de Dominic desviaram-se da rapariga e do cão e pareciam registar as luzes intermitentes a ressaltar sobre as paredes de madeira e contra o arranha-céus pela primeira vez. Ouviam-se portas de carros a bater. Botas no pavimento.

— *Merda.*

— Pois, exatamente.

— Então e o Victor? — perguntou Sydney.

— Temos de esperar por ele algures. Aqui não, Syd. Nunca foi combinado esperarmos aqui.

— Mas e se ele precisa de ajuda? — protestou ela.

Mitch tentou sorrir.

— É o Victor — disse ele. — Não há nada que ele não consiga resolver.

No entanto, quando Sydney levou Dol, e Dominic levou Sydney, e Mitch levou Dominic, e todos eles desapareceram nas sombras, Mitch teve uma sensação horrível de que estava enganado e que a sua maldição o seguira até aqui.

ELI ouviu os passos, os homens a gritar ordens, enquanto se dirigiam a eles, sala após sala de cortinas de plástico. Victor caiu no chão, a área à volta da cadeira escorregadia com o seu sangue. Tinha os olhos abertos, mas perdia o foco. Eli queria que esta morte fosse dele, não da Polícia de Merit, e certamente não de Serena.

Dele.

Ele viu a navalha de Victor no chão, a alguns centímetros de distância, e pegou nela, agachando-se à sua frente.

— Que grande herói — ouviu Victor sussurrar nos seus últimos suspiros. Eli enterrou a lâmina cuidadosamente sob as costelas de Victor.

— Adeus, Victor — disse.

E depois espetou a faca.

DOMINIC cedeu.

Caiu de mãos e joelhos num beco a quatro quarteirões do arranha-céus, uma distância segura do enxame de polícias e da rapariga queimada e das armas. Ele gritou e, ao mesmo tempo, Sydney agarrou-se ao braço, e Mitch esfregou as suas costelas feridas. A dor varreu-se sobre os três como uma corrente, como um fôlego, algo reprimido que agora voltava. E depois, um de cada vez, perceberam o que significava.

— Não! — gritou Sydney, voltando para trás, em direção ao arranha-céus.

Mitch agarrou-a pela cintura, encolhendo-se, enquanto ela esperneava e gritava e lhe dizia para a pôr no chão.

— Acabou — sussurrou ele, enquanto ela se debatia. — Acabou. Acabou. Lamento. Acabou.

ELI viu os olhos de Victor arregalarem-se e depois ficarem vazios, a sua testa a cair para a frente contra as barras de metal da cadeira. Morto. Era tão estranho que Eli, de todas as pessoas, tivesse pensado que Victor era invencível. E ele errara. Eli tirou a faca do peito de Victor e ficou ali, na sala ensanguentada, à espera do silêncio revelador, do momento de paz. Fechou os olhos, inclinou a cabeça para trás e esperou, e ainda estava à espera, quando a polícia entrou na sala, liderada pelo detetive Stell.

— Afaste-se do corpo — ordenou Stell, erguendo a pistola.

— Está tudo bem — disse Eli. Abriu os olhos e deixou o seu olhar derivar sobre eles. — Acabou.

— Ponha as mãos na cabeça! — gritou outro polícia.

— Baixe a faca! — ordenou outro.

— Está tudo bem — tornou a dizer Eli. — Ele já não é um perigo.

— Mãos ao ar! — exigiu Stell.

— Eu tratei dele. Está morto — Eli ficou indignado, enquanto gesticulava para a sala encharcada de sangue e para o homem morto, preso por arame às barras da cadeira. — Não conseguem ver isso? Sou um *herói*.

Os homens apontaram as suas armas, gritaram e olharam para Eli como se ele fosse um monstro. E depois ele percebeu. Não havia brilho nos olhos deles. Nenhum feitiço.

— Onde está a Serena? — quis saber, mas a pergunta foi engolida pelas sirenes e pelos polícias aos gritos. — Onde está ela? Ela dirá!

— *Baixe* já a arma — exigiu Stell, por cima do barulho.

— Ela dirá. Sou um herói! — gritou Eli, atirando a faca para o lado. — salvei-os a todos!

Porém, quando a lâmina bateu no chão, os polícias apressaram-se a avançar e atiraram-no ao chão. Dali ele podia ver o rosto morto de Victor, que parecia estar a sorrir para ele.

— Eli Ever, está preso pelo homicídio de Victor Vale...

— Esperem! — gritou, enquanto o algemavam. — O corpo.

Stell leu-lhe os direitos, enquanto dois polícias o levantavam com violência. Outro polícia apressou-se para o lado de Stell e disse algo sobre um incêndio no terreno.

Eli debateu-se.

— Têm de queimar o corpo! — Stell deu um sinal, e os polícias arrastaram Eli por entre as cortinas de plástico. — Stell! — voltou a gritar Eli. — Têm de queimar o corpo do Vale!

As suas palavras ecoaram no betão, enquanto o detetive e a sala ensanguentada e o cadáver de Victor desapareciam de vista.

XXXVI

DUAS NOITES DEPOIS

CEMITÉRIO DE MERIT

SYDNEY reajustou a pá no seu ombro.

O ar estava frio, mas a noite estava clara, a Lua no céu, iluminando as lápides partidas e as velas na relva, enquanto ela se serpenteava pelo cemitério, Dol seguindo a trote ao seu lado. Tinha sido mais difícil trazê-lo de volta pela segunda vez, mas agora ele flanqueava-a, como se a sua vida estivesse verdadeiramente ligada à dela.

Mitch seguia-os de perto, carregando mais duas pás. Ele também se tinha oferecido para carregar a dela, mas Sydney sentiu que era importante que ela segurasse a sua. Dominic estava vários metros atrás deles, ébrio de analgésicos e *whiskey* e a tropeçar de poucos em poucos passos numa touceira de ervas daninhas ou num pedaço de rocha desalojada. Ela não gostava dele assim — inútil de tanto álcool e mal-humorado de tanta dor —, mas tentou não pensar nisso. Também tentou não pensar na sua própria dor, no tiro que ainda lhe ardia num buraco no braço, à medida que o músculo e a pele saravam lentamente. Ela esperava que isso lhe deixasse uma cicatriz, do tipo que podia ver, do tipo que a lembraria do momento em que tudo mudara.

Não que Sydney pensasse que alguma vez esqueceria.

Reajustou a pá no ombro e perguntou-se se Eli viveria para sempre e quanto desse para sempre alguém poderia sensatamente recordar, sobretudo quando nada deixava marca.

Eli, por acaso, havia sido um êxito na imprensa.

Ela e Mitch tinham-no visto nas notícias. O louco que assassinara duas pessoas no edifício Falcon Price, afirmando-se sempre como um assassino de monstros, um *herói*. A imprensa disse que ele tinha matado uma jovem mulher no terreno da obra e queimado o seu corpo, antes de torturar e depois assassinar um ex-condenado no rés do chão. A identidade da mulher não fora tornada pública — teriam de passar pela odontologia forense —, mas Sydney sabia que era Serena. Ela sabia, antes mesmo de fazer Mitch piratear os relatórios do médico-legista. Podia sentir a ausência da sua irmã, o lugar onde os fios tinham estado. O que ela não sabia era porque é que Eli o teria feito. Mas pretendia descobrir.

Os membros da imprensa não estavam tão interessados em Serena como estavam em Eli.

Aparentemente, Eli tinha ficado ali sobre o corpo de Victor, coberto de sangue, ainda a segurar a faca e a gritar que era um herói. Que os tinha salvado a todos. Como ninguém engoliu a história do herói, tentou afirmar que fora uma luta. Mas, como o seu adversário estava desfeito e ele não tinha sequer um arranhão, aquela história também não funcionou muito bem. Acrescente-se isso aos papéis encontrados na mochila no quarto de hotel de Eli — nitidamente não tinha tido a clarividência de Victor para queimar tudo o que pudesse ser interpretado como prova — e aos perfis no seu computador, e a contagem de mortos às mãos de Eli salta rapidamente para os dois dígitos. A notícia nunca abordou o envolvimento da própria Polícia de Merit num bom número dos homicídios recentes, mas Eli aguardava agora julgamento e avaliação psicológica.

Não houve menção ao ser uma pessoa ExtraOrdinária, claro, mas porque haveria de haver? Tudo o que significava para Eli era que se alguém o esfaqueasse na prisão, ele viveria para que isso acontecesse novamente. Se ele tivesse sorte, seria posto em isolamento, como Victor. Sydney esperava que não o pusessem isolamento. Ela pensava que, talvez, se descobrissem que ele podia curar-se a si próprio, magoá-lo tornar-se-ia o jogo mais popular no estabelecimento.

Sydney fez uma nota mental para divulgar esse pormenor, onde quer que ele acabasse por ficar.

Estava demasiado sossego no cemitério, com apenas os sons dos passos abafados pela relva na escuridão, por isso Sydney tentou cantarolar como Victor tinha feito quando eles foram desenterrar Barry. Mas soou-lhe mal na boca, sinistro e triste, por isso parou e concentrou-se em encontrar o seu caminho no mapa, desenhado a marcador na parte de trás da mão. Ela havia-o desenhado de dia, mas o Cemitério de Merit, como a maioria das coisas, parecia diferente à noite.

Finalmente, ela avistou a campa recente e acelerou o seu ritmo. A campa não estava marcada, excetuando o livro de Victor, que Sydney dispusera como uma pedra no topo da parcela de terra naquela manhã, esperando à sombra de um anjo de pedra que os coveiros terminassem e se fossem embora. Aquele detetive, Stell, também lá tinha estado. Ficara tempo suficiente para ver o simples caixão de madeira descer para a cova e ser coberto de terra.

Mitch apanhou-a, e os dois olharam para a campa por um momento, antes de Sydney espetar a sua pá no chão, e puseram-se a trabalhar. Dol vagueou pelas parcelas próximas, mas nunca deixou Sydney fora da sua vista, e Dominic acabou por aparecer e sentou-se sobre uma lápide, mantendo-se atento aos problemas, enquanto os outros dois cavavam.

Baque.

Baque.

Baque.

Enfiaram as suas pás no chão até o ar parecer mais quente e a noite menos escura, e a luz raspou as extremidades mais afastadas do céu, onde encontrava os edifícios de Merit. Algum tempo antes do amanhecer, a pá de Sydney bateu em madeira, e eles rasparam a última terra do topo do caixão e levantaram a tampa.

Sydney olhou para o corpo de Victor. Em seguida, empoleirou-se na borda do caixão e pressionou as mãos contra o peito de Victor, chegando até onde podia. Um momento depois, o frio subiu-lhe pelos braços e suspendeu-lhe a respiração, e, sob as suas mãos, um coração começou a bater quando Victor Vale abriu os olhos e sorriu.

AGRADECIMENTOS

À minha família, por não me terem lançado olhares estranhos quando lhes disse que queria escrever.

À minha agente, Holly, por não me ter lançado um olhar estranho quando lhe disse o que tinha escrito.

À Patricia Riley, por adorar cada membro da minha equipa heterogénea (sobretudo o Mitch e o seu leite com chocolate).

À Ruta Sepetys, que me ouviu a tagarelar e depois me disse, com toda a seriedade, para acabar este livro.

À Jen Barnhardt, por me acompanhar em todos os filmes de banda desenhada, inclusive os não muito bons.

À Rachel Stark, por sempre me fazer perguntas difíceis e por me incitar a fazer o mesmo.

Ao Matthew Leach e à Deanna Maurice, pelos conhecimentos médicos.

E à Sophie, pelo termo *EO*.

Aos meus leitores, por me seguirem por pântanos e corredores escuros e agora até ao coração de Merit.

E à minha editora, Miriam, por ter tornado maravilhoso cada passo desta viagem. Do primeiro rabisco até às últimas discussões noturnas sobre moralidade, mortalidade e vilania, não faria este livro com mais ninguém.